Catherine Bybee
Neuanfang in River Bend

AF177266

Montlake
Romance

Das Buch

Melanie Bartlett? Die startet beruflich mal richtig durch! Das dachten alle in River Bend, als Mel zum Studieren nach Kalifornien ging. Zehn Jahre später sieht das leider anders aus. Abgebrannt kehrt die Single Mom zurück, mit ihrer süßen Tochter Hope im Schlepptau und ohne Idee, wie es weitergehen soll. Aber River Bend nimmt sie mit offenen Armen auf: Ihre besten Freundinnen Zoe und Jo sind für Mel da, in Miss Ginas B&B-Pension findet sie nicht nur eine Unterkunft, sondern auch Arbeit. Und dann ist da Wyatt Gibson. Zwischen dem sexy Bauunternehmer und Mel funkt es so gewaltig, dass sie sich ernsthaft fragt, ob eine Zukunft zu dritt nicht wunderbar wäre. Sie braucht nur noch etwas Zeit, sich zu entscheiden.

Doch dann holt die Vergangenheit sie ein. Und plötzlich bleibt Mel keine Zeit mehr …

Die Autorin

New-York-Times-Bestsellerautorin Catherine Bybee wuchs im Bundesstaat Washington auf. Nach der High-School zog sie nach Südkalifornien, um dort Schauspielerin zu werden. Bald aber hatte sie genug davon, sich den Lebensunterhalt als Kellnerin zu verdienen, und absolvierte eine Ausbildung zur Krankenschwester. Die meiste Zeit ihrer Karriere verbrachte sie in der Notaufnahme. Jetzt arbeitet sie hauptberuflich als Autorin. Zu ihren bekanntesten Werken zählen die Bücher aus der Brautserie »Bis Mittwoch unter der Haube«, »Ab Montag verheiratet«, »Jawort am Freitag«, »Single ab Samstag«, »Am Dienstag getraut« und »Bis Sonntag verführt« sowie die Bücher der »Not-Quite«-Serie »Fast ein Date«, »Fast mein Baby«, »Fast im Himmel«, »Fast für die Ewigkeit« und »Fast mein Traummann«. Catherine Bybee lebt mit ihrem Mann und zwei Söhnen in Südkalifornien.

Catherine Bybee

Neuanfang in River Bend

Roman

Aus dem Amerikanischen
von Lotta Fabian

Montlake
Romance

Die amerikanische Ausgabe erschien 2016 unter dem Titel »Doing It Over«
bei Montlake Romance, Seattle.

Deutsche Erstveröffentlichung bei
Montlake Romance, Amazon Media E.U. S. à r. l.
5 Rue Plaetis, L-2338, Luxembourg
September 2017
Copyright © der Originalausgabe 2016
By Catherine Bybee
All rights reserved.
Copyright © der deutschsprachigen Ausgabe 2017
By Lotta Fabian

Die Übersetzung dieses Buches wurde durch AmazonCrossing ermöglicht.

Umschlaggestaltung: bürosüd⁰ München, www.buerosued.de
Umschlagmotiv: © Silke Woweries / Getty; © Francey / Shutterstock;
© tcharts / Shutterstock; © Anne Kitzman / Shutterstock; © Piotr Wawrzyniuk
/ Shutterstock; © gyn9037 / Shutterstock; © Taushia Jackson / Shutterstock
Lektorat: Ute-Christine Geiler, Birte Lilienthal, Agentur Libelli GmbH
Printed in Germany
By Amazon Distribution GmbH
Amazonstraße 1
04347 Leipzig, Germany

ISBN: 978-1-477-81948-7

www.montlake-romance.de

Das hier ist für Kari – weil manchmal Freunde die einzige Familie sind, die man braucht

PROLOG

Sie hatte sich den Hut verdient ... und den Talar, und es war völlig ausgeschlossen, dass Melanie eines davon auszog, bevor sie heute Abend ins Bett fiel. Den Hut in die Luft zu werfen könnte am Ende dazu führen, dass jemand anders ihn sich schnappen würde, daher sprang Melanie, als Rektor Mason von der River Bend Highschool die Abschlussklasse aufrief, nur von ihrem Stuhl auf, riss die Arme hoch und kreischte.

Stunden später drückte Melanie ihr Jahrbuch an die Brust und wischte sich die Tränen ab, die das, was eine Nacht des Feierns sein sollte, zu ruinieren drohten. Sie joggte von ihrem Auto zu dem heruntergekommenen Mobilheim von Zoes Mutter und klopfte heftig gegen die Tür, bevor sie sich selbst reinließ. Wie erwartet hatten Jo und Zoe die Musik schon aufgedreht und eine offene Pizzaschachtel zwischen sich stehen.

»Ihr habt ohne mich angefangen.« Sie fuchtelte anklagend mit einer Hand.

Jo hob eine Flasche Jose Cuervo hoch. »Da haben wir noch nicht mal das Siegel gebrochen.«

Melanie wollte nicht wissen, wie es JoAnne gelungen war, eine Flasche von dem aufzutreiben, was sie als »das gute Zeug« bezeichneten. Andererseits, welcher Highschool-Schüler im

Abschlussjahrgang verfügte nicht über die Möglichkeit, an Alkohol zu kommen?

Zoe trug immer noch ihren Talar, und ihr Doktorhut lag neben dem Jahrbuch, das sie zusammen mit Jo betrachtete. Jo hatte ihren Talar gleich neben der Eingangstür fallen lassen, und ihr Hut war vermutlich bei irgendeinem unbekannten Absolventen gelandet oder am Ende gar beim Hausmeister.

»Hol Gläser«, verlangte Zoe, bevor Melanie einen Fuß ins Zimmer setzen konnte.

Der Umweg von drei Schritten führte Melanie in Zoes Küche, die nur ansatzweise sauber war. Die Reste des Frühstücks von heute Morgen trockneten noch auf dem schmutzigen Geschirr in der Spüle.

Mit zwei Plastikbechern und einem Glas ließ sich Melanie vor dem Couchtisch auf die Knie fallen und streichelte Stinker, Zoes Zwergspitz-Shih-Tzu-Mischling. Der kleine Köter hatte sich diesen Namen im Lauf der Jahre redlich verdient.

»Hast du nach der Feier Mitchel Giesler gesehen?«, erkundigte sich Jo.

Melanie genoss die Ablenkung, die der Klatsch bot. »Er war schon völlig zugedröhnt.«

Zoe blätterte eine Seite ihres Jahrbuchs um, ehe sie von ihrer Peperoni-Käse-Pizza abbiss. »Der ist immer zugedröhnt.«

»Ich auch, aber ich weiß es besser, als bei der Abschlussfeier in einem Zustand aufzukreuzen, dass alle es sofort erkennen.« Jo übertrieb, aber Zoe und Melanie korrigierten sie nicht.

»Abgesehen davon, dass dein Vater dich umgebracht hätte.«

Jo verdrehte die Augen, während sie nach der Flasche griff, den Verschluss öffnete, als wolle sie etwas beweisen, und einschenkte.

Melanie schnupperte an ihrem Becher und blickte sich um. »Wollen wir das wirklich pur trinken?«

Jo hörte auf, Zoe einzugießen, und stellte die Flasche ab. »Mit Zitronen und Salz aus dem Haus zu gehen wäre viel zu verräterisch gewesen.«

»Und mit der Flasche in der Hand nicht?«, fragte Zoe.

»Was auch immer.« Jo hob ihr Glas in die Höhe. »Auf das Ende der Highschool. Nie wieder Mr Edwards und sein Lispeln.«

»Nie wieder Mrs Mothball und der modrige Geruch ihres Schrankes, der ihr überallhin folgt«, fügte Zoe hinzu.

»Nie wieder der Druck, nur Einser zu bekommen, um es aufs College zu schaffen.« Diesen Druck kannte Melanie nur zu gut.

Sie schütteten sich das flüssige Feuer die Kehlen hinunter und stellten die Glaser wieder ab.

Jo schenkte nach, während Melanie sich ein Stück Pizza nahm, um das Brennen in ihrer Kehle zu lindern. Sie aß, ohne viel zu schmecken.

Alles würde sich ändern.

Alles.

Das ganze Planen und Lernen … Ihre College-Träume würden wahr werden.

Zoe und Jo lasen die Einträge anderer Schulabgänger, während sich Melanies Augen mit Tränen füllten.

Beim ersten Schniefen blickte Jo zu ihr. »Himmel, fang nicht damit an.«

»Ich kann nichts dagegen tun«, erwiderte sie. »Ich werde euch so vermissen.«

»Es ist nur College. Du wirst in den Ferien und über den Sommer zurück sein, vermutlich siehst du uns häufiger als deine neuen Freunde.«

Melanies Lippen begannen zu zittern. Sie schüttelte den Kopf. »Werde ich nicht.«

Zoe und Jo starrten sie beide an. »Was meinst du damit?«

»Meine Eltern ziehen weg. Das Haus wird nächste Woche zum Verkauf angeboten.«

Das kesse Lächeln auf Jos Gesicht verblasste.

Zoe schob sich eine Strähne ihres glatten schwarzen Haares nach hinten. »Wohin gehen sie denn?«

Das war das Schwerste. »Meine Mutter sagt Connecticut, mein Vater Texas.«

»Und? Was wird es werden?«, wollte Jo wissen.

Jetzt waren die Tränen nicht mehr aufzuhalten. »Beides. Sie … äh …« Melanie wischte sich mit dem Ärmel ihres Talars über die Augen und atmete scharf ein. »Sie haben mir gesagt, sie seien das ewige Streiten leid. Und dass nach meinem Schulabschluss eine Scheidung für alle das Beste wäre.« Ihr älterer Bruder Marc war schon mit dem College fertig und lebte in Seattle, und sie war das Einzige, was dafür gesorgt hatte, dass ihre unglücklichen Eltern noch zusammenblieben.

»Verdammt.«

»Das ist Mist, Mel.«

»Sie zanken sich dauernd. Ich dachte einfach, so sei das in einer Ehe, wisst ihr?«

Jo und Zoe wechselten Blicke. Sie hatten beide alleinerziehende Eltern und wussten es nicht wirklich. Jos Mutter war früh bei einem Autounfall gestorben. Und Zoes Vater saß eine fünfzehnjährige Gefängnisstrafe für bewaffneten Raubüberfall ab.

Von außen betrachtet schien es, als sei im Hause der Bartletts alles in Ordnung. Wie viele Kinder war Melanie ermutigt worden, alle Vorbereitungsseminare für die Uni und Englischkurse auf College-Niveau zu belegen und Mitglied in der Schülermitverwaltung zu werden. Zuerst war sie bei den Cheerleadern gewesen, hatte das aber sein lassen, als sie Margie Taylor, die Anführerin der Cheerleaderinnen, dabei erwischt hatte, wie sie Melanies Freund küsste. Melanie hatte beide fallen lassen und sich wieder ihren echten Freundinnen zugewandt.

»Ich hab das alles für sie gemacht«, murmelte Melanie.

Zoe stand von der Couch auf und kam zu ihr, legte einen Arm um sie.

Melanie weinte nur noch mehr. »College. Sie wollten, dass ich in einem College weit weg von hier angenommen werde, damit sie neu anfangen können.«

»Kalifornien ist nicht so weit«, erinnerte Jo sie.

»Die USC ist tausend Meilen von hier entfernt, Jo. Und man braucht schon zwei Stunden von dieser gottverlassenen Stadt bis zum nächsten Flughafen.«

Zoe stieß sie an. »Du bist an der USC angenommen worden. Das ist eine große Sache. Konzentrier dich darauf.«

»Und du wirst nicht entscheiden müssen, bei welchem Elternteil du wohnen möchtest«, fügte Jo hinzu.

Melanie schnappte sich die Flasche und goss sich mehr in ihren Becher. »Ja. In Texas ist es heiß.«

Jo hob einen Mundwinkel zu einem halben Lächeln. »Connecticut klingt irgendwie langweilig und spießig.«

»Das ist es auch.« Dieses Mal brannte der Alkohol nicht so heftig. In Melanies Kopf begann sich alles zu drehen, und ihre Tränen versiegten.

Jo zog das Jahrbuch zu sich und blätterte zu einer Seite, mit der sie bereits bestens vertraut waren.

Ein Bild von ihnen dreien, die Arme umeinandergelegt: Jo bei dem Versuch, megacool zu wirken, Zoe irgendwie falsch in jeder Beziehung, aber trotzdem mit stolz gehobenem Kopf, und Melanie, das blonde Haar zu einem Pferdeschwanz gebunden und mit einem Lächeln, das ihre perfekten, weißen Zähne zeigte. Neben dem Bild stand:

Melanie: wird am ehesten beruflichen Erfolg haben.

Zoe: wird am ehesten River Bend niemals verlassen.

Jo: wird am ehesten im Knast landen.

»Selbst diese völligen Versager kapieren, wie es mit deinem Leben weitergehen wird, Mel. Du bist wirklich die von uns, die am ehesten erfolgreich sein wird.«

Melanie schob das Buch zur Seite. »Was wissen die schon? Du wirst jedenfalls nicht im Knast landen.«

Während sie die Worte noch aussprach, wusste Melanie, dass es sehr wohl möglich war. Jo hatte den Großteil ihres Teenagerlebens damit verbracht, gegen ihren Vater und alles, wofür er stand, anzugehen. Die einzige Tochter des Sheriffs einer Kleinstadt hatte nur zwei Möglichkeiten im Leben: rebellieren oder sich anpassen.

Jo rebellierte.

Während sie sich in den papierdünnen Wänden, die Zoe ihr Zuhause nannte, umschaute, dachte Melanie über ihre andere beste Freundin nach. Sie besaß einen scharfen Verstand und hatte mehr auf dem Kasten, als sie selbst ahnte, aber Zoe würde River Bend vermutlich tatsächlich nicht entkommen. Mit ihrem Teilzeitjob als Kellnerin und gelegentliche Küchenhilfe in Sam's Diner griff sie ihrer Mutter finanziell unter die Arme, und dann war da noch ihr Freund Luke. Sie waren ein Herz und eine Seele, und die Chancen standen gut, dass jemand mal das Gummi vergessen und eine kleine Zoe oder ein kleiner Luke dafür sorgen würde, dass sie heiraten mussten, bevor sie legal Alkohol trinken durften.

»Yeah!« Zoe zog die Flasche zu sich. »Jo wird nicht im Knast landen, und ich möchte die Welt sehen. Das kann ich nicht, wenn ich in River Bend bleibe.«

»Yeah!« Der Alkohol entfaltete seine Wirkung, während sie erneut anstießen.

»Wir werden es dieser Stadt zeigen.« Jo leerte ihr Glas. »Lasst uns einen Schwur leisten, hier und jetzt.«

Wie theatralisch.

»Was für einen Schwur?«

»Zu unserem zehnjährigen Klassentreffen kommen wir zurück in diese beschissene Stadt und beweisen allen, wie sehr sie sich in uns geirrt haben.«

Melanie begann zu lächeln. »Moment mal ...«

»Nicht du, Mel-Bel, bei dir wird das großartig. Wir brauchen nur unsere steinreiche und berühmte oder erfolgreiche Was-auch-immer an unserer Seite.« Zoe sprach langsam undeutlich.

Melanie war immer noch nicht überzeugt, ob sie mit darauf anstoßen sollte.

»Um deinen Eltern zu zeigen, dass ihr Timing Mist ist«, schlug Jo vor.

»Darauf kann ich trinken.«

Und das taten sie.

KAPITEL EINS

Zehn Jahre später

Grants Pass hatte ihr Auto auf dem Gewissen. Melanie bog vom Highway ab, fuhr in Richtung Küste und wusste, die Chance, anderen Fahrern zu begegnen, nachdem die Sonne untergegangen war, bewegte sich gegen null. Das Geräusch unter der Motorhaube und das gelegentliche Stottern und Husten aus ihrem Auspuff bestätigten ihre vorherige Vermutung.

Grants Pass hatte ihr Auto auf dem Gewissen.

»Komm schon, Baby, nur noch vierzig Kilometer.« Sie klopfte aufmunternd auf das Armaturenbrett und sprach mit leiser Stimme, um Hope nicht aufzuwecken.

Melanie blickte zur Rückbank. Hope umklammerte ihr Lieblingsstofftier, hatte die Beine angezogen und den Kopf auf ein Kissen gelegt. Ihre Lippen waren geöffnet, die Augen geschlossen.

Anfangs war die Fahrt ein Abenteuer gewesen, aber nachdem sie acht Stunden unterwegs gewesen waren, hatte Hope getan, was jede Siebenjährige tun würde: gejammert.

Das war eineinhalb Tage her. Sie hatten angehalten, um zu essen, und in einem Motel übernachtet.

Der Wagen stotterte, und Melanie richtete ihre Aufmerksamkeit wieder zurück auf die Straße. Kiefern ragten in den Spätnachmittagshimmel, und die Wolken und der Geruch in der Luft verrieten ihr, dass der Regen nicht weit war.

Alles, was sie wollte, war, nach River Bend zu kommen. Sie besaß genug Geld, um ein, zwei Nächte in Miss Ginas Bed & Breakfast zu bleiben. Hoffentlich würde Gina ihr der alten Zeiten wegen im Austausch für etwas Hilfe in der Küche einen Sonderpreis geben. Und vielleicht konnte sie, wenn sie zusätzlich ein paar Betten machte, sogar noch etwas länger bleiben.

Alles, was dafür nötig war, war, es im Auto irgendwie zur Stadt zu schaffen und zu hoffen, dass Miss Gina sie auch jetzt schon bei sich aufnehmen konnte. Eigentlich erwartete sie sie erst in einer Woche.

Melanie fuhr um die Kurve und wich in letzter Sekunde einem Schlagloch aus, in dem der halbe Wagen verschwunden wäre, hätte sie es nicht rechtzeitig gesehen. Während sie gegenlenkte, ertönte ein neues Geräusch von ihrem bereits missgestimmten Motor.

Sie hielt die Luft an und entschied, den Fuß etwas vom Gas zu nehmen.

Das Geräusch blieb.

Bei der nächsten Kurve wechselte das gelegentlich aufblinkende Werkstatt-Zeichen zu einem stetigen roten Leuchten. Melanie tätschelte das Armaturenbrett, hoffte, es wäre nur ein Fehler.

Nur noch dreißig Kilometer. Nur noch dreißig Kilometer.

Hopes schläfrige Stimme riss Melanie aus ihrem halblauten Mantra. »Mommy?«

»Hey, Süße.«

»Sind wir schon da?«

»Beinahe.« Sie warf ein schwaches Lächeln über ihre Schulter.

15

»Wann ist es dunkel geworden?«

Gute Frage. *Als ich nicht hingeschaut habe.* »Noch nicht lange.«

»Ich hab Hunger.«

»Ich weiß, aber wir sind fast da.«

Ihre Mistkarre von Auto stotterte weiter und wurde langsamer. »Nein, nein, nein.«

»Ist das Auto wieder krank?«

»Nein … Ja … Nur noch ein kleines Stück.« Sorge kroch ihr den Rücken hoch, als es auch noch zu regnen begann.

Sie griff nach ihrem Handy und fluchte halblaut. Kein Empfang.

Natürlich nicht. Warum sollte River Bend in Hightech-Mobilfunkmasten investieren, solange Funkgeräte funktionierten?

»Hope, Kleines, ich möchte, dass du auf Mommys Handy schaust und mir Bescheid sagst, wenn wir Empfang haben.«

Hope griff nach dem Telefon und legte es sich auf den Schoß.

Kaum einen Kilometer später sagte sie: »Ein Strich … Warte. Nein, der ist wieder weg.«

Auf dem Armaturenbrett flammte eine zweite Leuchte auf. Sie blinkte hektisch, als wollte sie Melanie eine Idiotin schimpfen, weil sie überhaupt noch weiterfuhr. »Mir bleibt keine andere Wahl«, erklärte sie und schlug noch einmal mit der Hand auf das Armaturenbrett.

Sah ganz so aus, als sei das Auto jetzt beleidigt, denn es hustete ein letztes Mal, bevor der Motor völlig den Geist aufgab.

»Nein. Komm schon … Nein!«

»Das ist nicht gut«, warf Hope ein.

»Nein, überhaupt nicht.« Melanie gelang es, den Wagen an den Straßenrand zu lenken. Sie schob den Schaltgriff auf »Neutral« und versuchte neu zu starten.

Klick.
Klick.

Sie lehnte ihre Stirn an das Lenkrad und schloss die Augen. Nur noch achtundzwanzig Kilometer weiter. Das war alles, was sie brauchte. Das Verlangen, sich einfach zusammenzurollen und alles um sie herum zu ignorieren, war beinahe überwältigend.

»Es ist schon okay, Mommy. Wir können laufen.«

Melanie stieß ein frustriertes Lachen aus. »Nein, Süße. Es ist zu dunkel.« *Und zu weit.*

Hope öffnete ihren Gurt und reichte ihr das Handy zurück. »Du kannst doch jemanden anrufen.«

Sie versuchte ein Lächeln und blickte auf das Display.

Kein Empfang.

Sie hielt es in die Höhe.

Nichts.

Melanie stieß die Tür auf, stand im Dunkeln an der Straße und fuchtelte mit ihrem Handy in der Luft herum. Das Display warf seinen Schein auf ihr Gesicht, aber dennoch verspotteten sie die Worte »Kein Empfang«.

Melanie griff in den Wagen und öffnete den Kofferraum.

Während der Regen stärker wurde, holte sie sich ein Sweatshirt aus ihrer Reisetasche und eines für Hope aus deren leuchtend lilafarbenem Koffer.

Nachdem sie den Warnblinker eingeschaltet und die Motorhaube geöffnet hatte als Zeichen für alle, die vielleicht vorbeikamen, dass sie liegen geblieben waren und Hilfe brauchten, kletterte sie nach hinten auf die Rückbank zu ihrer Tochter.

Sie schüttelte ihr regennasses Haar und half Hope, in ihr Sweatshirt zu schlüpfen. »Es wird ein bisschen kalt.«

»Wir können doch die Heizung anmachen.«

»Das funktioniert nur, wenn der Motor läuft, Süße.«

»Oh.«

Melanie fand die Reste ihres Proviants für die Fahrt und bot ihrer Tochter die letzten Käsecracker und Gummibärchen an. Irgendjemand würde schon vorbeikommen, sagte sie sich.

Sie wählte den Notruf in der vagen Hoffnung, dass die »Kein Empfang«-Meldung genauso kaputt war wie ihr Auto.

Es klingelte einmal und verstummte. Melanie versuchte es noch ein paarmal, ehe sie aufgab.

»Weißt du, wo wir sind?«, fragte Hope mit einem Mund voller Cracker.

»Bis River Bend sind es nur noch ein paar Kilometer.«

Hope wischte mit ihrem Ärmel über die beschlagene Scheibe und spähte nach draußen. »Das sind eine Menge Bäume.«

Melanie ertappte sich bei einem Lächeln. »Ja. Die haben mir gefehlt.«

»Unsere Bäume sind kleiner.«

»Als ich ungefähr so alt war wie du jetzt, bin ich an ein paar von diesen Bäumen hochgeklettert.«

Hopes blaue Augen wurden groß. »Du bist auf Bäume geklettert?«

»Und es hat eine Woche gedauert, das Harz wieder von meinen Händen runterzubekommen.«

»Ich möchte auch auf einen Baum klettern.«

»Meine Freundin Zoe hatte auf der Wiese neben ihrem Haus den besten Kletterbaum der ganzen Gegend.«

»Glaubst du, er ist immer noch da?«

»In einer Kleinstadt ändert sich selten was. Ich vermute, er steht noch an genau derselben Stelle und wartet nur darauf, dass ein anderes kleines Mädchen kommt und an ihm hochklettert.«

Das Prasseln des Regens auf dem Autodach wurde lauter. Sie schauten beide hoch, und Hope begann unruhig hin und her zu rutschen.

O nein.

»Mommy?«

Melanie schloss die Augen.

»Ich muss mal.«

Wie aufs Stichwort blitzte es am Himmel, und ein gewaltiger Donner ließ das Auto erzittern.

* * *

Melanie wartete, bis Hope es überhaupt nicht mehr aushielt, ehe sie ihnen beiden Jacken anzog und die Tür hinten auf der Beifahrerseite aufstieß. Nicht dass es irgendetwas ausgemacht hätte, wenn sie die auf der Fahrerseite geöffnet hätte, denn in den vierzig Minuten, die sie hier nun schon standen, war niemand vorbeigekommen.

Sie war nur mit einem Fuß aus dem Auto und steckte schon bis zum Knöchel in nassem Schlamm. Was sich da neben dem Auto erstreckte, war weniger eine Pfütze als eine Moorlandschaft.

Sie griff nach ihrer Tochter und gab sich große Mühe, sie vor dem ärgsten Matsch zu bewahren. »Wir wollen nicht zu weit vom Auto weg, Hope. Du musst es hier machen.«

Hope verzog das Gesicht und sah aus, als wollte sie protestieren.

Der Regen wurde heftiger, und Hope schob ihre Jeans nach unten.

Melanie hielt ihre Tochter am Arm, um sie zu stützen, und wartete. Unter einer eisigen Böe begannen ihre Zähne zu klappern.

Sie wollte Hope gerade zur Eile antreiben, als die auch schon aufstand und sich die Hose hochzog. Um nicht durch den Matsch wieder zum Auto zurückzulaufen, lotste Melanie ihre Tochter um das Heck des Autos herum und half ihr auf der anderen Seite auf die Rückbank.

Statt sich neben sie zu setzen, ging Melanie zum Fahrersitz und öffnete den Kofferraum. Sie würden sich beide trockene Sachen anziehen müssen, oder sie würden ihre erste Woche in River Bend krank im Bett verbringen.

»Verdammter Regen«, sagte sie, als Hope es nicht hören konnte.

Sie warf Hopes kleinen Koffer auf den Vordersitz und wollte gerade ihre Tasche holen, als Licht durch die Bäume oberhalb ihres Autos flackerte. Einen kurzen Moment glaubte sie, es sei ein Blitz gewesen, aber dann hörte sie das Geräusch eines Motors.

Melanie ließ ihre Reisetasche neben dem Auto fallen, als ein großer Pick-up mit langer Ladefläche etwas zu schnell um die Kurve kam.

Sie hielt sich die eine Hand über die Augen, um nicht geblendet zu werden, und wedelte mit der anderen. »Bitte bleib stehen«, flüsterte sie vor sich hin. *Und sei kein Axtmörder.*

Ihr Herz setzte einen Schlag aus, als der Wagen durch eine Pfütze in der Mitte der Straße fuhr und sie von oben bis unten nass spritzte. Gerade als sie sicher war, dass das Auto einfach vorbeifahren würde, hörte sie das Quietschen von Bremsen und sah die grellroten Lichter in der dunklen Nacht aufstrahlen.

»Gott sei Dank.«

Kaum hatten die Worte ihre Lippen verlassen, als der Pick-up auch schon den Rückwärtsgang einlegte und ihr eine weitere Dusche verpasste.

Ein groß gewachsener Mann stieg aus und musterte sie über die Ladefläche hinweg.

»Ich glaube, Sie haben eine Stelle vergessen«, sagte Melanie zähneklappernd.

»Was zur Hölle haben Sie hier auf der Straße im Regen verloren?« Der Fremde brüllte sie tatsächlich an.

Unter seiner Kapuze konnte sie sein Gesicht nicht wirklich erkennen. Sie registrierte im Schein der Innenbeleuchtung seines Pick-ups zwar irgendeine Gesichtsbehaarung, aber sie konnte nicht sagen, ob es ein »Ich bin ein einsamer Mann aus den Bergen, der liegen gebliebene Frauen und Kinder zerhackt und ihre Körperteile verscharrt«-Bart war oder ein modisches Statement.

»Ich genieße einen Spaziergang«, schrie sie zurück.

»Was?«

Melanie schüttelte den Kopf. »Ich hatte eine Panne.«

Genau in dem Moment öffnete Hope die Hintertür.

»Mommy?«

»Mach die Tür zu, Hope.«

Hope ließ den Fremden nicht aus den Augen. »Können Sie uns in die Stadt mitnehmen?«

Melanie warf dem Mann einen Blick zu. »Hope, mach die Tür zu.«

»Aber …«

»Hope!« Sie benutzte ihre Mutterstimme, und ihre Tochter gehorchte endlich.

Sie meinte, bei dem Fremden ein Grinsen aufblitzen gesehen zu haben. Die Dunkelheit verbarg seine Augen, sodass sie keinen Eindruck davon gewinnen konnte, ob sie bei ihm sicher sein würden.

»Hören Sie, Lady … Ich kann Sie und Ihre Tochter mit in die Stadt nehmen. Es ist nicht sehr weit.«

Melanie schlang die Arme um sich in dem Versuch, ein Zittern zu unterdrücken. »Äh, ja … Aber Sie könnten ja auch ein entlaufener Sträfling sein.«

Der Mann lachte. »Ein entlaufener Sträfling hätte nicht angehalten.«

Vielleicht.

»Ich würde mich besser fühlen, wenn Sie mir einen Abschleppwagen schicken könnten, wenn Sie in der Stadt angekommen sind.«

»Sie wollen, dass ich Sie hier draußen allein lasse?«

Sie zitterte wieder. »Ein Abschleppwagen ist besser als ein entlaufener Sträfling. Ich würde es wirklich zu schätzen wissen«, antwortete sie.

Der Mann drehte den Kopf zur Straße und dann wieder zurück zu ihr und ihrem liegen gebliebenen Wagen. »Wie Sie wollen.« Damit stieg er wieder in die Fahrerkabine seines Pick-ups und fuhr los.

Er kam nur ein paar Meter weit, ehe er seinen Wagen an den Straßenrand lenkte und den Warnblinker einschaltete.

Sie wusste nicht, was er vorhatte, aber es war witzlos, noch länger im Regen rumzustehen und zu versuchen, aus ihm schlau zu werden.

Nachdem die Reisetasche wieder zurück im Kofferraum war, kroch sie neben ihre Tochter. Sie griff über Hope hinweg und verriegelte die Tür, dann wischte sie mit der Hand über die beschlagene Fensterscheibe, um weiter den Pick-up beobachten zu können – oder, viel wichtiger, den Fremden darin.

»Ruft er Hilfe?«, wollte Hope wissen.

»Ich glaub schon.«

Melanie behielt seinen Wagen im Auge und zog ein trockenes Sweatshirt und Leggins aus der Tasche ihrer Tochter. Sie schälte sie aus ihrer nassen Kleidung und half ihr, sich trockenere Sachen anzuziehen, wobei sie selbst die ganze Zeit zitterte.

Sie warf gerade nasse Kleidung auf den Boden vor dem Vordersitz, als eine Faust gegen das Fenster klopfte. Melanie zuckte zusammen.

Draußen war nichts von einem anderen Auto zu sehen, oder einem Abschleppwagen oder sonst was. Nur die große Gestalt des Fremden. Da sie das Fenster nicht einfach runterkurbeln konnte, um mit ihm zu sprechen, war sie hin- und hergerissen, was sie tun sollte.

»Willst du nicht die Tür öffnen?«, fragte Hope.

»Ich … hm …«

Er klopfte wieder.

Und sie zuckte wieder zusammen.

Das Prasseln des Regens auf dem Autodach machte es unmöglich, durch das geschlossene Fenster zu schreien. Melanie öffnete die Tür einen Spalt, hielt den Griff aber mit beiden Händen fest, um sie jederzeit zuschlagen zu können. Als er keine Anstalten machte, sie weiter aufzuziehen, entspannte sie sich ein wenig.

»Der Abschleppwagen ist eine Stunde entfernt. Sind Sie sicher, dass Sie nicht doch mit mir mitfahren möchten?«

Der Mann war immer noch lediglich ein Schatten, obwohl seine Stimme nett klang.

»Eine Stunde«, jammerte Hope neben ihr.

»Sch.«

»Ich werde Ihnen nichts tun, Lady. Das schwöre ich.« Er hob beide Hände in die Luft.

»Ich wette, Jack the Ripper hat genau das Gleiche gesagt.«

Der Mann kratzte sich am Kopf.

»Sie können weiterfahren. Uns geht's gut.«

Der Mann murmelte irgendetwas vor sich hin, machte auf dem Absatz kehrt und marschierte zurück zu seinem Pick-up.

Melanie schloss die Tür, verriegelte sie wieder und wischte über die Fensterscheibe, um ein Auge auf den Fremden zu haben.

»Der wirkte nett«, bemerkte Hope.

»Das ist er vielleicht auch, aber ich gehe lieber kein Risiko ein.« Sie sah Abgase aus dem Auspuff des Pick-ups kommen, aber er machte keine Anstalten, loszufahren. »Lass dir das eine

Lektion sein, junge Dame. Steig niemals zu einem Fremden in ein Auto.«

»Ist denn nicht auch der Typ im Abschleppwagen ein Fremder?«, erkundigte sich Hope.

»Na ja, also … Das ist was anderes.«

»Warum?«

Jetzt war Melanie damit an der Reihe, sich am Kopf zu kratzen. »Das ist es einfach.«

»Das ist eine typische Mama-Antwort.«

Melanie verdrehte die Augen in Richtung ihrer vorlauten Tochter. »Abschleppwagenfahrer sind dafür da, einem zu helfen, wenn das Auto liegen bleibt. Die machen ihre Arbeit.«

»Wie ein Polizist oder ein Feuerwehrmann?«

»Ja.«

»Das sind doch nicht die einzigen Leute, die Fremden helfen wollen.«

»Ich weiß, Süße. Vielleicht möchte der Mann uns tatsächlich einfach nur helfen, aber ich kenne ihn nicht.« *Vertrauen muss man sich verdienen, man bekommt es nicht geschenkt. Und selbst wenn es verdient ist, kann man es auch schnell wieder verlieren.*

Fünf Minuten verstrichen in Schweigen, als Hope die Fragen über Fremde und darüber, ob man ihnen vertrauen konnte, ausgingen.

Der Fremde machte den Motor wieder aus und blieb in seiner Fahrerkabine sitzen.

Melanie beobachtete seinen Schatten wie ein Adler.

Nicht einmal zwanzig Minuten später wurde die Straße in das rote und blaue Blinklicht eines Sheriffautos getaucht, das um die Kurve gefahren kam und hinter Melanies Schrottkarre anhielt.

»Bleib hier«, sagte sie und stieg aus. Der Regen fiel nicht mehr in Strömen, sondern war ein stetiger Landregen geworden, nicht dass das für sie einen Unterschied gemacht hätte.

Der Streifenpolizist verließ seinen Wagen und setzte sich einen Hut mit Regenhaube auf.

»Sieht so aus, als hätten Sie Probleme.« Melanie hörte die Stimme einer Frau und ließ erleichtert die Schultern sinken.

»Blöde Karre.« Melanie trat im Vorbeigehen gegen einen Reifen.

Die Polizistin richtete ihre Taschenlampe auf das Auto und dann in Melanies Gesicht.

»Mel?«

Melanie schnappte nach Luft. »JoAnne?«

Jo leuchtete sich selbst ins Gesicht, und Melanie atmete erfreut auf. »O mein Gott. Ich wusste, dass du Sheriff bist, aber … Wow! Schau dich nur an.«

Und ihre bewaffnete, mit einer Taschenlampe ausgerüstete allerbeste Freundin quietschte, wie es eine Freundin tun sollte, und umarmte sie.

»Sieht ganz so aus, als könnten Sie das jetzt übernehmen, Sheriff«, drang die Stimme des Fremden durch den Regen.

»Melanie ist eine alte Freundin. Danke für den Anruf, Wyatt.«

Also heißt er Wyatt.

»Vielleicht möchtest du deiner Freundin erklären, dass nicht jeder sie in Stücke hacken will.«

»Das mach ich«, rief Jo Wyatt nach, während der zu seinem Pick-up ging und davonfuhr.

»Was ist mit ihm?«, fragte Melanie, bevor sie sich zurückhalten konnte.

Bevor Jo antworten konnte, steckte Hope den Kopf zur Hintertür hinaus. »Kann ich jetzt raus?«

Melanie winkte ihrer Tochter, und sie kletterte aus dem Wagen und rannte zu ihr.

Kapitel zwei

Jo bestand darauf, dass Melanie und Hope bei ihr übernachteten. Es war nicht so schwer, dazu Ja zu sagen, da Hope förmlich um eine warme Mahlzeit und ein geheiztes Haus bettelte.

Nachdem ihre Freundin wieder auf die Wache zurückgekehrt war, machte Melanie es sich in Jos Heim aus Kindertagen gemütlich. Der Grundriss des Bungalows war unverändert, aber die Möblierung war neu, und die Wände wiesen keine Tapete mit Blumenmuster mehr auf.

Sobald sie Hope im Gästezimmer ins Bett gesteckt hatte – satt, geduscht und erschöpft –, entkorkte Melanie eine Flasche Wein und zündete im Kamin ein Feuer an. Irgendwie hatte sie das Gefühl, als ob alles viel kleiner wäre, als sie es in Erinnerung hatte, und so still.

Sie hatte hier nie Zeit verbracht, ohne dass ihre Freundin da gewesen wäre, und sie ertappte sich dabei, wie sie sich umschaute und darauf wartete, dass Sheriff Ward zur Tür hereinkam und ihr wegen Alkoholkonsums die Leviten las. Es war völlig egal, dass sie inzwischen achtundzwanzig Jahre alt war, weit über das Mindestalter hinaus, um trinken zu dürfen. Die eigenen Eltern oder auch die Eltern der Freunde, die einen schon gekannt hatten, noch bevor man einen BH hatte tragen müssen, schüchterten einen derart ein, dass man glatt meinte, wieder ein Teenager zu sein.

Melanie wackelte mit den Zehen und genoss die Wärme, bis es keine Stelle an ihrem Körper mehr gab, die sich kalt anfühlte. Es war schon so furchtbar lange her, dass sie das letzte Mal vor einem Kamin gesessen hatte. Vermutlich direkt nach Hopes Geburt, als ihre Mutter ihr Flugtickets geschenkt hatte, damit sie zu Besuch an die Ostküste kommen konnten.

Was für eine Katastrophe das geworden war. Welche mütterlichen Instinkte Felicia Bartlett auch besessen haben mochte, als Melanie ein Kind gewesen war, sie hatten sich an dem Tag in Luft aufgelöst, an dem ihre Scheidung rechtskräftig geworden war.

Die kostenlose Reise nach Connecticut war einzig dazu gedacht gewesen, das schlechte Gewissen ihrer Mutter zu besänftigen. Melanie war hingefahren, weil sie gehofft hatte, Hope eine Großmutter zu geben. Zu dem Zeitpunkt, als sie wieder in den Flieger nach Kalifornien gestiegen war, hatten sich alle Hoffnungen auf eine liebevolle Großmutter für ihre Tochter in Luft aufgelöst.

Felicia schickte Hope jedes Jahr zum Geburtstag hundert Dollar und eine unpersönliche Geburtstagskarte, einen weiteren Scheck zu Weihnachten. Wenn Melanie es sich hätte leisten können, das Geld abzulehnen, hätte sie es getan. Aber Stolz brachte kein Essen auf den Tisch.

Wenn es nur um sie allein ginge, hätte sie es vermutlich zurückgeschickt. Stattdessen zahlte sie jeden Dollar auf ein Sparkonto für Hope ein. Es würde am Ende zwar nicht viel sein, aber vielleicht würde es, wenn ihre Tochter den Führerschein hatte, für ein einigermaßen funktionstüchtiges Auto reichen. Ans College wollte sie lieber gar nicht erst denken.

Das Klimpern von Schlüsseln an der Tür verriet ihr, dass Jo zu Hause war.

Melanie hob beide Hände in die Luft, in der einen das Weinglas. »Ich war es nicht«, sagte sie, während Jo die Tür hinter sich schloss.

Jo lachte und schob sich den Regenmantel von den Schultern. »Das sagen die Schuldigen immer.«

Als Jo den Gürtel, der den Eindruck machte, als würde er mindestens zwanzig Pfund wiegen, von ihren Hüften nahm und ihn auf einem Seitentischchen drapierte, begann sie wieder ein wenig mehr wie Melanies alte rebellische Freundin auszusehen und weniger wie eine Polizistin.

»Danke, dass du uns hier übernachten lässt. Hope war ziemlich erschöpft.«

»Du hast selbst auch ein bisschen mitgenommen gewirkt.«

Melanie erhob sich von der Couch und holte ein Glas aus der Küche. Sie goss ihrer Freundin etwas Wein ein. »Ich hatte schon bessere Tage.«

»Ich bin nur froh, dass du da bist. Es ist viel zu lange her.«

Melanie setzte sich wieder hin und zog die Füße an. »Ich weiß … Und es tut mir leid.«

»Weswegen tut es dir denn leid?«

»Ich bin nicht mal zur Beerdigung deines Vaters zurückgekommen.« Ihre Augen wanderten zu dem Sims über dem Kamin. Dort stand in einem dreieckigen Rahmen die gefaltete Flagge, die über Sheriff Wards Sarg drapiert gewesen war.

Jo ließ sich ihr gegenüber in einen Sessel fallen.

»Ich bin auch nicht zu dir gekommen, als Hope geboren wurde. Damit sind wir quitt. Außerdem … Beerdigungen sind Mist, und schreiende Frauen in den Wehen sind auch nicht viel besser.«

Darüber lachten sie beide.

»Sie ist echt hübsch. Sieht fast so aus wie du, als wir noch Kinder waren.«

»Sie ist wunderbar und klug. So verdammt klug.«

»Wie ihre Mutter.«

Selbst sieben Jahre später war es immer noch schwierig, das zu hören.

»Ihre Mutter war nicht klug genug. Hat nicht mal den College-Abschluss geschafft.«

Jo schwenkte das Glas in ihre Richtung. »Nicht deine Schuld. Du bist schließlich nicht rausgeflogen.«

Nein, sie war nicht rausgeworfen worden. Sie hatte die entsprechenden Noten gehabt, aber nachdem ihre Eltern sich getrennt und das Haus hier verkauft hatten, hatten sie entschieden, dass sie sich die teure Schule doch nicht leisten konnten. Ihre Eltern hatten zu viel Geld verdient, um ihre Tochter für die Unterstützung einkommensschwacher Familien zu qualifizieren, aber zu wenig, um die Gebühren zu zahlen.

Als Melanie begriffen hatte, wie schnell ihre Schulden durch die Studienkredite stiegen, während sie gleichzeitig noch keinen Plan davon hatte, wo sie in ihrem Leben hinwollte, hatte sie das College abgebrochen. Von ihrer Familie und ihren Freunden getrennt, hatte sie sich einem Mann zugewandt. Ihr Zug in die Zukunft war jedoch entgleist, und das, was davon übrig war, schlief oben im Gästezimmer.

»Das Leben läuft meist nicht so, wie wir es uns gedacht hatten«, erklärte Jo. »Hilft dir dein Mistkerl von Exmann finanziell?«

»Nathan?«

Jo blickte über ihr Glas. »Hast du mehr als einen Exmann?«

Es war an der Zeit, reinen Tisch zu machen. »Nein. Ich …« Sie holte tief Luft. »Ich habe nicht mal einen.«

»Einen was?«

»Exmann. Ich habe Nathan nie geheiratet.«

Jo ließ ihr Glas langsam auf ihren Schoß sinken. »Aber du hast doch gesagt …«

»Ich weiß, was ich dir erzählt habe. Was ich allen erzählt habe. Es war mir peinlich, und ich hatte Angst. Ich wusste schon in dem Moment, in dem ich Nathan das mit Hope mitgeteilt habe, dass er nicht bleiben würde. Er sagte, wir sollten heiraten. Ich habe ihm geantwortet, ich würde darüber nachdenken. Und ehe ich mich's versah, behauptete er überall, ich wäre seine Frau.«

»Also gab es keinen Standesbeamten oder Friedensrichter?«

Melanie nahm einen großen Schluck von ihrem Wein. »Nein. Wenn wir es bis zu Hopes Geburt geschafft hätten und durch das erste Jahr …«

Jo wandte nicht den Blick von ihr. »Ich dachte, du hättest dich in Mr Right verliebt.«

»Ich war nach der USC so durch den Wind. Ich hab einen Teilzeitjob als Kellnerin gefunden, bis ich alt genug war, Alkohol auszuschenken, dann bin ich an die Bar gewechselt. Drinks zu servieren und dabei in den Po gekniffen zu werden war mein täglich Brot. Unter der Woche habe ich versucht, Online-Kurse an einem Community College zu belegen. Nathan hat nicht lange gebraucht, mich davon zu überzeugen, zwei Jobs anzunehmen, damit er sich auf sein Studium konzentrieren konnte. Danach wollte er arbeiten, sodass ich wieder …« Sie sprach nicht weiter. Eine kurze Zeit lang hatte sie gedacht, es könnte funktionieren.

»Ich erinnere mich noch, wie du mir erzählt hast, du wolltest deine Ausbildung für ihn aufschieben. Hat mich sehr geärgert. Ich hatte dich immer für stärker gehalten.«

Melanie verzog verächtlich das Gesicht. »Man geht von der Highschool ab und glaubt, man könne die Welt erobern. Doch dann tritt sie dir in den Hintern.«

Jo hob ihr Glas. »Darauf trinken wir.«

Sie saßen da und beobachteten, wie die Flammen an dem Holzscheit im Kamin leckten.

»Also unterstützt dich Nathan überhaupt nicht?«

»Nachdem er erst mal begriffen hatte, dass ein Kind großzuziehen bedeutete, dass einer von uns die ganze Zeit zu Hause sein musste, dass ich also nicht länger arbeiten gehen konnte, um sein Studium zu finanzieren, und er keine Partys feiern konnte, wenn ich arbeitete, hat es ihn nicht mehr lange bei uns gehalten. Er ist aus unserer Wohnung aus- und bei einem Freund eingezogen. Im ersten Jahr hat er mir gelegentlich Geld gegeben. Dann ist er eines Tages gekommen und hat einen Streit angefangen, hat gesagt, er hätte immer schon bezweifelt, dass Hope überhaupt von ihm sei.«

»Arschloch.«

»Ja. Dann ist er endgültig gegangen.« Melanie schüttelte die Erinnerungen ab und schenkte sich nach. Der Wein begann ihr schon zu Kopf zu steigen. Sie trank nicht oft, weil es niemanden gab, der sich um Hope kümmern konnte, falls etwas passierte. Dass Jo hier war, erlaubte es ihr, sich ein wenig zu entspannen.

»Das tut mir wirklich leid, Mel.«

Sie zuckte die Achseln. »Mir auch. Nicht wegen Hope. Ich meine, sicher, anfangs hat es mir eine Heidenangst eingejagt, Mutter zu werden, bevor ich mein Leben im Griff hatte. Es ist schwer gewesen, aber ich würde sie gegen nichts eintauschen.«

»Das sagen alle Eltern.«

»Das wirst du schon selber verstehen, wenn du erst mal ein eigenes Kind hast, Jo. Das verändert dich.«

Jo trank ihren Wein aus und stellte das Glas neben sich ab. »Ich habe genug Verpflichtungen. Das Letzte, was ich brauche, ist ein Kind.«

»Das habe ich auch gesagt.«

»Und wie ist es jetzt? Nach den Koffern zu schließen, die du und Hope mitgebracht habt, wird euer Aufenthalt hier länger als eine Woche dauern.«

Der Wein machte sie zu einer echten Heulsuse. »Ich hab keine Ahnung, was zur Hölle ich tun soll. Es ist so unfassbar teuer, in Kalifornien zu leben, selbst im Nirgendwo in Bakersfield. Die Schule, die Hope besucht hat, war furchtbar. Und die Nachbarschaft würde dich in Lohn und Brot halten, bis du achtzig bist.«

»Was ist mit deinem Job?«

»Ach, mein Job. Ich habe es so satt, in den Po gekniffen zu werden.«

Jo stand aus ihrem Sessel auf und setzte sich neben Melanie, legte ihr einen Arm um die Schultern. »Klingt ganz so, als brauchtest du einen Neuanfang.«

Melanie wischte sich eine Träne von der Wange. »Das tue ich. Ich weiß nicht, ob der hier ist, aber ich weiß, dort gab es ihn nicht.«

»Du kannst bei mir wohnen. Ich habe mehr als genug Platz.«

Melanie schüttelte den Kopf. »Das kann ich nicht tun, Jo.«

»Doch, klar geht das.«

»Es wäre zu einfach. Dann könnte ich auch zurück zu meinen Eltern ziehen. Wenn mein Neubeginn hier in River Bend sein soll, dann muss ich das auf eigenen Beinen schaffen, nicht auf deinen.«

Jo runzelte die Stirn, dann seufzte sie. »Okay, verstanden. Aber das Angebot gilt.«

Melanie streckte die Arme aus, um Jo über die leere Flasche Wein zwischen ihnen hinweg an sich zu drücken.

In die Stille hinein sagte Jo: »Ich kann mich gar nicht an das letzte Mal erinnern, dass mich jemand in den Po gekniffen hat.«

* * *

Hope begann bei Tagesanbruch, auf dem Bett zu hüpfen. »Du verplemperst unsere Ferien mit Schlafen, Mommy.«

»Ich bin wach. Steh gleich auf.« Melanie rieb sich mit einer Hand über die Augen und versuchte die Müdigkeit abzuschütteln. Hope war schon am Fenster und zog die Vorhänge zurück.

»O Gott.« *Ein Glas Wein zu viel. Ich vertrage wirklich nichts mehr.*

»Es regnet nicht«, verkündete Hope.

Dafür brannte die Sonne Melanie in den Augen, als wäre sie ein Vampir. Sie schlug die Decke zurück und ging barfuß durchs Zimmer, schlüpfte in einen Bademantel.

»Komm, Süße, lass uns etwas Müsli und einen Fernseher finden.« Um Hope zu beschäftigen, während sie sich rasch duschte.

Der Duft von frisch gebrühtem Kaffee stieg ihr warm und verlockend in die Nase, noch ehe sie unten ankamen. Jo hatte eine Kanne gekocht und eine Nachricht dagelassen.

Mach's dir gemütlich. Ich bin auf der Wache. Du und Hope solltet mal vorbeikommen. Dein Auto ist bei Millers. Ja, immer noch Millers und immer noch an derselben Stelle. Nimm solange meinen Wagen, ich habe ja noch mein Dienstfahrzeug. Ich bin wirklich froh, dass du hier bist. Jo

Melanie spielte mit den Schlüsseln, während sie den Zettel überflog. Sie war auch froh, hier zu sein. Nachdem sie einen Zeichentrickkanal gefunden und Hope mit Frühstück versorgt hatte, machte sie sich auf den Weg ins Bad.

Eine Stunde später ging sie mit Hope an der Hand durch die Stadt. JoAnnes Wagen stand noch sicher in der Garage. Nach den vielen Stunden im Auto in den vergangenen Tagen fühlte es sich gut an, zu Fuß unterwegs zu sein.

Bei dem Spaziergang durch die Stadt musste sie immer wieder lächeln, als sie sich an Sachen erinnerte. Der Pavillon aus weiß gestrichenem Holz stand in der Mitte eines kleinen Parks mit weiten Rasenflächen. Als sie daran dachte, wie sie und Marc als Kinder hier Fangen gespielt hatten, hörte sie im Geiste sein

Lachen. Sie konnte beinahe das heiße Popcorn riechen, das fest zu jedem Feiertag zu gehören schien, der hier im Freien verbracht wurde.

Melanie zeigte auf die Schaufenster der Geschäfte, erzählte Hope, welche Läden in ihrer Kindheit schon da gewesen waren. Die meisten waren noch die gleichen. Etwas frische Farbe, neue Schilder an den Gebäuden, aber alles fühlte sich vertraut an.

Sie bogen in die Second Street ab und gingen weiter zu Millers Kfz-Reparaturen. Der Abschleppwagen stand auf einem der Parkplätze, daneben ein alter Ford-Pick-up. Innen in der Werkstatt befand sich auf der einen Seite ihr Auto. Die Motorhaube war offen, eine Lampe hing daran, wo der Mechaniker sie vergessen haben musste. Aus den Lautsprechern dröhnte laute Heavy-Metal-Musik.

Als Melanie niemanden entdecken konnte, unternahm sie einen Versuch, über die Musik hinweg gehört zu werden. »Hallo?«

Stille. Na ja, außer dem Gewummere.

Sie wagte sich weiter hinein. »Hallo?«

»Moment«, hörte sie eine Männerstimme.

Abwartend blieb sie vor dem offenen Motorraum ihres Autos stehen. Wer auch immer ihn sich angeschaut hatte, hatte einzelne Teile abmontiert und auf die Seite gelegt. Der Programmcode eines Computers war ihr genauso fremd wie die Unterseite eines Autos. Sie verstand absolut gar nichts von Motoren oder Technik und würde jetzt auch nicht so tun, als ob das anders wäre.

Die Musik wurde runtergedreht, und jemand rief: »Hey.«

Melanie drehte sich zu einem vertrauten Gesicht um. »Hallo, Mr Miller.«

Mr Miller führte die Kfz-Werkstatt von River Bend, solange Melanie sich erinnern konnte. Er hatte unterdessen vermutlich jedes Auto im Ort schon mal hiergehabt. Mit seinen knapp zwei

Metern und gut zwanzig Kilo Übergewicht hatte Mr Miller immer schon Furcht einflößend gewirkt. Bis er lächelte, wie er das jetzt tat. Dann erinnerte er an einen großen Teddybären.

»Melanie Bartlett? Richards Mädchen?«

»Stimmt, Mr Miller.«

»Da brat mir doch einer einen Storch. Du bist ja ganz erwachsen.« Er nahm einen Werkstattlappen von dem Kotflügel ihres Autos und wischte sich die Hände ab. Nicht, dass die Ölflecke dadurch verschwunden wären, das würden sie nicht mal nach fünf Jahren Händeschrubben.

»Das ist nach zehn Jahren kein Wunder«, erklärte sie mit einem Grinsen.

»Und wer ist das?« Er lächelte Hope an.

Hope umklammerte ihre Hand fester.

»Das ist meine Tochter Hope. Sag Guten Tag, Süße.«

»Guten Tag, Mr Miller.«

»So höflich.« Er zwinkerte Hope zu, die versuchte zurückzuzwinkern.

»Wie geht es Mrs Miller?«

»Bestens, einfach bestens. Ich bin sicher, sie würde dich liebend gerne sehen. Du musst mal bei uns zu Hause vorbeischauen und die Kleine mitbringen.«

Es war schwer, nicht zu lächeln. Mrs Miller backte liebend gerne, daher stammte auch Mr Millers stattliche Leibesfülle. Bei ihr vorbeizuschauen war eine von Melanies Lieblingsbeschäftigungen als Kind gewesen und hatte immer dazu geführt, dass sie etwas Süßes mit nach Hause genommen hatte.

»Das machen wir.«

Mr Miller trat vor das Auto. »Das ist deins?«

»Leider ja.«

Er schnalzte missbilligend mit der Zunge, und sein Lächeln begann zu verblassen.

»So übel?«

»Sieht nicht gut aus. Luke wirft noch mal einen genaueren Blick drauf, um ganz sicherzugehen, aber …«

Sie musste erst mal die schlechten Nachrichten verarbeiten, bevor der Name, den Mr Miller benutzt hatte, zu ihr durchdrang. »Luke ist immer noch hier?«

»Natürlich.«

Trotz ihres kaputten Autos lächelte sie wieder. Sie konnte es gar nicht abwarten, ihren alten Freund wiederzusehen.

Mr Miller begann von Ölstand und Kolben und irgendwas von Zündkerzen und einem Motorblock zu reden. Aber alles, was er sagte, hätte genauso gut Chinesisch sein können.

Der Klang eines Motorrades erregte ihre Aufmerksamkeit, und sie blickte zur Vorderseite der Werkstatt.

Luke trug wie früher schwarzes Leder. Seine Schultern waren in den zehn Jahren breiter geworden, aber er hatte immer noch den lässigen Gang, der Zoe in der Highschool schier in den Wahnsinn getrieben hatte. Melanie hatte immer gedacht, die beiden würden auf dem Motorrad gemeinsam in den Sonnenuntergang fahren.

Doch ihr Leben hatte sich anders entwickelt, und das war nicht ihr Weg gewesen.

»Mel?«

Sie ließ die Hand ihrer Tochter los und umarmte ihn. »Luke!«

Er hob sie hoch und wirbelte sie im Kreis. »Himmel, schau dich einer an.«

Sie wusste, sie sah nicht schlecht aus. In den zehn Jahren hatte sich ihre Figur gerundet und war gereift. Fit zu bleiben und nicht zuzunehmen war leicht, wenn das eigene Auto alle naselang eine Panne hatte und zu Fuß zu gehen besser war, als mit dem Bus zu fahren.

Sie boxte ihn in den Arm, als er sie wieder absetzte. »Schau mich an? Schau *dich* an. Es sollte eigentlich per Gesetz verboten sein, besser auszusehen, als du's in der Highschool getan hast.«

Luke zwinkerte, genauso wie sein Vater, und schlang ihr einen Arm um die Schultern. »Tut gut, dich zu sehen.« Sein Blick wanderte zu Hope. »Das muss deine Tochter sein.«

Nach der Vorstellung und einem weiteren versuchten Zwinkern von Hope kehrten sie in die Werkstatt zurück. »Jo war vorhin hier und hat gesagt, das sei dein Auto. Ich hab mir die Freiheit genommen, es auseinanderzubauen.«

Wenn es einen Menschen auf der Welt gab, dem sie unter der Motorhaube mehr Vertrauen entgegenbrachte als Mr Miller, dann war das Mr Millers Sohn.

»Dein Dad hat gesagt, es ist schlimm.«

»Unser Auto ist gestorben«, warf Hope von der Seite ein.

»Das ist wohl wahr«, stimmte ihr Luke zu.

»Was sollen wir denn fahren, wenn unser Auto tot ist, Mommy?«

Melanie schaute Hope an. »Ich bin mir sicher, Luke und Mr Miller können es reparieren.«

Ein Blick zu Luke reichte, und diese Zuversicht verflog. »Oder auch nicht.«

Hope zog besorgt ihre Brauen zusammen. »Aber wir brauchen ein Auto.«

»Das wird schon werden, Baby.«

»Hey, Hope?«, lenkte Mr Miller sie ab. »Weißt du, was das Beste daran ist, ein kaputtes Auto zu haben?«

Sie schüttelte den Kopf.

»Autogeschäfte haben immer frische Donuts. Magst du frische Donuts?«

Sie nickte eifrig, nahm seine Hand, und Mr Miller führte sie über den Flur ins Büro.

»Ist es so schlimm?«, fragte Melanie, sobald Hope außer Hörweite war.

»Nichts, was etwas C4 und das Feld hinter Graysons Farm nicht wieder richten könnten.«

»Komm schon …«

»Wie lange hat das Öllämpchen gebrannt, Mel?« Luke fuhr sich mit einer Hand durch sein ein wenig zu langes Haar und schaute sie an.

»Das brennt doch immer. In Redding habe ich Öl nachgefüllt.«

»Auffüllen heißt, dass irgendwo welches rausgelaufen ist. Ging die ganze Flasche rein?«

»Ja.«

»Und das Öllämpchen ist ausgegangen?«

»Nein. Es ist in Modesto angegangen und hat seitdem immer wieder geflackert.«

Luke verdrehte die Augen. »Du kannst das Lämpchen nicht einfach ignorieren, Mel.«

»Ich hab's nicht ignoriert. Ich habe Öl nachgekippt.«

Luke trat zu einem Arbeitstisch, hob etwas hoch und hielt es ihr unter die Nase. »Deine Ölwanne hatte ein Loch. Du hast eine feine Spur von Bakersfield bis oben auf den Berg gezogen. Weißt du, was passiert, wenn dein Motor kein Öl bekommt?«

»Das ist doch wie Sprit, oder? Das Auto bleibt stehen, aber dann füllt man einfach Öl nach, und alles ist wieder gut.«

Luke schloss die Augen und schüttelte den Kopf. »O Mel.«

»Habe ich nicht recht?«

»Nicht mal ansatzweise. Ein Auto ohne Öl kann nur eine bestimmte Zeit lang fahren, nach ein paar Meilen Stottern und Rumgezicke zeigt es dir den Vogel und geht kaputt. Du hast einen Kolbenfresser produziert, Mel.«

»Und das ist schlimm?« Sie wusste es wirklich nicht.

Luke hob eine Augenbraue. »Hast du irgendeine Vorstellung davon, wie dringend ich genau jetzt einen Blondinenwitz machen möchte?«

»Wie repariert man einen Kolbenfresser?«

»Überhaupt nicht«, teilte Luke ihr mit. »Man braucht einen neuen Motor. Und angesichts des Zustands dieses Autos lautet unser Rat, es sein zu lassen und dir lieber was Neues zu kaufen.«

»Ich kann mir keinen neuen Wagen leisten, Luke.«

Er seufzte. »Das habe ich mir schon gedacht.«

»Was kostet ein neuer Motor?«

»Bei diesen ausländischen Modellen muss man meist mit mindestens zwei-fünf rechnen.«

Melanie riss die Augen weit auf. »Dollar? Zweitausendfünfhundert Dollar?«

»Verstehst du, warum ich glaube, du solltest dir ein anderes gebrauchtes Auto suchen?«

Wenn sie zweitausendfünfhundert Dollar hätte, würde sie das vermutlich tun. Wenigstens war die Entscheidung so leicht. Sie konnte sich die Reparatur nicht leisten, daher würden es C4 und das Feld hinter der Scheune sein.

Sie griff in ihre Handtasche und holte ihr Portemonnaie heraus.

»Was machst du da?«, wollte Luke wissen.

»Ich bezahle dich für das Abschleppen und deine Arbeit.«

Luke winkte ab. »Dein Geld ist hier nicht erwünscht, Mel.«

»Ich kann es mir leisten, deine Arbeitszeit zu bezahlen.«

»Meine Arbeitszeit ist billig. Kauf mir ein Bier im R&B.«

Sie wusste, dass sie diese Auseinandersetzung nicht gewinnen würde, daher steckte sie das Portemonnaie wieder ein. »Abgemacht.«

KAPITEL DREI

Es war deutlich nach Mittag, als Melanie Jos Jeep in der Einfahrt von Miss Ginas Frühstückspension parkte. Wie bei allem anderen in der Stadt hatte sich auch hier nicht viel geändert. Nur die Sträucher waren gewachsen, und dort war ein neuer Baum gepflanzt worden, ein paar Rosenbüsche hier, und das Haus hätte einen neuen Anstrich gebrauchen können, und auch um den Kies in der Auffahrt musste sich jemand mal kümmern.

Als Melanie mit Hope die Stufen hochstieg, sah sie, dass die Pension mehr benötigte als nur ein bisschen Farbe. Sie war nicht heruntergekommen – nicht wie die Motels in Bakersfield –, aber es war auch nicht mehr so, wie Melanie es in Erinnerung hatte.

Das Glöckchen über der Tür läutete, als sie und Hope hineingingen. Wie bei den meisten Bed-&-Breakfast-Inns bestand das alte viktorianische Gebäude aus kleinen Zimmern, von denen jedes einem Zweck gedient hatte, als das Haus um die Jahrhundertwende errichtet worden war. Um fair zu sein, musste man zugeben, sie dienten auch jetzt einem Zweck, und ein großer Raum, wo einmal der Salon gewesen war, bildete nun den großzügigen Essbereich.

Als Teenager hatte Zoe manchmal ein paar Stunden für Miss Gina gearbeitet. Vor allem in der Küche, an geschäftigen Feiertagen und Sommerwochenenden. Vor sich hin schimpfend hatte Jo im Herbst Laub zusammengefegt, während Melanie Telefondienst machte oder gelegentlich ein Bett bezog oder den Boden wischte. Sie hatten es alle drei genossen, Zeit bei Miss Gina mit ihrer unverblümten Ausdrucksweise zu verbringen. Die ältere Frau behandelte sie nie, als wären sie Kinder, sondern eher wie Gleichberechtigte. In einer kleinen Stadt war das eine Menge.

Bevor Melanie über die Schwelle trat, bückte sie sich zu ihrer Tochter hinunter. »Ich kenne Miss Gina schon eine sehr lange Zeit. Sie ist harmlos, auch wenn sie manchmal schlimme Wörter benutzt. Sei bitte höflich.«

»Du benutzt auch manchmal schlimme Wörter.«

»Nicht wie Miss Gina«, antwortete Melanie.

Hope sandte ihr einen Blick, den sie in ihrem eigenen Gesicht häufiger gesehen hatte, als ihr lieb war. Unglaube zeigte sich in hochgezogenen Brauen und schief gelegtem Kopf. Melanie hätte gelacht, wenn Hopes Miene nicht so perfekt gepasst hätte.

»Komm.« Sie zog ihre Tochter zu der verlassenen Rezeption. »Miss Gina?«, rief sie.

Schweigen.

Rums.

Achselzuckend blickte Melanie zu ihrer Tochter und dann hoch zur Decke. »Miss Gina?«, rief sie noch einmal, aber diesmal lauter und in Richtung der Treppe.

Ein heftiges Poltern, gefolgt von einem Scheppern, ertönte, und sie eilten beide zu den Stufen.

Sie waren etwa bis zur Hälfte hoch, als Melanie die rauchige Stimme von Miss Gina hörte. »Verdammter Mist!«

Noch bevor Melanie in eines der Gäste-Badezimmer blicken konnte, sah sie schon Wasser in Richtung Tür spritzen. Als sie den Kopf hineinsteckte, bemerkte sie die Pfütze, die sich zu Miss Ginas Füßen gebildet hatte.

Sie hielt ein abgebrochenes Rohr in beiden Händen und versuchte vergeblich, das Wasser einzudämmen. »Handtuch«, rief sie, als sie Melanie erblickte.

Sie nahm eines vom Regal und reichte es ihr.

Während Miss Gina sich bemühte, zu verhindern, dass das spritzende Wasser die Tapete von den Wänden schälte, ließ sich Melanie auf die Knie fallen, um den Wasserzufluss für die altmodische Toilette abzudrehen.

»Der Hahn ist da oben.« Miss Gina deutete mit ihrem Kinn hin.

Melanie stieg auf die Kloschüssel und fand den Hahn.

Zu dem Zeitpunkt, als es endlich nicht mehr tropfte, war Miss Gina bis auf die Knochen durchweicht, Melanie fühlte sich, als hätte sie zum zweiten Mal an diesem Tag geduscht, und Hope stand mit großen Augen auf der Türschwelle.

»Sind die Extra-Handtücher immer noch im Schrank im Flur?«, erkundigte sich Melanie.

»Verdammtes Rohr! Ich wusste, so was würde passieren.«

»Miss Gina, der Boden. Wir müssen das aufwischen, oder der Empfangsbereich unten braucht neuen Putz.«

Miss Gina war eine winzige Frau, die mehr rauchte, als sie aß, oft lachte und wie ein Seemann fluchte.

»Ja, ja, auf dem Flur.«

Erschöpft von dem Chaos um sie herum ließ sich Miss Gina gegen die alte Badewanne sinken, während Melanie aus dem Raum lief. Am Schrank stapelte sie Handtücher auf Hopes Armen und lud sich danach ihre eigenen voll.

Hope blieb dicht hinter ihr, während Melanie versuchte, das ganze Wasser zu beseitigen. Auf allen vieren wischte sie eine Pfütze nach der anderen auf und warf die vollgesogenen Handtücher in die Wanne. Hope reichte ihr dabei eines nach dem anderen, als wäre sie Angestellte in einem Spa.

»Das ist ja furchtbar«, erklärte Miss Gina. »Endlich habe ich mal ein auf Wochen ausgebuchtes Haus, und jetzt das.«

»Ich bin sicher, Sie können jemand finden, der das repariert.«

Zum ersten Mal, seit Melanie sich in die Schlacht geworfen hatte, schaute Miss Gina ihr ins Gesicht. Nach einer kurzen Pause kniff sie die Augen zusammen und fuchtelte mit einem Finger in der Luft herum. »Melanie Bartlett? Bist du das?«

Melanie hielt bei ihren Bemühungen inne, das Wasser zu beseitigen, und lächelte. »Hi, Miss Gina.«

Miss Gina sprang vom Badewannenrand auf und warf ihre kurzen Arme um Melanies Schultern. »Ach, meine Kleine, lass dich mal anschauen.« Sie wich zurück und nahm Melanies Gesicht zwischen die Hände. »Du siehst müde aus.«

Melanie spürte ein Lachen tief in sich aufsteigen. Man konnte sich darauf verlassen, dass Miss Gina den Nagel auf den Kopf traf.

»Mommy ist immer müde«, bemerkte Hope.

Miss Gina betrachtete Hope mit schief gelegtem Kopf. »Mein Gott, sie ist dir wie aus dem Gesicht geschnitten. Wie alt bist du, Püppchen?«

»Sieben.« Als Melanie die Hand nach einem weiteren trockenen Handtuch ausstreckte, reichte Hope es ihr, ohne den Blick von Miss Gina abzuwenden. »Am Ende des Sommers werde ich acht.«

»Überstürz es mal nicht mit dem Älterwerden, Kleines. Das passiert von ganz allein.«

Hope starrte sie einfach nur verständnislos an.

Melanie hockte sich auf die Fersen, nachdem der Großteil des Wassers aufgesogen war. »Ich glaube, die Lobby unten ist jetzt sicher.«

Miss Gina ließ den angehaltenen Atem entweichen. »Ja, aber jetzt habe ich ein Zimmer zu wenig.«

»Es ist doch nur ein Bad.«

»Die Leute wollen ein eigenes Badezimmer.«

Melanie nagte an ihrer Unterlippe. »Stimmt.« Sie sah sich noch einmal in der vertrauten Umgebung um. Die Tapete wies nicht länger ein Blumenmuster auf, sondern Streifen in gedeckten Farben, aber das Bild zeigte immer noch das Rosenmotiv, an das sie sich erinnerte. »Wie wäre es, das hier zum halben Preis anzubieten?«

»Ich weiß nicht, ob das funktioniert. Vermutlich muss ich mit dem Preis noch weiter runtergehen. Außerdem würde das bedeuten, dass ich mein Badezimmer mit jemand teilen muss, bis ich das hier repariert habe.«

Es sah ganz so aus, als wäre Miss Ginas Pech mit der Sanitärinstallation Melanies Glück. »Wir nehmen es.«

»O nein, nein, nein.« Gina stand auf und wischte sich die Hände an ihrem T-Shirt ab, während sie aus dem Zimmer ging. »Ich kann doch nicht einer alten Freundin ein minderwertiges Zimmer geben. Das wäre nicht richtig.«

Melanie beeilte sich, sie einzuholen, und stellte sich vor sie. »Ehrlich. Uns stört das nicht. Ich hatte eigentlich gehofft, Hope und ich könnten länger in der Stadt bleiben als nur für das Klassentreffen. Ich kann mir für so viele Tage aber gar nicht den vollen Preis leisten.«

»Demjenigen, der in diesem Zimmer ist, kann ich überhaupt kein Geld dafür abnehmen. Handwerker kommen und gehen. Nein, das ist zu viel von dir verlangt.« Miss Gina bemühte sich, um sie herumzutreten, aber Melanie wich nicht zur Seite.

»Mich stört es nicht. Wirklich nicht. Genau genommen würden Sie mir sogar einen Riesengefallen tun, wenn ich nur die Hälfte zahlen muss.«

Hope zupfte an Miss Ginas Rock. »Mommys Auto ist kaputt.«

»Wirklich?«

»Mhm.«

»Ihr habt kein Auto?«

»Ich benutze Jos, bis ich weiß, was ich mit meinem anfange.«

»Kannst du glauben, dass unsere Jo jetzt Sheriff in der Stadt ist? Ich muss mich immer noch kneifen, wenn ich sie in voller Montur und mit Waffe sehe.«

»Alles ändert sich«, erwiderte Melanie mit einem Blick auf ihre Tochter. »Ich nehme das Zimmer, Miss Gina. Ich kann die zusätzliche Zeit in der Stadt gut gebrauchen.«

Miss Gina schaute zu Hope und wieder zurück zu Melanie. »In Ordnung. Aber ich verlange nichts für dieses nicht voll nutzbare Zimmer. Du kannst mir hier wie früher zur Hand gehen.«

»Oh, ich kann doch nicht …«

Miss Gina hielt sie mit erhobener Hand auf. »Kein weiteres Wort. Entweder dieses Zimmer umsonst oder ein anderes zum vollen Preis.«

Melanie biss sich auf die Lippe. »Ich nehme es.«

Miss Ginas Grinsen weckte Melanies Misstrauen. »Perfekt. Hope, nimm ein paar von diesen nassen Handtüchern. Ich zeige dir, wo die Waschmaschine und der Trockner stehen.« Miss Gina schnippte mit den Fingern und machte eine auffordernde Handbewegung.

Hope zögerte nicht.

* * *

45

Eigentlich hatte Wyatt nicht vorgehabt, reinzugehen, war tatsächlich zweimal vorbeigefahren, ehe er gewendet hatte und in die Einfahrt von Millers Kfz-Reparaturen eingebogen war. Außerdem, wenn er weiter um den Block fuhr, würde noch jemand in River Bend denken, er hätte getrunken, und den Sheriff rufen.

Nicht dass Jo irgendetwas anderes tun würde, als zu lachen.

Das übel mitgenommene Auto, das er in der Nacht zuvor am Straßenrand gesehen hatte, stand vor den Werkstatttüren und wurde gerade auf Millers Abschleppwagen geladen.

Wyatt stieg aus seinem Pick-up, schloss die Tür, ohne den Schlüssel abzuziehen. River Bend war die Insel der Glückseligen, was Kriminalität anging. Die Chance, dass jemand einfach in das Fahrzeug einstieg und damit wegfuhr, ging gegen null.

»Luke?«

Luke befand sich gegenwärtig zwischen dem Fahrgestell des Wracks und den Ketten seines Abschleppwagens.

Wyatt legte eine Hand auf das Auto und duckte sich.

Luke bemerkte ihn und warf ihm einen Haken zu. »Hey, Wyatt. Befestige das bitte da drüben, ja?«

Er nahm die Kette, sorgte dafür, dass sie fest saß, und trat zur Seite.

Luke wischte sich die Hände an seinen ausgeblichenen Jeans ab, bevor er nach der automatischen Steuerung der Winde griff, um das Wrack auf den Wagen zu befördern. »Danke.«

»Kein Problem.«

Während die Hydraulik zu arbeiten begann, fragte Luke: »Was bringt dich her?«

»Ich hab das Auto hier gestern Nacht am Straßenrand gesehen. Ich wollte nur wissen, was dabei rausgekommen ist.«

»Mel ist wirklich selten dämlich«, erwiderte Luke mit einem Lachen. »Typisch Frau, ein Auto ohne Öl zu fahren.«

Die Vertraulichkeit von Lukes Äußerung über die Besitzerin ließ ihn innehalten. »Mel?«

»Von Modesto bis nach River Bend mit einem blinkenden Öllämpchen. Wer macht so was?« Die Hydraulik hob das Auto so weit hoch, wie es ging, bevor Luke die automatische Steuerung auf die Ladefläche legte. Er zog an ein paar Ketten, während er arbeitete.

»Ist das eine rhetorische Frage?«, wollte Wyatt wissen.

Luke grinste breit. »Frauen!«

Wyatt musste ihm recht geben. Ein Mann würde den Motor nicht trocken laufen lassen. Zumindest kein Mann, der etwas auf sich hielt und mehr tat, als zu tanken und den Schlüssel ins Zündschloss zu stecken. Dankenswerterweise gab es in kleinen Städten nicht Unmengen Anwalte, Ärzte und andere hohe Tiere, die in diese Kategorie fielen.

Frauen hingegen mussten nicht tonnenweise Geld verdienen, um für ahnungslos gehalten zu werden, wenn es um Autos ging.

»Lässt sich das reparieren?« Wyatt war sich nicht sicher, warum er überhaupt fragte.

»Kolbenfresser. Motorschaden.«

Wyatt atmete lang gezogen aus und betrachtete das alte Modell. Er schüttelte den Kopf. »Das lohnt sich nicht.«

»Genau.« Luke schüttelte den Kopf. »War furchtbar, das einer alten Freundin sagen zu müssen.« Er zuckte die Achseln und legte einen Arm über das Auto. »Aber es ist kein totaler Verlust. Es gibt ein prima Ziel draußen auf Graysons Farm ab.«

Wyatt schnaubte. Das Bild des tropfnassen Schattens einer Frau mit großen Augen und Angst darin erstand in seinem Kopf. Sie hatte ihn beschuldigt, ein entflohener Sträfling zu sein, ja sogar Jack the Ripper. Sie riskierte eine große Lippe, hatte aber null Vertrauen zu Fremden. Jetzt zu hören, dass sie eine alte Freundin von Luke war, weckte Wyatts Interesse. »Ich bin sicher, deine Freundin findet die Vorstellung super, dass ihr Auto als Zielscheibe missbraucht wird.«

»Sie ist klüger, als ihr Kolbenfresser vermuten lässt.« Luke nickte zu Wyatts Pick-up. »Wohin willst du heute?«

»Zu Miss Gina. Ich sag ihr schon seit zwei Jahren, dass ihr Dach ersetzt werden muss. Die Eimer auf ihrem Dachboden nach der Sintflut gestern geben mir recht.«

Luke verdrehte die Augen. »Die Frau lebt immer noch in den Sechzigern. Lass es mich wissen, wenn du über ihre Haschpflanzen stolperst.«

So was vermutete Wyatt auch schon länger. Miss Gina hatte so eine Art, Probleme auszublenden, als wäre sie häufiger mal high.

»Auf jeden Fall.«

Wyatt verdrängte den Gedanken an diese Mel und ihren Kolbenfresser samt Motorschaden, ging wieder zu seinem Pick-up und lenkte ihn zurück auf die Hauptstraße und durch die Stadt.

Jedes Jahr brachte das Klassentreffen des Highschool-Abschlussjahrgangs neue Gesichter in die Stadt, zusammen mit dem einen oder anderen unverbindlichen Abenteuer. Kleinstädte hatten es nun mal an sich, dem Sexleben eines Junggesellen enge Grenzen zu stecken. Ja, er könnte die Küste hochfahren oder auch die Interstate 5 und in etwas über einer Stunde in Eugene sein, aber das blieben Einzelfälle.

Als er nach River Bend gezogen war, waren Frauen oder das, was ihm von dem Leben in einer großen Stadt fehlen würde, zunächst das Letzte gewesen, woran er einen Gedanken verschwendet hatte. Er war außerhalb von San Francisco aufgewachsen und hatte für sein Leben genug Staus, Verbrechen und Lärm gehabt. Die besten Erinnerungen waren die aus der Zeit, als er jung gewesen war und seine Eltern mit ihm und seiner kleinen Schwester zum Zelten nach Sequoia oder zum Redwood-Nationalpark gefahren waren.

Später hatte er sich geschworen, dass er, sobald er etwas gefunden hatte, womit er genug verdiente, um in einer kleinen Stadt außerhalb des Staates Kalifornien ein angenehmes Leben führen zu können, sich eine suchen und dorthin ziehen würde. Irgendwas Einfaches, von wo aus er nicht eine Wüste durchqueren müsste, um zum nächsten Flughafen zu kommen.

Dann war er nach River Bend gekommen, und die Ruhe hier hatte ihn geerdet und ihn an glücklichere Zeiten erinnert.

Das war fünf Jahre her.

Seine Zulassung als Generalunternehmer war mindestens eine Nummer zu groß für eine kleine Stadt, wo sich niemand darum scherte, ob dein Gewerbe angemeldet oder bei der Handwerkskammer registriert war, solange du nur die Termine einhieltst und die Arbeiten wie versprochen erledigtest.

Die Feinheiten des Lebens in einer Kleinstadt wurden ihm vor Augen geführt, als er zum ersten Mal einfache Klempnerarbeiten für eine Witwe, die gleich außerhalb des Ortes wohnte, übernommen hatte. Mrs Kate bot ihm als Bezahlung Schmorbraten und Apfelkuchen an. Er hatte gedacht, so etwas passierte nur in Filmen und Romanen. Offensichtlich hatte er sich geirrt.

Da er einen tief verwurzelten Respekt vor älteren Frauen hatte, besonders vor einer Witwe Ende siebzig, genoss Wyatt den Braten, verzehrte den Kuchen und nahm den Rest auf Mrs Kates Bitte hin abends mit nach Hause. Bis zum heutigen Tag achtete er darauf, jeden ersten Sonntag im Monat bei Mrs Kate vorbeizuschauen, komplett mit Werkzeugkoffer und leerem Magen.

Anders als Mrs Kate bot ihm Miss Gina als Entlohnung Gefälligkeiten ganz anderer Art an, welche, die mit Nacktheit und horizontaler Lage zu tun hatten. Angesichts seiner schockierten Miene hatte ihm Miss Gina nur zugezwinkert und den Scheck ausgestellt. Die Frau flirtete noch, als wäre sie dreißig und er ein Teenager, aber sie trieb es nie weiter.

Gott sei Dank.

Zwischen Mrs Kate und Miss Gina lagen Welten, aber sie lebten nur ein paar Kilometer voneinander entfernt. Wyatt mochte beide.

Er bog in die Zufahrt der Frühstückspension von Miss Nackte Hasch-Lady ein und wich einem Schlagloch aus, ehe der Belag in Asphalt überging, der einer Einfahrt immerhin ähnelte.

Er erkannte Jos Jeep und Miss Ginas VW-Bus mit der stilechten Lackierung in Weiß und Blaugrün und der Original-Innenausstattung, die aussah, als käme der Wagen geradewegs aus dem Ausstellungsraum. Miss Gina liebte ihr altmodisches Gefährt aus den Sechzigern mehr als irgendetwas anderes, und selbst nach einem Wolkenbruch wirkte das Auto, als hätte Miss Gina es in dem Moment poliert, in dem der letzte Regentropfen getrocknet war.

Wyatt machte sich nicht die Mühe, erst die Pension zu betreten. Er ging um die Westseite des alten viktorianischen Hauses und nahm seine längste Ausziehleiter mit. Er hatte schon vor Monaten gewusst, wo genau das Dach nachgeben würde, aber Miss Gina hatte es nicht reparieren wollen, bis das Universum ihr zu verstehen gab, dass es an der Zeit sei. Das Unwetter der letzten Nacht war der unübersehbare Fingerzeig gewesen, auf den sie gewartet hatte.

Den Werkzeuggürtel fest um seine Hüften, stieg er auf das Dach des dreistöckigen Hauses und zog sich über die morschen Bitumenschindeln höher hinauf.

Die letzten heißen Sommer und die mangelhafte Instandhaltung hatten dafür gesorgt, dass der Sturm von gestern eine Fläche von anderthalb Quadratmetern freigelegt hatte.

So dicht an der Küste forderte das Wetter von allen Häusern seinen Tribut. Miss Ginas Haus war höher als die meisten anderen und bot an klaren Tagen vom auf dem Dach gelegenen Ausguck eine herrliche Aussicht aufs Meer, trug aber auch die Hauptlast jeder Sturmfront vom Pazifik.

Wyatt balancierte auf einem Knie, während er notierte, was mindestens getan werden musste, damit Miss Ginas Gäste trocken blieben. Er fuhr gerade sein Maßband zum vierten Mal aus, seit er auf das steile Dach geklettert war, als er hinter sich ein Geräusch hörte.

Er drehte sich um, stützte sich ab, als er ein Stück rutschte.

»Wow, das ist ja klasse.«

Ein kleines Mädchen, sieben oder vielleicht auch zehn, das konnte er ganz schlecht schätzen, war die Leiter hochgeklettert und hockte zu dicht am Rand des morschen Dachs.

»Himmel!« Er war sich nicht sicher, wo das Kind herkam, aber nach der Art und Weise, wie sie herumzappelte, hatte sie keine Ahnung, wie tief sie stürzen könnte.

»So muss es sein, auf einen Baum zu klettern«, hörte er sie murmeln.

Wyatt atmete langsam und bewusst ein. »Hey«, sagte er mit einer Stimme, die mindestens fünfmal ruhiger klang, als er sich fühlte.

»Das ist besser, als auf einen Baum zu klettern, oder?«, wollte das Mädchen von ihm wissen, als befänden sie sich mitten in einer ganz normalen Unterhaltung.

Er überlegte, ob er sie darauf hinweisen sollte, dass, wenn sie auf einem Baum wäre und den Halt verlöre, die Zweige ihren Fall bremsen würden und sie sich am Ende vermutlich nur ein Bein brechen würde, nicht das Genick.

Zu seinem Entsetzen begann das Kind höherzuklettern. »Kannst du das Meer sehen?«, erkundigte die Kleine sich, als wären sie auf einer Besichtigungstour.

»Halt!« Dieses Mal benutzte Wyatt einen strengeren Tonfall. Das Kind zögerte und rutschte ein Stück.

Wyatt stockte der Atem, bevor das Mädchen wieder Halt fand und erneut hochkletterte. »Miss Gina hat gesagt, da ist ein Loch im Dach. Reparierst du das?«

»Ja. Aber du solltest nicht hier oben sein.«

Das kleine Mädchen wagte sich weiter aufs Dach, und Wyatt versuchte unauffällig, näher zu ihm zu kommen.

Wenn er mit einem Trupp Arbeiter hier oben wäre, würde er ein Gerüst haben müssen und Geländer, um die Sicherheit seiner Männer zu gewährleisten. Für sich selbst machte er sich diese Mühe nicht, aber für ein kleines Mädchen, das keine Ahnung hatte, wie leicht man abstürzen konnte, war es sehr gefährlich.

»Stopp!« Er schrie beinahe, als die Kleine den morschen Schindeln näher kam.

Ihre großen blauen Augen wurden noch größer, und ihre Füße hörten auf, sich zu bewegen.

»Hier oben ist es nicht sicher für kleine Mädchen.«

Sie zog die Brauen zusammen, und Wyatt wusste, er hatte was Falsches gesagt.

»Mädchen sind genauso stark wie Jungs. Sogar stärker.« Sie begann weiterzuklettern. Entschlossen.

Plötzlich bewegte sich die Welt in Zeitlupe. Er sah, wie sie nach einer losen Schindel griff, ihre Füße den Halt verloren … und hörte, wie von unten ein Schrei erklang, der das Kind ablenkte.

Mit einer Hand hinter sich stemmte er die Füße vor sich und rutschte los, deckte weitere fünf Quadratmeter von Miss Ginas Dach ab, ehe er die Finger der Kleinen zu fassen bekam und sie beide an der Regenrinne des Inns stoppten, bevor sie einen Spezial-Doppeltransport in die nächste Notaufnahme brauchen würden.

»Hope!«

»Ich hab sie.« Wyatt schlang einen Arm um das Kind und wagte erst wieder zu atmen, als er sicher sein konnte, dass keiner von ihnen in die Tiefe stürzen würde.

Gütiger Gott.

Das kleine Mädchen krallte sich mit ihren winzigen Nägeln an ihm fest und klammerte sich an seinen Hals.

»Hope?« Bei dem verzweifelten Schrei einer Frau öffnete Wyatt die Augen.

Drei Stockwerke tiefer stand eine blonde Frau, die Hopes Mutter sein musste. Ehe Wyatt die Kleine dazu bewegen konnte, ihren Klammergriff zu lockern, um die Blutzirkulation zu seinem Kopf zuzulassen, war Miss Gina unten neben der Blondine aufgetaucht.

»Was zur Hölle geht hier vor sich?«

Die Blondine zeigte nach oben.

Mit langen, wehenden Röcken stand Miss Gina da und versuchte, ihr Haar zurückzuhalten, während der Wind es ihr ins Gesicht blies.

»Hope, was machst du da?«, wollte sie wissen.

»Ich klettere einen Baum hoch«, hörte Wyatt sie antworten.

»Das ist kein Baum, Süße«, erklärte er ihr.

Das hatte Hope auch schon allein herausgefunden, aber aller Wagemut, den sie vor ein paar Minuten noch ganz eindeutig besessen hatte, war verschwunden. Sie blickte zum Boden und barg ihr Gesicht rasch an Wyatts Brust.

»Lassen Sie sie nicht los!«, ertönte die Stimme der Mutter.

»Du lässt mich doch nicht los, oder?«, fragte Hope leise.

Wo war das starke kleine Mädchen hin, das noch vor wenigen Minuten hier hochgeklettert war? Sie war mutig gewesen und ganz schön weit gekommen, bevor sie abgerutscht war.

»Nein«, antwortete er. »Wir werden jetzt zusammen runterklettern.«

Sie hielt sich an ihm fest.

Wyatt musste seine Füße anders hinstellen, um zur Leiter zu gelangen. Langsam tastete er sich vor, Hope klebte praktisch an ihm.

»Süße«, sagte er, als sie an der obersten Sprosse der Leiter angekommen waren. »Jetzt musst du loslassen.«

Sie umklammerte seinen Hals fester.

»Hey«, flüsterte er so leise, dass nur sie es hören konnte. »Du bist hier hochgeklettert. Jetzt musst du einfach dasitzen, während ich auf die Leiter steige und dir dann runterhelfe.«

Ihre großen Augen blinzelten ein paarmal, und sie lockerte kurz ihren Griff, krallte sich aber gleich wieder panisch an ihn.

Lenk sie ab, bring sie dazu, nicht weiter nach unten zu schauen.

»Wie alt bist du?«, fragte er.

»S-sieben«, stotterte sie.

»Ehrlich? Ich dachte, du wärst mindestens schon zwölf, so wie du hier hochgeklettert bist.«

Ihr Griff lockerte sich wieder.

Wyatt behielt eine Hand auf ihrer, während er sich auf der Leiter in Position brachte.

»Ich bin erst sieben«, antwortete Hope mit deutlich ruhigerer Stimme. »Im August werde ich acht.«

Sobald seine Füße sicher auf der zweiten Sprosse standen, winkte er Hope.

Flink kletterte sie zu ihm.

Keine Angst.

»August ist ein guter Monat für einen Geburtstag.«

Hope nickte und drehte ihm den Rücken zu, begann den langsamen Abstieg.

»Der Geburtstag meiner Freundin Lorna ist zwei Tage vor Weihnachten. Das ist Mist.«

Sie kam am zweiten Stock vorbei, während sie auf dem Weg nach unten weiterredeten.

»Geburtstag an Weihnachten ist auch blöd.«

»Ja.«

»Die Geburtstagsgeschenke gehen im Weihnachtsgeschenkpapier unter.«

»Ja.«

Wyatt spürte den Boden unter seinen Füßen, ehe er Hope die letzten paar Sprossen runterhob. Er hatte sie noch nicht wieder losgelassen, als die Blondine das Mädchen an ihre Brust zog und sie umklammerte wie ein rettendes Floß in tosender See.

»Tu das nie wieder«, schimpfte sie, klang aber nicht wirklich verärgert.

»Es geht ihr gut, Melanie. Du bist auf Bäume geklettert, die höher waren als mein Dach«, sagte Miss Gina.

Wyatt machte einen Schritt zurück. Das war also Mel … Melanie, die gute Freundin des Sheriffs der Stadt, die alte Freundin von Luke, die Besitzerin des Autos, das der Zerstörung auf dem Feld hinter Graysons Farm harrte.

Die Frau, die ihn die halbe Nacht in einem kalten Pick-up festgehalten hatte.

Über den Kopf ihrer Tochter hinweg fanden ihre bernstein-farbenen Augen seine und erwiderten seinen Blick.

KAPITEL VIER

Sie wollte sie umbringen, ganz fest an sich drücken … erwürgen … ausschimpfen … einfach nur lieb haben.

Na toll, Mutter zu sein war eine bipolare Störung.

Melanie hockte sich hin, damit sie auf Augenhöhe mit ihrer Tochter war, und nahm Hopes Gesicht zwischen die Hände. »Mach das nie wieder. Verstanden?«

»Aber …«

»Kein Aber, Hope! Was du getan hast, war gefährlich, und du hättest dich richtig schwer verletzen können.«

»Aber …«

Melanie ließ die Hände auf die Schultern ihrer Tochter sinken und drückte sie. »Nie wieder!«, schrie sie.

Hopes große Augen füllten sich mit Tränen, und ihre Unterlippe begann zu zittern. Melanie hatte das Bedürfnis, sie zu trösten, wollte aber nicht, dass ihre Anweisung dabei vergessen wurde.

»Hey, Hope.« Miss Gina legte ihre Finger über Melanies. »Warum gehen wir nicht ins Haus und machen etwas Limonade?«

Hope nickte und nahm Miss Ginas Hand.

Melanie sah zu, wie ihre Tochter sich entfernte, als das Adrenalin sie mit voller Wucht traf. Ihr war leicht schwindelig, und ihr wurde fast schwarz vor Augen. Bevor sie in Ohnmacht fallen konnte, ließ sie sich zurücksinken, bis sie feuchte Erde unter ihrem Po fühlte.

»Alles in Ordnung?«

Melanie blinzelte zu dem Fremden hoch, der ihre Tochter vor einem sehr schmerzhaften Sturz bewahrt hatte, und seufzte. »Ich werde noch grau, bevor ich dreißig bin«, erklärte sie.

Er strich sich mit der Hand durch das braune Haar, bevor er den Werkzeuggürtel, den er um die Hüften trug, lockerte und zu Boden fallen ließ. Er setzte sich neben sie auf den Rasen und legte die Unterarme auf seine Knie. »Sie hatten zwei schwierige Tage«, stellte er fest.

»Das können Sie laut sagen.« Melanie brauchte fast eine halbe Minute, bis seine Worte wirklich zu ihr durchdrangen. »Moment ... Wieso wissen Sie etwas über meine letzten beiden Tage?«

Der Fremde lächelte, wobei sich Grübchen in seinen Wangen bildeten, und streckte die Hand aus, um ihre zu schütteln. »Ich bin Jack ... Jack the Ripper. Ich bin zur Zwangsarbeit aus Sing Sing hier. Ich rette kleine Mädchen, um meinen Bewährungshelfer glücklich zu machen.«

Sie überließ ihm ihre schlaffen Finger und betrachtete ihn genauer. Es war der Fremde vom Abend zuvor, allerdings ohne regennassen Mantel und weniger verärgert. »O Gott. Es tut mir so leid ... Ich meine ...« Melanie griff seine Hand fester und fühlte, wie tief aus ihrem Bauch ein Lachen aufstieg. Es dauerte nicht lange, bis das Adrenalin es auch über ihre Lippen brachte. »Es tut mir leid, dass Sie meinetwegen im Regen gestanden haben. Danke für Ihre Hilfe gestern Abend.«

»Ich konnte Sie kaum allein dort zurücklassen.«

»Genau das hätten viele Leute aber getan.«

Er hatte wirklich nette, schokoladenbraune Augen. Sein Haar war oben recht lang, eine Surferfrisur, wie Melanie sie in Kalifornien häufig gesehen hatte. Er war ziemlich sonnengebräunt, wenn man bedachte, dass er in Oregon lebte, und muskulöser als jemand, der in einem Büro arbeitete.

Fit, auf alle Fälle fit.

Eine Begleiterscheinung seines Jobs, vermutete sie.

Er hob ihre Hand, die immer noch seine hielt. »Kann ich die zurückhaben?«

Sie ließ ihn abrupt los. »Tut mir leid.«

»Schon in Ordnung. Sie haben zwei echt harte Tage hinter sich«, stellte er erneut fest. »Ich heiße übrigens Wyatt.«

»Richtig. Das hat Jo letzte Nacht erzählt.«

Er legte die Ellenbogen wieder auf seine Knie, ließ sie aber nicht aus den Augen. »Und du bist Melanie.«

»Woher weißt du das?«

»Ich hab deinen Wagen in Lukes Werkstatt gesehen. Er hat mir erzählt, dass ihr alte Highschool-Freunde wärt. Ich nehm mal an, dass du wegen des Klassentreffens hier bist?«

Melanie warf einen Blick zum Haus hinüber. »Ja. Ich kann nicht fassen, dass es schon zehn Jahre her ist. Ich hab den Mädels versprochen, dass ich komme.«

»Du hast mehr als eine Tochter?«

Sie schüttelte den Kopf. »Nein, nein. Hope ist mein einziges Kind. Ich meine Jo und Zoe. Wir waren wie Schwestern, als wir aufgewachsen sind. Ich konnte sie unmöglich enttäuschen.«

»Selbst wenn es dein Auto gekillt hat.«

»Selbst wenn es mein Auto gekillt hat«, bestätigte sie.

Sie beide starrten zum Dach des Inns, und das Schweigen zwischen ihnen wurde irgendwie schwerer.

Melanie fühlte seine Augen auf sich, bevor sie sich mit einem Blick zur Seite vergewisserte, dass er sie musterte.

Etwas, was sie schon seit sehr langer Zeit nicht mehr gespürt hatte, erwachte in ihr zum Leben. Sie konnte nicht sagen, ob er mit ihr flirtete oder ob das Grübchen, das sich auf der rechten Seite seiner Wange vertiefte, etwas war, was immer da war. Er war jünger als sie, wenn sie sich nicht völlig täuschte ... und sie hatte ein Kind.

Flirten war etwas, was ein Mann, der aussah wie er, nicht mit einer Frau wie ihr tat.

Als sein Blick sich also auf ihre Lippen konzentrierte und dann wieder hochwanderte, um ihren zu erwidern, versuchte Melanie auf die Füße zu kommen. Ihre Hände rutschten im Gras, bevor sie sich fing und aufstand.

»Ich sollte mal besser sicherstellen, dass Miss Gina nichts in die Limonade schüttet.«

Wyatt lachte, während er neben ihr auf die Beine kam. »Die Sondermixtur ist immer im roten Krug.«

Eine Erinnerung aus Teenagertagen an diesen roten Krug ließ Melanie lächeln.

»Also.« Sie streckte ihm eine leicht dreckige Hand entgegen, fühlte ein Kribbeln, als er sie nahm. »Danke, dass du nicht zugelassen hast, dass meine Tochter in den Tod stürzt.«

Seine Hand war warm und irgendwie tröstend.

»Mein Bewährungshelfer hätte mich dann wieder in den Knast geschickt.« Er zwinkerte ihr zu.

Melanie ließ seine Hand los und biss sich auf die Lippe, während sie lächelte. Vielleicht konnte sie doch noch ein bisschen flirten. »Ich werde ihm auf jeden Fall mitteilen, dass du unser Held bist.«

Wyatt griff nach seinem Werkzeuggürtel und schnallte ihn sich wieder um die schmalen Hüften.

Er bemerkte, dass sie seinen leicht nassen Hintern betrachtete, als er sich umdrehte und noch einmal zurücksah, bevor er die Leiter wieder hochkletterte.

»Bin schon weg …« Sie stolperte über ihre eigenen Füße, während sie hastig wegzugehen versuchte. »Ich werde mal nach Hope schauen.«

Wyatt der Ripper aus Sing Sing lachte, während sie nach drinnen verschwand.

* * *

Die Limonade war mit Pulver gemacht und nicht aus echten Früchten.

Mit Wodka war sie perfekt.

Jo kam nach ihrer Schicht vorbei und goss sich etwas aus Miss Ginas riesigem roten Krug ein, während sie sich unterhielten. Es war ruhig in der Pension. Hope schlief, früh zu Bett geschickt, weil sie ihrer Mutter mehrere neue Falten beschert hatte.

Melanie hatte sie in eine enge Umarmung gezogen, bevor sie sie zum Zähneputzen schickte. Den Anblick ihrer Tochter, wie sie an der Dachrinne des dreistöckigen viktorianischen Hauses hing, würde sie niemals vergessen.

»Ich könnte sie umbringen.«

»Du hast sie keine Minute mehr losgelassen, seit sie von der Leiter runtergestiegen ist.« Miss Gina blies einen langen Strom von Rauch aus ihren Lungen, während sie sprach.

Sie saßen auf der hinteren Veranda. Die Dämmerung und mehrere weiße Lichterketten, die um das Geländer gewickelt waren, spendeten genug Licht, um zu trinken und sich zu unterhalten.

»Das bedeutet nicht, dass ich sie nicht erwürgen wollte.« Melanie nippte an ihrem Drink, legte den Kopf zurück gegen den Rattanstuhl und schloss die Augen. »Ich werde nie wieder Sex ohne Kondom haben«, erklärte sie.

Jo fing an zu lachen. »Ich glaube, das muss ich zitieren.«

Melanie zeigte mit dem Glas in Jos Richtung, ohne die Augen zu öffnen. »Mach das nur! Ich bin durch. Ein Kind ist mehr als genug für mich.«

»Das kann ich toppen«, erwiderte Miss Gina.

»Es ist wirklich schade«, sagte Jo zu ihrer Gastgeberin. »Du wärst die beste Mutter überhaupt. Du wirst nie wütend … kannst mit allem umgehen … Was denkst du, warum wir ständig hier rumgehangen haben?«

Melanie zog eine Augenbraue hoch und sah, dass Miss Gina ihr Glas hob. »Könnte etwas mit dem großen roten Krug in meinem Kühlschrank zu tun haben.«

»Es war mehr als das. Hier konnten wir einfach wir selbst sein.«

Miss Gina wedelte mit ihrer Zigarette in Melanies Richtung. »Vergiss das nicht bei deiner eigenen Tochter.«

Das war etwas anderes, oder? »Ich bin dafür verantwortlich, dass ihr nichts passiert.«

»Ja, schon, aber du darfst sie dabei nicht erdrücken.«

»Die Welt hat sich verändert, seit wir Kinder waren.«

Miss Gina schüttelte den Kopf. »Nicht in River Bend. Wir ändern uns nicht. Vielleicht ein paar Geschäfte, die es nicht mehr gibt, und ab und zu die Schwierigkeiten, die sich unser neugieriger Sheriff einbrockt, aber sonst ändert sich die Stadt nicht.«

Jo zuckte bei Miss Ginas Worten nicht mit der Wimper.

»Bakersfield war total gefährlich. Ich konnte Hope nicht allein zur Schule gehen lassen.« *So ganz anders als unsere Kindheit.*

»Warum lebst du dort?«, erkundigte sich Miss Gina.

»Ich bin da einfach gelandet.«

»Einfach gelandet ist Quatsch«, erklärte Miss Gina. »Du bist erwachsen. Ergreif die Initiative. Wie kannst du ein Vorbild für dein kleines Mädchen sein, wenn du die Mutter bist, die einfach irgendwo gelandet ist?«

Die direkte Art, die Melanie an Miss Gina so liebte, sorgte diesmal dafür, dass sich ihr die Nackenhaare aufstellten. Auch wenn sie wusste, dass es stimmte.

»Es war nicht mein Plan …«

»Dann ändere den verdammten Plan.«

Jo hatte bisher schweigend dagesessen. »Sie hat recht.«

»Ich bin hier, oder?«

»Für das zehnjährige Klassentreffen«, erinnerte Miss Gina sie.

»Ich könnte bleiben.« Die Sterne, die langsam am Himmel erschienen, wurden heller, während zwei der wichtigsten Leute in ihrem Leben sie ansahen und über sie urteilten.

»›Könnte‹ bedeutet ›gar nicht‹«, erklärte Miss Gina.

»Ich hab hier keine Arbeit.«

»Dann such dir welche.« Miss Gina gab nicht so leicht auf.

»Okay!« Melanie richtete sich entschlossen in ihrem Stuhl auf. »Ich suche einen Job, Miss Gina. Könnten Sie gerade jemanden für das Inn brauchen?«

Das leichte Heben von Miss Ginas linker Braue und das Funkeln in ihren Augen verrieten Melanie, dass die ältere Frau sie ausgetrickst hatte. »Ich könnte durchaus jemanden brauchen, der mir zur Hand geht. Ich werde schließlich auch nicht jünger.«

»Gut! Dem Bed & Breakfast könnte nämlich in der Tat etwas Hilfe nicht schaden«, erwiderte Melanie.

»Wohl wahr.«

»Gut!« Melanie war sich nicht sicher, warum sie so wütend war. Sie hatte es geschafft, einen Job zu finden, während sie auf der hinteren Veranda saß und Limonade mit Schuss trank.

»Gut!« Miss Gina leerte ihr Glas in einem Zug und goss sich wieder ein.

Jo hob ihrs. »Nun, das war immerhin unterhaltsam.«

* * *

»Ich bin Köchin!«, fuhr Zoe den Security-Mann an. »Meine Messer sind praktisch ein Teil von mir.« Sie würde auch ihre Töpfe und Pfannen mitnehmen, wenn sie nicht zu viel Platz brauchen würden.

Der Mann, der den Inhalt ihrer aufgegebenen Reisetasche untersuchte, sah aus, als würde er von Fast Food und Bier leben – was sie durchaus verstand und auch zu schätzen wusste –, aber er hatte keine Ahnung, was ihr Messerset für sie bedeutete.

Sie hatte schon vor Jahren gelernt, sich einfach vorzustellen, den Inhalt ihrer Tasche zu beschreiben und zu erklären, warum sie ihr persönliches Klingenarsenal auf jeden Geschäftstrip oder überhaupt jede längere Reise, die sie machte, mitnahm. Die Rückkehr nach River Bend für eine Woche war für sie ein längerer Trip. Es war unmöglich, dass sie nicht irgendwann in der Küche von jemandem landen und etwas kochen würde, während sie zu Besuch war. Also mussten die Messer mit.

»In welcher Fernsehshow waren Sie noch mal?« Der zweite Security-Mann, der herbeigerufen worden war, beugte seinen fast haarlosen Kopf über sein Telefon.

»›Duell der Köche‹, Staffel eins.« Sie machte sich nicht die Mühe, dem Mann zu erzählen, dass sie bisher noch in über einem Dutzend anderer Shows aufgetreten war. »Duell der Köche« war ihr Durchbruch gewesen. Falls er sie googeln würde, würde er sie damit finden.

Die Verwirrung auf dem Gesicht des Mannes verschwand, und er verengte die Augen.

»Sie sind Zweite geworden«, stellte er mit emotionsloser Stimme fest.

Genau! Danke, dass Sie mich daran erinnern.

»Kann ich jetzt ins Flugzeug einsteigen?«

Der zweite Security-Mann winkte seinem Kollegen zu, und ihr Gepäck wurde zurück in die Tasche geschoben, bevor sie geschlossen und auf dem Transportband hinter dem Tresen platziert wurde.

Von Dallas nach Eugene war es kein langer Flug, und glücklicherweise hatte sie genug Frequent-Flyer-Meilen angesammelt, um ein Erste-Klasse-Ticket zu bekommen. Die Tatsache, dass sie zu ihrem zehnjährigen Klassentreffen mit einem Koffer voller Messer flog, die über tausend Dollar wert waren, und ein Kleid trug, das über dreihundert Dollar, und Schuhe, die noch mal die Hälfte davon gekostet hatten, war kein Zufall.

Sie war seit sieben Jahren nicht mehr in River Bend gewesen. Sheriff Wards Beerdigung.

Was für eine schreckliche Woche das gewesen war.

Eine Stadt in Trauer, eine ihrer besten Freundinnen, die am Boden zerstört gewesen war.

Und Luke.

Der wahre Grund, warum sie seitdem nicht wieder in ihre Heimatstadt zurückgekehrt war. Sie hoffte immer noch, dass ihr zu Ohren kommen würde, dass er mit irgendeiner glücklichen Frau zusammengekommen war und sie zur Mutter gemacht hatte.

Vielleicht würde sie auf dieser Reise von einer Mrs Luke erfahren. Womöglich sparte Jo bei ihren gelegentlichen Telefonaten Luke bewusst aus, um Zoes Gefühle zu schonen.

Zoe machte sich auf den Weg durch die Security, nahm die Priority-Abfertigung, die ihr mit ihrem Erste-Klasse-Ticket zustand, und begab sich auf den Weg zum Terminal für den Abflug.

Flughäfen waren ihr zweites Zuhause. Wegen der Gastauftritte in Küchenchef Monroes wöchentlicher Show, anderen Talkshows und bei besonderen Events, bei denen sie stunden- oder auch tagelang für eine Wohltätigkeitsveranstaltung in einem fremden Land arbeitete, war Zoe eine erfahrene Reisende.

Ihre Frequent-Flyer-Meilen sorgten fast immer für ein Upgrade bei ihrem Ticket, und wenn das nicht der Fall war, bezahlte sie selbst für die erste Klasse, falls der Flug länger als ein, zwei Stunden dauerte. Niemand wollte wie die Ölsardinen reisen, wenn man es vermeiden konnte.

Zoe konnte es sich leisten, es zu vermeiden.

Sie ließ sich auf den ihr zugewiesenen Sitz am Fenster fallen, stellte die Tasche auf den dafür vorgesehenen Platz vor ihr und legte den Gurt an.

Die Flugbegleiterin reichte ihr ein Glas Wein, bevor die Gäste der Economy Class ins Flugzeug einstiegen. Eine Weile glaubte Zoe, dass sie einen ruhigen Flug nach Hause haben würde, bis sich während des Boardings der Economy Class ein Mann im mittleren Alter neben sie setzte. Er grüßte sie und brachte sein Bordgepäck im Fach über den Sitzen unter.

Dann setzte er sich mit Schwung hin. »Ich hasse den Verkehr in Dallas.«

»Könnte schlimmer sein«, erwiderte sie und verfolgte durch das Fenster, wie die Mitarbeiter der Bodencrew das Flugzeug beluden.

Der Mann trug Baumwollhosen und ein T-Shirt mit einem Parka. Er sah überhaupt nicht nach Dallas aus. »Verglichen mit New York und L. A., sicher, könnte schlimmer sein. Aber nicht viel.«

»Ich vermute, Sie leben nicht hier.«

»Nicht mal, wenn man mir Geld dafür bezahlen würde«, erklärte er. »Ich lebe nördlich von Eugene. Zehn Hektar stille, baumbestandene Wonne.«

Dallas war nicht Eugene – das war mal sicher. Aber beide Städte hatten ihre Probleme mit Verkehr. Was ihren Beruf anging, hatte Dallas mehr zu bieten.

Selbst wenn die Sommerhitze sie langsam ermüdete.

Selbst wenn es sie juckte, herauszufinden, ob es irgendwo besser sein könnte.

Selbst wenn das feuchte, kühle Wetter der Oregon-Küste sich toll anhörte, nachdem sie es jahrelang gemieden hatte.

Selbst …

Es dauerte nicht lange, bis der Kapitän sie aufforderte, sich anzuschnallen und sich auf den Start vorzubereiten, und bis Zoe das Gefühl in ihren Zehen verlor, weil sie den Atem anhielt.

Es störte sie nicht, zu fliegen, es war das Ziel.

Ihr Dallas hassender, Eugene liebender Sitznachbar warf ihr einen mitfühlenden Blick zu. Oder vielleicht machte er sich Sorgen, dass sie sich auf ihn übergeben würde? »Geht es Ihnen gut?«

»Ich … Es ist lange her, dass ich zu Hause war.«

Er wackelte mit den Augenbrauen, während die Motoren der Maschine starteten. »Familiendrama?«

Er hatte ja keine Ahnung. Ihre Mutter und ihre Geschwister hatten sie über die Jahre eigentlich immer sehr unterstützt. Außer ihrem jüngsten Bruder, der sein Bestes tat, um ihrem Vater im Gefängnis Gesellschaft zu leisten, blieb jeder am Rande ihres Lebens und bat sie nicht um viel.

Sie hatte sie alle vor zwei Jahren zu sich fliegen lassen. Dabei war ihr klar geworden, dass ein Dreizimmerapartment nicht annähernd groß genug war, um eine ganze Familie zu beherbergen. Wie zur Hölle war sie in einem Haus aufgewachsen, einem großen Trailer, mit nur einem Bad und zwei Schlafzimmern?

Sie hatte sich von zu Hause ferngehalten, hatte ihre Zeit bei Miss Gina verbracht, in Lukes Haus, sogar Jos, wenn ihr Vater gearbeitet hatte. Sie hatte immer mal bei Mel übernachtet, aber auch wenn die Familie ihrer besten Freundin nach außen den Anschein von Geld erweckt hatte, war es dort in keiner Weise einladend gewesen. Es schien, dass die Einzige, die von der

Scheidung der Bartletts überrascht gewesen war, ihre Tochter war.

Zoe konnte es gar nicht erwarten, Mel wiederzusehen.

Sie wusste von den seltenen E-Mails und noch selteneren Telefonanrufen, dass es Mel nicht gut ging. In zehn Jahren hatte Zoe sie nur einmal getroffen, kurz nach Hopes Geburt. Ein Blick, und Zoe war klar gewesen, dass die Beziehung zwischen ihr und dem Vater des Kindes nicht halten würde.

Sosehr sie auch hatte eingreifen wollen, Mel hätte nicht auf sie gehört. Und wie sollte sie auch? Sie war eine junge Mutter, ohne Job, und hörte auf einen Idioten. Als Zoe von der Scheidung erfuhr, war sie glücklich gewesen, auch wenn es politisch nicht korrekt war, so zu empfinden.

Irgendwo über Colorado gab ihr Sitznachbar es auf, Small Talk zu machen, verzehrte das Erste-Klasse-Essen und wandte sich der Filmauswahl zu.

Zoe sah aus einer Höhe von fünfundzwanzigtausend Fuß auf die Rockies herab und lächelte. Die aussichtsreichste Kandidatin für die Kategorie »Wird am ehesten River Bend niemals verlassen« flog erster Klasse zu ihrem zehnjährigen Klassentreffen, von einer viel größeren Stadt, einem Ort mit viel mehr Möglichkeiten aus als dem, den sie verlassen hatte. Wenn sie sich auch dafür hasste, freute sie sich doch darauf, ihren Erfolg einigen Leuten unter die Nase zu reiben.

Denen, die ihr wirklich wichtig waren, denen, die sie tatsächlich fernhielten, wollte sie ihn nicht unter die Nase reiben.

Einigen Leuten wollte sie aus dem Weg gehen.

Dem Schmerz aus dem Weg gehen, sie zu sehen. Seine Augen zu sehen. Die Enttäuschung ein weiteres Mal zu spüren.

Kapitel fünf

Im R&B war es heute lauter als an den meisten Abenden. Die Schulabgänger von vor zehn Jahren hatten alle Barhocker mit Beschlag belegt und sorgten dafür, dass Josie wie eine Irre mit Tabletts voller Getränken herumeilte, ohne ihren Stammgästen auch nur ein Lächeln zu schenken.

Nicht, dass das wichtig gewesen wäre. Wyatt und Luke saßen an einem der Bartische mitten in der Menge. Josie sorgte dafür, dass sie immer ein Bier vor sich hatten, fragte nicht mal, ob sie ein weiteres wollten, sondern reichte sie einfach rüber, wenn sie an ihnen vorbeikam.

»Das ist verrückt.« Wyatt sah sich um. Alle Stühle waren besetzt.

»Passiert jedes Jahr.« Luke nahm einen Schluck aus seiner Flasche und warf immer wieder Blicke zur Tür.

»Kennst du die meisten Leute hier?«, erkundigte sich Wyatt.

»Einige.«

»Freunde oder Feinde?«

»Nicht viele Feinde. Kann aber auch nicht behaupten, dass alle Freunde wären.« Luke wandte seine Aufmerksamkeit wieder Wyatt zu. »Das Problem und der Fluch einer Kleinstadt ist, dass jeder jeden kennt. Es gibt kein Geheimnis, das nicht alle wüssten, und sie kommen auch nie zur Ruhe. Vor allen Dingen nicht zehn Jahre später.«

»Scheint, hier kommt sowieso nichts zur Ruhe.«

Luke zuckte die Achseln. »Die guten Sachen sicher nicht. Worüber sollte der Bridge-Club bei Miss Gina sonst tratschen, wenn es so wäre?«

»Miss Gina spielt kein Bridge.«

Luke lachte. »Aber sie nennt es so.«

»Saufgelage, nach denen die meisten Mitglieder ihres Clubs ein Zimmer brauchen, um den Rausch nach ihrer Speziallimonade auszuschlafen.«

»Ich liebe ihre Limonade. Hat mich ein paarmal ganz schön erwischt, als ich noch jünger war. Die Einzige, die irgendwie dagegen immun war, war …«

»Ich.«

Wyatt blickte auf und bemerkte Sheriff Ward, die Lukes Hand vom Bier schob, bevor sie sich selbst einen Schluck aus der Flasche genehmigte.

»Hey!« Luke schnappte sich das Bier zurück und zwinkerte ihr zu.

Es geschah nicht häufig, dass Wyatt den Sheriff im R&B sah. Außer sie kam in offizieller Mission, um eine Prügelei zu beenden oder Josie und ihren Mitarbeitern zu helfen, einen Gast dazu zu ermutigen, eine angebotene Mitfahrgelegenheit nach Hause anzunehmen.

Heute Abend trug JoAnne Ward eine Jeans, ein Baumwoll-Shirt, das eng genug saß, um der Welt zu zeigen, dass sie eine Frau war, sich mit dieser Info aber nicht aufdrängte. Sie hatte das Haar offen, aber vor allen Dingen unbedeckt von dem Hut, den sie immer aufhatte, wenn sie im Dienst war.

»Hallo, Wyatt«, sagte sie mit einem Lächeln.

»Sheriff.«

»Heute Abend einfach nur Jo.«

Sie beugte sich vor und flüsterte Luke etwas ins Ohr, bevor dessen Augen zur Tür wanderten und seine Miene erstarrte.

Wyatt folgte seinem Blick und sah Melanie auf der Schwelle stehen. Ihr honigblondes Haar fiel ihr über die Schultern. An ihrer anderen Seite stand ihr Gegenstück. Elegant, mit dunklem Haar, und die Art, wie sie ihre Schultern straffte, verriet Selbstbewusstsein.

»Wer ist das?«, fragte er unwillkürlich.

»Zoe.« Die Antwort kam so leise von Luke, dass man sie kaum verstehen konnte.

Melanie und Zoe blieben bei einem Grüppchen unweit der Tür hängen.

Melanie versuchte, über die Köpfe der Menge hinwegzusehen, während sie zu dem nickte, was die anderen um sie herum erzählten. Ihr Blick begegnete seinem, und sie legte den Kopf zur Seite.

Jo winkte die beiden Frauen herüber.

»Bei dir alles in Ordnung?«, fragte sie Luke.

Wyatt richtete seine Augen wieder auf Jo und stellte fest, dass Luke in sein Bier starrte. »Das ist eine lange Zeit her, Jo. Nichts Neues.«

Bevor Wyatt sich erkundigen konnte, wovon die beiden sprachen, traten Melanie und Zoe an ihren Tisch.

Sowohl Luke als auch Wyatt standen von ihren Barhockern auf.

»Ich kann nicht glauben, dass Jeff schon keine Haare mehr hat. Er ist erst achtundzwanzig.«

»Die waren doch schon mit vierundzwanzig weg«, bemerkte Luke an Melanie gewandt.

»Schlechte Gene«, ergänzte Jo.

Wyatt erwiderte Melanies Lächeln. »Ich wusste nicht, dass du herkommen wolltest«, erklärte er.

»Es war entweder das oder die Senioren-Bingo-Nacht.«

Es entstand eine kleine Pause, bevor Wyatt die merkwürdige Anspannung auf Lukes und Zoes Gesichtern auffiel. Hart, kontrolliert und doch voller Emotionen.

»Hallo, Luke.« Zoes Stimme klang weich und glatt, und der verkrampfte Zug um Lukes Kiefer lockerte sich etwas.

»Du, äh … Du siehst toll aus.«

»Und du hast immer noch deine Haare.«

Luke lachte. »Gute Gene.«

Zoe streckte die Arme aus, und Luke umarmte sie. Selbst von der Seite sah es aus, als wüsste keiner von ihnen so recht, wie er sich verhalten sollte.

Luke bot ihr seinen Stuhl an, während Wyatt seinen in Richtung Jo und Melanie schob. »Ich schau mal, ob ich noch einen auftreiben kann.«

Er holte einen Stuhl für Jo und schloss sich der Unterhaltung an.

»Wir haben uns noch nicht kennengelernt.« Zoe streckte ihm über den Tisch die Hand hin. »Ich bin Zoe.«

»Oh, tut mir leid.« Jo übernahm die Vorstellung. »Zoe Brown, Wyatt Gibson. Wyatt ist hier vor was … sechs Jahren hergezogen.«

»Fünf.«

Josie blieb an ihrem Tisch stehen und schnappte sich eine leere Flasche. »Was kann ich euch …« Sie hielt inne und quietschte auf. »Mel? Zoe?«

Bei dem schrillen Kreischen der Frauen zuckten Wyatt und Luke zusammen. »Frauen!«, sagte Luke.

Selbst Jo verdrehte die Augen.

»Herr im Himmel, Zoe? Ich hab dich kaum erkannt. Hollywood muss dir wirklich guttun.«

»Im Moment Dallas.«

Wyatt lehnte sich hinüber zu Luke. »Hollywood?«

»Sie hat vor ein paar Jahren bei einer dieser Koch-Shows mitgemacht«, flüsterte Luke ihm zu.

»Oh.«

Josie wandte ihre Aufmerksamkeit Melanie zu. »Du hast dich kein bisschen verändert. Was treibst du so?«

Melanie blinzelte einige Male. »Hatte viel zu tun.«

»Ich hab gehört, du wärst mit einem Anwalt oder so verheiratet.«

»Äh …«

Jo drängte sich in die Unterhaltung. »Mel hat eine entzückende kleine Tochter. Sieht genau aus wie sie.«

Josie lächelte weiter. »Ist dein Ehemann mitgekommen?«

Zoe ersparte Melanie eine Antwort. »Sie hat ihn schon vor Jahren verlassen.«

Josie wirkte peinlich berührt. »Ich vermute, das ist dann gut.«

»Wie wär's mit ein paar Drinks?«, erkundigte sich Wyatt, als sich Stille zwischen ihnen ausbreitete.

»Ich nehme noch eins von diesen«, erwiderte Luke und hob sein Bier hoch. »Zoe? Rum mit Coke?«

»Perfekt«, erwiderte Zoe.

»Und du, Mel?«

»Ich fahre alle nach Hause. Ich nehme eine Sprite.«

Jo und Wyatt bestellten sich zwei weitere Bier, ehe Josie sich entfernte.

Melanie ließ den Kopf in die Hände sinken. »Das wird sehr schnell nervig werden.«

»Nimm's nicht so schwer, Mel.«

Melanie schüttelte den Kopf, Zoe tätschelte ihr den Rücken, und Jo sprach weiter: »Keiner von diesen Leuten hat das perfekte Leben gehabt.«

Wyatt fühlte sich wie das fünfte Rad am Wagen. »Was soll sie nicht so schwernehmen?«

Luke öffnete den Mund, um etwas zu sagen, aber Melanie fiel ihm ins Wort: »Ich war diejenige, die eigentlich hier verschwinden und dann reich und einflussreich zurückkommen sollte.«

Wyatt sah Melanie in die Augen und erkannte eine schmerzhafte Enttäuschung darin. Es machte ihr etwas aus, dieses Mitleid ihrer früheren Mitschüler.

»Das Problem mit Klassentreffen ist, dass jeder die anderen nach Geld und Gewicht beurteilt. Persönliches Glück und Gesundheit scheinen nie wichtig zu sein. Bist du glücklich, Melanie?«, fragte Jo.

Melanie warf Wyatt einen Blick zu, das Lächeln auf ihren Lippen erreichte endlich ihre Augen, und sein Magen zog sich zusammen. »Ich arbeite daran.«

Wyatt prostete ihr mit seinem Bier zu, bevor er einen Schluck nahm.

* * *

In Frühstückspensionen ging es meist ruhig zu, aber an dem Mittwoch vor dem Klassentreffen bildete Miss Ginas Inn eine Ausnahme. Es half, dass das nächste Motel gute fünfzehn Kilometer entfernt außerhalb der Stadt lag, und eine Handvoll Campingplätze versorgten die restlichen Besucher mit Übernachtungsmöglichkeiten.

Mit ihrer Highschool-Intimfeindin konfrontiert, zwang sich Melanie zu einem Lächeln. »Hallo, Margie.«

»Meine Güte, sieh dich nur an.« Margie Taylor stand neben ihrem Verlobten, den Arm um seinen geschlungen, als wäre er eine Trophäe. »Du hast dich überhaupt nicht verändert.«

Melanie ließ ihren Blick über Margies ausladendes Dekolleté wandern. Ein Dekolleté, das in der Highschool definitiv noch nicht da gewesen war. Ein Dekolleté, wie Mel es häufig in den großen Städten Südkaliforniens gesehen hatte, das es in River Bend in dieser Künstlichkeit aber eigentlich nicht gab.

»Wir haben uns alle verändert.« Melanie versuchte, zu lächeln und nicht nur die Brüste zu betrachten. Sie fühlte sich plötzlich wie ein Mitglied des anderen Geschlechts. Wer hätte geahnt, dass Möpse so eine Anziehungskraft besaßen?

»Jonathan, Melanie und ich waren zusammen bei den Cheerleadern.« Margie legte einen Arm um die Schultern ihres Verlobten und presste ihren Riesenbusen gegen ihn.

Jonathan musste mindestens zehn Jahre älter sein als Margie, der Anzug, den er trug, war nicht besonders teuer, soweit Mel das beurteilen konnte, aber er saß nicht schlecht. Der Mann war einigermaßen attraktiv, mit einem guten Kinn und einem vollkommen desinteressierten Blick.

»Ich hab in meinem zweiten Jahr aufgehört«, erinnerte Melanie sie.

Margie fuchtelte mit der Hand in der Luft herum. »Haarspalterei, Melanie. Einmal Cheerleader, immer Cheerleader.«

So war es ihrer Erinnerung nach nicht gewesen. Aber statt sich zu streiten, nahm Melanie den Schlüssel für Margies und Jonathans Zimmer und legte ihn auf den Rezeptionstresen. »Miss Gina hat euch bis Sonntag im Reservierungsbuch stehen.«

»Es ist so nett von dir, dass du Miss Gina aushilfst. Die arme Frau wird auch nicht jünger.«

Lass sie das ja nicht hören, lag es Melanie schon auf der Zunge. Wenn Miss Gina das mitbekommen hätte, wäre es interessant, zu sehen, wie lange es dauern würde, bis Margie und ihr anzugtragender Verlobter sich in ihrem Auto auf dem Campingplatz wiederfanden.

»Haben die Zimmer Internetzugang?«, erkundigte Jonathan sich.

»Es gibt im ganzen Haus WLAN«, antwortete Melanie.

74

»Wie ist das Passwort?«

Melanie zwang sich, nicht zu lachen. »Es besteht kaum Gefahr, dass jemand Miss Ginas Internetservice missbraucht.«

»Ich hab dir gesagt, es ist eine kleine Stadt, Schatz«, erklärte Margie.

Jonathan ließ den Blick zweifelnd durch das Foyer schweifen.

»Es sind nur ein paar Tage.«

Melanie tippte etwas in Miss Ginas Computer und zog eine Quittung für Margie und ihren zurückhaltenden Verlobten heraus.

»Frühstück wird zwischen sieben und halb zehn serviert. Außerdem stehen den ganzen Tag Erfrischungen im Wohnzimmer, und es gibt einen Wein-Käse-Empfang zwischen fünf und halb sieben am Freitag und Samstag.«

Margie schenkte ihr ein falsches Lächeln, das zu ihren falschen Brüsten passte. »Wie nett. Ist das nicht nett, Jonathan?«

Jonathan gab nur einen unbestimmten Laut von sich, während er sich von Margie wegführen ließ.

»Das Gartenzimmer ist im ersten Stock, erste Tür links.«

Jonathan murmelte etwas darüber, dass es keinen Pagen gab, und Margie zog ihn am Arm hinter sich her.

»Danke für Ihre Geduld.« Melanie wandte sich an die Familie, die dort stand, wo sich gerade noch Margie und ihr Liebster befunden hatten. Ein Junge, nicht älter als sechs, versuchte, auf den Tresen zu klettern.

»Sind wir jetzt dran?«

»Samuel. Komm sofort da runter.« Die junge Mutter pflückte ihren Sohn mit einem Arm um seine Taille von Miss Ginas Rezeptionstresen. »Tut mir leid.«

»Schon okay. Ich kenne das.«

75

»Er war stundenlang im Auto.« Der Mann, von dem Melanie schätzte, dass es der Vater war, zog eine Geldbörse aus seiner Hosentasche, während er sprach.

»Meine Tochter führt sich nach einer langen Autofahrt genauso auf.« Melanie nahm seine Kreditkarte entgegen und las den Namen. »Moment.« Ihre Augen richteten sich wieder auf den Mann. »Mitchel Giesler? Meine Güte …« Der Mann war nicht länger der Junge. Er wog fünfzehn Kilo mehr und hatte sich einen Bart zugelegt.

»Melanie Bartlett«, fuhr sie fort und zeigte auf sich selbst.

»Oh, hallo. Wie geht's dir?«

»Gut. Nicht schlecht.« Sie schaute wieder zu dem Jungen. »Ist das dein Sohn?«

»Ja, und meine Frau Letty.«

Melanie ließ den Blick zwischen den dreien hin und her wandern. »Wow, wie wir uns alle verändert haben. Das letzte Mal, dass ich dich gesehen habe, war beim Abschlussball. Du hast echt … gefeiert.«

»O ja«, erwiderte er mit einem verlegenen Lächeln. »Das habe ich.«

Samuel wand sich mit genug Energie aus den Armen seiner Mutter, um das ganze Haus mit Strom zu versorgen.

»Beruhige dich bitte.«

»Ich will raus«, jammerte das Kind.

Melanie warf ihrem ehemaligen Klassenkameraden einen Blick zu und rief in den hinteren Teil des Hauses. »Hope, Schatz?«

»Ja?«, antwortete ihre Tochter.

»Komm mal her, Süße.«

Hope rannte aus Miss Ginas Küche herbei, das Haar zu einem Pferdeschwanz gebunden und das Lächeln, das sie trug, seit sie in River Bend waren, auf ihren Lippen.

Sie stellte sich neben Melanie und musterte die Gäste.

»Hope, das ist Samuel.«

Ihre Tochter winkte dem Jungen zu, und Samuel lächelte.

»Warum nimmst du ihn nicht mit hinten raus und zeigst ihm Miss Ginas Garten?«

Samuel verzog das Gesicht. »Blumen? Igitt.«

Hope schüttelte den Kopf. »Nein, du Dummkopf. Dreck und Würmer.«

Samuel riss die Augen auf.

»Wenn das okay für euch ist?« Melanie warf Mitchel einen Blick zu.

Mitchel legte seinem Sohn eine Hand auf den Rücken und schob ihn an. »Dann mal los, Kumpel.«

Das war all die Ermutigung, die die Kinder brauchten, bevor sie auf der Rückseite aus dem Haus stürmten. Beim Geräusch der Fliegengittertür, die zuschlug, atmeten alle Eltern erleichtert auf.

»Kinder und Autofahrten vertragen sich nicht. Also, wo waren wir?«

KAPITEL SECHS

Die Gäste waren alle eingecheckt, die Zimmer sauber, und Melanie saß auf der hinteren Veranda und passte auf Hope und Samuel auf, während die sich nach Kräften bemühten, sich möglichst schmutzig zu machen.

»Da bist du ja«, hörte sie Zoes Stimme aus dem Haus. Ihre Freundin kam durch die Hintertür und ließ sie hinter sich zufallen.

Melanie klopfte einladend neben sich auf die Zweisitzerschaukel, auf der sie saß. »Ich dachte, du wolltest den Tag mit deiner Mutter und deiner Schwester verbringen.«

Zoe setzte sich, streckte ihre langen Beine aus und ließ ihre Handtasche auf die Veranda fallen. »Das wollte ich auch, aber Mom hat sich nicht die Mühe gemacht, sich heute freizunehmen, während ich hier bin, und Zanya schlägt ihre Schwangerschaft auf die Laune. Ich denke, ich zwacke mir ein paar Stunden ab, wenn es passt.«

Auf der weiten Rasenfläche stand ein großer Ahorn mit einer einsamen Holzschaukel. Das Grundstück grenzte an den Wald, ohne dass ein Zaun die Aussicht behinderte. Der armselige Versuch, einen Gemüsegarten anzulegen, war von Unkraut überwuchert. Die Anfänge einer Tomatenpflanze, die vermutlich ein Überbleibsel vom vergangenen Jahr war, bahnten sich einen Weg aus der Erde. Das Einzige, was sich im Vergleich zu ihrer Kindheit geändert hatte, war die Größe des Baumes.

»Hier ist es so still. War es hier immer so still?«, wollte Zoe wissen.

»Wir waren zu sehr mit Schwätzen beschäftigt, um es zu bemerken. Aber ja, ich denke, das war es. In Bakersfield ist es nie still.«

»In Dallas auch nicht.«

Gemeinsam schauten sie ein paar Minuten lang den Kindern zu. »Sie ist genau wie du.«

»Ich weiß nicht. Ich hab nicht viel im Schmutz gespielt.«

»Das hat sich bei dir mit der Zeit gelegt«, verbesserte Zoe sie. »Du hast dann beschlossen, dass Cheerleading und Lipgloss mehr Spaß machen.«

Melanie schloss die Augen und schüttelte den Kopf. »Erinnere mich bloß nicht. Rate mal, wer dieses Wochenende hier ist.«

Zoe blickte hinauf zu den Wolken, als stünde dort die Antwort. »Erleuchte mich.«

»Margie Taylor.«

»Nein!«

»Ja, mit einem steifen Verlobten, der perfekt zu ihr passt.«

Zoe stieß sich mit dem Fuß vom Boden ab und setzte die Schaukel in Bewegung. »Ich dachte, ihre Eltern wohnten noch in der Stadt.«

»Tun sie auch. Ich bin mir nicht sicher, warum die beiden sich hier ein Zimmer genommen haben.«

»Mehr Geld für Miss Gina.« Zoe blickte sich übertrieben auffällig um. »Wo ist sie überhaupt? Ich hab ihren VW-Bus gar nicht gesehen, als ich mein Auto abgestellt hab.«

»Sie hat einen Termin in Eugene. Ich hab ihr versprochen, mich hier um alles zu kümmern. Ich würde eine Menge tun, um nicht für die weiteren Vorbereitungen für das Klassentreffen eingespannt zu werden. Vermutlich droht mir das nächstes Jahr, wenn ich da noch in River Bend bin.«

»Du willst wirklich hierbleiben?«, erkundigte sich Zoe.

Melanie zuckte die Achseln. »In Kalifornien wartet nichts auf mich. Und Hope verdient etwas Besseres. Einen sicheren Ort mit genug Platz, um zu rennen und zu spielen. Leute in der Nähe, denen sie vertraut. Regen. Ich glaube nicht, dass Miss Gina eine Vollzeitangestellte benötigt, da das Bed & Breakfast nur ein paarmal im Jahr ausgebucht ist, aber vielleicht hilft mir der Sommer hier, ein paar Sachen rauszufinden.«

Die Standuhr im Haus schlug zwölf. Melanie stand von der Schaukel auf. »Hope?«

Ihre Tochter schaute hoch, das Gesicht mit Dreck verschmiert. »Ja?«

»Ich bin in der Küche. Lauf nicht weg.«

»Okay.«

»Mel in der Küche?«, fragte Zoe, während sie gemeinsam ins Haus gingen.

»Nachmittagskekse«, erinnerte sie ihre Freundin. »Miss Ginas Abläufe haben sich nicht geändert.«

»Aber du kochst doch nicht.«

»Ich komm schon zurecht.« Kinder hatten es so an sich, aus ihren Eltern Köche zu machen. Selbst wenn das Essen oft genug aus einer Schachtel mit der Aufschrift »Einfach Wasser hinzufügen« kam.

In der Küche im Retrolook gab es jede Menge moderne Geräte, die Miss Gina angeschafft hatte, als sie das alte Haus in eine Frühstückspension umgewandelt hatte. Der geräumige Edelstahlkühlschrank in Restaurantgröße und der dazu passende Profiherd bildeten einen auffallenden Kontrast zu den weißen Schränken und der Arbeitsfläche aus gegossenem Beton.

»Ist es eigentlich falsch, dass es sich für mich mehr wie zu Hause anfühlt, in diese Küche zu kommen, als in die meiner Mutter?«, fragte Zoe.

Melanie holte zwei Backbleche aus einem Unterschrank und stellte sie auf die Arbeitsfläche. »Essen bei deiner Mutter war Pizza oder was auch immer sie aus dem Diner mit heimgebracht hat. Miss Gina hatte immer frische Zutaten, bei denen es dich in den Fingern gejuckt hat, sie zu verarbeiten.«

Zoe öffnete den Kühlschrank und grinste. Sie griff nach dem roten Limonadenkrug und holte ihn heraus. »Dem Himmel sei Dank für Miss Gina.«

Melanie reichte ihrer Freundin ein Glas und trat dann neben sie, um selbst im Kühlschrank zu suchen. »Es ist wie Nach-Hause-Kommen, oder?«

»Ja, irgendwie schon.« Zoe schenkte sich ihr Glas ein, setzte sich und trank. »So gut.«

»Die hat immer noch einen Schuss, der einen hintenherum einholt«, warnte Melanie.

Der fertige Keksteig war in einer Frischhaltedose. Nach dem, was Miss Gina gesagt hatte, stammte das Zeug vom Spendentag für die Schule, wo sie sich zweimal jährlich eindeckte.

Melanie stellte die Dose auf die Arbeitsfläche und wandte sich zur Spüle, um sich die Hände zu waschen.

»Was ist das?«, fragte Zoe.

»Keksteig.«

Zoe stellte ihr Glas klirrend ab und schaute Melanie mit offenem Mund an. »Nein. Nein, nein, das kann nicht dein Ernst sein.«

»Es ist das, was Miss Gina mir aufgetragen hat zu backen.«

Binnen einer halben Sekunde war Zoe aufgesprungen und neben ihr. Sie hob den Deckel der Dose an und schnupperte. Dann landete die Büchse im Mülleimer. »Ich kann einfach nicht glauben, dass sie mit dem Mist wieder angefangen hat.«

Melanie ging zur Seite, während Zoe tat, was sie am besten konnte. Sie öffnete die Speisekammertür und stellte mehrere Behälter auf die Arbeitsfläche. »Ich hab ihr schon tausend Mal gesagt, ein Bed & Breakfast braucht frisches, gesundes Bio-Essen. Keine Konservierungsmittel oder künstlichen Farbstoffe.«

Der Deckel einer Tupperdose landete auf der Arbeitsfläche, und Zoe roch am Inhalt. »Ein paar einfache Zutaten, und alle werden sich an das Essen erinnern. Kein Wunder, dass sie nicht das ganze Jahr ausgebucht ist. Klebriger Keksteig«, murmelte Zoe vor sich hin. »Hol schon mal eine Rührschüssel«, trug sie Melanie auf.

Die fand die gewünschte Schüssel und trat aus dem Weg.

Zoe wedelte mit dem Behälter in der Luft. »Siehst du, sie hat alles, was sie braucht.«

Melanie war sich nicht mal sicher, was Zoe da schwenkte.

»Und da ist noch nicht mal das Haltbarkeitsdatum abgelaufen. Warum kauft Miss Gina das und benutzt es dann nicht?«

Es kamen noch weitere Fragen, aber Melanie machte sich nicht die Mühe, sie zu beantworten. So kochte Zoe. Mit fliegenden Händen, Probierlöffeln … und immer wieder mit Riechen und Abschmecken. Sie fand eine Schürze, gönnte sich einen Schluck Limonade, und in der Zeit, die Melanie gebraucht hätte, um den Ofen anzustellen und den Deckel des verschmähten Keksteigs zu öffnen, hatte Zoe Mehl, Salz, Zucker und mehrere andere Zutaten miteinander verrührt und auf den Kuchenblechen verteilt.

Während die Kekse im Ofen backten, kniete sich Zoe neben einen Unterschrank und kramte darin. Sie förderte eine Kaffeemühle zutage, staubte sie ab und stöpselte den Stecker in die Steckdose. »Ich hoffe doch, sie hat …« Sie tauchte mit einer verschweißten Packung Kaffeebohnen aus der Speisekammer auf. »Ich begreife einfach nicht, warum sie das nicht benutzt.«

Zoe sprach weiter mit sich selbst, während sich der Duft frischen Kaffees und süßer Kekse in der Küche ausbreitete, dass einem das Wasser im Mund zusammenlief.

Die Fliegengittertür flog auf, und das Trappeln kleiner Füße, die auf sie zugelaufen kamen, erklang. »Bleib genau da stehen, junge Dame. Schuhe aus. Du und Samuel, ihr wascht euch die Hände, bevor ihr hereinkommt.«

Die beiden Kinder verschwanden ohne Widerworte im Badezimmer.

Zoe unterbrach ihr Selbstgespräch und lachte leise. »Oh, die Mutterstimme. Das machst du wirklich gut.«

»Steht alles in der Bedienungsanleitung, die man noch im Kreißsaal in die Hand gedrückt bekommt. Mutterstimme und Mutterblick sind im zweiten Kapitel dran.«

»Was steht im ersten?«

»Muttersorgen und erdrückende Mutterliebe.«

Zoe lehnte sich gegen die Arbeitstheke, während die Kekse im Ofen weiterbackten. »Ist schwer gewesen, nicht wahr?«

»Ja, es ist klug von dir, zu warten. Nicht dass ich es so geplant hätte.«

»Die guten Dinge im Leben sind nie geplant«, sagte Zoe. »Ich hab auch nicht geplant, Köchin zu werden. Es ist einfach passiert.«

»Es ist nicht einfach nur passiert. Du hast dafür gesorgt, dass es passiert. Du hast noch vor meiner Abreise zum College mit dem halben Stipendium und deiner Rostlaube die Stadt verlassen.«

Zoe winkte ab. »Dennoch ist es nicht geplant gewesen. Nicht alles.«

»Würdest du irgendetwas anders machen?«, wollte Melanie wissen.

Ihre Freundin starrte die Wand an. »Also … Nein. Ich vermute nicht.«

Das klang nicht sehr überzeugend.

»Bist du glücklich?«

Zoe wandte ihren Blick ab und drehte sich zum Ofen um. »Ja. Ja, das bin ich.«

Das klang auch nicht überzeugend.

Gerade als die Kekse aus dem Ofen kamen, stürmten Hope und Samuel die Küche. Ihre eifrigen Gesichter waren immer noch schmutzig nach ihren notdürftigen Anstrengungen, sich sauber zu machen, und ihre Hände tropften.

Während Melanie den Kindern Milch eingoss, öffnete und schloss sich die Fliegengittertür erneut mit dem vertrauten Geräusch. »Hier kocht jemand anders als Miss Gina.«

Mels Herz machte einen kleinen Satz, unmittelbar bevor Wyatt um die Ecke kam. Als sie sein freundliches Lächeln erblickte, biss sie sich unwillkürlich auf die Lippen. Er trug die blaue Jeans, die sie nun schon oft an ihm gesehen hatte, dazu ein Sweatshirt, und hatte einen Werkzeuggürtel um die schmalen Hüften.

»Tante Zoe hat Kekse gebacken«, verkündete Hope mit schmatzenden Lippen, hinter denen die Zimtplätzchen verschwunden waren.

»Und? Schmecken sie?«, fragte Wyatt mit einem Zwinkern.

Zoe verzog das Gesicht und tat so, als wäre sie tief getroffen.

Als Wyatt nach einem greifen wollte, öffnete Mel den Mund und sagte mit ihrer besten Mutterstimme: »Erst Hände waschen.«

Wyatt riss seine Hand zurück und grinste. »Ja, Ma'am.«

Ihre Wangen wurden ganz heiß. »Sorry. Macht der Gewohnheit.«

Wyatt verließ die Küche, und sie konnten im Badezimmer im Erdgeschoss Wasser laufen hören.

Melanie wandte sich von den Kindern ab und entdeckte, dass Zoe sie beobachtete. »Was ist?«

»Der ist süß«, bemerkte ihre Freundin halblaut.

»Stopp.«

»Warum?«

Das Geräusch von Schritten unterbrach ihre Unterhaltung, und Melanie schob Zoe weg.

»Mmm. Luke hat gesagt, du könntest gut kochen«, erklärte Wyatt.

»Ach, hat er das?«

»Zoe kann Makkaroni mit Käse in eine Delikatesse für Könige verwandeln«, lobte Melanie ihre Freundin.

»Jetzt übertreib mal nicht«, wehrte die ab.

»Ein wörtliches Zitat von den Juroren aus ›Duell der Köche‹.«

»Ein Zitat, das sie benutzt haben, nachdem herausgekommen war, dass ich in einem Trailer aufgewachsen bin. Es war ein Scherz.«

»Es ist die Wahrheit.« Melanie wandte sich wieder an Wyatt, der sich schon den nächsten Keks geschnappt hatte. »Sie hat ihren ersten Chili-Kochwettbewerb zum 4. Juli gewonnen, als wir zwölf waren. In der Highschool hat sie, als wir ein neues Stabhochsprungkissen brauchten, ein Drei-Gänge-Menü gekocht und Karten dafür als Fundraising verkauft. Sobald sich ihre Kochkünste herumgesprochen hatten, kamen die Leute über sechzig Kilometer weit hergefahren und zahlten vierzig Dollar für einen Platz am Tisch.«

»Das ist beeindruckend«, antwortete Wyatt. »Du solltest hierbleiben. Wir könnten ein neues Sprungkissen gebrauchen.«

»Wir?«, fragte Melanie.

»Ich helfe als Trainer in der Highschool aus«, sagte er.

»Ehrlich? Zoe, Jo und ich waren alle im Leichtathletik-Team, und ich habe Stabhochsprung gemacht.«

Wyatt wischte sich die Kekskrümel vom Kinn. Aus Gewohnheit reichte Melanie ihm eine Serviette.

»Ich denke, ich erinnere mich, dass Jo so was erwähnt hat.«

»Ja, Jo war Kurzstreckenläuferin, Zoe hatte die Langstrecke und ich den Stabhochsprung.«

»Deshalb das Stabhochsprungkissen«, fügte Zoe hinzu.

Hope und Samuel kletterten von den Küchenstühlen. »Wir gehen wieder raus.«

»Viel Spaß.«

»Ich versuch schon die ganze Zeit, unseren Sheriff dazu zu bewegen, ebenfalls beim Training zu helfen. Schließlich schleppt sie die ganze Zeit Kinder an.«

Zoe und Melanie begannen zu lachen.

»Der Apfel ist echt nicht weit vom Stamm gefallen«, bemerkte Zoe.

»Was meinst du damit?«

»Sheriff Ward, ihr Vater, hat das auch die ganze Zeit gemacht. Wenn jemand dabei erwischt wurde, wie er etwas tat, was er besser nicht tun sollte, dann hat er ihm die Wahl gelassen: ins Leichtathletik-Team oder Handschellen.«

Wyatt schaute zwischen ihnen hin und her. »Und wobei seid ihr beide erwischt worden?«

Melanie und Zoe wechselten Blicke.

»Wir haben gar nichts gemacht. Wir haben nur unsere Freundin unterstützt«, erklärte Zoe.

Wyatt benötigte ein paar Momente, um die Verbindung herzustellen. »Jo?«

Melanie presste die Lippen zusammen. »Ich schweige wie ein Grab.«

Zoe hob den ausgestreckten kleinen Finger, und Mel hakte ihren ein. Der nicht wirklich geheime Handschlag hielt immer noch.

»Seit du in der Stadt bist, lerne ich täglich was hinzu«, sagte Wyatt.

Zoe stieß sich von der Theke ab und öffnete die Kühlschranktür. »Ihr Kinder geht jetzt raus. Ich muss Sachen erledigen.«

»Sachen?«, erkundigte sich Melanie.

»Ja. Ich muss Miss Gina daran erinnern, wie sie alles machen soll.« Zoe scheuchte sie weg. »Wann kommt sie zurück?«

»Zum Abendessen. Sie hat vorgeschlagen, dass ich dich einlade.«

Zoe schnaubte. »Darauf wette ich. Hinterhältiges Miststück.«

Während Zoe begann, Zwiebeln zusammenzusuchen, Tomaten und irgendwelchen Käse, trat Mel den Rückzug an.

»Ich brauch meine Messer«, erklärte Zoe, lud die Zutaten auf der Arbeitsfläche ab und verschwand durch die Haustür.

Wyatt setzte zu einer Äußerung an, kam aber gar nicht dazu, bevor Zoe wieder reinmarschierte, eine schwarze Tasche in der Hand. »Was tut ihr beide noch hier? Ich würde euch zu Hilfsarbeiten heranziehen, aber ich brauch keinen Hammer für das Abendessen, und Melanie, die Liebe, ist völlig nutzlos.«

»Hey, ich komm zurecht.«

Zoe schnaubte und wandte sich ab. »Und bringt diese Kekse in den Salon. Ich bin sicher, Miss Gina hat bereits einen Teller vorbereitet.« Ein weiteres gemurmeltes »Hinterhältiges Miststück« kam ihr über die Lippen, während Melanie und Wyatt die Küche verließen.

Das Gepolter, das Hurrikan Zoe verursachte, wurde leiser, je weiter sie sich entfernten.

»Ist sie immer so?«, wollte Wyatt wissen.

»Nur wenn sie kocht«, antwortete Mel.

Im Salon stand eine leere Keksetagere aus Kristall. Ein kleines Papierschild daneben wies in kunstvollen Buchstaben die Aufschrift »Mit besten Grüßen von der Starfernsehköchin Brown« auf.

»Oh, Miss Gina ist wirklich klasse.« Wyatt stibitzte sich einen letzten Keks und hielt ihn in die Höhe.

»Was machst du eigentlich hier?«

»Ich dichte weiter das Dach ab. Und das Badezimmer muss auch noch versorgt werden.«

Melanie erstarrte mitten in der Bewegung. »Aber du hast nicht die Leiter …«

»Die Lektion habe ich gelernt. Die Leiter ist immer noch auf meinem Pick-up. Ich hab die hier gerochen, bevor ich irgendwas aufstellen konnte.«

»Zoes Kochkünste sind einfach phänomenal.« Sie platzierte die letzten Kekse auf dem Kristallteller und legte den Kopf schief, um Wyatt ins Gesicht zu sehen. Seine Augen ruhten auf ihren Lippen.

»Phänomenal«, wiederholte er.

Als sie sich auf die Lippe biss, wandte Wyatt den Blick ab und machte einen Schritt zurück. »Ich denke, ich sollte …«

»Vermutlich schon«, stimmte sie ihm zu, obwohl sie die Hitze genoss, die er in ihr erzeugte.

Er machte drei Schritte, ehe er sich umdrehte. »Ich hab gehört, du denkst darüber nach, eine Weile hierzubleiben.«

»Ach ja?«

»River Bend ist eine kleine Stadt, da verbreiten sich Neuigkeiten schnell.« Er grinste.

Sie verschränkte die Arme vor ihrer Brust. »Ich denke darüber nach.«

»Das ist gut.« Er führte es nicht weiter aus, winkte ihr noch einmal mit dem Keks zu und verließ dann das Haus.

Das ist gut?

Zwei Sekunden später folgte sie ihm nach draußen. Er stand an seinem Pick-up, lud die Leiter ab.

»Warum?«, rief sie quer über die Einfahrt.

»Warum was?«

»Warum ist das gut?« Sie wusste es, wollte es aber von ihm hören.

Wyatt hielt in seiner Arbeit inne und grinste. »Du hast Stabhochsprung gemacht.«

Stabhochsprung? Was zur ... »Ja, und?«

»Wir hatten noch keinen guten Stabhochsprung-Trainer, seit ich hergezogen bin.«

»Stabhochsprung.« Ernsthaft?

Das Spiel seiner Muskeln, während er die Leiter ablud, faszinierte sie. Er hielt einen Moment inne und posierte. Wenigstens wirkte es so, als posierte er. So wie die Typen auf den Kalendern, die so taten, als wären sie Zimmermänner. Nur dass diese Männer keine Hemden anhatten. Als sie darüber nachdachte, wie Wyatt wohl ohne Hemd aussähe, biss sich Melanie wieder auf die Lippe.

»Du erinnerst dich doch noch an die Grundlagen, oder?«

»Natürlich.«

»Also denkst du darüber nach?«

»Ich ...« Stabhochsprung. Er war an ihrer Erfahrung in der Leichtathletik interessiert. Nicht dass ihr die schon mal was genützt hätte. »Ja, werde ich wohl.«

Wyatt lächelte sie an, wobei Grübchen in seinen Wangen erschienen, und schüttelte sich das Haar aus der Stirn.

Mit einem gemurmelten »Stabhochsprung« wandte sie sich ab.

Wyatts Lachen folgte ihr bis ins Haus.

Kapitel sieben

Alle Kleinstädte im Land hatten ein paar grundlegende Dinge gemeinsam. Gerüchte verbreiteten sich in Windeseile, die meisten Teenager verließen sie, sobald sie Auto fahren gelernt hatten oder von der Highschool abgegangen waren, und sie ehrten ihre Helden an den entsprechenden Feiertagen und den Jahrestagen ihres Todes.

Sheriff Ward war ein Held von River Bend.

So sehr, dass die Stadt seine ehemals rebellische Tochter mit offenen Armen willkommen geheißen hatte, als sie mit der Polizeischule fertig gewesen und heimgekehrt war.

Jo brauchte diesen Tag als Erinnerung an ihren Vater nicht, die Stadt hingegen schon. Als ihr Hilfssheriff daher die Fahne auf halbmast herunterholte, schlug sie nicht vor, dass er das sein ließ. Sie nahm das Händeschütteln und das Schulterklopfen hin, wenn sie vorbeiging, ohne fragen zu müssen, warum sie aufgehalten wurde. So war es jedes Jahr seit seinem Tod gewesen, und dieses Jahr war es nicht anders. Außer natürlich der Umstand, dass viele von ihren ehemaligen Mitschülern heimgekehrt waren, um an dem Ritual teilzunehmen.

Mit gerunzelter Stirn ging Jo in Gedanken die Namen durch. Wer sich Mühe gab, sie an diesem siebten Jahrestag des

Todes ihres Vaters zu finden, wer ihr eher aus dem Weg ging. Sogar Grant, der Trinker der Stadt, der ein paar Nächte in ihrer Zelle verbracht hatte, nahm seine Mütze ab und schüttelte ihr die Hand.

Was die Stadt nicht wusste, war, wie genau sie alles und jeden an diesem Tag vermerkte. Nicht aus dem Wunsch heraus, in ihrem Kummer zu waten, sondern um den Mörder ihres Vaters zu finden.

Die Stadt erinnerte sich vielleicht nicht mehr an all die Details und die genauen Umstände seines Todes, sie hingegen schon. Es half, dass sie bei der Übernahme des Sheriffpostens seine Akten durchgegangen war, den Bericht über seinen Tod genauestens studiert hatte, ja, sich praktisch jedes Wort ins Gedächtnis eingeprägt hatte.

Ihr Vater war ermordet worden. Sie wusste es, die Bundesbehörden vermuteten es, aber die Leute aus der Stadt hielten seinen Tod für einen Unfall.

Das Problem bestand darin, dass dem FBI der Fall nicht verdächtig genug erschien, um weitere Nachforschungen anzustellen, nachdem sie eine befriedigende Erklärung gefunden hatten, die nichts mit Mord zu tun hatte.

Jo wusste es besser.

Ihr Dad war ermordet worden. Und eines Tages würde sie seinen Mörder überführen und ihn seiner gerechten Strafe überantworten.

Um Viertel vor zwölf öffnete sich die Tür zur Polizeiwache. Zoe kam herein, neben sich Melanie. Es war gut, ihre Freundinnen zu sehen. Sie fehlten ihr beide ganz furchtbar. Dass sie wieder hier waren, weckte viele Erinnerungen.

»Was macht ihr hier?«

»Miss Gina behauptet, dass du um zwölf zum Friedhof gehst. Wir dachten, du hättest vielleicht gerne Gesellschaft.«

In der Sekunde blieb kurz die Welt stehen, und die Gefühle drohten sie zu überwältigen. Gefühle, die Jo sich solche Mühe gab, nicht zuzulassen. Tränen traten ihr in die Augen, und sie konnte die Worte nicht finden, die sie brauchte, um sie zu vermeiden.

»Äh …« Verdammt, sie weinte nicht. Das tat sie einfach nicht. Damals nicht, und jetzt auch nicht. Sie blinzelte ein paarmal, fand ihre Fassung wieder.

»Ich kann fahren«, bot Melanie an. »Ich hab den VW-Bus.«

Jo schüttelte rasch den Kopf. »Wie wäre es, wenn ihr mir einfach folgt? Falls ich einen Anruf bekomme und wegmuss.«

Ihre Freundinnen durchschauten den Vorwand, bedrängten sie aber nicht weiter.

Zoe hielt zwei Finger als spöttischen Salut an ihre Stirn. »Nach Ihnen, Sheriff.«

Jo schob ihre Freundinnen zur Tür. »Macht, dass ihr rauskommt.«

Bevor sie sich hinter das Lenkrad ihres Streifenwagens setzte, nahm Jo ihren Schlagstock ab und warf ihn auf den Sitz neben sich. Als Nächstes war ihr Hut an der Reihe. Sie fuhr von dem kleinen Parkplatz, und Miss Ginas Flower-Power-VW-Bus war dicht hinter ihr.

Der Friedhof befand sich gleich außerhalb der Stadtgrenzen. Weit genug, um mit dem Auto hinfahren zu müssen, aber nah genug, um mehrmals in der Woche daran vorbeizukommen. Jo fand es immer beinahe poetisch, dass der Weg zum R&B am Friedhof vorbeiführte, was die Leute eigentlich daran erinnern müsste, nicht zu trinken und zu fahren. Bei ihr funktionierte es wenigstens.

Es war ein klarer Sommertag mit nur ein paar weißen Wölkchen, die wie an den Himmel getupft wirkten. Völlig anders als der Tag, an dem sie vom Tod ihres Vaters erfahren hatte.

Sie schüttelte die schmerzlichen Erinnerungen ab und konzentrierte sich auf die vertraute Route zur letzten Ruhestätte ihres Vaters.

Der Friedhof gehörte zu der kleinen weißen Kirche, die passenderweise »Kleine Weiße Kirche« hieß.

Jo ließ den Schlagstock im Wagen, nahm aber den Hut in die Hand.

Zoe und Mel gingen neben ihr her. Als wären sie in einer Bibliothek, sprachen sie flüsternd. Komisch, wie es einen dazu brachte, still zu sein, wenn man zwischen Gräbern entlanglief. Fast, als ob man mit lautem Reden die Geister wecken und zum Spiel einladen könnte.

»Es tut mir leid, dass ich zu seiner Beerdigung nicht da war«, sagte Mel zum hundertsten Mal.

»Ist schon gut, Mel.«

»Ich fühle mich nur so schlecht deswegen.«

Jo schlang ihr einen Arm um die Schultern. »Das weiß ich doch. Wenn es dir hilft, dich besser zu fühlen, verspreche ich dir, nicht zu deiner zu kommen.«

Mel lachte auf, und die Stimmung lockerte sich.

Sie gingen zwischen den Gräbern entlang, achteten darauf, nicht daraufzutreten. Kleinstadtfriedhöfe hatten keine Satzungen, in denen vorgeschrieben war, wie die Umfriedungen und die Grabsteine auszusehen hatten, sodass es hier, auf River Bends einziger Begräbnisstätte, Grabeinfassungen und -steine in allen Formen und Höhen gab. Je wichtiger und reicher das Gemeindemitglied gewesen war, desto größer fiel der Stein aus.

Sheriff Joseph Wards letzte Ruhestätte lag irgendwo in der Mitte. Er war kein reicher Mann gewesen – das war kein Staatsdiener, es sei denn, er hatte seine Finger irgendwo drin, wo sie nicht hingehörten.

Zu dritt hielten sie an seinem Grab inne, und Jo las die Inschrift, die sie auswendig konnte.

Geliebter Vater
Allseits geachteter Angestellter der Stadt
Sheriff Joseph Allen Ward

Sein Geburtsdatum stand auf der einen Seite, auf der anderen daneben sein viel zu früher Todestag. Jo ließ es zu, dass Zoe ihr den Arm um die Mitte legte. Seit sieben Jahren hatte sie das Lachen ihres Vaters nicht mehr gehört, sein Lächeln nicht mehr gesehen.

»Er hat immer gedacht, ich würde vor ihm hier landen«, teilte Jo ihnen mit.

»Du hast ihm die ganze Zeit die Hölle heißgemacht.« Zoe hatte recht, das hatte sie getan.

Sie waren einen Moment lang still.

»Denkst du, er sieht uns hier stehen?«

»Das sollte er verdammt noch mal besser.« Jo zwang sich zu einem Lachen. »Er hat das Abzeichen und den Stern auf meiner Brust zu verantworten, daher sollte er das lieber zu schätzen wissen.«

»Ich bin sicher, das tut er.«

Bevor Zoe und Mel sie irgendwie in die Nähe von Tränen bringen konnten, schaute Jo an den Grabsteinen vorbei. »Erinnert ihr euch noch an den Sommer in der zehnten Klasse?«

Beide Frauen folgten ihrem Blick, und langsam begann sich ein Lächeln auf ihren Gesichtern auszubreiten. »Miss Ginas Limonade und das Grab der alten Mrs Greely. Wir waren so betrunken.«

Jo fing an zu lachen. »Ich dachte, es wäre eine so brillante Idee, zum Trinken auf den Friedhof zu gehen.«

Zoe stieß sie an. »Bis wir plötzlich fest davon überzeugt waren, wir hätten Stimmen gehört.«

»Das warst du, Zoe«, erinnerte Mel sie.

»Im Dunkeln über den Friedhof zu rennen ist niemals eine gute Idee.«

»Ich hätte mir fast den Knöchel verknackst«, fiel Jo wieder ein.

»Und ich bin im Giftsumach gelandet«, sagte Melanie.

»Ich bin mit einem schrecklichen Kater und Albträumen den ganzen Sommer lang davongekommen.«

»Gute alte Zeiten.« Jo lächelte versonnen.

»Ist das nicht gewesen, als dein Vater dich wegen des Trinkens zur Rede gestellt hat?«

»Allerdings. Er sagte, jemand hätte sich über Ruhestörung auf dem Friedhof beklagt, ist am nächsten Tag, während ich noch meinen Rausch ausgeschlafen hab, hingefahren und hat meinen Schülerausweis neben dem Limonadenrest gefunden. Er hat meinen Ausweis auf die Küchentheke gelegt und mich am nächsten Tag im Cross-Country-Team angemeldet.«

»Das war schrecklich. Fünf Meilen, jeden Tag und dazu noch im Sommer.«

»Was für ein gerissener alter Fuchs. In dem Sommer hatte ich einfach keine Energie mehr zum Trinken.«

Zoe hob die Augenbrauen. »Oder wenigstens nicht viel.«

Jo kniete sich hin und zog ein einzelnes Unkraut heraus, das nicht unbedingt entfernt werden musste. »Er fehlt mir«, sagte sie mit leiser Stimme. »Ich schwöre euch, ich kann ihn in den seltsamsten Momenten spüren. Als wäre er da und würde über mich wachen.«

Mel kniete sich neben sie. »Klingt ziemlich normal. Ich weiß, wenn es eine Möglichkeit gäbe, über Hope zu wachen, falls mir etwas zustoßen sollte, dann würde ich das tun.«

Zoe ging zur Rückseite des Steins und hielt inne. Sie hob eine einzelne weiße Lilie vom Boden auf und legte sie obendrauf. »Die muss runtergefallen sein.«

Zwischen Jos Augenbrauen bildete sich eine steile Falte, und sie hatte das Gefühl, als wollte eine Erinnerung hochkommen, schaffte es aber nicht. »Wie nett.«

Schweigen füllte den Raum zwischen ihnen, bevor Jo etwas vor ihren besten Freundinnen aussprach, das sie noch niemand anderem gesagt hatte. »Er wurde ermordet.«

Zoe schnappte nach Luft.

»Was? Ich dachte, es wäre ein Unfall gewesen«, erwiderte Mel verblüfft.

»Ich weiß, was alle denken. Ich weiß auch, was ich weiß.«

»Aber alle haben erzählt …«

»Ein Schuss, der sich versehentlich gelöst hat. Ich weiß. Das hat man mir auch gesagt. Doch niemand ist sorgfältiger mit seinen Waffen umgegangen als mein Vater.«

»Jo?« In Zoes Tonfall schwang Zweifel mit.

»Wie hoch stehen die Chancen, dass du deine Hand in eine Pfanne mit heißem Öl tauchst, Zoe? Oder dass du Hope von einer Klippe wirfst?«, fragte sie Melanie.

Beide Frauen hielten den Atem an und schauten sie mit großen Augen an.

»Ich weiß, was ich weiß. Ich habe die Berichte gelesen. Ich habe kleinere Erinnerungsfetzen, die von Zeit zu Zeit hochkommen. Das hat nach seinem Tod angefangen. Ich erinnere mich noch, dass diese Zeit des Jahres immer schwierig für ihn war.«

»Schulabschluss und jede Menge Partys.«

»Das jährliche Highschool-Klassentreffen, gefolgt vom 4. Juli und von allem, was damit zusammenhängt. Ich weiß. Aber es war mehr als das«, beharrte Jo.

»Bist du dir sicher?«

Jo nickte. »Ja, bin ich. Eine der Sachen, die ich auf der Polizeischule gelernt habe, ist, dass Kriminelle oft an den Schauplatz ihres Verbrechens zurückkehren.«

»Und das ist der Grund, warum du immer noch hier bist. Um den Mörder deines Vaters zu finden.«

Jo schaute erst Zoe in die Augen und dann Mel. »Ja. Ich werde ihn finden. Irgendwann.«

Sie betrachtete den Grabstein ihres Vaters und schwor im Geiste den Eid.

Ich werde ihn finden, Daddy.

* * *

»Ist sie geschrumpft?«

»Die Turnhalle?«

Melanie blickte hoch zur Deckenkonstruktion der Sporthalle der Highschool und hätte schwören können, dass die Halle geschrumpft war. »War die nicht immer größer?«

»Ich glaube nicht«, antwortete Zoe.

»Die ganze Stadt wirkt kleiner als zu der Zeit, als wir hier gelebt haben.« Die Tatsache, dass ein paar bekannte Geschäfte wegen der schlechten Wirtschaftslage zugemacht hatten, verstärkte diesen Eindruck noch.

»Ich weiß, was du meinst. Mein altes Zimmer fühlt sich wie ein Schuhkarton an.« Zoe hatte die erste Nacht im Haus ihrer Mutter verbracht und dann beschlossen, sich bei Jo einzuquartieren.

»Ich bin mir ziemlich sicher, dass keiner von uns mächtig an Größe zugelegt hat – wie kann es dann sein, dass alles so klein und eng wirkt?«

Zoe ging mit Mel zu dem in Lila und Gold dekorierten Registrierungstisch. Die offizielle Feier zum Klassentreffen war erst morgen, aber heute sollten sie dabei helfen, die Namenslisten der Teilnehmer durchzugehen, die sich angemeldet hatten, und sie den Clubs und AGs zuzuordnen, an denen sie zu Schulzeiten teilgenommen hatten.

»Ich glaube, unser Geist hat sich geweitet, sodass alles andere sich kleiner anfühlt.«

Das konnte sich Melanie gut vorstellen. »Weißt du, was komisch ist? Das Inn fühlt sich nicht kleiner an. Alles andere … ja, unbedingt. Sogar die Tankstelle wirkt winzig. Dabei weiß ich, sie hat sich nicht verändert. Oder?«

Zoe schwieg, ihre Augen waren auf etwas auf der anderen Seite der Sporthalle gerichtet.

Mel folgte dem Blick ihrer Freundin und seufzte.

Luke stand da und sprach mit ein paar Männern, die irgendwie vertraut aussahen, zu denen ihr aber keine Namen einfielen.

Und Zoe starrte.

Melanie stand neben ihr, stumm in Gedanken versunken.

»Warum muss er so verdammt gut aussehen?«, wollte Zoe leise wissen.

»Das hat er immer schon getan.«

Und er hatte nur Augen für Zoe gehabt. Als die beiden erst einmal zusammen gewesen waren, hatte die Stadt sofort angenommen, dass es binnen kürzester Zeit jede Menge kleine Zoes und kleine Lukes geben würde.

Die Stadt hatte sich gehörig geirrt.

»Genau die beiden, die ich gesucht habe.«

Melanie verzog das Gesicht. »Margie.«

Mit ihrer gewohnten aufgesetzten Freundlichkeit kam Margie mit dem Jahrbuch in der einen Hand und einem Pompon in der anderen auf sie zu. »Wenn das nicht Zoe Brown ist, River Bends berühmte Tochter.« Das Kompliment hatte einen sarkastischen Unterton.

»Himmel, wenn das nicht Margie Taylor ist.« Zoe klang ebenso sarkastisch und fügte noch eine Grimasse hinzu. »Und du feuerst immer noch das Football-Team an?« Sie fuhr mit den Fingern durch die von den Griffen herabhängenden Plastikschnüre in ihren Schulfarben.

»Einmal Cheerleader, immer Cheerleader.«

»Ach ja?«

Margie behielt ihr aufgesetztes Lächeln bei, während sie weitersprach: »Wie geht es mit der Kochsache, die du machst?«

Zoe biss die Zähne zusammen, und Melanie wich zurück.

Früher hätte Zoe Margie eine scharfe Erwiderung um die Ohren gehauen, an die sich die andere noch für Wochen erinnern würde.

Das Zähnezusammenbeißen dauerte zwei Atemzüge, dann schüttelte Zoe den Kopf. »Ganz ausgezeichnet, danke. Ich schätze mich sehr glücklich, dass ich mir mit meiner Lieblingsbeschäftigung während der Highschool meinen Lebensunterhalt verdienen kann.« Die Worte, die sie nicht aussprach, hingen zwischen ihnen, aber Margie hörte sie nicht.

Margies Lieblingsbeschäftigung war es gewesen, mit den Freunden anderer Mädchen rumzumachen.

»Das ist so wunderbar für dich.«

Ein Augenblick unbehaglichen Schweigens folgte, bevor Margie auf ihre Füße schaute und dann auf das Jahrbuch in ihrer Hand. »Oh, ich hätte es fast vergessen. Es gibt ein paar Leute, von denen ich hoffe, ihr beide könnt sie identifizieren.«

Zu dritt gingen sie an einen Tisch und blickten in das Buch.

Sich die Fotos von vor zehn Jahren anzuschauen weckte in Melanie die Frage, wo eigentlich ihr Exemplar geblieben war. Sie hatte es bei ihrer Mutter gelassen, als sie ans College gegangen war, aber ein paar ihrer persönlichen Gegenstände waren auch mit ihrem Vater nach Texas gelangt.

Vor ihr waren die Seiten des Leichtathletik-Teams aufgeblättert, und Erinnerungen an die glücklicheren Zeiten ihres Lebens kamen hoch.

»Mir bricht der Schweiß aus, wenn ich bloß diese Bilder anschaue«, erklärte Zoe.

»Erinnerst du dich noch an Coach Reynolds' Strafe für alle, die zum Training zu spät kamen?«

Zoe schnitt eine Grimasse. »Lob Hill hochlaufen … Das war furchtbar.«

Lob Hill lag hinter dem Footballfeld und dem Leichtathletikplatz nördlich der Schule. Es gab keine Straße, nur einen Weg mit vierzigprozentiger Steigung, der es zu einer elenden Plackerei machte, hinaufzujoggen. Wann immer die Leichtathletik-Mannschaft Ermüdungserscheinungen gezeigt hatte, zu spät gekommen war oder den Coach einfach nur genervt hatte, indem sie nicht aufgepasst hatten, wurde »Lob Hill« erwähnt, und alle spurteten los.

Reynolds wartete mit gezückter Stoppuhr in der Hand, und wenn man nicht binnen fünfzehn Minuten zurück war, wurde einem aufgetragen, die Übung zu wiederholen.

Margie deutete auf ein Gesicht auf der Seite. »Wisst ihr, wer das ist?«

Das Bild weckte keine Erinnerungen.

»Ich glaube, er war nur das letzte Jahr hier. Perry irgendwas. Wie war noch mal sein Nachname?« Zoe kniff die Augen zu, als wolle sie damit ihr Gehirn anwerfen. »Anders … nein, Anderson.«

»Oh, stimmt. Ja, ein schüchterner Typ mit großartigem Haar.« Melanie fragte sich unwillkürlich, ob er seine Haarpracht hatte halten können.

Margie zeigte noch auf ein paar Schulabgänger, bevor sie sich wieder verabschiedete, das Buch allerdings zurückließ.

»Die ist als Erwachsene genauso grässlich wie als Teenager«, bemerkte Zoe leise.

»Leute ändern sich nicht.«

»Doch, ich hab das zum Beispiel getan.«

Melanie kniff die Augen zusammen. »Nein. Du warst immer schon verdammt klug und entschlossen, mehr aus dir zu machen, als diese Stadt dir zugetraut hat. Du hast vielleicht deine Lebensumstände und deinen Lebensstil geändert, aber du bist immer noch Zoe.« Sie legte den Finger auf das aufgeschlagene Jahrbuch. »Du bist immer noch dieses Mädchen.«

Zoe schüttelte den Kopf, und ihre Augen waren dunkel. »Das ist die Tochter eines verurteilten Verbrechers und Gefängnisinsassen, die in einem Trailer auf der falschen Seite der Stadt wohnt. Das bin ich nicht länger.«

Melanie wurde blass, und ihr stand der Mund offen.

Mit einem Schütteln ihres Kopfes murmelte Zoe etwas von wegen Toilette und eilte davon, ließ Melanie zurück, die ihr hinterherstarrte.

Wo war das denn hergekommen?

Melanie schickte sich gerade an, ihr nachzugehen, als Luke Zoe an der Tür zur Turnhalle abfing. Selbst aus der Entfernung konnte sie erkennen, wie sich Lukes Züge anspannten. Es dauerte nicht lange, dann legte er ihr einen Arm um die Schultern und führte sie aus dem lauten Raum.

Der Anblick von den beiden erinnerte Melanie daran, wie sehr sie sie in der Highschool um ihre Beziehung beneidet hatte. Wie sehr sie sich eine Liebe wie ihre gewünscht hatte. Es war keine große Überraschung, dass sie für Nathan so leichte Beute gewesen war. Es war beinahe so, als ob sie ohne die weisen Ratschläge ihrer wahren Freundinnen eine gute Angriffsfläche für so etwas geboten hätte.

Sie schlenderte aus der Turnhalle auf den Sportplatz. Ein paar Jogger nutzten das schöne Wetter und drehten auf der Tartanbahn ihre Runden. In der Mitte des Platzes machte das Football-Team Aufwärmübungen. Auf der Tribüne saßen ein paar kichernde Mädchen, die auf die Displays ihrer Handys starrten.

In zehn Jahren hatte sich nicht viel geändert. Die Gesichter waren anders, die Dynamik hingegen nicht so sehr.

Der Stabhochsprungplatz befand sich in der südwestlichen Ecke des Geländes. Eine Plane war über das Schaumstoffkissen gebreitet, das verhinderte, dass die Hochspringer sich beim Landen verletzten. Die Einfassung war zu sehen, aber die Stäbe, Latten und Halterungen waren in einem abgesperrten Schuppen verstaut.

Erinnerungen an ihren ersten Sprung tauchten auf, daran, wie unkoordiniert sie sich vorgekommen war. Es hatte drei Monate gedauert, bis ihr ein anständiger Sprung gelungen war. Es waren nur ein Meter fünfzig gewesen, aber Himmel, hatte es sich gut angefühlt. Sie erinnerte sich, wie die älteren Stabhochspringer sie gelobt hatten. Zoe hatte ihr den hochgehaltenen Daumen gezeigt und Jo sie ermahnt, höher zu springen oder zum Hochsprung zu wechseln.

Sie hatte sich für Höher-Springen entschieden.

»Man kann nicht dagegen an, nicht wahr?«

Melanie zuckte zusammen und drehte sich um.

»Gefällt es dir, dich an Leute ranzuschleichen, Coach?«

Wyatt stand lächelnd hinter ihr, und es war ein sexy Lächeln, bei dem ihr ganz warm wurde.

»Ich hab mich nicht rangeschlichen, du hast nur nicht aufgepasst.«

Ja, genau. Sie setzte sich auf das Sprungkissen, konnte es sich nicht verkneifen, auf und nieder zu wippen. Der Zustand des Kissens hatte sich in den vergangenen zehn Jahren dramatisch verschlechtert. »Springst du auch selbst?«, fragte sie ihn.

»Ich hab das mit der Drehung nie hinbekommen. Glücklicherweise gerät man als Trainer nicht in Gefahr, sich was zu brechen. Hast du mit Stabhochsprung auch am College weitergemacht?«

Sie schüttelte den Kopf. »Ich hätte nicht gewusst, warum. Ich war nicht gut genug für die Olympiamannschaft, und ein Stipendium hat mir auch niemand angeboten.«

»Deine Bestmarke waren drei Meter vierzig, das ist schon was.«

Melanie suchte seinen Blick. »Du hast nachgeschaut?«

Er hob beide Hände in die Luft. »Schuldig.«

»Recherche über eine mögliche Trainerin?«

Er zuckte die Achseln und sagte: »Nein. Recherche über dich.«

Sie benötigte eine Sekunde, bis die Bedeutung seiner Worte zu ihr durchdrang, und Melanie spürte, wie ihre Wangen warm wurden.

Er begann zu lachen. »Sie sind leicht in Verlegenheit zu bringen, Miss Bartlett.«

»Ich bin nicht verlegen«, stritt sie ab und erhob sich von dem Kissen. Sie kehrte ihm den Rücken zu, hob die Hände an die heißen Wangen und entfernte sich.

Ich bin total *verlegen.*

Man könnte glauben, niemand würde je mit ihr flirten. Oder vielleicht interessierten sie auch die, die es taten, normalerweise nicht. Die Wahrheit lautete, sie war vielleicht zehn Jahre älter, aber immer noch verhältnismäßig ahnungslos, was Männer betraf.

Statt irgendetwas zuzugeben, trat sie zu den großen Containern, in denen das ganze Stabhochsprung-Equipment aufbewahrt wurde. Sie fuhr mit der Hand zwischen zwei Container und tastete in dem Spalt. Sie wollte schon beinah aufgeben, als sie die kleine Magnetschachtel fand, nach der sie gesucht hatte.

Das Schlüsselversteck hatte einen verblassten »Hello Kitty«-Aufdruck. Während Wyatt zuschaute, öffnete sie die Box und holte den Geheimschlüssel heraus, von dem nur die älteren Schüler wussten. Das Schloss war nicht ausgetauscht worden.

»Ich hab mich schon gefragt, wo sie den verstecken«, bemerkte Wyatt und trat zurück, beobachtete ihr Treiben.

»Von mir hast du es nicht erfahren.«

Sie tat den Schlüssel dorthin zurück, wo sie ihn gefunden hatte, und ging in den staubigen Container. Dem vorderen Bereich sah man an, dass er regelmäßig benutzt wurde, aber der weiter hinten, wo sich das Team an regnerischen Tagen gerne aufgehalten hatte, hatte seinen Glanz verloren. Überall hingen Spinnweben, und alte Trikots und verblasste Turnschuhe lagen in den Ecken. Als Melanie noch zur Schule gegangen war, war es durchaus vorgekommen, dass sie sich hier an einem Sommerabend getroffen und Flaschendrehen gespielt hatten, mit Schnaps aus Jos geheimem Vorrat.

Statt sich weiter Erinnerungen an die Schule hinzugeben, nahm Melanie einen Stab aus dem Ständer und seufzte.

»Die gibt es ja immer noch.«

»Die sind teuer. Bis sie brechen oder einen Riss bekommen, werden sie nicht ausgetauscht.«

Sie stemmte den Stab auf den Boden des Containers und lehnte sich darauf. Früher einmal hatte sie den Stab mühelos biegen können, aber jetzt verfügte sie nicht mehr über die Muskelmasse im Oberkörper, um das Ding zu benutzen.

»Möchtest du es ausprobieren?«, erkundigte sich Wyatt.

»Stabhochsprung?«

»Da unerlaubtes Betreten schon erfolgt ist …«

Melanie schüttelte den Kopf und verdrehte die Augen. »Ich kenne den Sheriff. Und außerdem hat sie den Schlüssel machen lassen.«

Wyatt lächelte, wobei wieder seine Grübchen erschienen. »Ich lerne jeden Tag etwas Neues, seit du in der Stadt bist.« Er ging vom Container zu dem Stabhochsprungkissen. »Man sagt, es ist wie Fahrradfahren.«

Melanie folgte ihm. »So ein Quatsch.«

»Doch.«

Sie steckte das Stabende in den Einstichkasten und versuchte ihn erneut zu biegen. »Wer ist denn überhaupt ›man‹?«

»Die Cheerleader dieser Welt.«

Melanie schnitt eine Grimasse. »Aufgesetztes Lächeln und Pompons – was wissen die schon?«

»Keine Vorurteile.«

Sie machte ein paar Schritte zurück und hob den drei Meter langen Stab, ließ das Ende federnd aufkommen. »Ich hab keine Vorurteile, ich bin nur kein Fan.«

»Trotzdem warst du im Team.«

Sie warf ihm einen Blick über ihre Schulter zu, ertappte ihn dabei, wie er sich von der Betrachtung ihres Hinterns losriss. »Mehr Recherche?«

Jetzt war er damit an der Reihe, verlegen zu sein.

»Ja … Nein … Ich meine. Deine Freundin Margie hat es mir erzählt.«

»Geschickter Themenwechsel. Aber Margie ist eine alte Bekannte, keine Freundin. Und, nicht zu vergessen, auch noch der Grund, warum ich bei den Cheerleadern aufgehört habe.«

»Oh?«

»Es war in der Highschool. Jungs wurden herumgereicht und Gefühle verletzt. Ich bin sicher, das hat sich nicht geändert.« Ihre Augen richteten sich auf die Tribüne, wo, wie sie annahm, das gegenwärtige Cheerleader-Team saß und seinen Freunden beim Footballtraining zusah.

»Sie hat also gegen den Mädchen-Ehrenkodex verstoßen.«

Melanie lehnte sich auf den Stab und lächelte. »Ich bin beim Stabhochsprung gelandet, und ihr wurde das Herz gebrochen. Ich hab gewonnen.«

»Diese Klassentreffen beschwören immer irgendwelche alten Dramen wieder herauf. Es vergeht selten mal ein Jahr, ohne dass es irgendeine Art von Auseinandersetzung gibt.«

»Ehrlich?«

»Keine mit Fäusten, wobei … Das habe ich auch schon gesehen, aber Zickenkrieg ist immerhin unterhaltsamer.«

»Das ist doch dumm. Wir sind jetzt erwachsen.«

»Ich gebe nur die Fakten wieder, wie ich sie sehe. Es scheint, als hätte River Bend ein paar ungelöste Dramen.«

Wyatt setzte sich auf die Kante des Kissens.

»Was ist mit dir? Hat es bei deinem Klassentreffen kein Drama gegeben?«

»Das ist erst nächstes Jahr. Ich lasse es dich dann wissen.«

Sie hatte es gewusst – er war jünger. »Wirst du hingehen?«

»Das habe ich noch nicht entschieden. Vielleicht.« Er nickte in Richtung des Startpunktes. »Also, springst du jetzt, oder willst du den ganzen Tag dastehen und den Stab streicheln?«

Sie blickte auf ihre Hände.

Wyatt lachte.

»Ich werde nicht verlegen sein«, sagte sie halblaut vor sich hin.

»Zu spät.«

Ja, es war zu spät. Sie ging zum Container zurück und stellte den Stab wieder an seinen Platz. Es war eng, daher musste sie energisch drücken. Wyatt stand neben ihr, fasste an ihr vorbei, um ihr zu helfen. Für jemanden, der in Oregon lebte, hatte er auf jeden Fall eine gesunde Bräune. Okay, wenigstens soweit sie es sehen konnte. »Ich kann es verstehen, wenn du zu viel Angst hast, es auszuprobieren.«

»Ich habe keine Angst …«

»Wenn du das sagst.«

Sie verdrehte die Augen und drängte sich an ihm vorbei, um die schweren Türen zu schließen. »Du bist ein Tyrann«, teilte sie ihm mit.

Er nahm ihr das Schloss ab, und als seine Finger ihre Haut streiften, schoss Hitze ihren Arm hoch.

»Gewöhnlich bekomme ich, was ich möchte«, erklärte er ohne Scham.

»Wie ein Tyrann.«

»Wie ein Coach«, widersprach er.

Er griff um sie herum, gab ihr nicht viel Platz, um wegzugehen, und ließ das Schloss einrasten.

»Ich könnte Platz machen«, bemerkte sie.

Er war nah genug, dass sie den würzigen Duft seiner Haut riechen konnte.

»Aber ich mag dich genau dort, wo du jetzt bist.«

O ja, sie genoss es auch, aber ganz bestimmt würde sie ihm das nicht sagen. »Wie ein Coach?«

Er schüttelte den Kopf. »Wie ein Mann.«

Und sie stand da, tödlich verlegen, und rührte sich nicht von der Stelle. »Ich glaube, es gefällt dir, mich zum Erröten zu bringen.«

»Schuldig.« Er hatte die Stimme gesenkt, und sein Blick ruhte auf ihren Lippen.

Jede Zelle ihres Körpers erwachte zum Leben. Sie neigte sich etwas näher zu ihm und hielt sich unwillkürlich an der Containerwand fest, um nicht in seine Umlaufbahn gezogen zu werden. »Ich habe ein Kind«, platzte sie heraus.

»Ich weiß. Wir kennen uns.« Er hob eine Hand und strich ihr eine Locke aus dem Gesicht.

»Du bist jünger als ich.«

Er lachte nur. »Was für ein Skandal.«

Jetzt grinste sie. »So weit würde ich nicht gehen.«

Wyatt ließ seine Hände zu beiden Seiten ihres Gesichts liegen und zwang sie, seinen Blick zu erwidern. »Redest du immer, wenn ein Mann dich küssen möchte?«

Also hatte sie die Signale nicht falsch gedeutet. Gott, er wollte sie küssen. War sie dafür bereit?

»Ich fange an zu reden, wenn ich nervös bin.«

»Mache ich dich nervös?«

»Du frittierst meine Gehirnzellen.« Das hatte sie nicht sagen wollen.

»Ein Talent, von dem ich gar nicht wusste, dass ich es besitze.« Er lehnte sich näher.

Sie versteifte sich. »Ich weiß nicht, ob ich hierfür bereit bin.«

Er hielt inne, fuhr ihr mit dem Daumen über die Unterlippe.

Melanies Knie begannen leicht zu zittern, was sie nur taten, wenn ihre Welt aus den Angeln gehoben wurde. Wyatt machte das ganz gut mit dem Aus-den-Angeln-Heben. Sie blickte zu Boden.

»Melanie?«

Sie sah ihm in die Augen.

»Ich bin ein geduldiger Mann.«

Statt ihr den Kuss zu geben, von dem er gesprochen hatte, trat er zurück, ließ den Moment verstreichen.

»Es tut mir leid«, sagte sie.

Er schaute sie verwirrt an, und plötzlich fühlte es sich falsch an, sich zu entschuldigen.

»Das ist nicht nötig.«

»Es tut mir leid … Verdammt.« Sie hatte das nicht noch einmal sagen wollen. »Es ist nur … Im Moment ist alles irgendwie komisch. Ich möchte es gern.« Sie legte ihm eine Hand auf den Arm. »Du musst wissen, dass ich es möchte.«

»Melanie?« Er legte ihr einen Finger über die Lippen. »Ich verstehe das.«

»Wirklich?«, fragte sie unter dem Zeigefinger hindurch. Wie konnte er es verstehen, wo sie das doch selbst nicht mal tat? Es war tatsächlich schon lange her, dass sie auch nur ernsthaft mit dem anderen Geschlecht geflirtet hatte.

»Ja.« Er ließ seine Hand fallen.

»Also darf ich es auf später verschieben?«

Wieder grinste er.

KAPITEL ACHT

Wyatt hätte eigentlich nicht zum Klassentreffen gehen müssen. Es war nicht seine Abschlussklasse, und er war auch nicht Coach gewesen, als die Ehemaligen River Bend High besucht hatten. Trotzdem hätten ihn keine zehn Pferde davon abgehalten, hinzugehen.

Das überraschte ihn.

Melanie Bartlett aus dem Konzept zu bringen faszinierte ihn mehr, als er zugeben wollte. Nachdem er gestern vom Schulsportplatz weggegangen war, hatte er sich selbst zur Ordnung gerufen. Seine ursprünglichen Absichten waren nicht wirklich ehrenhaft gewesen. Eine kleine Affäre mit einer Frau, die nur zu Besuch in der Stadt war.

Aber als Miss Gina ihm mitgeteilt hatte, dass Melanie bleiben würde, hatte er unwillkürlich einen Gang runtergeschaltet. Kein Grund, irgendwas zu überstürzen, wenn sie bleiben würde. Aber wann hatte er je mit einer Frau etwas anfangen wollen, die hier am Ort lebte? Und auch noch eine mit Kind.

Melanie war wie ein schlummernder Vulkan, der schon etwas Rauch absonderte, bevor die Kuppe explodierte. Sie kam mit jeder Menge Ballast, unter anderem dem Kind. Ein süßes

Mädchen, aber dennoch ein Kind. Aber wenigstens gab es keinen Ex.

Wyatt mochte sie.

Die Frauen, um die er sich normalerweise bemühte, waren attraktiv und verfügbar. Das konnte man oberflächlich nennen, aber Romantik war einfach nichts für ihn. Die Wahrheit lautete, dass er, seit er nach River Bend gezogen war, keine Dates gehabt hatte. Er flirtete, und bei einigen der Single-Frauen bemerkte er diesen Ausdruck in den Augen, der ihm verriet, dass sie Interesse hatten, aber er hatte das nicht.

Er wollte sich in River Bend ein Leben aufbauen, und mit einem halben Dutzend ungebundener, attraktiver und im Alter passender Frauen rumzuschlafen war nicht Teil dieses Lebens. Nicht wenn die Konsequenzen nie endendes Drama sein würden. Sich von der Tochter des Veranstalters der Bingo-Nacht zu trennen konnte ihn Monate, wenn nicht Jahre an Aufträgen kosten.

Also warum war es bei Melanie anders? Warum brach er seinen eigenen Kodex? War es ein Kodex, oder einfach nur klug?

Es war egal, sagte er sich. Er machte den letzten Knopf an seinem Hemd zu und sparte sich den Schlips. Anders als sein Vater war Wyatt kein Typ für Krawatten. Er besaß eine, aber vermutlich hielt sie in seinem Pick-up ein Bündel PVC-Rohre zusammen.

Die Sporthalle der Highschool hallte wider von der Musik des DJs, die von vor zehn Jahren zu stammen schien. Die Lichter waren gedimmt wie bei einem Highschool-Tanz. Der Unterschied waren die Bar, die in einer Ecke aufgestellt worden war, und eine völlige Abwesenheit der sexgeladenen Bewegungen, die die Jugendlichen von heute Tanzen nannten. Leute standen in Grüppchen zusammen. Es war leicht zu erkennen, wer die ehemaligen Schüler waren und wer die Partner, die genötigt worden waren, die River-Bend-Absolventen zu begleiten.

Ein Klopfen auf die Schulter, und er drehte sich zu Luke um. »Ich hab mich schon gefragt, ob du kommen würdest«, bemerkte sein Freund über den Lärm der Musik hinweg.

Wyatt zuckte die Achseln. »Gibt nicht gerade viel Nachtleben in dieser Stadt.«

»Nachtleben? Ich glaube nicht, dass das der Grund ist, warum du hier bist.«

»Oh?«

Luke ließ seinen Blick über die Menge schweifen, bevor er seine Aufmerksamkeit wieder Wyatt zuwandte. »Wie wär's mit einem Bier?«

Wyatt folgte ihm zur Bar.

Rektor Mason lehnte daneben an der Wand. »Hallo, Richard.« Wyatt begrüßte ihn mit einem Handschlag.

»'n Abend, Jungs.«

»Bewachen Sie die Bar?«, erkundigte sich Luke.

Richard strich sich mit einer Hand über die Glatze und grinste breit. »Ich sorge nur dafür, dass ein paar dieser guten alten Jungs mir einen Drink spendieren. Einige von ihnen haben mir das Leben zur Hölle gemacht. Du auch, Miller. Du hast häufiger die Schule geschwänzt, als du da gewesen bist.«

»Ich habe alle Prüfungen bestanden.«

»Aber ziemlich knapp.« Richard blinzelte ihm zu und nickte in Richtung des Barkeepers. »Whiskey und Cola, Miller. Einen doppelten.«

Luke kniff die Augen zu Schlitzen zusammen, gab dem Rektor jedoch den geforderten Drink aus.

Die drei betrachteten für einige Zeit die Menge. »Nutzt sich das nicht irgendwann ab?«, fragte Wyatt Richard.

»Überhaupt nicht. Es ist, als ob man einem guten Spiel zusieht, auf das man gewettet hat.«

»Wieso das denn?«

Richard ließ seinen Blick durch den Raum wandern. »Eine Handvoll Lehrer und ich wetten am Ende jedes Jahrgangs darauf, wer die Stadt verlassen und wer bleiben wird. Nach dem Klassentreffen schließen wir dann Wetten ab, wer zurückkommen wird.«

Der Rektor sah zwischen ihnen beiden hin und her. »Urteilt nicht zu hart über uns. Das ist nicht gerade Vegas hier. Du zum Beispiel, Luke. Niemand von uns hat gedacht, dass du weggehst.«

Wyatt lachte über den Ausdruck auf Lukes Gesicht.

»Ich bin nicht sicher, was ich davon halten soll.«

»Du hast bei deinem Vater gearbeitet. Liebst Autos. Du musstest nicht die Stadt verlassen, um dich selbst zu finden.« Richard nickte zu den Menschen in der Sporthalle hin. »Viele von ihnen mussten das. Einige suchen noch immer. Einige sind lang genug weg gewesen, um zu erkennen, dass sie das zurückwollen, was sie hatten, als sie hier gelebt haben, und einige wissen, dass eine Kleinstadt einfach nicht genug für sie ist.«

Während Luke über Richards Worte nachzudenken schien, fragte Wyatt: »Gibt es hier irgendjemanden, mit dem Sie Geld verloren haben?«

»Sicher. JoAnne war ein Schock. Ich hatte bei ihr hundertprozentig auf ›abhauen und nie wiederkommen‹ getippt.«

»Ich glaub nicht, dass sie eine große Wahl hatte«, erwiderte Luke.

»Jeder hat die Wahl.«

Wyatts Blick schweifte über die Anwesenden, und seine Augen fanden endlich den Grund, warum er hier war.

Sie trug ein kleines Schwarzes, die Art Kleid, die die Kurven einer Frau betonte und einem Mann das Wasser im Mund zusammenlaufen ließ. So wie die Köpfe sich nach ihr umdrehten, war er nicht der Einzige, dem das so ging. Zoe war in Rot gekleidet, was toll zu ihrer olivfarbenen Haut passte und dem Mann hinter ihm ein Pfeifen entlockte.

Neben ihnen ging der dritte der weiblichen Musketiere. Jo hatte kein Kleid an, sondern trug Hosen. Doch sie war immer noch besser angezogen, als Wyatt es je zuvor gesehen hatte. Wenn er hätte raten sollen, hätte er vermutet, dass ihre Freundinnen auf dem Outfit bestanden hatten. Trotzdem lief die Frau noch immer wie ein Polizist, die Augen wachsam und stetig in Bewegung.

»Sieht so aus, als wenn unser Sheriff ihre Clique gefunden hätte.« Richard hob das Glas an die Lippen und grinste über den Rand hinweg.

Wyatt fühlte Melanies Blick auf sich und erwiderte ihn. Ein langsames Lächeln breitete sich über ihr Gesicht, so strahlend, dass es den Raum erhellte. Als Wyatt ihr mit seinem Bier zuprostete, nickte sie und zeigte zu Zoe und Jo.

»Ich glaube, das bedeutet, dass du den Ladys Drinks kaufst, Wyatt.«

Er griff nach seinem Portemonnaie und versetzte Luke einen Stoß in die Rippen. »Die nächste Runde geht auf dich.«

Wenige Minuten später zwängten sich die beiden durchs Getümmel, in jeder Hand einen Drink.

»Oh, vielen Dank.« Melanie zwinkerte ihm zu. »Wie hast du das geahnt?«

Luke beugte sich zu ihr. »Subtil, Mel. Wirklich subtil.«

»Wir wollen ja nicht, dass uns die falschen Männer Drinks kaufen«, erklärte Zoe.

Jo lachte. »Das Problem habe ich normalerweise nicht.«

»Du musst mich mal in Dallas besuchen kommen. Und lass deine Polizeimarke gleich zu Hause. Die Männer werden Schlange stehen, um dich in den Hintern zu kneifen und dir Drinks zu kaufen.«

Jo verdrehte die Augen. »Ich würde sie wahrscheinlich in den Schwitzkasten nehmen und ihnen Handschellen anlegen.«

»Vielleicht gefällt ihnen das«, erwiderte Wyatt.

Als ihr Lachen verklang, wurde die Musik leiser, und Wyatt wagte sich vor. »Also, Melanie. Wie ist es mit dem Tanz, den du mir schuldest?«

Sie blinzelte ein paarmal verwirrt, und Röte stieg ihr in die Wangen. »Welcher Tanz?«

»Mein Honorar dafür, kleine Mädchen vom Dach zu retten.«

Wyatt nahm ihr das Bier aus der Hand und stellte es auf den Stehtisch neben sich, bevor er sie wegführte.

Ihre Hüfte fühlte sich unter seiner Hand wunderbar an, als er sich mit ihr auf die Tanzfläche stellte. Sie wiegten sich eine Weile zur Musik, bevor sie bemerkte: »Geschmeidig, Wyatt. Mein Kind zu benutzen, um dir einen Tanz zu sichern.«

Er wirbelte sie einmal herum und bemerkte, dass Jo sie vom Rand der Tanzfläche aus beobachtete. »Ich hätte auch meine Fähigkeiten als Straßenretter einsetzen können.«

»Du hättest einfach fragen können.«

»Du hättest Nein sagen können.« Wenn er einen Trumpf auf der Hand hatte, spielte er ihn auch aus.

»Ich hätte auch Ja sagen können.«

Er lehnte sich leicht zurück und sah ihr in die Augen. Die lächelten.

»Das hättest du.« Er wirbelte sie wieder herum, glücklich, als er fühlte, dass sie seiner Führung folgte. »Jetzt, wo du weißt, dass ich dir nicht auf die Füße treten werde, ist es viel wahrscheinlicher, dass du mehr Tänzen zustimmen willst.«

Sie erwiderte weiter seinen Blick. »Ist das Selbstvertrauen oder Arroganz?«

»Beides. Ich kann tanzen, also kein Grund, so zu tun, als wäre das anders.«

»Nicht dass du hier in River Bend besonders viel Gelegenheit dazu bekommst.«

Wyatt wirbelte sie noch einmal herum, drückte sie weg und drehte sie erneut, bevor er sie wieder an sich zog. »Du würdest dich wundern. Der 4. Juli. Founder's Day. Jeder Feiertag hat irgendeine Art von Fest. Oder hast du das vergessen?«

Während sie sprachen, hielt er sie immer weiter in Bewegung. Er roch Zitrone auf ihrer Haut und sog den Duft ein, um ihn sich einzuprägen.

»Und wie viele Frauen in River Bend sind schon in den Genuss deines Könnens gekommen?«, erkundigte sie sich.

»Meines Könnens?«

Sie errötete. »Dein Können als Tänzer.« Sie drückte gegen seine Schulter. »Ich weiß schon, dass du dich nicht mit Frauen aus der Stadt triffst.«

»Ach, tatsächlich? Und *woher* weißt du das?«

Als sie einen Blick über seine Schulter warf, zog er sie näher. Der leichte Stoff ihres Kleides war nur eine dünne Barriere zwischen ihnen. Er musste sich anstrengen, damit er sich auf ihre Unterhaltung konzentrierte.

»Jo hat mir das erzählt.«

»Oh, jetzt erkundigst du dich schon bei deinen Freundinnen nach mir?«

»Natürlich. Du flirtest mit mir. Ich muss doch sicherstellen, dass du wirklich nicht Jack the Ripper bist.«

»Es gibt nicht besonders viele Prostituierte in River Bend. Wenn mein Name Jack wäre, würde ich nicht weit kommen.«

Es machte ihm Spaß, sie zum Lachen zu bringen.

Das Lied endete, und damit auch ihr Tanz. Seine Hand lag auf ihrem Rücken, als er sie von der Tanzfläche geleitete.

Er hatte kaum seine Hand um sein Bier geschlossen, als Zoe ihn am Arm zog. »Also, Wyatt. Wegen dieses Tanzes, den du mir schuldest …«

»Welcher Tanz?«, hörte er Melanies Worte von eben aus seinem Mund kommen.

»Dieser.« Zoe schleppte ihn mit sich. Die Musik war schneller geworden, aber Zoe blieb trotzdem nah genug, um sich zu unterhalten. »Melanie ist eine meiner besten Freundinnen«, sprach sie aus, was er bereits wusste.

Wyatt ahnte, dass ihm ein Verhör bevorstand. »Ihr scheint euch ziemlich nahezustehen.«

»Tun wir. Aber ich muss dir sagen, ich könnte mich selbst in den Hintern treten, weil ich ihr nicht gesagt habe, was für ein Dreckskerl ihr Ex war.«

»Du hast ihn kennengelernt?«

»Ich habe ihn einmal getroffen. Aber das, zusammen mit Mels Erzählungen … Er ist ein Arschloch.«

Sie bewegten sich nebeneinander, berührten sich nicht und waren auch nicht im Takt der Musik.

»Also …«

Zoe gab ihm nicht die Zeit, etwas zu erwidern.

»Das werde ich nicht wieder tun. Wenn ich irgendetwas sehe, was mir Sorgen bereitet, werde ich es sie wissen lassen.«

»Ich bin mir sicher …«

»Sie ist sensibel.« Zoe blickte weiter über seine Schulter.

»Ich …«

»Und verletzlich.«

Statt erneut zu versuchen, etwas zu sagen, nickte Wyatt nur.

»Ich glaube, sie braucht diesen Neuanfang, und mit einem Typen zusammenzukommen, der sie nur benutzen will und sie danach wegwirft, wird ihr dabei definitiv nicht guttun.«

Wyatt hörte auf zu tanzen, und Zoe sah ihn direkt an. Natürlich wusste er, dass sie sich nur um ihre Freundin sorgte, aber sie hatte ihn praktisch beschuldigt, ein totaler Mistkerl zu sein.

»Oh, meine Güte, ich bin eine ziemliche Zicke, oder?«

Er wusste es besser, als darauf zu antworten.

»Es tut mir leid. Es ist nur … Ich werde in ein paar Tagen wegfahren, und dann bin ich nicht hier, um dir in den Hintern zu treten, falls du es versaust.«

»In den Hintern zu treten?« Er fühlte, wie seine Mundwinkel sich trotz der Unterhaltung hoben.

»Ich bin tougher, als ich aussehe«, warnte sie ihn.

Wyatt blickte über ihre Schulter und bemerkte, dass sie beobachtet wurden. Er bewegte sich etwas näher zu ihr und sagte ihr ins Ohr: »Melanie ist auch stärker, als sie aussieht. Trau ihr mal ein bisschen was zu.«

Statt weiterzutanzen, führte Wyatt Zoe am Ellbogen weg.

Diesmal lehnte sie sich zu ihm und flüsterte: »Wenn es sein muss, komme ich zurück, um dich zu treten.«

* * *

»Das ist im Grunde ziemlich lustig!« Luke hatte die Hände in die Hüften gestemmt, ein breites Grinsen auf dem Gesicht.

Zoe hielt sich den Bauch und lachte laut.

Melanie biss sich auf die Unterlippe, um sich das eigentlich unkontrollierbare Kichern zu verkneifen. Jedes Mal, wenn sie Jos Gesicht ansah, fiel es ihr schwerer, es zurückzuhalten.

Morgennebel verhüllte die ganze Sauerei, während die Sonne ihren langsamen Aufstieg am Horizont begann. So wie die Häuser von River Bend allmählich aus dem Nachtschlaf aufzuwachen schienen, erging es auch den Leuten, die um Jos Haus herumstanden.

Die quietschenden Reifen eines abrupt abbremsenden Autos und ein anerkennender Pfiff, dann die Feststellung des Unübersehbaren. »Da haben Sie ja ein ganz schönes Chaos, Sheriff.«

Bevor Mel sich umdrehen konnte, um festzustellen, wer das gesagt hatte, gab eine halb abgewickelte Rolle Toilettenpapier ihre Bemühungen, an einem hohen Ast des Ahorns hängen zu bleiben, auf und fiel zu Boden.

Zoe verlor wieder die Beherrschung, und Jo knurrte.

Unmengen weißen Toilettenpapiers waren über jede denkbare Oberfläche von Jos Haus drapiert. Die Meister des Toilettenpapiereinwickelns hatten Rollen auf das Ende eines Besenstiels geschoben und den benutzt, um das Papier zwölf Meter hoch in die Kiefern und Ahornbäume zu werfen. Selbst Jos Polizeiauto war nicht ungeschoren davongekommen.

Die Stimme aus dem anderen Streifenwagen fing an zu lachen.

Jo wirbelte herum und zeigte mit dem Finger auf ihn. »Ich bin mir sicher, Sie haben Besseres zu tun, als hier zu sitzen und sich kaputtzulachen, Deputy.«

Mel warf einen Blick zu Deputy Emery, der den Kopf aus dem Autofenster steckte.

»Soll ich einen Bericht aufnehmen?«, fragte er, noch immer grinsend.

»Seien Sie nicht albern.« Jo war zwar wütend, aber man konnte einen leichten Anflug von fast so was wie Bewunderung in ihren Augen entdecken.

Melanie wechselte Blicke mit Zoe und Jo und nickte leicht. Sie drei hatten als Jugendliche auch ziemlich viel Unsinn mit Toilettenpapier angestellt und konnten nicht anders, als die Chuzpe derer zu bewundern, die das Haus des Sheriffs in Zewa gewickelt hatten.

Zoe hob den zurückgelassenen Besenstiel und entfernte damit ein Stück des Papiers von einem Rosenbusch. »Passiert dir das häufiger, Jo?«

»Das würde niemand wagen.«

»Nun, jemand hat es gewagt. Vermutlich mehrere. Ich hab die ganze Nacht nichts gehört«, erwiderte Zoe.

Danach zu schließen, wie feucht das Papier war, musste die Aktion am frühen Morgen durchgeführt worden sein. Gegen eins waren sie gemeinsam vom Klassentreffen zurückgekommen und hatten bei Jo geschlafen. Es war gegen halb sechs gewesen, als Mel sich gezwungen hatte, aufzustehen, um Miss Gina beim Frühstück zu helfen und bei Hope zu sein. Ein Blick aus der Haustür, und sie hatte nach Jo geschrien.

»Ich vermute, Sie werden sich heute Morgen etwas verspäten?«

Jo funkelte ihren Deputy an. »Ich werde pünktlich sein.«

»Vielleicht willst du da noch mal drüber nachdenken, Jo«, warf Luke ein. »Es soll später regnen. Wir wollen nicht, dass sich der ganze Mist noch mehr festsetzt als ohnehin schon.«

Jo verschränkte die Arme vor der Brust. »Dann ist es ja gut, dass ich Freunde habe, die mir helfen können, alles sauber zu machen.«

Luke hob die Hände, und Zoe zog ihren Bademantel enger um sich zusammen. Beide fingen an, etwas über einen geschäftigen Vormittag zu murmeln.

Jo wandte sich an Melanie.

»Ich muss zur Arbeit. Sorry.«

»Wir sehen uns dann auf dem Revier.« Deputy Emery fuhr mit einem Winken davon, während Jos Nachbarn langsam wieder in ihren Häusern verschwanden.

»Ich werde versuchen, später noch mal vorbeizukommen«, bot Melanie an.

Jo winkte ab. »Geh nur. Ich schaff das schon.« Sie drehte sich abrupt um und verschwand wieder im Haus.

In dem Moment, in dem sie weg war, zogen Mel und Luke beide ihre Handys heraus und fingen an, Fotos zu machen.

»Ihr zwei seid böse«, stellte Zoe mit einem halbblauen Lachen fest.

»Ich schick dir die Bilder nachher«, versicherte ihr Mel.

Zoe zeigte hoch in den Baum. »Pass auf, dass du das auf jeden Fall mit draufhast.«

Mel richtete die Kamera gegen den Himmel und machte ein paar zusätzliche Aufnahmen.

»Episch«, murmelte Luke.

* * *

Sobald Mel die letzten Gäste ausgecheckt hatte, ging sie zu Miss Gina, die mit einer Dose Sprühfarbe in der Hand auf dem Rasen hinter dem Haus stand. Miss Gina warf eine lange Strähne ihres grauen Haares mit einem Fluch zurück und fuhr dann fort, Linien auf den Rasen zu sprühen.

»Ich traue mich kaum zu fragen.«

Miss Gina machte sich nicht die Mühe, aufzusehen. Sie hielt die Dose in einer Hand, ihren Rocksaum in der anderen und lief rückwärts, während sie weitersprühte. »Sie machen diese Dinger nicht mehr wie früher«, beschwerte sie sich. »Blöde …« Sie unterbrach sich selbst und schüttelte die Dose, bevor sie versuchte, eine weitere Linie auf den Rasen zu sprühen.

»Was machst du da?«

»Neu dekorieren. Nach was sieht es denn aus?«

»Es sieht so aus, als wenn du den Rasen rosa einfärbst.«

Miss Gina richtete sich auf und bewunderte das große Viereck, das ihr gelungen war zu markieren.

»Ich glaube, das ist groß genug, was denkst du?«

»Was soll es denn sein?«

»Ein Haus.«

Melanie blinzelte einige Male verwirrt. »Ein was?«

Miss Gina stemmte die Hände in die Hüften. »Keine Küche. Ich brauche keine Küche«, fing sie an zu murmeln. »Nur ein Schlafzimmer, ein Bad ... Ein Wohnzimmer mit einem Kamin. Alles ganz einfach.«

Das Viereck auf dem Rasen nahm in Melanies Kopf eine andere Gestalt an.

»Du willst dich vergrößern?«

Miss Gina malte mit ihren Fingern Anführungsstriche in die Luft. »Weitere Gästezimmer.«

»Aber die Pension ist nicht mehr ausgebucht bis ...«

Miss Gina wischte ihren Einwand beiseite. »Das ist nicht wirklich für Gäste. Nun, offiziell – für die Steuer und jeden, der fragt –, ja, für Gäste. Aber in Wahrheit ist es für mich.«

»Du hast doch ein Zimmer im Inn ...«

Miss Gina richtete ihre Sprühdose wieder auf den Boden und verteilte mehr rosa Farbe. »Das Zimmer ist für den Manager. Und das bist du. Ich brauch meinen eigenen Raum. Ich *verdiene* meinen eigenen Raum, findest du nicht?«

Ein Schauer lief Melanie über den Rücken. Sie verspürte eine Mischung aus Unsicherheit und unerwarteter Freude.

»Ach Mist. Ich hab einen Wandschrank vergessen.«

»Moment. Was, wenn es nicht so klappt, wie wir uns das vorstellen?«

»Ich werde vermutlich zwei Wandschränke brauchen, oder? Einen im Schlafzimmer und einen weiteren im Wohnzimmer. Um Dinge aufzubewahren?«

Es war offensichtlich, dass Miss Gina sich einen längeren Aufenthalt in ihrem »Kein Gästehaus«-Gästehaus vorstellte. Aber was, wenn Melanie sich als Niete herausstellte? Was, wenn Hope Miss Gina zu viel wurde? Schon jetzt spielte Miss Gina Leih-Oma, auch wenn sie den Titel »Tante« bevorzugte. Wann immer sie in der Nähe war, wandte Hope sich ihr zu.

»Mommy, schau mal, wen ich gefunden habe.« Hope kam auf sie zugestürmt, ihre Hand in der von Wyatt. »Siehst du, ich habe dir doch gesagt, sie sind hier hinten.«

Wyatt passte seine Schritte denen von Hope an, während sie ihn in den Garten zog.

»Genau zur rechten Zeit. Ich hoffe, du hast einen Zollstock dabei«, sagte Miss Gina.

»Ich hab einen in meinem Pick-up.«

»Was machst du da, Miss Gina?«, fragte Hope, die vor dem aufgesprühten Viereck auf dem Boden stehen blieb.

Melanie hob den Blick zu Wyatt, und ein Schauer lief ihr über den Körper. Sein Lächeln reichte bis in die Augen und erzeugte ein warmes Gefühl in ihrem Bauch. Das Bild von ihm, wie er dastand und die Hand ihrer Tochter hielt, berührte sie tief. »Hallo.«

»Hi«, sagte er und starrte sie an.

Sie sollte eigentlich das Bedürfnis haben, sich zu winden. Stattdessen straffte sie die Schultern und ließ sich von ihm betrachten. Sie hatte Jeans und eine Bluse an, aber er schaute sie immer noch an, als würde sie das kleine Schwarze von gestern Abend tragen.

»Sie haben gesagt, es wäre ein Notfall, Miss Gina.«

»Ist es. Das hier muss fertig sein, bevor es Herbst wird und der Regen dich daran hindert, weiterzubauen.«

Wyatt sah endlich von ihr weg. »Was soll denn gemacht werden?«

Miss Gina wedelte raumgreifend mit ihren Händen. »Ist das nicht offensichtlich? Ich brauche ein Gästehaus.«

»Ein Gästehaus ist kein Notfall. Rohrbruch, ja. Aber ein Neubau?«

»Streite dich nicht mit mir.« Sie richtete mit einer Bewegung ihres Handgelenks die Sprühdose auf ihn. »Wir müssen schnell anfangen, und ich will, dass du es baust.«

»Ein Gästehaus?«

»Mehr Unterkünfte für Gäste. Ich brauche keine Küche. Nun, vielleicht eine winzige. Für einen Kühlschrank für meine Limonade.«

Melanie lachte leise.

»Kannst du ein ganzes Haus bauen?«, fragte Hope Wyatt. Er nickte nur.

Hope drehte den Kopf, und ihr Pferdeschwanz traf Wyatt am Arm. »Wow. Kann ich helfen? Ich bin ein guter Helfer.«

»Hope, ich glaube nicht, dass …«

»Natürlich kannst du das. Wie wäre es, wenn du mal zu meinem Wagen läufst und mir meinen neuen Block und den Bleistift, der auf dem Beifahrersitz liegt, holst?«

Und schon war sie weg, eilte um das Haus herum, um seine Bitte zu erfüllen.

»Wenn sie mir helfen soll, ist sie nie so schnell«, stellte Mel fest.

»Was soll ich sagen? Deine Tochter liebt mich.« Wyatt strich sich mit einem Grinsen durchs Haar.

»Wenn ihr zwei mit dem Flirten fertig seid, kann es dann mal bitte weitergehen?« Miss Gina begab sich zum entfernten Ende des Vierecks und fing mit ihrer Liste an. »Ein Schlafzimmer, ein Bad mit einem Wandschrank. Einem begehbaren …«

Hope kam zurück zu Wyatt gerannt und reichte ihm atemlos das Gewünschte.

Er strich ihrer Tochter durchs Haar und wandte sich dann Miss Gina zu. Statt darauf zu bestehen, dass Hope eine andere Beschäftigung fand und Wyatt nicht störte, ließ Melanie sie bei ihm und ging zurück ins Haus.

Es gab Zimmer, die sauber gemacht werden mussten. Langsam musste sie sich darum kümmern, dass sie den Job erledigte, für den sie bezahlt wurde. Seit sie in River Bend angekommen war, hatte Melanie mehr Zeit damit verbracht, sich mit Leuten zu treffen, als damit, zu arbeiten.

Während des Nachmittags warf sie immer mal wieder einen Blick nach draußen und sah Wyatt, der ihre Tochter beschäftigte, indem er ihr ein Maßband oder etwas ähnlich Ungefährliches zu halten gab. Sie fragte sich unwillkürlich, ob er das tat, um ihr selbst näherzukommen. Nicht dass er die Hilfe brauchte. Sie musste praktisch ununterbrochen an diesen Mann denken, seit er sie auf dem Sportplatz fast geküsst hatte. Welche Art von Küsser war er? Die gute Art, vermutete sie. Allein der Gedanke verursachte ihr Schmetterlinge im Bauch. Es war schon lange her, dass sie geküsst worden war.

Also warum hatte sie ihn aufgehalten?

Angst.

Sie hasste das an sich. Das letzte Mal, als sie in River Bend gewesen war, hatte sie das Wort »Angst« nicht einmal gekannt. Dann hatten die Nackenschläge des Lebens sie daran erinnert, wie weh es tat, getroffen zu werden.

Ihre besten Freundinnen schienen nicht von denselben lähmenden Gedanken besessen zu sein. Es stimmte, weder Jo noch Zoe waren mit jemandem zusammen, aber das lag nicht daran, dass sie Angst hatten.

Jo war dazu verdammt, die Polizistin der Stadt zu sein. Es war irgendwie schwierig, eine Affäre zu haben oder überhaupt irgendwas, wenn sie die Single-Männer der Stadt verhaften musste.

Und Zoe … Das Bild von Luke, der Zoe fast die ganze Nacht angestarrt hatte, drängte sich ihr ins Bewusstsein. Er war noch nicht über sie hinweg. Und auch wenn Zoe sagte, dass sie das alles hinter sich gelassen hatte, war Melanie sich da nicht so sicher.

Bisher gewann niemand in ihrem engeren Freundeskreis einen Blumenstrauß für Romantik. Nicht einmal Miss Gina hatte einen Liebhaber. Zumindest keinen, den Mel bisher bemerkt hätte.

Sie sollte nicht über Miss Ginas Sexleben nachdenken, während sie nach einem Handtuch angelte, das in einem der Zimmer unter eines der Betten geworfen worden war.

»Da bist du ja.«

Der Klang von Wyatts Stimme sorgte dafür, dass Mel zu schnell den Kopf hochriss und mit dem Hinterkopf gegen die Bettkante stieß.

»Au!« Sie war sich nicht sicher, was unvorteilhafter war: ihr Hintern, der in die Luft ragte, während sie die Unordnung von jemand anderem beseitigte, oder ihre ungelenke Bewegung, die dafür sorgte, dass sie Sternchen sah.

Sie drehte sich um und ließ sich auf den Boden fallen, ihren Hintern nun immerhin nicht mehr in der Luft, und griff sich an den Kopf. »Das hat wehgetan.« Und das stimmte. Bis runter zu ihren Zehen.

»Tut mir leid. Ich wollte dich nicht …«

Als sie die Augen aufmachte, kniete Wyatt neben ihr. Seine Hand lag über ihrer und hielt ihr den Hinterkopf.

»Alles klar?«

Melanie knurrte unwillig und verdrehte die Augen. »Nächstes Mal bitte ein bisschen Vorwarnung, Mr Ripper.«

Wyatt lächelte über ihre Bemerkung und seufzte.

Auch sie konnte sich ein Lächeln nicht verkneifen, genauso wenig wie sie den Mann, der ihr so nah war, ignorieren konnte.

»Du bist wunderschön.«

Melanie war nicht oft sprachlos, aber das Kompliment kam so unerwartet, dass sie nicht wusste, wie sie reagieren sollte.

Wyatt zog langsam seine Hand weg und strich ihr eine Haarsträhne aus dem Gesicht.

Sein Blick wanderte von ihren Augen zu ihren Lippen, und er atmete scharf ein.

Ohne Vorwarnung, ohne irgendeine Einladung war er plötzlich da.

Seine Lippen waren weich, warm und elektrisierend. Alles in ihr zog sich zusammen, und die Schmetterlinge, die bei dem Gedanken an seinen Kuss aufgetaucht waren, verwandelten sich in Riesenvögel in vollem Flug.

Sie stöhnte. Das Geräusch überraschte sie fast so sehr wie sein Kuss. Ihr stockte der Atem, und sie schloss die Augen. Und zum ersten Mal seit etwas, was ihr wie eine Ewigkeit vorkam, fühlte Melanie einfach nur.

Wyatts Lippen, seine Zunge, die Einlass begehrte. Seine Hand, die ihren Kopf hielt. Es war wundervoll. Unglaublich, überwältigend wundervoll.

Für einen kurzen Moment spürte sie, wie Wyatt sich wegbewegte.

Sie grub ihre Finger in seine Schultern, wollte ihn nicht gehen lassen. Er hatte vielleicht mit dem Kuss angefangen, aber sie wollte verdammt sein, wenn er ihn beenden würde. Eine Frau musste schließlich irgendeine Form von Macht behalten.

Bei dem leichten Lachen hinter seinem Kuss ließ sie ihre Hand über seine Brust gleiten.

Sein Lachen brach ab, und sie war nicht mehr die Einzige, die stöhnte.

»Melanie!«

Ihr Name, wie Nägel auf einer Tafel, holte sie aus dem besten Moment ihres Lebens.

Der Kuss endete so plötzlich, wie er begonnen hatte, aber Melanie ließ Wyatt nicht los.

Stattdessen zog sie ihn näher, als wäre er ein Schild gegen die dunkle Magie eines bekannten Feindes.

Ihre Augen öffneten sich abrupt, und ihr Blick landete auf der einen Person, die sie in ihrem ganzen Leben nie wieder hatte sehen wollen.

»Nathan.«

Kapitel neun

Der dunkle Anzug, den Nathan trug, wirkte genauso fehl am Platz wie der Mann selbst.

Melanie kam hastig auf die Füße, und sie griff nach Wyatts Hand. »Was machst du denn hier?«

Ein geübtes Lächeln spielte um Nathans Lippen. »Ich freue mich auch, dich zu sehen, meine Hübsche.«

Bei dem Kosenamen, den er früher für sie benutzt hatte, schauderte ihr jetzt.

»Nein. Einfach nur nein.«

»Wer ist der Kerl?« Wyatt stellte sich vor sie, hielt Nathan auf Distanz.

Der war so nah, dass sie meinte, keine Luft mehr zu bekommen.

Nathan starrte Wyatt von oben herab an. »Ich bin Hopes Vater.«

Melanie wollte ihm diesen Titel gerne absprechen, konnte es aber nicht.

»Und Melanies Ehemann.«

»Nein! Bist du nicht. Ich bin nicht ...« Sie grub ihre Fingernägel fester in Wyatts Arm. »Wir haben nicht ...« O Gott, warum stammelte sie so? »Was machst du hier, Nathan?«

»Ich bin hier, um …«

»Mommy?«

O Gott. Hope.

Als sie und Nathan noch zusammen gewesen waren, hatte er den Kopf manchmal auf eine bestimmte Art gedreht und gegrinst, und sie hatte gewusst, dass er Übles im Sinn hatte. Genau wie jetzt auch.

Melanie hörte Hopes Schritte auf der Treppe, und sie lief an beiden Männern vorbei aus dem Raum. Abwehrend hob sie eine Hand.

»Denk nicht mal dran, Nathan. Sie kennt dich nicht.«

»Sie gehört auch mir.«

Jeder Muskel in Melanie spannte sich, und Hitze stieg ihr in den Kopf. »Ich weiß nicht, warum du hier bist, aber du wirst meine Tochter nicht kaputtmachen, welches Spiel du auch immer spielst.«

»Mommy?« Hope war nur noch wenige Meter entfernt.

»Bleib genau hier, Nathan.« Sie war sich nicht sicher, ob er ihrem Befehl gehorchen würde, aber sie wandte ihm den Rücken zu und eilte Hope entgegen, bevor sie die Männer erreichen konnte.

»In der Auffahrt steht ein Auto«, teilte Hope ihr mit, als sie am oberen Ende der Treppe angekommen war.

Melanie warf einen Blick hinter sich und nahm ihre Tochter am Arm. »Wirklich? Dann lass uns den Fahrer suchen.«

»Ich hab schon überall nachgesehen.«

Sie zog Hope die Treppe herunter und aus der Vordertür.

Dem Aufkleber am Fenster nach zu schließen, hatte Nathan das Auto in Eugene gemietet.

Was zur Hölle hatte er vor? Es war schon fast sechs Jahre her, dass sie sich getroffen hatten. Das Letzte, was sie von ihm gehört hatte, war, dass er an irgendeiner tollen juristischen Fakultät war und darum kämpfte, nicht rauszufliegen.

»Vielleicht sind sie hinten?« Melanie schob Hope in die Richtung, wo sie Miss Gina vorhin gesehen hatte.

»Glaub ich nicht.«

»Na, komm schon.«

Miss Gina saß auf der hinteren Veranda, ein Glas Limonade in der Hand, eine Zigarette in der anderen. »Hast du unseren Gast gefunden?«

Hope schüttelte den Kopf.

Melanie kniete sich hin, sodass sie auf derselben Höhe wie Miss Gina war. »Kannst du bitte Hope bei dir behalten?«, flüsterte sie ihr ins Ohr.

Miss Gina lächelte sie an. »Wyatt, was?«

Melanie schloss die Lider. »Nein. Bitte, mach es einfach. Ich erklär es dir später.«

Miss Gina verengte die Augen. »Alles in Ordnung?«

Sie sagte »Ja« und schüttelte verneinend den Kopf.

Die ältere Frau verstand den Hinweis und tätschelte mit der Hand die Hollywoodschaukel neben sich. »Hope, Süße. Was hältst du davon, wenn wir versuchen, Wyatt dazu zu bringen, uns ein Baumfort zu bauen?«

»Wie ein Baumhaus? Wirklich?«

»Ja, wie ein Baumhaus.«

»Glaubst du, ich kann einen Hund haben? Ich wollte schon immer ein Hündchen haben.«

»Immer schön eins nach dem andern«, erwiderte Miss Gina.

Melanie ging durch die Hintertür ins Haus und lief die Hintertreppe hinauf, die von der Küche nach oben führte.

Wyatt und Nathan standen noch genau da, wo sie sie zurückgelassen hatte. Nathan mit seinem frechen Grinsen, Wyatt mit einem wütenden Stirnrunzeln.

Sie zeigte auf Nathan. »Du. Verschwinde.«

»Ich bin hier, um Hope zu sehen.«

»Du wirst sie nicht zu Gesicht bekommen. Nicht heute.«
Oder überhaupt, wenn es nach Melanie ging.

»Melanie …«

Sein Tonfall machte sie noch wütender als seine Anwesenheit. »Komm mir nicht so.« Sie fuchtelte mit der Hand vor seinem Gesicht herum. »Du hast nicht das Recht, dich einfach so wieder in mein Leben zu drängen.«

Sein Lächeln verschwand, und er machte einen Schritt auf sie zu.

Sie versteifte sich, und Wyatt stellte sich zwischen sie.

»Ich hab dazu jedes Recht.«

Wenn Wyatts Hand sie nicht zurückgehalten hätte, hätte sie Nathan den selbstgefälligen Ausdruck aus dem Gesicht geschlagen. »Bring mich nicht dazu, den Sheriff zu rufen und dich wegen unbefugten Betretens verhaften zu lassen.«

Nathan war arrogant genug, zu lächeln. »Das hier ist eine Pension, ein öffentlicher Ort. Ich will ein Zimmer.«

Diesmal war es an Melanie, zu lächeln. »Und ich bin die Managerin, und ich habe das Recht, jeder Person den Service zu verweigern.«

Er wippte zurück auf seine Fersen und seufzte. »Ich will einfach nur meine Tochter sehen.«

Sie wollte ihn nicht daran erinnern, dass er sie das letzte Mal, als sie miteinander gesprochen hatten, beschuldigt hatte, herumzuschlafen, und infrage gestellt hatte, dass Hope überhaupt seine Tochter war. Eins war sicher: Nathan war nicht wegen Hope hier. Er hatte irgendetwas anderes vor. Er hatte zuvor nicht Vater sein wollen, und sie glaubte nicht für eine Sekunde, dass sich daran was geändert hatte.

»Ich kann einen Gerichtsbeschluss erwirken, Melanie.«

Zum ersten Mal, seit Nathan in den Raum getreten war, versuchte Wyatt einzugreifen. »Ich denke, man kann sicher davon ausgehen, dass Ihre Anwesenheit hier unerwartet kommt«,

130

sagte er zu Nathan. »Vielleicht sollten Sie das irgendwo anders besprechen, weg von Hope, und sich irgendwie einigen.«

Melanie wollte schreien, sich streiten, schwere Dinge werfen, die ihr Ziel mit einem lauten Geräusch trafen. »Okay, meinetwegen.«

»Ich hab einen Diner in der Stadt gesehen. Wie wäre es mit morgen Mittag?«, fragte Nathan.

»Da kann ich nicht. Ich arbeite.«

Nathan verengte die Augen. »Dann eben abends.«

»Da arbeite ich immer noch.«

»Melanie?« Ein ungläubiger Ausdruck trat auf sein Gesicht. Das Bedürfnis, ihn zu schlagen, war ziemlich heftig.

»Dienstag, um elf, im Sam's.«

»Das ist erst in zwei Tagen.«

»Ruf nächstes Mal vorher an, bevor du einfach so in meinem Leben auftauchst.« Es fühlte sich gut an, die Kontrolle zu übernehmen.

Sein Grinsen verunsicherte sie, während sein Blick langsam über sie wanderte. »Mir hast du keck immer gut gefallen.«

Wyatt stellte sich direkt vor sie, verhinderte, dass Nathan sie weiter betrachten konnte. »Ich denke, Sie sollten jetzt gehen.«

»Ich finde allein raus.«

»Ich möchte nicht, dass Sie auf dem Weg verloren gehen«, erklärte Wyatt und machte eine Handbewegung in Richtung Tür.

Sosehr sie auch zurückbleiben und sich auf das halb gemachte Bett hinter ihr fallen lassen wollte, folgte Melanie ihnen die Treppe hinunter und trennte sich erst von ihnen, als Wyatt Nathan zur Vordertür hinausbegleitete. Sie begab sich auf die Rückseite des Hauses, bis sie hörte, wie ihre Tochter sich mit Miss Gina unterhielt. Das Geräusch eines startenden Autos und von aufspritzendem Kies in der Einfahrt ließ sie innehalten.

Er war weg.

Sie lehnte sich gegen die Wand zwischen Küche und Esszimmer und hielt sich den Kopf. Sie sah erst hoch, als Wyatts Arbeitsstiefel in ihrem Blickfeld erschienen.

»Sorry für das ganze Drama«, sagte sie, ohne aufzuschauen.

»Das war schwerlich deine Schuld.«

»Was macht er hier? Warum jetzt?« Warum, wenn sie endlich positive Entscheidungen in ihrem Leben traf, statt sich einfach treiben zu lassen?

»Vielleicht will er wirklich einfach nur seine Tochter sehen.«

Nein, das glaubte sie nicht. Warum würde er wieder damit anfangen, dass sie seine Frau war? Das hatte er früher immer getan, um Anspruch auf sie zu erheben. Um seine Tochter zu legitimieren, wo sie doch illegitim war. Um seine Eltern zu beschwichtigen. »Da steckt mehr dahinter.«

»Ich bin mir nicht sicher, ob ich helfen kann, da ich nicht alle Details kenne. Ich vermute, deine Freundinnen tun das aber.«

Melanie stöhnte auf. Jo würde ihn erschießen, und Zoe würde, was von ihm übrig war, in Butter und Knoblauch sautieren. Aber Wyatt hatte recht. Als es um Nathans tyrannisches Verhalten und ihre Verlegenheit deswegen ging, hatte Mel sich beim ersten Mal nicht an ihre Freundinnen gewandt, und sehe sich einer an, wohin das geführt hatte.

Sie stöhnte wieder.

Wyatt legte ihr einen Finger unters Kinn und hob ihren Kopf an, sodass sie ihn anschauen musste. »Es tut mir nur leid, dass er unseren ersten Kuss verdorben hat.«

Sie lächelte, versuchte, die Bilder von Nathan aus dem Kopf zu bekommen, und legte Wyatt eine Hand an die Wange. »Geht mir genauso.«

»Ich werde dafür sorgen, dass er beim zweiten Mal nicht dabei ist.«

Die Tatsache, dass Wyatt schon darüber nachdachte, sie wieder zu küssen, brachte Licht in die Dunkelheit, die Nathan hinterlassen hatte.

»Das würde mir gefallen.«

* * *

Sam's Diner befand sich an einer Ecke an der Hauptstraße. Irgendwann hatte Sam alles im Rockabilly-Stil der Fünfziger eingerichtet und ausgestattet. Im Laufe der Jahre und als die Abnutzung zu stark wurde, wurden die Fünfziger von einem Mischmasch aus orangefarbenem Retrostil der Siebziger und den modernen Linien der Neunziger abgelöst. Letztlich war es ein typischer Diner in einer Kleinstadt, der genug Geld einbrachte, um nicht zu schließen, aber nicht genug, um alle zehn Jahre ein neues Design zu erhalten.

Melanie erschien pünktlich um elf und wartete draußen in Miss Ginas VW-Bus. Nathan saß in einer der Nischen am vorderen Fenster und schaute immer wieder auf die Uhr.

»Lass ihn ruhig ein paar Minuten warten«, riet Zoe vom Beifahrersitz aus.

Melanie musste das Lenkrad fest umklammern, damit ihre Hände nicht zitterten. »Dass er hier ist, ist ein schlechtes Zeichen.«

»Das sagst du jetzt seit zwei Tagen, Mel. Reiß dich zusammen, und werd damit fertig.«

»Ich will damit nicht fertigwerden. Ich will einfach, dass er verschwindet.«

»Vielleicht ist er so weit, dass er Unterhalt für das Kind zahlen will.«

Melanie konnte nicht anders, sie lachte los.

»Tja«, sagte Zoe und lachte ebenfalls. »Das hörte sich, selbst wenn es von mir kommt, nicht richtig an.«

Melanie tastete nach dem Türgriff. »Es gibt nur eine Möglichkeit, herauszufinden, was er hier will.«

Sie lief über die Straße und atmete einmal tief ein, bevor sie die Glastür von Sam's aufdrückte. Die Glocke über ihr sorgte dafür, dass sich ihr einige Köpfe zudrehten. Sie erwiderte das eine oder andere Lächeln und das Winken der Kellnerin, bevor sie ihre Aufmerksamkeit ihrem Ex zuwandte.

»Dreiteilige Anzüge passen nicht nach River Bend«, bemerkte sie, als sie gegenüber von ihm in die Nische glitt.

Er schaute sie an und dann auf die Uhr. »Hatten wir nicht um elf gesagt?«

»War viel Verkehr.«

Er verengte die Augen, sagte aber nichts.

Als ihr das unangenehm wurde, fiel ihr wieder ein, dass das eine Taktik von ihm war, die er schon benutzt hatte, als sie noch zusammen gewesen waren. Sein stummes, selbstbewusstes Starren hatte immer dafür gesorgt, dass sie nachgegeben hatte. Erst als sie sich von ihm getrennt hatte, war ihr klar geworden, dass er sie mit dem Schweigen eingeschüchtert hatte.

Melanie erwiderte seinen Blick, lehnte sich in der Nische zurück und zog einen Mundwinkel hoch.

Diesmal hielt er es nicht lange aus. »Du hast dich verändert.«

Sie musterte ihn sehr bewusst und sehr gründlich und sagte nichts. Er hatte sich nicht verändert, aber sie wollte verdammt sein, wenn sie sich auf Small Talk mit dem Menschen einließ, der sich in ihrem Leben als die größte Enttäuschung entpuppt hatte.

»Ich weiß, dass ich für dich und Hope nicht da gewesen bin.«

Sie schnaubte nur.

Nathan legte den Kopf zur Seite und wartete einen Moment, bevor er fragte: »Willst du gar nichts erwidern?«

»Doch«, sagte sie und winkte der Kellnerin. »Hey, Brenda. Kann ich eine Tasse Kaffee bekommen?«

»Klar, Mel.«

Die Glocke über der Tür läutete, und Melanie sah aus dem Augenwinkel Luke eintreten.

»Hallo, Mel.« Luke begrüßte Nathan nicht.

»Hey.«

Luke ging zum Tresen und nahm sich die Speisekarte.

Das tat er sonst nie. Auf dem Ding hatte sich seit fünfzehn Jahren nichts geändert. Es passierte nur, wenn Zoe hinten kochte, dass die Gäste von Sam's etwas Neues und Aufregendes bekamen.

Brenda brachte ihr einen Kaffee und Milch. »Falls du irgendetwas brauchst, ich bin gleich hier.«

Nathan hob eine Hand. »Ich nehme einen …«

Brenda drehte sich weg, ohne ihm die Gelegenheit zu geben, seine Bestellung zu beenden.

Melanie verkniff sich ein Lächeln. Wenn Nathan geglaubt hatte, dass er in River Bend willkommen wäre, hatte er sich getäuscht.

Nathan hatte diesen Tic unter seinem linken Auge, der immer verriet, was er dachte, bevor er es aussprach. Sie bemerkte ein langsames Zucken, als er zusah, wie Brenda wegging.

»Warum bist du hier?«

»Ich bin nach Bakersfield gefahren. Da warst du nicht.«

Er wollte ihrer Frage also ausweichen. Nach einem Schluck Kaffee stellte sie die Tasse auf den Tisch und starrte ihn an. »Du bist nicht den ganzen Weg hergeflogen, um mir mitzuteilen, dass ich mich verändert habe, und mich daran zu erinnern, dass du der schlechteste Vater aller Zeiten bist.«

»Du hast sie mir weggenommen.«

»Du hast uns verlassen!« Sie hob die Stimme, und Luke drehte sich auf seinem Platz um.

»Du wolltest, dass ich verschwinde.«

Ja, sie wollte den Mann nicht länger, aber das bedeutete nicht, dass er seine Tochter vernachlässigen sollte. Der alte Streit drängte sich ihr auf die Lippen, aber sie beherrschte sich. *Was soll das bringen? Er wird nur alles abstreiten, wie er das immer tut.*

Vor dem Diner fuhr Jo mit dem Polizeiauto an den Straßenrand und stieg aus. In voller Uniform setzte sie sich den Hut tief auf den Kopf und kam herein.

»Hallo, Mel.«

Statt zu fragen, was Jo hier wollte, lächelte Mel nur und winkte ihr zu.

Falls Nathan Jo erkannte, sagte er nichts.

»… eine neue Chance.« Nathan redete, aber Mel hörte ihm nicht zu. Im Moment war sie ganz auf Zoe konzentriert, die durch die Hintertür eintrat und sich neben Luke und Jo an den Tresen setzte.

»Eine neue Chance worauf?«, fragte Mel und wandte ihre Aufmerksamkeit wieder ihrem Ex zu und weg von ihren Freunden, die sich gerade im Diner versammelten.

»Uns. Ich will, dass *wir* eine neue Chance haben.«

Sie saß für zwei Atemzüge sprachlos da. »Das kannst du nicht ernst meinen.«

»Doch, natürlich. Mir geht es jetzt viel besser. Ich denke, wir sollten …«

Sie unterbrach ihn mit einer Handbewegung. »Hör auf. Hör einfach auf. Der Zug ist schon vor langer Zeit abgefahren, Nathan.«

Der Tic wurde jetzt mit jedem Wort schneller. »Hope verdient einen Vater.«

»Hope? Willst du mir wirklich erzählen, was meine Tochter braucht?«

»Unsere Tochter«, korrigierte er sie.

Sie legte die Hände flach auf den Tisch, um sie nicht zu Fäusten zu ballen. »Du warst der Samenspender, Nathan. Du wolltest nicht Vater sein.«

Sein Blick schweifte zum Tresen. »Melanie, sprich leiser.«

»Sag mir nicht, ich soll leiser sprechen. Dazu hast du kein Recht.«

»Melanie!«

»Fang nicht mit diesem ›Melanie‹ an.« Gott, wie sie das gehasst hatte, als sie noch zusammen gewesen waren.

Nathan atmete tief ein, drehte den anderen im Restaurant den Rücken zu und senkte die Stimme.

»Ich bin nicht hergekommen, um mich mit dir zu streiten«, begann er.

»Hast du gedacht, du könntest einfach so herkommen und wir streiten uns nicht?«

»Ich möchte, dass wir eine Lösung finden.«

Ihr Blick begegnete Zoes, bevor sie sich wieder ihm zuwandte. »Und ich will, dass du gehst.«

»Hope verdient einen Vater.«

Die Worte trafen sie direkt ins Herz. »Sie verdient jemanden, der nicht in der Sekunde, wo es schwierig wird, verschwindet.«

Er nickte, und seine Gesichtszüge wurden weicher. Wenn es nicht diesen verräterischen Tic gäbe, könnte sie glauben, dass er ihr tatsächlich zuhörte. »Ich bin jetzt Anwalt, Melanie. Viel besser gestellt …«

Natürlich war er das. Er hatte kein Kind und keine Familie gehabt, für die er hatte sorgen müssen, während er sein Studium abschloss. Sie hätte sich gerne für ihn gefreut, aber alles, was sie empfand, war Neid. Er hatte seine Träume erfüllt, während sie und Hope nur das Nötigste zum Leben gehabt hatten und sie eine Schrottkarre gefahren hatte. Oder eher noch, sich von Freunden in deren Autos hatte mitnehmen lassen.

Sie schüttelte den Kopf, um die negativen Gedanken zu vertreiben, und dachte an Hope.

Sie hatte Hope, und sie würde sie niemals gegen ein Studium oder einen akademischen Titel eintauschen.

»Es ist schön, dass du mit deinem Leben weitergemacht hast, Nathan.«

Er grinste, als wenn sie ihm ein Geschenk überreicht hätte.

»Aber ich brauche dich nicht.«

Das Grinsen verschwand. »Ich möchte Teil von Hopes Leben sein.«

»Das wird ein bisschen schwierig, wenn du in Kalifornien lebst.«

»Wenn ihr zurückkommt …«

»Wir kommen nicht zurück«, fiel sie ihm ins Wort.

Er warf einen Blick durch den Diner und verzog wütend das Gesicht. »Was soll das heißen?«

»Hope und ich bleiben in River Bend. Ich habe sie schon für den Herbst in der Schule angemeldet.«

»Mein Gott, Melanie. Du bist besser als dieser Ort.«

Sie lachte. »Aber nicht besser als Bakersfield?«

Nathan wischte einen Krümel vom Tisch, den ein anderer Gast zurückgelassen hatte.

»Du bist nach Bakersfield abgehauen. Wenn ich gewusst hätte, dass du da warst, wäre ich …« Er brach ab.

»Wärst du was, Nathan? Auf deinem treuen Ross angaloppiert gekommen und hättest uns aus dem heruntergekommenen Apartment und der beschissenen Schule gerettet?«

»Ja. Genau das.«

Er warf immer wieder Blicke zu ihrem Publikum, das sich große Mühe gab, ihnen den Rücken zuzuwenden und ganz leise zu sein, um möglichst viel von der Unterhaltung mit anhören zu können.

»Nun, du kommst zu spät. Und falls du nicht vorhast, hierzubleiben, gibt es keinen Grund für dich, Hope zu sehen und Chaos in ihr Leben zu bringen. Sie braucht dich nicht. *Wir* brauchen dich nicht.«

Die Glocke über der Tür ertönte wieder.

Wyatt trat ein.

Als sie sein Lächeln sah, ging ihr das Herz auf.

Wyatt nickte ihr zu und begab sich dann zu der stetig wachsenden Gruppe Unterstützer. Als Melanie ihre Aufmerksamkeit wieder Nathan zuwandte, zuckte der Muskel an seinem Auge wie verrückt.

»Er ist nicht ihr Vater.«

War das Eifersucht? »Nein, und anders als du gibt er auch nicht vor, das zu sein.«

»Ich muss überhaupt nichts vorgeben.«

Sie versuchte, dem hier ein für alle Mal ein Ende zu machen. »Fahr nach Hause, Nathan. Ich gebe dich frei. Geh und lebe dein Leben, und lass uns in Ruhe, damit wir unseres leben können.«

Ein fieses Lächeln ersetzte den Tic, und Melanies Herzschlag beschleunigte sich schmerzhaft.

»So wird das nicht laufen, Melanie.«

Die Selbstsicherheit in seinem Ton gefiel ihr gar nicht. »Und wie wird das hier dann laufen?«

Sein Schweigen verunsicherte sie.

Jo trat an den Tisch, das Geräusch von dem Gürtel, an dem all ihre Polizeispielzeuge hingen, begleitete sie auf dem ganzen Weg. »Alles in Ordnung, Mel?«

»Ihr geht's super«, erwiderte Nathan.

»Mel?«

Die Tatsache, dass Nathan sich nicht mal die Mühe machte, Jo anzusehen, verdrehte ihr den Magen. Er führte irgendetwas im Schilde … wollte irgendetwas. Er gab ihr nur keine Hinweise darauf, was.

»Ich fliege nach Hause, um meinen Kalender freizuschaufeln, dann komme ich wieder.«

Melanie schluckte hart. »Das musst du nicht …«

»Ich lasse meine Frau und mein Kind nicht einfach so hier.«

Schon wieder die Sache mit der Ehefrau. »Ich bin nicht deine …«

Nathan griff rüber, um ihr begütigend den Arm zu tätscheln.

Melanie zog ihn zurück, als hätte sie sich verbrannt.

Jo legte eine Hand auf den Tisch und beugte sich vor sie. »Ich denke, Sie sollten jetzt gehen.«

Endlich blickte Nathan auf und bemerkte, dass alle Augen im Diner auf ihn gerichtet waren.

Er hob beide Hände in die Luft, bevor er sich aus der Nische zwängte. Einmal auf den Füßen, schaute er auf Jo herab und grinste sie an.

Seine abschließenden Worte waren an Melanie gerichtet. »Ich komme wieder.«

Dann verschwand er.

KAPITEL ZEHN

Melanies Ex verließ den Diner durch die Vordertür, mit einem höhnischen Gesichtsausdruck, der eigentlich verboten gehörte. Die Tür hatte sich kaum hinter ihm geschlossen, als Zoe auch schon zu Melanie trat und einen Arm um sie legte. Sosehr Wyatt sich auch wünschte, derjenige zu sein, der sie tröstete, so war er doch in anderen Sachen wesentlich besser.

Er lehnte sich zu Luke und sagte mit gesenkter Stimme: »Ich folge ihm mal besser.«

Luke nickte, während sich Wyatt zur Hintertür begab.

Die dunkle Limousine, die Nathan fuhr, hätte eher in ein B-Movie über Spionage und Agenten gepasst, nicht in das verschlafene Städtchen River Bend. Es war nicht so, als könnte Wyatt im Verkehr untertauchen, und selbst wenn, hätte er auch gar nicht gewusst, wie. Er blieb einfach hinter Nathans Mietwagen und hielt den angemessenen Abstand, während sie durch die Stadt krochen.

Erst als sie an Millers Kfz-Werkstatt und der Tankstelle vorbeigefahren waren, begann Nathan immer wieder in den Rückspiegel zu schauen. Wyatt behielt eine ausdruckslose Miene bei, während er ihm weiter folgte. Sobald sie das Ortsschild und damit die Geschwindigkeitsbeschränkung von fünfzig Kilometern pro Stunde hinter sich gelassen hatten, gab Nathan Gas.

Wyatt folgte ihm, ohne zu dicht aufzuschließen. Die einfache Landstraße hatte mehrere unübersichtliche Kurven, und es gab jede Menge Wildtiere, die sie immer mal wieder überquerten. Als er eine Kurve knapp zwanzig Stundenkilometer schneller nehmen musste, als er das je zuvor getan hatte, begann er vor sich hin zu murmeln: »Warum hast du es so eilig?«

Sie kamen an dem Friedhof vorbei, fuhren eine weitere Kurve, bevor eine längere gerade Strecke zum R&B folgte. Statt an der Bar vorbeizurauschen, bremste Nathan plötzlich ab, bog mit quietschenden Reifen und aufspritzendem Schotter auf den Parkplatz ab und hielt an.

Mehrere Minuten lang saß er bei laufendem Motor hinter dem Lenkrad, vermittelte Wyatt den Eindruck, als wolle er so plötzlich wieder losrasen, wie er stehen geblieben war. Dann verließ er den Wagen, setzte sich eine dunkle Sonnenbrille auf und schlenderte zur Tür des R&B. Nur um urplötzlich, als sei ihm etwas eingefallen, zu Wyatt herumzuwirbeln und über den Schotterplatz zu ihm zu marschieren.

Wyatt stieg aus seinem Pick-up, schloss die Tür und lehnte sich mit vor der Brust verschränkten Armen dagegen.

»Was zur Hölle soll das werden?«

»Ich mach nur eine kleine Spazierfahrt ins Blaue«, antwortete Wyatt.

»Fick dich.«

Die Worte »Sie sind nicht mein Typ« lagen ihm auf der Zunge, aber er sprach sie nicht aus.

»Sich in Familienangelegenheiten eines anderen Mannes einzumischen ist immer ein Fehler«, erklärte Nathan.

»Ist das eine Drohung, Herr Anwalt?«

Nathan war nur ein paar Zentimeter kleiner als Wyatt, und seine Figur verriet Wyatt, dass Melanies Ex nicht seine ganze

Zeit hinter dem Schreibtisch verbrachte und Papiere von einer Seite auf die andere schob.

»Nur um das klarzustellen, Hinterwäldler. Melanie und Hope gehören mir. Sie tun gut daran, sich das zu merken.«

Der Mann glaubte, er würde ihn beleidigen. Stattdessen entlockte das Kompliment Wyatt ein Lächeln.

»Ich weiß nicht, wie die Regeln bei Ihnen lauten, aber in unserer Hinterwäldlerstadt kümmert sich ein Mann um seine Familie und sorgt dafür, dass sie alles haben, was sie brauchen. Wenn er das nicht macht, nimmt er es billigend in Kauf, dass jemand anders in diese Rolle schlüpft.«

Nathan verlagerte sein Gewicht, und Wyatt sprach weiter. »Falls es Ihnen noch nicht aufgefallen ist, Melanie hat eine Familie hier, zu der Sie nicht gehören. Und Familie in unserer Hinterwäldlerstadt nimmt es durchaus persönlich, wenn Sie einem ihrer Mitglieder Schwierigkeiten machen.« Er nickte zur Bekräftigung.

»Ist das eine Drohung?«

Wyatt grinste. »Ich zähle nur Fakten auf, Herr Anwalt.«

Nathan ballte mehrmals die Hände zu Fäusten, bevor er tief Luft holte. Wyatt machte sich nicht die Mühe, seine Hände zu lockern, und wartete.

»Sie machen mir keine Angst.«

Wie schade. Dass der Mann sich selbst belog, war bedauerlich.

Nathan machte auf dem Absatz kehrt und lief mit großen Schritten zu seinem Auto. Dort angekommen, drehte er sich noch einmal um und fuchtelte mit einem Finger in der Luft herum. »Hören Sie auf, mir zu folgen.«

»Rufen Sie doch den Sheriff«, erwiderte Wyatt mehr zu sich selbst, ehe er sich wieder hinters Lenkrad setzte und an Nathans Stoßstange heftete, sobald der losfuhr.

Nathans Ziel war der Parkplatz eines Motels ein paar Meilen außerhalb der Stadt.

Wyatt genoss jeden finsteren Blick, den der Mann ihm zuwarf.

Ungefähr eine Stunde wartete er in seinem Pick-up, bevor Nathan wieder auftauchte, einen Koffer in der Hand. Er nahm Wyatts Anwesenheit zur Kenntnis, pfefferte sein Gepäck hinten ins Auto und fuhr weg.

* * *

Als Wyatt nach River Bend zurückkehrte, hatte die Stadt praktisch die Bürgersteige hochgeklappt und lag menschenleer da. Einzig der Diner und das R&B hatten noch auf.

Er nahm sich die Freiheit, uneingeladen bei Luke vorbeizuschauen. Der hinterfragte seine Anwesenheit nicht, öffnete nur die Tür weit und ließ ihn ein.

»Ein Bier?«, erkundigte er sich, drehte sich um und ging in die Küche.

»Hast du nichts Stärkeres?«

»Oh, so schlimm?«

Wyatt ließ die Tür hinter sich zufallen. »Es war ein langer Tag.«

Luke holte eine Flasche Jack Daniel's aus dem Fach über seinem Kühlschrank und stellte sie auf den Küchentisch, ehe er sich auf die Suche nach einem sauberen Glas machte.

Wyatt zog die vergessene Pizzaschachtel zu sich und öffnete sie in der Hoffnung auf etwas zu essen. Ohne zu fragen, nahm er sich ein Stück und biss eine Ecke ab, stöhnte genießerisch.

»Das ist ja wie im College«, sagte er zwischen zwei Bissen.

»Dazu kann ich nichts sagen«, erwiderte Luke.

Er setzte sich rittlings auf einen Stuhl, nahm einen Zug aus seiner Bierflasche und wartete ein paar Sekunden, während Wyatt seinen ärgsten Hunger stillte und alles mit einem Schluck Whiskey runterspülte. Das Brennen hinten in seiner Kehle wärmte ihn.

»Und?«

Wyatt schob sich den letzten Bissen in den Mund und griff sich ein weiteres Stück, bevor er antwortete. »Ich bin ihm bis zum Flughafen in Eugene nachgefahren.«

»Also ist er weg.«

Wyatt sprach um die Pizza herum. Warum eigentlich schmeckte kalte Pizza so gut, wenn man einen leeren Magen hatte? Das war eine der wichtigsten Fragen des Lebens, ganz klar. »Nicht lange.«

»Du hast mit ihm gesprochen?«

»Kurz.«

Luke griff nach Wyatts Händen und musterte die Fingerknöchel. »Möchtest du mir mehr erzählen?«

Bevor Wyatt das Gespräch, das er mit Nathan geführt hatte, wiedergab, war es an der Zeit, sich von Luke ein paar Fakten nennen zu lassen. »Sag mir, was du über ihn weißt.«

Luke zuckte die Achseln. »Nur das, was ich über die Jahre von Jo gehört habe. Melanie hat ihn im College kennengelernt, über kurz oder lang war sie schwanger und hat ihr Studium abgebrochen. Allerdings bin ich nicht sicher, was zuerst passiert ist, jetzt, wo ich drüber nachdenke. Jo hat nicht hier gelebt, als das alles passiert ist, und zu Zoe hatte ich auch keinen Kontakt. Ich hab erst viel später, nachdem es längst passiert war, davon erfahren.«

»Waren sie verheiratet?«

Luke schüttelte den Kopf, zuckte die Achseln. »Das kann ich nicht sagen. Alle haben das vor ein paar Jahren noch erzählt. Jetzt, in den letzten Wochen, habe ich mitbekommen, dass Melanie behauptet, das sei eine Lüge gewesen.«

Wyatt schenkte sich ein paar Fingerbreit Whiskey nach und schüttete ihn sich die Kehle hinunter. »Lügt Melanie häufiger?« Er hasste es, das zu fragen, wollte es aber aus vielerlei Gründen unbedingt wissen.

Luke lachte. »Nein. In der Highschool war sie furchtbar darin. Leute ändern sich, sicher, aber ich weiß nicht. Ich würde denken, zu ihren engsten Freunden ist sie aufrichtig.«

»Was sagen Jo und Zoe zu alldem?«

»Das weiß ich nicht wirklich. Ich glaube nicht, dass es sie kümmert. Keine von beiden mag den Typen, daher ist es ihnen letzten Endes egal, ob er ihr geschiedener Exmann ist oder nur ihr Ex.«

Wyatt starrte gedankenverloren auf die weiße Tapete an der gegenüberliegenden Wand in der Küche, während er das zweite Stück Pizza verspeiste.

»Ist es dir wichtig?«

»Das mit dem Lügen?«

Luke winkte ab. »Lügen ist doof. Aber ich meine, ob sie geschieden ist oder ledig?«

Wyatt wischte sich mit der Hand über das Gesicht, entfernte die Pizzakrümel, bevor er antwortete. »Wir haben alle eine Geschichte.«

Luke schien das eine Weile zu verarbeiten. »Also, was hat der Kerl zu dir gesagt?«

»Dass ich mich in seine Familienangelegenheiten einmische.«

Luke fuhr sich mit den Fingern durchs Haar. »Das ist einfach nur Mist. Wenn eine Sache auf der Hand liegt, dann dass Melanie und Hope dem Mann nicht wichtig waren. Du hast ja selbst ihr Auto gesehen.«

»Ja, allerdings. Also, warum ist der Typ so davon besessen, allen weiszumachen, dass er dieses Mal bleibt?«

»Vielleicht ist er eines Morgens aufgewacht und hat begriffen, dass er Vater ist.«

»Da steckt mehr dahinter. Er redet von Melanie, als gehörte sie ihm.«

»Das hat Zoe auch gesagt. Und es weckt Zweifel an seinem Geisteszustand. Wer rennt schon rum und setzt Himmel

146

und Hölle in Bewegung, um bei Fremden den Eindruck zu erwecken, er wäre etwas, was er gar nicht ist?«

Wyatt trank aus, schenkte sich nach und nahm sich vor, den Heimweg zu Fuß zurückzulegen.

* * *

»... und sie lebten alle glücklich und zufrieden bis an ihr Lebensende.« Melanie lehnte sich gegen das Kopfende des Bettes, ihre Tochter an sich gekuschelt.

Hope seufzte zufrieden und schmiegte sich enger an sie. »Ich möchte eine Prinzessin sein, wenn ich groß bin«, erklärte sie.

»Ein hehres Ziel.«

Melanie hob das Buch von ihrem Schoß und legte es auf das Nachttischchen. Da die Pension nicht viele Gäste hatte, hatten sie Hope in dem Zimmer gelassen, in dem sie zuerst gemeinsam übernachtet hatten, während sie selbst das auf dem Flur gegenüber bezogen hatte.

»Prinzessinnen haben hübsche Kleider.«

»Du magst doch deine Jeans und T-Shirts.«

»Ja, und sie haben einen Prinzen, der sich um sie kümmert.«

Melanies Hand verhielt zögernd über dem Märchenbuch, aus dem sie Hope dauernd vorlesen musste. »Manchmal ist der Prinz nicht wirklich gut darin, sich um seine Prinzessin zu kümmern. Es ist sicher besser, wenn die Prinzessin lernt, für sich selbst zu sorgen.«

Hope dachte ein paar Sekunden darüber nach. »Aber ist es nicht einfacher, wenn ihr ein Prinz hilft?«

»Manche Sachen könnten leichter sein.«

Hope drehte sich auf ihrem Schoß um und schaute sie aus großen Augen an. »Wenn du einen Prinzen hättest, müsstest du hier nicht den Boden wischen und alle Betten machen.«

Melanie legte eine Hand an das Gesicht ihrer Tochter. »In der echten Welt müssen Mütter immer Böden wischen und

Betten machen, Süße. Und ich arbeite hier gern. Es ist nicht wie in den Büchern, aber es ist auch nicht wirklich viel von dem, was man in Büchern liest, wie im echten Leben.«

»Ich weiß, dass es nur ausgedacht ist.« Hope verdrehte die Augen. »Aber es wäre cool, eine Prinzessin zu sein.«

Melanie rutschte aus dem Bett und half Hope, unter die Decke zu schlüpfen. »Du kannst eine Prinzessin sein, aber ich möchte, dass du lieber einen Ritter in schimmernder Rüstung heiratest, keinen Prinzen.«

»Wer ist der Ritter?«

»Er ist der Kämpe, der für die Prinzessin kämpft. Er ist es, der sie beschützen kann.«

»Ist er reich?«

Melanie setzte sich auf die Bettkante und strich Hope das Haar aus dem Gesicht. »Nein. Aber er hat etwas, das man mit Geld nicht kaufen kann.«

Hope fielen schon die Augen zu. »Was ist das?«

»Das Herz der Prinzessin.« Melanie tippte sich auf die Brust. Hope lächelte.

Melanie küsste ihre Tochter auf die Stirn. »Gute Nacht, Prinzessin.«

»Gute Nacht, Mommy.«

Das Telefon klingelte, als Melanie aus Hopes Zimmer trat. Sie lief schneller, um rechtzeitig ranzugehen, bevor der Anrufer auflegte.

Miss Gina kam ihr zuvor. »Nein, sie ist gleich neben mir.«

Diese Antwort verhinderte, dass Melanie einfach weiterging.

Mit zugehaltener Muschel deutete Miss Gina mit dem Hörer auf Melanie. »Es ist Wyatt.«

Mit dem Telefon in der Hand lächelte Melanie Miss Gina an und spürte, wie ihre Wangen warm wurden. »Ich geh damit kurz raus.«

»Ja, sicher.«

An der Fliegengittertür angekommen, hielt sie sich den Hörer ans Ohr. »Hey.«

»Hi, ich hoffe, es ist okay, dass ich anrufe.«

Auf der hinteren Veranda war es dunkel, und die glitzernden Lichter unter dem Gebälk lockten alle möglichen geflügelten Viecher an. Vorsichtig setzte sie sich.

»Selbstverständlich. Ich hab mich schon gefragt, was passiert ist, nachdem du aufgebrochen bist.«

»Na ja, zu seiner Verteidigung muss man sagen, es war kein fairer Kampf.«

Melanie spürte, wie ihr das Lächeln im Gesicht gefror. »Du machst Witze.« Ihr Herz setzte einen Moment aus und begann in einem schnelleren Rhythmus zu klopfen. »O Gott, Wyatt. Er ist Anwalt, bitte sag mir …«

»Entspann dich. Ich bin ihm nur bis aus der Stadt hinaus nachgefahren.«

Melanie schloss die Augen und versuchte, ihre Sorge runterzuschlucken. »Ich möchte dich schlagen. Wenn du genau hier wärst, jetzt, würde ich dich schlagen.«

Wyatt lachte.

»Es gab gar keinen Kampf, richtig?« Sie musste nachfragen und sich vergewissern.

»Nein.«

Sie stellte sich die beiden nebeneinander vor. Es wäre auch keine faire Auseinandersetzung gewesen.

»Bist du gerade erst heimgekommen?«

»Ich bin noch ein Weilchen bei Luke gewesen, aber ja, ungefähr vor einer Stunde.«

»Bis zur Stadtgrenze ist es nicht so weit, Mr Ripper. Bist du dir sicher, dass da nicht noch mehr an deiner Geschichte dran ist?« Sie hasste es, nachzufragen, aber sie konnte nicht anders. Sie musste wissen, was genau zwischen ihrem Ex und ihrem Neuen … War er ihr Neuer? Sie dachte an den Kuss, die Schmetterlinge im Bauch.

»Ich bin ihm bis zum Flughafen gefolgt.«

»Eugene?«

»Genau der.«

»Himmel, Wyatt, das ist ziemlich weit.« Trotzdem, die Erleichterung, zu wissen, dass Nathan wirklich die Stadt verlassen hatte, war, als sei eine Last von ihren Schultern gehoben worden.

»Ich wollte nicht, dass er heimlich umkehrt, für den Fall, dass er nur blufft.«

»Und was genau hättest du unternommen, wenn er das getan hätte?«

Sie hörte einen Anflug von Lachen in Wyatts nächsten Worten. »Wie geht es Hope? Sie vermutet nichts, oder?«

»Es geht ihr gut. Und du wechselst das Thema.«

»Wie geht es dir? Du hast aufgewühlt gewirkt, als ich aus dem Lokal bin.«

»Ich hatte schon bessere Tage. Nathan ist der letzte Mensch, von dem ich gedacht hätte, dass er auf meiner Türschwelle aufkreuzt. Er ist noch genauso nervig wie zu der Zeit, als wir zusammen waren.«

Wyatt atmete übers Telefon hörbar ein. »Darf ich dich etwas fragen?«

»Wir reden ja schon.«

»Wenn er so nervig war, warum hast du ihn dann nicht verlassen?«

Melanie zog die Beine unter sich, während sie versuchte, die Frage zu beantworten, ohne wie eine komplette Idiotin zu wirken. »Anfangs war er sehr charmant. Ich war noch so jung und frisch auf dem College, kämpfte damit, die Scheidung meiner Eltern zu verarbeiten, und suchte Anschluss. Als sich zeigte, dass ich nicht länger aufs College gehen konnte, war er da. Er war zwar keine große Hilfe, aber immerhin da. Falls das irgendeinen Sinn ergibt.«

»Ich glaube schon.«

»Dann kam Hope, und ich habe mir wirklich Mühe gegeben, dass die Beziehung funktioniert. Aber er hatte kein bisschen Geduld mit seiner Tochter oder mir.« Sie schüttelte den Kopf, erinnerte sich daran, wie er sie angeschrien hatte, sie solle dafür sorgen, dass Hope still war. »Irgendwie hat sich dann alles geändert, und ich fühlte mich sicherer ohne ihn.« Das war eine schlimme Zeit gewesen, eine Zeit, die sie nicht noch einmal erleben wollte.

»Sicherer?«

»Was?«

»Du sagtest sicherer. Hattest du Angst vor ihm, Melanie?« Seine Frage stellte er mit beherrschter, ausdrucksloser Stimme.

Sie zögerte. Er hatte sie nie misshandelt, warum konnte sie also nicht einfach rasch mit Nein antworten?

»Melanie?«

»Sorry, nein. Am Ende ist alles ein bisschen verschwommen. Ich erinnere mich noch, gedacht zu haben, wie sehr er sich verändert hatte. Wie der Stress dazu führte, dass er sich abkapselte. Das war beunruhigend.«

»Beängstigend?«

»Ja, ich glaube schon.« Sie verlagerte ihr Gewicht und nahm das Telefon ans andere Ohr. »Es tut mir leid. Über den Ex zu sprechen ist ein klassischer Anfängerfehler.«

Er lachte. »Alle in der Stadt reden über dich und deinen Ex, also mach dir keine Gedanken.«

Sie stützte den Kopf in die Hand. »Als ich früher hier gelebt habe, hat mich das ganze Gerede furchtbar gestört. Jetzt hingegen fühlt es sich nur wie Unterstützung an.«

Wyatt begann zu lachen. »Luke und ich haben gewettet, dass Brenda ihm den Kaffee in den Schoß kippt.«

Und der Ausdruck auf Nathans Gesicht, als Brenda einfach weggegangen war, war unbezahlbar gewesen.

»Ich werde jetzt das Thema wechseln«, kündigte er an.

»Darin scheinst du ziemlich gut zu sein«, antwortete sie mit einem leisen Lachen. »Dann mal los.«

»Nächstes Wochenende ist ein Jahrmarkt mit Erdbeerfest in Waterville.«

Sie wartete auf seine Frage, mit einem breiten Grinsen im Gesicht.

»Hättet ihr – du und Hope – Lust, hinzugehen?«

»Mit dir?«

»Das wäre der Plan.« Seine Stimme klang ein winziges bisschen angespannt, was ihr Grinsen noch breiter werden ließ.

»Wie bei einer Verabredung?«

»Ist es eine Verabredung, wenn du dein Kind mitbringst?«

»Also keine Verabredung?« Jetzt klang ihre Stimme etwas angespannt.

»Wir können es eine Verabredung nennen, wenn du dich dann besser fühlst.«

»Ich muss nichts eine Verabredung nennen, um mich besser zu fühlen. Ich … Wie nennst du es denn?«

Als er nicht rasch genug antwortete, stand sie aus dem Stuhl auf und begann auf und ab zu laufen. »Wyatt?«

Er ließ ein leises Lachen hören. »Eine Verabredung.«

»Du!« Sie deutete mit einem Finger in die Luft, als könnte er sie sehen. »Das hast du absichtlich gemacht.«

»Ich bring dich einfach gern auf die Palme.«

»Irgendwann in nächster Zeit werde ich rausfinden, wie man dich am besten auf die Palme bringt, und das dann auszuprobieren wird mein neues Hobby.«

»Wunderbar, Darlin' … Ich bin noch nie jemandes Hobby gewesen.«

»Du bist unverbesserlich.«

»Das nehme ich als Kompliment.«

»War es aber nicht.«

Er lachte.

Kapitel elf

Zoe gab Anweisungen aus der Küche des Bed & Breakfast, als wäre sie im Fernsehstudio. Sie konnte nicht anders – Kochen hatte eine belebende Wirkung auf sie, die nur wenige verstanden. »Je kleiner die Stücke, desto mehr Geschmack gibt es im Salat, Mel.«

»Ja, Ma'am.«

Zoe warf mit einer Tomate nach ihrer Freundin, bevor sie sich die Hände an einem Handtuch abwischte.

»Ist ja genug Essen, um eine ganze Armee satt zu machen.«

»Wir in Texas mögen es groß.«

Von draußen wehte der Duft von Rippchen auf dem Grill durch die Pension.

»Kommt Zane?«

Zoe zuckte die Achseln. »Das weiß ich nicht. Mom sagt, er hat einen Job oben in Waterville. Ich hab Angst, zu fragen, was genau er da macht.«

Der Jüngste der Brown-Kinder war nie bei seiner Mutter ausgezogen. Andererseits wohnte im Moment auch seine Schwester wieder zu Hause, nachdem sie eine gescheiterte Beziehung hinter sich hatte, die sie nach Eugene geführt hatte.

»Ist er immer noch auf Bewährung?«

Mit seinem Temperament in Kombination mit seinem Alkoholkonsum war Zane häufiger im Knast gelandet, als ein Junge mit einundzwanzig von Rechts wegen sollte. »Mom behauptet, nein, aber ich bin mir nicht sicher. Ist es zu viel verlangt, sich zu wünschen, dass er erwachsen wird?«

Mel lächelte ihr quer durch die Küche zu. »Man kann Leute nicht zwingen, das Richtige zu tun, Zoe.«

»Es ist frustrierend. Ich frage mich wirklich, ob es einen Unterschied gemacht hätte, wenn ich häufiger zu Hause gewesen wäre.«

Melanie trat näher und legte das Messer auf die Arbeitsfläche. »Du kannst nicht für deine Familie ihr Leben leben. Ihr drei, euch wurden vom Schicksal genau die gleichen Karten ausgeteilt. Du hast deinen Weg gefunden und bist ihm gefolgt, und sie werden ihre finden.«

»Und wenn es Irrwege sind?«

»Ja, und dann? Was kannst du tun, Zoe? Du gibst Zane Geld und ermöglichst es ihm damit, weiter dumme Sachen zu machen. Du machst ihm Vorhaltungen, und er hört nicht auf dich. Er weiß selbst, was richtig ist und was nicht.«

Mel hatte recht. Es war nur furchtbar, zuzusehen, wie jemand, den sie liebte, so abstürzte. »Wann bist du eigentlich so klug geworden?«

»Nach ein paar Jahren in der harten Schule des Lebens.«

Zanya, Zoes Schwester, kam in die Küche und hielt sich den Babybauch. »Mel, bitte sag mir, du hast irgendwo was gegen Sodbrennen.«

»Sodbrennen? Du hast doch noch gar nichts gegessen!«, rief Zoe.

»Oje, komm mit«, erwiderte Mel und zog Zanya an sich, legte ihr den Arm um die Schultern und ging mit ihr aus der Küche. »Ich wette, dein Baby hat viele Haare, wenn es auf die Welt kommt.«

Zoe schaute Melanie hinterher, wie sie die junge Frau aus der Küche führte. Wenigstens konnte sich Zanya auf Zoes Freunde verlassen. Das war irgendwie tröstlich.

Stimmen von der Hintertür brachten ein noch breiteres Lächeln auf ihr Gesicht.

»Mrs Miller.« Immer wenn sie Lukes Mutter sah, wurde ihr innerlich ganz warm. Die Frau war das Musterbeispiel für eine glückliche Hausfrau und Mutter. Sie backte für ihr Leben gern, kochte Marmelade und machte alles ein, was der Garten im Sommer hergab. Sie bastelte ein paar Kleinigkeiten für den Flohmarkt, den die Kleine Weiße Kirche im Frühjahr und vor Weihnachten abhielt.

»Ich hoffe, du hast noch Platz im Kühlschrank, Zoe.«

Sie hatte beide Hände voll mit Kuchen, und Mr Miller hinter ihr trug auch noch zwei.

»Sieht ganz so aus, als wären Sie fleißig gewesen.«

»Du hast gesagt, du hättest gern Kuchen. Also bringe ich Kuchen. Apfel, Erdbeer-Rhabarber, Schokolade und Bananen-Creme.«

Es gab nichts Besseres als Mrs Millers Bananen-Creme. »Ich hab Sie lieb.«

»Ich weiß, Kleines. Und jetzt mach Platz im Kühlschrank. Es ist zu warm, um die hier draußen stehen zu lassen.«

Mr Miller lud den Apfelkuchen auf der Arbeitsfläche ab und wartete, bis seine Frau ihm den letzten Kuchen abnahm, ehe er sich zu Zoe umwandte. Nach einem Kuss auf die Wange verließ er die Küche so rasch, wie er sie betreten hatte.

Zoe schaute ihm hinterher.

»Er ist auf dem Weg.«

»Was ... Wer?«

Mrs Miller schürzte die Lippen und legte den Kopf in den Nacken. »Du bist vielleicht älter geworden, aber du hast dich nicht verändert.«

Der Umstand, dass Mrs Miller sie dabei ertappte, wie sie nach ihrem Sohn Ausschau hielt, ohne sie darauf direkt anzusprechen, zeigte, wie gut sie einander verstanden. Die Frau verurteilte niemanden, und sie hatte auch nie Zoes Entscheidung, River Bend zu verlassen, um sich selbst zu finden, kritisiert oder infrage gestellt.

Statt irgendwas zu sagen, wandte sich Zoe dem Essen zu, um letzte Hand an das kleine Festmahl zu legen, das sie bei ihrer Abschiedsparty auftischte. Sie würde morgen früh abreisen und den kurzen Urlaub von ihrem normalen Leben beenden.

»Was kann ich tun?«, erkundigte sich Mrs Miller.

»Wie wäre es mit Salatmischen?«

Lukes Mutter ging zur Spüle und wusch sich die Hände, während das Geräusch eines Motorrads die Stimmen auf der Rückseite des Hauses übertönte. Luke war gekommen.

Zoe wusste das, und ihr Herz klopfte schneller, was sie zu gleichen Teilen mit Sorge und Freude erfüllte. Es würde nur wieder brechen. Wie es das jedes Mal tat, wenn sie ihn sah und dabei wusste, sie würde wieder wegfahren.

Sie bemühte sich so sehr, ihm eine Freundin zu sein – nur eine Freundin. Ihre Träume jedoch gestatteten es ihr nicht, alles auf platonischer Ebene zu halten. Erinnerungen und die Wirklichkeit vermischten sich jede verdammte Nacht, raubten ihr den Schlaf.

»Hey, Zoe?«, rief Wyatt von draußen.

»Komme schon.«

Wyatt stand am Grill, ausgestattet mit genauesten Anweisungen, obwohl er sich große Mühe gegeben hatte, sie davon zu überzeugen, dass er sich mit Barbecue auskannte. Er würde sich beweisen müssen, bevor sie ihm einen Teil ihres Essens ohne weitere Beaufsichtigung anvertraute.

Die Sonne hatte beschlossen, an Zoes letztem Tag in River Bend mitzuspielen, sodass sie alle einen lauen Abend draußen genießen konnten. Miss Gina besaß ein altes Badmintonset, das Jo und Mel vorhin aufgebaut hatten. Miss Gina spielte den Ball über das Netz zu Hope, während Zoes Mutter aus dem Schatten auf der Veranda zuschaute.

»Kann ich dir mit irgendetwas helfen?«, erkundigte sich ihre Mom.

»Danke, aber ich hab alles unter Kontrolle.«

»Beinahe fertig«, teilte Wyatt ihr mit und drückte mit der Grillgabel auf das Fleisch.

»Gar nicht schlecht, Mr Gibson.« Sie schloss den Deckel, stellte eine Flamme aus und drehte die anderen runter. »Fünf Minuten.« Sie eilte an ihm vorbei und zurück in die Küche.

Bei ihrem ersten Blick auf Luke wäre sie beinahe über ihre eigenen Füße gestolpert. »Genau rechtzeitig«, sagte sie im Vorbeigehen zu ihm, ohne ihn direkt zu begrüßen. »Das Essen ist fertig.«

Luke lachte, während ihm seine Mutter eine große Schüssel Salat in die Hände drückte.

Mel und Zanya kehrten zurück und halfen dabei, das ganze Essen auf die Veranda zu schaffen. Blumen standen in Vasen auf dem langen Holztisch, und ein lustiges Sammelsurium von weißen und blauen Tellern passte zu den alten Weckgläsern, die entweder mit Limonade mit Schuss gefüllt waren oder mit Tee. Mr Miller hatte eine Bierflasche in der Hand, genau wie sein Sohn.

Das Essen war einfach – einfach, aber perfekt.

Und Zoe war stolz auf jedes genüssliche Stöhnen, mit dem ihre Freunde und ihre Familie es verzehrten.

»Erinnere mich daran, mal nach Texas zu kommen«, sagte Mr Miller zwischen zwei Bissen.

»Wenn es eine Sache gibt, die ich dort gelernt habe, dann dass Texaner ihr Barbecue ernst nehmen. Das hier ist das Beste, was ich hinbekomme, ohne einen Smoker zur Verfügung zu haben.«

»Es gibt noch eine Steigerung?«, fragte Wyatt.

»Das hier ist wirklich super, Schwesterherz.« Zanya hatte ihre Bauchschmerzen überwunden und arbeitete sich durch ihren vollgeladenen Teller wie ein Zehnkämpfer.

Jo deutete mit dem einen Ende ihres Maiskolbens auf Zoe. »Es dauert besser nicht noch mal zehn Jahre, bevor du wieder zu Besuch kommst.«

»Es ist noch keine zehn Jahre her, dass ich das letzte Mal hier gewesen bin«, verteidigte sich Zoe.

»Ein richtiger Besuch«, fügte Miss Gina hinzu. »Nicht nur kurz hereinschneien und gleich wieder weg. Das ist für einen One-Night-Stand, aber nicht für uns.«

»Miss Gina!«, ermahnte Mel sie und schaute betont zu ihrer Tochter.

Zoes Mutter lachte, und Mrs Miller musste es sich verkneifen.

Als das Lachen verklang, fing Zoe Lukes brennenden Blick auf. Und sie wusste in dem Moment, dass sie nichts versprechen konnte. So viel Freude alle am Tisch ihr auch bereiteten, sie wusste, der Schmerz würde die Hölle sein.

»Hey? Wo sind denn alle?«, unterbrach die Stimme ihres Bruders die Mahlzeit.

Zane.

Er kam um die Hausecke, und seine Schritte waren alles andere als sicher. Er lächelte und winkte. »Bin ich zu spät?«

»Nur ungefähr eine Stunde«, antwortete Luke.

Als Zane auf der ersten Stufe stolperte, wusste Zoe, dass er betrunken war. Oder was anderes. Wenn hier am Tisch lauter Menschen, die sie aus Dallas kannte, säßen, würde sie sich verkriechen wollen. Aber es war niemand hier, der ihren Bruder nicht kannte.

»Man kann niemandem einen Vorwurf daraus machen, dass er nicht an einem Tisch mit einem Bullen sitzen will.«

Zoe wechselte einen Blick mit Jo. »Lass das, Zane.«

Zane war ihrem Vater wie aus dem Gesicht geschnitten. Dunkles Haar, gebräunte Haut, Muskeln und das dazu passende Auftreten. Wenn er zu viel trank, konnte er sich nicht gut beherrschen, und sein Mund begann zu laufen wie ein kaputter Wasserhahn.

»Setz dich, bevor du fällst«, verlangte ihre Mutter und zog ihm einen Stuhl neben ihrem heraus.

Zoe hörte, wie Hope Mel fragte: »Wer ist das?«

Mel zauste ihrer Tochter das Haar. »Das ist Zoes Bruder.«

»Oh.«

Zane musste die Frage auch am anderen Ende des Tisches gehört haben. »Ich bin das schwarze Schaf. Du weißt doch, was ein schwarzes Schaf ist?«

»Zane!«, rief Zoe warnend.

Zanya hob in Richtung ihres Bruders einen Finger. »Hör damit auf!«

»Mommy?«

»Wir reden nachher drüber«, flüsterte Mel.

»Sheryl hat erzählt, du hättest einen Job in Waterville«, wechselte Mr Miller das Thema.

Zane blickte ihre Mutter an. »Ja. Teilzeit.«

Die anderen am Tisch wandten sich wieder ihren Tellern zu, während Zane sich umdrehte, um sich ebenfalls etwas zu nehmen.

»Was machst du denn?«, wollte Wyatt wissen.

»Ach, dies und das.«

Zoe fing wieder Jos besorgten Blick auf.

»Solche Jobs hatte ich auch schon«, bemerkte Mel.

Zane murmelte etwas vor »sich hin, das nur ihre Mutter verstehen« should be »sich hin, das nur seine Mutter verstehen« konnte, die ihm prompt einen Rippenstoß versetzte.

Das, was Zoe an ihrem letzten Tag in der Stadt auf keinen Fall haben wollte, war eine Szene. Das Jucken in ihrem

Nacken verriet ihr, dass, egal, was sie sich erhoffte, es nichts nützen würde.

»Also, Zoe, werden wir dich dieses Jahr wieder im Fernsehen sehen?«, fragte Mrs Miller.

»Es wird von einem Special zu Weihnachten gesprochen. Im August erfahre ich, ob es realisiert wird.«

»Hast du die letzte Weihnachtsfolge nicht im September gedreht?«

»Ja. Das war furchtbar. Ich musste langärmelige Sweatshirts tragen, dabei waren es draußen über dreißig Grad, und es war unfassbar schwül.«

»Der Preis des Ruhms«, neckte Jo sie.

»Es könnte schlimmer sein.«

Zane schnaubte abfällig, und wieder stieß ihre Mutter ihn an.

»Lass das.« Er zuckte von ihr weg und schaute sie finster an. »Sie beschwert sich über das Kochen.« Er stand auf und ging zu einem Behälter mit gekühltem Bier.

Als ob er noch mehr Alkohol brauchte.

»Weißt du, Zane, ich bin froh, dass du beschlossen hast, vorbeizuschauen, um dich zu verabschieden, bevor ich abreise. Wäre es zu viel verlangt, wenn ich dich bitte, dich etwas zurückzunehmen?«

»Was ist denn los? Passe ich nicht in deine heile Welt?« Er öffnete die Bierflasche und begann sie in einem Zug zu leeren.

»Du benimmst dich wie ein Arschloch«, sprach Luke die Wahrheit aus.

Zane schaute ihn finster an. »Wer, verdammte Scheiße, hat dich denn gefragt?«

»Hey!« Wyatt schob seinen Teller zurück. »Hüte deine Zunge.«

Zanes Blick wanderte zu Hope.

»Ich bin mir sicher, sie hat schon Schlimmeres gehört.«

Sheryl erhob sich und warf ihre Serviette auf ihren Stuhl. »Komm, Zane, ich bring dich nach Hause.«

»Einen Scheiß wirst du tun. Ich bin gerade erst angekommen.«

»Mom hat recht. Du bist mies drauf, und niemand will das hören.« Zanya legte sich eine Hand auf den Bauch.

Trotzig ließ sich Zane tiefer in seinen Stuhl sinken und schnappte sich eine Gabel.

Als ihre Mutter ihm eine Hand auf die Schulter legte, schüttelte er sie so heftig ab, dass sie dabei ins Stolpern geriet.

Alle Männer am Tisch sprangen sofort auf. Jo flog praktisch über die Tafel.

»Ist alles in Ordnung«, sagte Sheryl, sobald sie wieder sicher stand.

Luke ragte über Zane auf. »Es ist Zeit für dich, zu gehen.«

Zane starrte ihn finster an, dann richtete er den wütenden Blick auf Jo, die seine Hand, in der er das Steakmesser hielt, auf die Tischplatte presste.

»Lass mich los!«

»Bist du hergefahren, Zane?«, erkundigte Jo sich mit der eisigsten Stimme, die Zoe je von ihrer Freundin gehört hatte.

Über das Gesicht ihres Bruders breitete sich ein langsames Lächeln aus. »Aber gewiss doch, Sheriff. In der Auffahrt habe ich dann ein paar Halbe getrunken, bevor ich hinters Haus gegangen bin.«

Es war nicht einer da, der ihm glaubte, aber wenn es eine Sache gab, mit der jeder Kriminelle sich auskannte, dann waren es die Feinheiten des Gesetzes.

Zoe atmete scharf ein und schluckte die Tränen herunter, die überzulaufen drohten. »Bitte geh, Zane.«

Mr Miller kam um den Tisch herum und stellte sich neben ihren Bruder. »Ich helfe dir, Junge. Wir wollen ja nicht, dass sich jemand verletzt.«

Zane stieß sich vom Tisch ab, stemmte sich so kräftig hoch, dass der Stuhl umkippte. »Ich schaff das schon allein.«

»Verdammt«, erklärte Jo. »Zwing mich nicht, dich zu verhaften.«

Ein Muskel an Zanes Kiefer begann zu zucken. »Das würde ich gerne sehen.«

Miss Gina schlug mit der flachen Hand auf den Tisch, sodass alles um ihren Teller herum wackelte. »Genug! Das ist mein Zuhause, und so ein Verhalten wird es hier nicht geben.«

Zoe war auf den Füßen. Mel hatte Hope aus ihrem Stuhl gezogen und sich ein Stück entfernt. Mrs Miller legte Zanya einen Arm um die Schultern.

Eine Stimme aus dem Bed & Breakfast lenkte die allgemeine Aufmerksamkeit vom Tisch ins Foyer.

»Äh, Entschuldigung … Aber haben Sie vielleicht noch ein Zimmer für eine Nacht?«

Mehrere Gesichter wandten sich dem Fremden in der Tür zu.

Zane versuchte sich mit einem Ruck aus Jos Griff zu winden, aber Mr Miller und Luke packten ihn an den Schultern und bugsierten ihn die Stufen von der Veranda hinunter.

Zoes Mutter ließ sich auf den Stuhl sinken. »So ein Mistkerl.«

Hope klammerte sich an Mel, und Zanya war in Tränen aufgelöst.

»Wegen des Zimmers?«

Miss Gina marschierte zurück ins Haus, an dem Fremden vorbei und rief ihm dabei zu: »Folgen Sie mir.«

* * *

»Unser Gast ist untergebracht und versorgt«, erklärte Miss Gina, als sie zurückkehrte.

Mr Miller und Luke hatten Zane in sein Auto gesetzt und ihn heimgefahren.

Mel machte sich daran, den Schaden am Tisch zu beheben, den Zane bei seinem Wutausbruch angerichtet hatte. Dabei schaute sie immer wieder zu Zoe. Das Blitzen ihrer Augen verriet alles. Sie hatte ihr Essen beiseitegeschoben und saß da, trank schweigend Miss Ginas Limonade.

Sheryl entschuldigte sich weiter bei Mrs Miller, die nur den Kopf schüttelte und Sheryl daran erinnerte, dass Zane ein erwachsener Mann war, und damit nicht länger jemand, für dessen Verhalten sie sich entschuldigen musste. Mel war sich nicht sicher, ob das zu Sheryl durchdrang.

»Alles okay, Zoe?«, fragte Jo quer über den Tisch.

Zoe versuchte, ein kleines Lächeln aufzusetzen, und schob sich das Haar nach hinten.

»Alles in Ordnung. Ich bin wütend, aber Mrs Miller hat recht. Zane ist ein erwachsener Mann und trifft seine eigenen Entscheidungen.«

»Selbst wenn es schlechte sind«, fügte Zanya hinzu.

»Jo, ich will, dass du weißt: Wenn du Zane je seine Grenzen aufzeigen musst, tu es. Unsere Freundschaft wird das nie in irgendeiner Weise beeinflussen. Stimmt doch, oder, Mom?«

Sheryl nickte einmal und blickte auf ihren Teller.

»Ich hab auch nie geglaubt, dass es das würde.«

Melanie hoffte wirklich, es würde gar nicht erst so weit kommen, aber so, wie Zane auf Jo reagierte, fragte sie sich, wie oft Jo bei ihm ein Auge zugedrückt hatte, obwohl sie das nicht hätte tun sollen.

Wyatt unterbrach ihre Gedanken, indem er ihr auf die Schulter tippte. »Wie wär's mit einem Spaziergang?«

Hope saß noch immer auf ihrem Schoß, die kleinen Arme um sie geschlungen. »Ich sollte vermutlich beim Abwasch helfen.«

Miss Gina nahm ein paar Teller. »Geh nur. Nach all dem Kuchen schadet Bewegung bestimmt nicht.«

»Komm, Mommy.« Hope kletterte von ihren Knien und zog an ihrer Hand.

Wyatt deutete mit dem Kopf auf die Rückseite des Hauses.

Melanie atmete erst auf, als sie weit genug entfernt waren und außer Hörweite der anderen, die noch auf der Veranda saßen.

»Das war ganz schön heftig.« Wyatt hielt mit ihr Schritt, während Hope ein Stück vorausrannte.

»Ist er immer so?«

Wyatt zuckte die Achseln. »Ich kenne ihn nicht wirklich. Luke weiß das vermutlich besser.«

»Früher war er einfach Zoes kleiner Bruder – lästig, aber nicht so verrückt, wie er sich heute benommen hat.«

»Erinnert mich mehr an einen Jugendlichen, der seinen Platz sucht.«

Sie folgten Hope auf einen Weg, der zwischen ein paar Bäumen hindurchführte. »Ich hoffe wirklich, er ist nicht brutal zu Sheryl. Ich glaube nämlich nicht, dass sie etwas dagegen unternehmen würde, wenn er es wäre.«

»Hast du je Zoes Vater kennengelernt?«

»Nein. Ich weiß, Sheryl hat sie alle genötigt, ihn ein paarmal im Jahr zu besuchen. Als Zoe mit der Highschool angefangen hat, hat sie jedes Mal einen Vorwand gefunden, warum sie nicht mitkommen konnte.«

Sie schwiegen eine Weile, bevor Wyatt sagte: »Es muss für sie schwer gewesen sein, ohne Vater aufzuwachsen.«

Melanie sah ihn an. »Nach dem, was Zoe erzählt, hat er Sheryl die ganze Zeit geschlagen. Ich vermute, es ist besser, dass der Mann eingesperrt wurde, statt dieses Verhalten an seine Kinder weiterzugeben.«

»Richtig. Ich kann mir nur gar nicht vorstellen, keinen Vater zu haben. Meiner war immer da.«

»Hope scheint ihren nicht zu vermissen.«

»Sie ist auch ein Mädchen«, sagte er, als ob Östrogen alles erklären würde. »Es wäre vermutlich schwieriger für sie, wenn sie keine Mutter hätte.«

Jetzt dachte Melanie an Jo. Sie war ohne Mutter aufgewachsen, hatte gegen ihren Vater rebelliert … »Ja, das stimmt wahrscheinlich.«

»Mommy, Onkel Wyatt … Kommt mal schnell!«

»Onkel?«, fragte Wyatt grinsend.

»Sie nennt Zoe ›Tante Zoe‹ und Jo ›Tante Jo‹. Ich hab ihr gesagt, das sei okay.« Melanie nahm sein Lächeln als Zustimmung und verbesserte ihre Tochter nicht, als sie sie nach ein paar Metern einholten.

Hope war ungefähr einen Meter fünfzig hoch in eine Douglasie geklettert. »Schaut mal, was ich gefunden hab.«

Wyatt stand unten am Baumstamm und blickte sie an. »Was hast du nur mit diesem Auf-Bäume-Klettern?«

»Mommy hat mir gesagt, sie ist, als sie in meinem Alter war, dauernd auf Bäume gestiegen.« Hope umfasste einen weiteren Ast mit festem Griff, hievte sich höher.

Melanie verzog das Gesicht, sagte aber nichts.

»Du bist auf Bäume geklettert?«

Sie betrachtete Wyatt mit zusammengekniffenen Augen. »Du musst gar nicht so überrascht klingen.«

Er schüttelte den Kopf. »Ich kann mir das nur irgendwie nicht vorstellen.«

Sie legte ihm eine Hand auf die Brust und schob ihn beiseite, bevor sie nach dem ersten Ast griff.

Nach einem knappen Meter wusste Melanie, dass sie das Harz eine Woche lang nicht von ihren Händen bekommen würde. Aber als sie den Abstand zwischen sich und Hope verringerte, erfasste sie das vertraute Staunen.

Hope hockte auf einem kräftigen Ast und grinste breit. »Das ist so cool.«

»Halt dich immer schön fest«, wies Melanie sie an. »Und lass dich nicht von Käfern oder fliegenden Insekten aus der Ruhe bringen.«

Hope kräuselte die Nase und schaute suchend überall auf ihren Körper, als würde sie umschwärmt.

»Auch Bienen?«

»Ein Bienenstich ist besser als ein gebrochener Arm.«

Hope zuckte die Achseln und griff nach dem nächsten Ast. Gemeinsam stiegen sie noch ein Stück höher.

»Hey, die Damen … Wie hoch wollt ihr denn noch hinaus?«

Melanie blickte nach unten und sah Wyatt am Fuß des Baumes stehen, die Hände in die Hüften gestützt, den Kopf in den Nacken gelegt, um sie im Auge zu behalten.

»Du wirst schon noch lernen, die Bartlett-Mädels nicht herauszufordern.«

Hope kicherte. »Genau, Onkel Wyatt. Kommst du auch?«

Offensichtlich war diese Einladung alles, worauf er gewartet hatte. Fast sah er ein bisschen wie Spider-Man aus, allerdings ohne das rote Kostüm und die Maske. Er achtete nicht darauf, wo er seine Hände hinlegte, und schien sich nicht an den Zweigen zu stören, die sein Gesicht streiften. Dann stand er auf einem kräftigen Ast weiter unten im Baum, in der Nähe ihrer Füße.

»Warum klettern wir hier noch mal hoch?«, wollte er wissen.

»Weil es Spaß macht!«, antwortete Melanie.

Hope deutete auf einen Stamm in der Nähe. »Schaut mal.«

Da war ein Nest, etwa faustgroß, in dem ein einzelner Vogel saß, der sie eindringlich beobachtete.

Melanie wollte Hope gerade ermahnen, sich gut festzuhalten, als ihre Tochter ihre freie Hand benutzte, um ein paar Ameisen abzustreifen, die ihr über den Arm liefen. »Das ist klasse.« Sie stieg noch ein bisschen höher.

Melanie folgte ihr – Wyatt hielt sich weiter unter ihnen –, bis die Zweige zu dünn wurden. »Das ist weit genug«, sagte sie zu ihrer Tochter.

Sie waren mitten im Geäst des Baumes, gute acht Meter über dem Waldboden. Der würzige Nadelholzduft würde ihrem Haar vermutlich genauso lange anhaften wie das Harz ihren Fingern, aber Melanie störte das nicht. »Das kann man in Bakersfield nicht machen.«

»Ich möchte nie wieder dorthin zurückgehen. Mir gefällt es hier.«

Melanie blickte hinab zu Wyatt, der die Worte ihrer Tochter gehört hatte. »Mir gefällt es hier auch.«

Sie lauschten ein paar Minuten lang dem Rauschen des Windes in den Baumwipfeln und machten sich gegenseitig auf Sachen aufmerksam, die man vom Boden aus nicht sehen konnte. »Wir sollten vermutlich zurückgehen und beim Abwasch helfen.«

Hope beschwerte sich, aber nicht lange.

Den Baum wieder herunterzukraxeln war für Hope etwas schwieriger als der Weg hinauf. Wyatt leitete sie von unten an, und Melanie blieb ein Stück über ihr. Als Erster erreichte Wyatt den Boden und hob Hope vom Baum, bevor er sie auf der Erde abstellte.

Da ihre Tochter in Sicherheit war, hörte Melanie auf, das zu verfolgen, was am Boden geschah, und konzentrierte sich auf ihren eigenen Abstieg. Als sie Wyatts Hand an ihrem Knöchel fühlte, lächelte sie und schaute ihn an.

Sie bemerkte das übermütige Funkeln in seinen Augen, machte den nächsten Schritt und spürte seine andere Hand an ihrem Oberschenkel. »Ich glaube, ich habe …«

»Ich muss doch auf die Bartlett-Mädchen aufpassen«, erklärte er.

Und dann waren auf einmal seine beiden Hände auf ihrem Po und glitten höher zu ihrer Taille. Er pflückte sie vom Baum, als wöge sie nicht mehr als eine Fliege.

»So, da wären wir.« Aber er ließ sie nicht los.

Als Melanie sich umdrehte, stand er direkt vor ihr, erinnerte sie wieder daran, wie einsam es ohne ihn an ihrer Seite war. Eine Minute lang oder so dachte sie, er würde sie an sich ziehen. Sein Blick ruhte bereits auf ihren Lippen.

Eine helle Stimme störte den Moment. »Wir sollten jeden Tag auf Bäume klettern.«

Wyatt hob eine Braue, ohne den Blickkontakt mit Melanie zu unterbrechen.

»Mommy?«

Melanie musste sich von Wyatts Augen förmlich losreißen. »Ja?«

Hope musterte die beiden Erwachsenen, schaute zwischen ihnen hin und her.

Melanie wich einen winzigen Schritt zurück, und Wyatt ließ sie los.

Hope zwängte sich zwischen sie und fasste sie beide an den Händen. »Können wir auf noch einen klettern?«

»Sicher, Süße. Aber nicht heute.«

Melanie bemerkte den Schatten, den sie drei warfen, sobald sie in den Sonnenschein traten. Die Fröhlichkeit blieb in Hopes Stimme, während sie ohne Unterlass auf Wyatt einredete – darüber, auf Bäume zu klettern, und über klebrige Finger –, während sie zurück zur Pension gingen.

Kapitel zwölf

Wyatt öffnete die Kühlschranktür, roch einmal und schloss sie wieder. Er musste wirklich etwas gegen den muffigen Geruch tun, aber nicht heute Abend.

Seine Erschöpfung erlaubte es ihm nicht, sich an die Beseitigung des Schimmels im Gemüsefach oder des biologischen Experiments, das sich in den Plastikbehältern angesiedelt hatte, zu machen.

Der Hunger trieb ihn in die Speisekammer, die mehr oder weniger ein übergroßer Schrank mit Vorräten in Dosen und Kartons war. Eine Notration Käsenudeln stand hinter einem Glas Erdnussbutter.

Er nahm sich die Erdnussbutter und vergewisserte sich, dass nicht irgendetwas Grünes auf dem Brot wuchs, das auf dem Tresen lag, bevor er sich rasch ein Sandwich machte. Er hatte das erste noch nicht mal halb verspeist, als er sich schon ein weiteres schmierte.

Er lehnte sich gegen den Küchentresen und brummte zufrieden.

Es gibt nichts Besseres als ein Sandwich mit Erdnussbutter und Marmelade.

Die letzte Woche war einfach an ihm vorbeigerauscht. Mit dem Drama bei Miss Gina und dem ganzen Chaos wegen des Klassentreffens, dazu noch Melanie … Wyatt war geschafft.

Es half kein bisschen, dass ihn jedes Mal, wenn er abends endlich die Augen schloss, Gedanken an Melanie wach hielten. Und wenn er ehrlich war, musste er auch zugeben, dass ihm die Schultern wehtaten, nachdem er mit ihr und Hope in den Baum gestiegen war.

Er mochte zwar mehrmals die Woche auf Häuser klettern, aber um auf einen Baum zu kommen, brauchte man ein paar Muskeln, die er schon eine ganze Weile nicht mehr benutzt hatte.

Wyatt nahm sein zweites, halb gegessenes Sandwich mit ins Wohnzimmer und ließ sich aufs Sofa fallen.

Sein Couchtisch waren zwei Getränkekästen, auf die er eine Glasplatte gelegt hatte, aber für ihn reichte es. Er hatte mit der Renovierung seines eigenen Hauses in der Minute begonnen, in der er vor fünf Jahren eingezogen war. Wenn er mit einem Raum fertig war, richtete er ihn ein, bevor er sich an den nächsten machte. Bis jetzt waren sein Schlafzimmer, das große Badezimmer und die Küche fertig.

Das Wohnzimmer war immer noch praktisch leer, es fehlten die Holzarbeiten um den Kamin, ein vernünftiger Fußboden – am liebsten wäre ihm Parkett – und neue Lampen. Das bedeutete allerdings nicht, dass er nicht eine Couch hätte sowie einen riesigen Fernseher, der an der halb fertigen Wand hing. Aber einen Tisch oder Sessel gab es nicht.

Die einzigen Besucher, die hierherkamen, waren Freunde wie Luke, und denen war es völlig egal, wie sein Haus eingerichtet war. Sie würden weiterhin Witze reißen, dass beim Klempner der Wasserhahn tropfte. Oder in seinem Fall, dass er ein halb fertiges Haus hatte, wo er doch eigentlich alles selbst machen konnte.

Das Problem war, dass er, seit er in River Bend lebte, praktisch ununterbrochen gearbeitet hatte. Mit den Gelegenheitsjobs und Hausmeisterarbeiten und der Rund-um-die-Uhr-Betreuung der Geschäfte in der Stadt war Gibson Bau mehr als ausgebucht. Manchmal heuerte er für größere Aufträge einige Männer an. Wie zum Beispiel den, den Miss Gina durchführen lassen wollte. Es gab keine Chance, dass er das in der Zeit, die sie sich vorstellte, allein hinkriegen würde.

Warum die Frau überhaupt ein Gästehaus brauchte, wenn das Inn die meiste Zeit des Jahres halb leer stand, war ihm ohnehin nicht klar. Er fragte sich, ob Melanie ihr die Ausrede dafür geliefert hatte, sich vorzeitig zur Ruhe zu setzen. Miss Gina war immer exzentrisch und direkt gewesen, aber seit dem Klassentreffen war sie wie ein Komet, der den Nachthimmel über der nördlichen Erdhalbkugel erhellte.

Er zappte durch die Kanäle, legte seine Füße auf seinen rustikalen Couchtisch und schaffte vielleicht drei Atemzüge, bevor sein Telefon klingelte. Glücklicherweise lag das Mobilteil direkt bei seinen Füßen, und er musste nicht seinen schmerzenden Hintern hochkriegen, um dranzugehen.

»Ja«, sagte er, ohne auf die Nummer zu achten.

Laute Stimmen und Musik im Hintergrund drangen an sein Ohr, was ihn dazu veranlasste, den Fernseher leiser zu drehen.

»Wyatt!«

Ein Wort reichte, und ihm war klar, dass Luke betrunken war. »Luke, bist du das?«

»Ich … Ich brauch jemanden, der mich nach Hause fährt, Kumpel.«

»Wo bist du?«

»Jo würde m-mich umbringen, wenn ich noch fahre. Würde vermutlich den Schlüssel auf Nimmerwiedersehen verschwinden lassen.«

Wyatt machte den Fernseher aus. Er brauchte erst gar nicht so zu tun, als würde er hier ruhig sitzen bleiben, wenn sein Freund keinen geraden Satz mehr rausbrachte.

»Luke, es ist noch nicht mal acht.« Und es passte überhaupt nicht zu ihm, sich zu betrinken, schon gar nicht mitten in der Woche.

»Und komm im Pick-up, damit ich meine Maschine mit nach Hause nehmen kann.«

»Ich habe überhaupt nur den Pick-up«, erinnerte Wyatt ihn.

»Verdammt richtig! Danke, Wyatt. Ich schulde dir was.« Damit legte er auf.

Wie gut, dass es nur eine echte Bar in der Stadt gab. Das Bier und der Wein, die bei Sam serviert wurden, würden es nicht schaffen, Luke in einen derartigen Zustand zu versetzen.

Für einen frühen Donnerstagabend war das R&B ziemlich voll. Lukes Motorrad stand mit einigen anderen zusammen auf dem Parkplatz.

Wyatt schob sich die Schlüssel in die Vordertasche seiner Jeans, bevor er reinging.

Die Jukebox spielte einen echten Heavy-Metal-Song in ohrenbetäubender Lautstärke, und die Gäste waren überlaut und dafür, dass es noch so früh war, schon sehr betrunken.

Es schien, dass die Party nach dem Klassentreffen noch nicht vorbei war.

Luke sah seinen Freund von der anderen Seite des Raumes und winkte ihn zu sich.

»Ist hier die Hölle los oder was?«, fragte Luke.

»Ich dachte eigentlich, das würde besser werden, nachdem alle wieder abgereist sind.«

Luke hatte ein Glas mit einer bernsteinfarbenen Flüssigkeit in der Hand und fuchtelte damit herum. »Nicht alle sind weg.

Manchen Leuten gefällt es tatsächlich hier.« Lukes Tonfall klang bitter.

Josie kam an ihrem Tisch vorbei und nickte Wyatt zu. »Bringst du ihn nach Hause?«

»Das ist der Plan.«

Josie klopfte mit der Hand auf den Tisch. »Dann kann ich dir einen weiteren Drink bringen, schätze ich.«

Als Wyatt Lukes glasige Augen und seine unsichere Hand bemerkte, dachte er kurz darüber nach, ob er Luke vorschlagen sollte, zu Kaffee zu wechseln, hielt sich aber zurück. Es gab nur einen Grund, warum ein Mann sich derart betrank.

Frauen.

Er war sich nicht sicher, ob er die Sache ansprechen sollte oder ob er die Tatsache, dass Zoe am Tag zuvor abgereist war, besser unerwähnt ließ.

Erst mal bat er Josie um ein Bier. Etwas, was er langsam trinken konnte, während er dem zuhörte, was höchstwahrscheinlich eine lallende, aber erhellende Unterhaltung über das andere Geschlecht sein würde.

»Warum sind die ganzen Biker heute Abend hier?«, erkundigte er sich, nachdem er sich gesetzt hatte.

»Keine Ahnung. Vielleicht haben die irgendein Treffen die Küste hoch.«

Das konnte gut sein, nur dass die normalerweise später im Sommer stattfanden, wenn das Wetter in Kalifornien unerträglich war und der Norden denen, die zwei Räder und keine Türen hatten, angenehmer vorkam.

Die meiste Zeit bestanden die Teilnehmer der Motorrad-Treffen aus Geschäftsleuten mittleren Alters, die schwarzes Leder trugen und sich einbildeten, sie wären noch jung. Die hier sahen weniger wie Anwälte und Ärzte aus und mehr wie echte Kerle. Darum schien auch das Timing für die Fahrt die

Küste hoch höchst merkwürdig. Aber wer wusste das schon so genau?

Josie brachte ihnen ihre Drinks und stellte ein großes Glas Wasser neben Lukes Whiskey. »Nur falls du denkst, Hydrierung könnte in Hinblick auf morgen früh nicht schaden«, sagte sie und zwinkerte ihm zu.

»Oh, Baby. Du denkst an alles.«

Josie verdrehte die Augen. »Ich will nur nicht hören, dass du in Wyatts Auto gekotzt hast.« Sie sah Wyatt an. »Es ist ein netter Pick-up.«

Wyatt lachte. »Danke, Josie.«

»Hey, Lady. Wir brauchen eine neue Runde«, schrie einer der in Leder gekleideten Fremden über die Musik hinweg, um Josies Aufmerksamkeit zu erlangen.

Sie verdrehte erneut die Augen. »Das wird eine lange Nacht.«

Bevor Wyatt noch weiter über die merkwürdige Atmosphäre heute nachdenken konnte, fing Luke an. »Das Problem mit den Frauen …« Er sprach nicht weiter.

»Möpse?«, scherzte Wyatt in einem Versuch, die Unterhaltung nicht zu ernst werden zu lassen.

Lukes Gedanken schweiften ab, was Wyatt an dem Lächeln erkannte, das auf seinen Lippen erschien. »Sie hat den tollsten Busen. Und das rote Kleid.« Er gestikulierte wieder mit seinem Drink. »Sie weiß, dass ich sie in Rot liebe.«

»Nur damit es keine Missverständnisse gibt: Dass du heute nicht ganz nüchtern bist, liegt an Zoe.«

Luke seufzte und nahm einen Schluck von seinem Drink. »Sie ist wieder weggefahren. Ich dachte, vielleicht, jetzt, wo Mel in River Bend ist, würde sie vielleicht … Verdammt.«

Wyatt ließ Luke ein paar Minuten länger in seiner Depression schwelgen. »Scheint, dass es hier jede Menge Drama für sie gibt. Ihre Familie …«

»Ich möchte ihm in den Arsch treten.«

Wie gut, dass Lukes Vater an dem Tag mit ihnen im Auto gesessen hatte. Man mochte sich nicht ausmalen, wie Zane und Luke aussehen würden, wenn das nicht der Fall gewesen wäre.

»Wir wollten ihm alle in den Hintern treten.«

»Früher war das nicht so. Jo sagt, dass er immer wieder in Schwierigkeiten gerät. Meistens nur so Kleinigkeiten, aber verdammt. Sheryl kann das nicht brauchen.«

»Sie könnte ihn rausschmeißen.«

Luke schüttelte den Kopf. »Das wird niemals passieren. Zoe hat immer gesagt, dass ihre Mutter Angst hat, allein zu leben. Darum hat sie sich den Mist immer gefallen lassen. Ich glaube nicht, dass sich da irgendwas geändert hat.«

»Nun, vielleicht ist das der Grund, warum Zoe woanders leben muss als in River Bend.«

Luke verengte die Augen. »Was meinst du damit?«

»Vielleicht ist allein zu leben Zoes Rebellion. Damit sie nicht so endet wie ihre Mutter.« Und seit wann war er Familientherapeut? Er nahm einen tiefen Schluck von seinem Bier und warf einen Blick durch die Bar.

»Weißt du, was, Wyatt? Da hast du möglicherweise recht.«

»Oder du bist möglicherweise betrunken.«

Luke lächelte, und sein Grübchen erschien. »Oh, ich bin total betrunken. Aber Zoe, die versucht, dem Schicksal ihrer Mutter zu entgehen. Das … Das ergibt Sinn.«

»Wenn man bedenkt, wie viele von ihren Freunden hier sind, würde ich vermuten, dass es etwas ebenso Großes ist, was sie fernhält. Es wirkt nicht so, als wäre ihr Leben in Texas Mist, aber sie hat auch nicht gerade damit angegeben.«

»Nein. Ihr geht's super. Richtig super.«

Trotz Lukes betrunkenem Selbstmitleid konnte Wyatt erkennen, wie viel Respekt er für die Frau hatte, die ihn an einem frühen Donnerstagabend in eine Bar trieb.

Ein lautes Geräusch unterbrach die Pause in ihrer Konversation.

Offensichtlich war Luke nicht der Einzige in der Bar, der sich etwas übernommen hatte. Dem beschwichtigenden Lächeln auf Josies Gesicht nach zu schließen, als sie an der lauten Gruppe neben der Jukebox vorbeiging, verdiente sie sich ihr Trinkgeld heute auf die harte Tour.

»Komische Stimmung.« Wyatt wandte seine Aufmerksamkeit wieder Luke zu.

Luke ignorierte seine Bemerkung. »Warst du schon mal in Texas? Mit einem Namen wie Wyatt …«

Er nickte. »Ist flach und heiß.«

»Feucht.«

»Du bist mal da gewesen?«

»Ein Mal«, erwiderte Luke, ohne das weiter auszuführen. Gedankenversunken leerte er seinen Drink und sah sich um.

»Wie ist es mit dem Wasser? Rette meinen Pick-up.« Wyatt stieß seinen Freund mit dem Ellenbogen an.

»Ja, ja.«

Luke trank das Wasser langsamer. »Irgendwelche Neuigkeiten von Melanies Ex?«

Wyatt schüttelte den Kopf. »Nicht, dass ich was gehört hätte.«

»Ich bin mir nicht sicher, ob das gut ist.«

»Denkst du, dass er Ärger machen wird?«

»Ich denke, er hat ihr früher schon Ärger gemacht, und ich glaube nicht, dass Leute sich so sehr ändern.« Selbst betrunken traf Luke den Nagel auf den Kopf.

Der nächste dröhnende Song aus der Jukebox hallte von den Wänden der Bar wider. Jemand hatte den Lautstärkeregler gefunden und tat sein Bestes, in dem kleinen Raum ein Rockkonzert zu veranstalten. Als Luke den Kopf zwischen die Hände nahm, schlug Wyatt vor, aufzubrechen.

»Du bleibst hier, ich begleiche die Rechnung bei Josie.«

Luke hielt zwei Finger in die Luft und schenkte ihm ein betrunkenes Grinsen.

»Ihr wollt gehen?«, fragte Josie, statt Wyatt mitzuteilen, was er bezahlen sollte.

»Ich muss Luke nach Hause bringen, bevor er bewusstlos wird.«

Josie stellte sich auf die Zehenspitzen und warf einen Blick durch den Raum. »Kannst du mir noch zehn Minuten geben? Ich denke, ich werde Jo anrufen, damit sie vorbeikommt.«

»Gibt's Ärger?«

»Nein. Aber es ist alles ein bisschen verrückt, und es sind nicht genug Einheimische hier, um auszuschließen, dass es aus dem Ruder läuft.«

»Ich weiß genau, was du meinst. Wir bleiben, bis Jo auftaucht.«

»Danke, Wyatt. Melanie hat echt Glück.«

Wyatt brauchte eine volle Sekunde, bis er seine Füße wieder bewegen konnte. Wo war das denn hergekommen?

Kleinstadt, erinnerte er sich.

»Fertig?«, fragte Luke, als er zu ihm zurückkehrte.

»Noch nicht.« Wyatt erklärte ihm Josies Bedenken, was zu einem abgehackten Nicken von Luke führte.

Luke versuchte, ein Rülpsen zu unterdrücken, aber es gelang ihm nicht, und er zeigte mit seinem Daumen Richtung Toilette. »Ich werd mal …«

»Ist vielleicht besser.«

Luke stand von dem Barhocker auf, hielt kurz inne, um sein Gleichgewicht zu finden, und machte sich auf den Weg zu den Toiletten.

Wyatt wandte sich wieder seinem Bier zu und spielte mit der Flasche.

Über die Musik hinweg hörte er einen Ruf, drehte sich genau rechtzeitig um, um mitzubekommen, wie Luke stolperte, und sah dann, wie Fäuste flogen.

Wyatt war aufgestanden und in zwei Atemzügen am anderen Ende des Raums, aber nicht bevor Lukes Hintern auf einem der Tische landete.

Irgendwo schrie eine Frau, und mehrere Männer fingen an zu johlen. Wyatt drängte sich in dem Versuch, die Schlägerei zu beenden, zwischen Luke und den Fremden.

Bevor er das konnte, packte ihn eine Hand an der Schulter, wirbelte ihn herum und verpasste ihm einen Treffer direkt aufs Kinn.

Es gab nicht viele Dinge, die sein Adrenalin durch die Decke jagten, aber ein Treffer ins Gesicht schaffte es jedes Mal. Er sah rot und schlug zurück.

Er teilte aus und blockierte und kassierte einen Treffer von der anderen Seite. Ein Blutstropfen lief ihm über die Wange, doch er merkte es kaum.

Luke war es gelungen, wieder auf die Füße zu kommen, und alles war ein riesiges Chaos von Fäusten und Geschrei und Schmerz.

Er wusste nicht, wie viel Zeit vergangen war, bis er sich zu einer weiteren Hand auf seiner Schulter umdrehte und sich dann fast die Schulter ausrenkte, um zu verhindern, dass sein Schlag Jo ins Gesicht traf.

»Was zur Hölle ist hier los, Wyatt?«

Jemand hatte genug Verstand, die Jukebox auszuschalten, womit der meiste Lärm verschwand. Einige Männer prügelten sich immer noch und hörten erst auf, als Deputy Emery dazwischenging.

Wyatt wischte sich mit dem Handrücken über die Stirn, verzog das Gesicht, als er Blut bemerkte. Dann nahm auch er die Zerstörung wahr.

»Was zur Hölle ist hier los?« Jo drehte sich einmal um sich
selbst.

Wyatt konnte nicht sagen, ob es die Uniform war oder die
Frau darin, die dafür sorgte, dass mehrere erwachsene Männer
plötzlich interessiert ihre Schuhe betrachteten.

»Nun?«

Josie warf ein Handtuch auf einen zerbrochenen Barhocker.

Lärm von draußen verriet ihm, dass ein paar der Biker es
geschafft hatten, rauszukommen, und wegfuhren. Es waren
immer noch drei da, die blutig geschlagene Fäuste ausschüttel-
ten und Wyatt und Luke böse anfunkelten.

»Ich hab gesagt: ›Bleibt hier und helft‹, nicht: ›Schlagt den
Laden kurz und klein.‹« Josie stemmte die Hände in die Hüften
und funkelte sie wütend an.

»Ich kann das erklären«, begann Wyatt.

»Ich höre.« Jo wartete.

Wyatt warf Luke einen Blick zu. »Ich hab versucht, eine
Prügelei zu beenden.«

Jo wandte sich Luke zu. »Wer hat angefangen?«

Luke zeigte auf den Fremden. »Er hat mich geschlagen.«

»Du hast mich angerempelt«, rief sein Gegner. »Niemand
rempelt D-Man an.«

Luke protestierte laut, worauf D-Man einen Schritt auf ihn
zu machte.

Jo stellte sich zwischen die beiden.

»Es reicht!« Das war Josie.

»Verdammt.« Jo griff nach ihren Handschellen. »Umdrehen«,
befahl sie dem Fremden.

»Was zur Hölle!«

»Los, drehen Sie sich um!« Jos »Mach mir bloß keinen
Ärger«-Stimme sorgte dafür, dass der Mann ihr tatsächlich
gehorchte.

Er legte seine Hände auf den Tisch, als wenn er diese Position schon einmal eingenommen hätte. Nachdem sie ihn schnell abgetastet und ihm ein Taschenmesser abgeknöpft hatte, legte ihm Jo Handschellen an, wandte sich einem weiteren Biker zu und tat das Gleiche.

Als sie fertig war, standen zwei Fremde mit hinter dem Rücken gefesselten Händen vor ihr. Luke, Wyatt und ein Einheimischer namens Matt warteten an der zerstörten Bar, die jetzt von allen Gästen verlassen war außer denen, die direkt mit dem Kampf zu tun gehabt hatten, und den Angestellten.

»Ich hab nicht mal genug Platz in meinem Streifenwagen für euch Idioten.«

Einer der Biker lachte.

Sie wandte sich zu ihm und deutete auf ihn. »Emery, bringen Sie sie zur Station.«

Der Mann zeigte mit dem Kinn in Richtung Wyatt. »Scheiße, und was ist mit denen? Haben Sie hier Lieblinge, Sheriff?«

Einer der anderen Biker murmelte: »Vögelt sie vermutlich.«

Luke fuhr zu dem gefesselten Mann herum. Wyatt hielt ihn zurück.

Jo warf ihm einen Blick zu und verengte die Augen. »Du fährst ihn zur Station und wartest dort auf mich«, wies sie Wyatt an. »Matt, hast du getrunken?«

»Äh … Ja.«

Sie nickte zu Wyatt herüber. »Du fährst mit ihnen.« Sie nahm Luke bei den Schultern und schüttelte ihn. »Wenn du da ankommst, holst du dir einen großen Becher schwarzen Kaffee, setzt dich verdammt noch mal hin und stehst nicht mehr auf, bis ich es sage. Verstanden?«

»Himmel, Jo …«

»Im Moment bin ich Sheriff Ward, Mr Miller.«

»Komm schon, Luke. Mach, was Jo sagt«, riet Wyatt und fasste Luke am Ellenbogen.

»Sheriff Ward, Mr Gibson. Und von dir erwarte ich das Gleiche. Niemand geht irgendwohin, bis ich dieses ganze Chaos unter Kontrolle habe.«

»Verstanden.«

Bevor Wyatt auch nur einen Schritt machen konnte, fragte Jo: »Hast du was getrunken, Wyatt?«

»Ein halbes Bier«, erwiderte er.

Jo warf Josie einen Blick zu, die nickte.

»Dann verschwinde jetzt«, trug sie ihm auf, bevor sie sich den anderen zuwandte.

Das ließ Wyatt sich nicht zweimal sagen.

Kapitel dreizehn

»Eine Kneipenschlägerei.« Melanie hatte die Hände in die Hüften gestemmt und ließ ihren Blick von einem übel zugerichteten Gesicht zum anderen wandern.

Luke sah aus, als hätte er eine Runde mit einem Preiskämpfer hinter sich. Die roten, geschwollenen Schrammen würden am nächsten Morgen wahrscheinlich in jeder Farbe des Regenbogens schillern. Er presste einen Eisbeutel abwechselnd gegen seine aufgeplatzte Lippe und seinen Kopf. Der Mann war immer noch betrunken, eine gute Stunde nachdem Jo sie aufs Revier beordert hatte.

Wyatt hatte eine kleine Platzwunde über dem rechten Auge und blaue Flecken auf der linken Seite seines Kinns. Wenigstens sah er nüchtern aus.

Jo hatte Melanie angerufen, damit sie bei der Erstversorgung der testosterongeschädigten Männer half.

Matt saß in der Ecke, den Kopf in die Hände gestützt, seine wütende Ehefrau neben ihm.

»Eine Kneipenschlägerei«, sagte Melanie ein zweites Mal.

Sie hatte die betrunkenen Kommentare ignoriert, als sie auf der Wache angekommen war, hatte sich aber die unbekannten

Gesichter gemerkt, an denen sie auf dem Weg zu dem Raum vorbeigegangen war, in dem Luke, Matt und Wyatt warteten.

Sie öffnete den Erste-Hilfe-Kasten, den Jo ihr gegeben hatte, bevor sie sie zu den drei Delinquenten geschickt hatte, nahm das Desinfektionsmittel heraus und goss etwas davon auf eine Mullkompresse. Energisch schob sie Lukes Hand zur Seite, bevor sie ihm etwas von dem Blut aus dem Gesicht wischte.

»Au!«

»Mit so viel Alkohol, wie du noch intus hast, kannst du eigentlich nicht besonders viel fühlen.«

Luke zuckte zurück und verzog das Gesicht, als er mit dem Rücken gegen die Wand prallte.

Melanie stellte sich vor ihn und zog ihm das Shirt hoch. Tatsächlich gab es einen ordentlichen Kratzer auf der linken Seite seines Rückens, zusammen mit dem, was wie ein paar große Holzsplitter von einem zerbrochenen Tisch aussah.

»O Gott. Die arme Josie. Ich wette, die Bar ist komplett zerstört.«

»Arme Josie? Was ist mit mir?«, erkundigte sich Luke.

Melanie verdrehte die Augen und half ihm aus seinem Shirt.

Sie wühlte im Erste-Hilfe-Kasten und fand eine Pinzette. Ungerührt goss sie Desinfektionsmittel über Lukes Rücken und nahm, ohne mit der Wimper zu zucken, hin, dass der große, starke Mann wimmerte. »Und Jo. Du weißt doch, wie hart sie daran arbeitet, in dieser Stadt für Ordnung zu sorgen. Das Letzte, was sie braucht, ist, dass du ihr Ärger machst.«

»Die anderen haben angefangen«, meldete sich Wyatt aus seiner ruhigen Ecke des Raums zu Wort.

Melanie hielt kurz damit inne, die Splitter aus Lukes Rücken zu holen, und funkelte ihn an. »Du hörst dich wie ein Teenager an.«

»Aber es stimmt«, bestätigte Luke.

»Ich glaube, das ist Jo ziemlich egal. Jeder, der sich prügelt, wird hergeschafft. Das hat sie mir zumindest am Telefon gesagt.«

»Meine Güte, Mel. Kannst du ein bisschen vorsichtiger sein?«, jammerte Luke.

»Stell dich nicht so an.« Sie war nicht gerade vorsichtig, aber es gelang ihr, alle Splitter zu entfernen, bevor sie einen großen Klecks Jodsalbe auf seinen Rücken tat und alles verband.

Sie wandte sich Wyatt zu.

»Mir geht's gut.«

»Klar, darum blutest du auch.«

»Hat schon aufgehört.« Er hob den Mull von der aufgeplatzten Haut über seinem Auge, um es zu beweisen.

Die Wunde machte den Eindruck, als könnte sie ein, zwei Stiche vertragen.

»Aber sie muss gesäubert werden«, erklärte sie.

Er atmete scharf ein, zuckte aber nicht zurück, als sie die Stelle desinfizierte. Wyatt beobachtete sie weiter mit seinem unversehrten Auge, während sie das angetrocknete Blut entfernte.

»Ich glaube, das muss genäht werden.«

»Ich bin mir sicher, es gibt ein Klammerpflaster da drin«, erwiderte Wyatt.

»Ich weiß nicht …«

»Es ist alles in Ordnung, Mel.«

Sie suchte weiter und fand Wundnahtstreifen, um seine Augenbraue zusammenzuhalten. Als sie fertig war, klebte sie ein Pflaster über das Ganze. »Sonst noch was?«, erkundigte sie sich, zog an seiner Schulter, damit er sich umdrehte, und betrachtete seinen Rücken.

»Wenn du mir aus dem Shirt helfen willst, mach nur. Aber ich denke, es ist alles in Ordnung.« Er lächelte sie an.

»Sei nicht so frech.«

Er schaffte es, ihr mit seinem langsam zuschwellenden Auge zuzuzwinkern.

Wenige Minuten später kam Jo in den Raum, wobei sie schon redete. »Nächstes Mal prügelt ihr euch draußen. Habt ihr gesehen, welchen Schaden ihr im R&B angerichtet habt?«

»Sie haben angefangen, Jo!« Luke warf ihr einen Blick zu und fügte hinzu: »Sheriff.«

»Tja, na ja, mehrere Leute haben gesehen, wie du gegen den Idioten gefallen bist. Tys Freunde behaupten, du hättest ihn angegriffen.«

»Das ist doch Quatsch …«

Jo tat Wyatts Bemerkung mit einer Handbewegung ab. »Ist egal. Sie sind der Meinung, es war von ihrer Seite Notwehr, und du hast selbst gesagt, dass du versucht hast, die Prügelei zu beenden, Wyatt. Du hast als Erster zugeschlagen.«

»Aber …«

Sie unterbrach ihn mit einer hochgehaltenen Hand. »Da steht jetzt dein Wort gegen seins. Die Frage ist doch hauptsächlich: Wollt ihr Anzeige erstatten?« Jo sah zwischen ihnen hin und her. »Und bevor ihr antwortet, solltet ihr wissen, wenn ihr Anzeige erstattet, werden sie auch Anzeige erstatten, und Josie wird das dann ebenfalls tun müssen. Im Moment ist sie bereit, das alles einfach auf sich beruhen zu lassen, solange ihr den Schaden behebt.«

»Auch die Idioten da draußen?«, erkundigte sich Matt.

Jo zuckte die Achseln. »Entweder alle oder keiner.«

Wyatt zeigte auf Luke und nickte dann zu Matt hinüber. »Wir drei sorgen dafür, dass bei Josie alles wieder in Ordnung gebracht wird.«

»Gute Wahl«, sagte Jo, bevor sie sich umdrehte und aus dem Raum marschierte.

Jo brauchte zehn Minuten, um die Biker loszuwerden und wieder zurückzukehren. Matts Ehefrau stürmte mit ihrem Ehemann im Schlepptau aus der Wache.

Als sie zu viert unter sich waren, drohte Jo beiden mit dem Finger. »Bringt mich nie wieder in so eine Situation. Verdammt, Luke. Was hast du dir dabei gedacht?«

»Ich geb dem Alkohol die Schuld.«

»Es ist noch nicht mal Mitternacht«, stellte Jo fest.

»Ja. Wird nicht wieder vorkommen, Jo.«

Melanie sah den traurigen Ausdruck in seinen Augen und kannte den Grund, warum er so viel getrunken hatte.

»Und du …« Jo zeigte auf Wyatt.

Wyatt redete sich nicht mit Alkoholkonsum heraus. »Ich kann nicht zuschauen, wie ein Freund verprügelt wird, Jo. Wenn du mich deswegen in Handschellen legen willst, gut. Ich werde dir das nicht zum Vorwurf machen.«

Jos Brust hob und senkte sich unter schweren Atemzügen. »Bring sie nach Hause, Mel.«

Dann war sie weg.

Melanie fuhr erst Luke heim, weil er in der Nähe wohnte, und dann brachte sie Wyatt zum R&B, um seinen Pick-up zu holen. Auf einem Schild an der Tür stand, dass die Bar bis auf Weiteres geschlossen bleiben müsse.

Mel parkte neben Wyatts Pick-up. »Ist es da drin schlimm?«, erkundigte sie sich.

»Sah zumindest nicht gut aus.«

Wyatt beeilte sich nicht, Miss Ginas VW-Bus zu verlassen.

»Luke ging es wegen Zoe so schlecht, oder?«

Wyatt zuckte die Achseln. »Männer-Kodex.«

Sie grinste. »Ich vermute mal, das bedeutet ja.«

»Versteh das, wie immer du willst, Darlin'.«

»Dann war es gut, dass du da warst.«

»Erzähl das morgen früh mal meinem Kopf.«

»Ist es schlimm?«

Ein Grinsen breitete sich über sein Gesicht. »Vielleicht habe ich eine Gehirnerschütterung.«

Sie sah ihn vorsichtig an. »Eine Gehirnerschütterung.«

»Ja, und dann brauche ich jemanden, der mich die ganze Nacht wach hält.«

»Ach du … Das hast du jetzt nicht wirklich gerade gesagt.«

Er lachte und machte die Tür auf. »Komm schon, hilf mir mit Lukes Motorrad.«

Sie folgte ihm in die kühle Nacht, sorgte mit den Scheinwerfern von Miss Ginas Bus für Licht auf dem Parkplatz.

Wyatt nahm eine Leiter von der Seite seines Pick-ups und benutzte sie als Rampe für Lukes Maschine.

Melanie half, sie mit den Gurten festzuschnallen, bevor Wyatt die Heckklappe zumachte. »Das sollte reichen.«

Sie wischte sich den Schmutz von den Händen. »Schaffst du den Rest allein?«, fragte sie.

Wyatt lehnte sich gegen den Pick-up und winkte sie mit einem Finger heran. »Komm her.«

Sie machte einen Schritt auf ihn zu, fühlte, wie sich die Energie zwischen ihnen veränderte. Als sie nah genug war, griff er nach ihr und strich ihr eine Haarsträhne hinters Ohr. »Danke, dass du gekommen bist.«

»Jo ist meine beste Freundin«, erwiderte sie.

Sein Grinsen wurde breiter. »Genau.«

Melanie schmiegte ihr Gesicht in seine Handfläche. Als er näher trat, kam sie ihm entgegen und stellte sich auf die Zehenspitzen, begegnete seinem Kuss auf halbem Weg.

Wer hätte geahnt, dass ihre Empfindungen bei so einer einfachen Berührung förmlich explodieren könnten? Aber Wyatts Kuss entfesselte einen Wirbelsturm der Gefühle, den sie nicht beschreiben konnte. Mit einem Stöhnen schloss sie die Augen und presste ihre Zunge gegen seine Lippen.

Wyatt machte den Mund auf und übernahm die Kontrolle. Er strich ihr mit seinen Händen über den Rücken und zog sie enger an sich. Von den Knien bis zu den Lippen war er überall. Er ließ sich Zeit, streichelte erst ihre Taille, bevor er sich ihrer Brust zuwandte.

Ihr wurden die Knie weich, und Wyatt drehte sich mit ihr um und presste sie mit seinem Körper gegen den Pick-up. Seine Härte drückte gegen ihren Bauch und bewies ihr, welche Wirkung sie auf ihn hatte. Und das gefiel ihr. Erst als sie ihre Hand auf seinen festen Hintern legte, löste sich Wyatt von ihren Lippen und stöhnte. »Komm mit mir nach Hause«, flüsterte er.

Das hätte sie liebend gerne getan.

»In der Pension sind Gäste. Hope … Miss Gina.«

Wyatt legte seine Stirn gegen ihre und verzog das Gesicht.

»Mein Armer«, sagte sie.

Für einen Augenblick hielt er sie einfach nur fest und versuchte nicht, sie wieder zu küssen.

»Wir sollten jetzt vermutlich heimfahren.«

Er küsste sie noch einmal gründlich, bevor er sie losließ.

Mit zitternden Knien und rasendem Herzen glitt Melanie hinter das Lenkrad des Busses und ließ Wyatt die Tür hinter ihr schließen.

»Danke noch mal«, sagte er.

»Keine Ursache.«

Als sie wegfuhr, klopfte er auf den Kotflügel.

* * *

»Wenn ich dich so anschaue, fühle ich mich nicht mehr so schlecht.« Wyatt warf einen Blick auf Luke und schnitt eine Grimasse. Violett war die hauptsächliche Farbe seines Gesichts, mit einem leuchtend blauroten Fleck links an seiner Stirn. Wenn man Luke nicht kannte, würde man vielleicht nicht wissen, wie sehr alles geschwollen war, aber man würde auf jeden Fall erkennen, dass alles nicht so aussah, wie es sollte.

»Ich weiß nicht, wie viel davon der Kater ist oder anderer Mist.«

Es war unterdessen kurz vor Mittag, was den Kater immer unwahrscheinlicher machte.

Im R&B hätte sich um diese Uhrzeit normalerweise eine Handvoll Leute aufgehalten, aber heute waren es nur die drei Männer, die für ihr Verbrechen gemeinnützige Arbeit ableisten mussten. Wenigstens stellte Wyatt es sich in seinem Kopf so vor.

»Da seid ihr ja.« Josie kam hinter der Bar hervor, die Hände in die Hüften gestemmt. »Ich dachte schon, ich müsste Jo anrufen.«

Obwohl Josies Worte streng klangen, war ihr Lächeln alles andere als das.

»Hör mit dem Mist auf, Josie«, sagte Luke, der die Stufen zur Bar hochging und sie vorsichtig umarmte.

»Du siehst wie jemand aus, der zehn Kilometer hinter einem Auto hergezogen wurde.«

»So fühle ich mich auch.«

Josie stieß ihn mit der Hüfte an. »Ich hätte dir vermutlich nicht so viel zu trinken bringen sollen.«

»Ich bezweifle, dass das was genützt hätte«, erwiderte Wyatt. »Die Stimmung gestern Abend war wirklich merkwürdig.«

Josie hatte ihr langes braunes Haar zu einem Zopf geflochten. Ihre Jeansshorts sollten bei einer Mittvierzigerin nicht so gut aussehen, aber Wyatt musste zugeben, dass sie das taten. »Matt ist schon drinnen und macht sauber.«

»Ich fahr, wenn wir hier fertig sind, zum Baumarkt in Eugene. Wir werden uns Mühe geben, dass du morgen Abend wieder aufmachen kannst.«

Luke war schon hineingegangen, Wyatt befand sich direkt hinter ihm.

Matt stand mit einem Besen in der Mitte des Raumes. Einige der Tische, die noch alle Beine hatten, waren wieder aufgestellt. Die, die nicht mehr gerettet werden konnten, lagen immer noch da, wo sie letzte Nacht während der Prügelei hingefallen waren. Ein großer Haufen Glas war auf dem Boden zusammengekehrt, und es roch stärker nach schalem Bier als gewöhnlich an einem Samstagabend.

Luke pfiff lang gezogen durch die Zähne. »Ich hatte vergessen, dass es so schlimm war.«

»Du warst betrunken«, erinnerte Josie ihn.

Wyatt legte Josie eine Hand auf den Rücken. »Tut mir wirklich leid.«

»Nein, *mir* tut es leid. Wenn ich dich nicht gebeten hätte, zu bleiben, bis Jo kommt, wäre das vielleicht gar nicht passiert.«

Darüber hatte Wyatt auch schon nachgedacht. »Es ist, wie es ist, Darlin'.«

Josie lächelte ihn an. »Ich habe neue Gläser bestellt. In Eugene gibt es einen Restaurant-und-Bar-Großhandel, von dem ich meine Tische habe, und ich habe sie schon angerufen. Wenn du hinfahren und sie abholen könntest, wäre das toll.«

Die nächste Stunde lang räumten Wyatt, Matt und Luke ein Dutzend Tische und Stühle weg, die unrettbar hinüber waren, putzten den Raum und wischten den Alkohol auf, der sich großzügig über Boden und Wände verteilt hatte.

Wyatt fielen ein paar Löcher in der Wand auf. Etwas Putz und Farbe konnten dem Rest der Bar auch nicht schaden. Es war schwierig für ihn, Reparaturarbeiten jedweder Art nur halbherzig zu machen, und da Josie für die kaputten Gläser zahlte und auch mit den Tischen und Stühlen half, schien es das Richtige zu sein. Er wusste schon, dass Luke ihm dabei helfen würde.

Sie hörten, wie vor dem Gebäude Kies aufwirbelte, woraufhin Josie hinaustrat, während die Männer weiterputzten.

»Mittagessen ist hier«, verkündete Josie, als sie wieder reinkam.

Melanie hatte ihr Haar zu einem festen Pferdeschwanz zusammengebunden, und ihre kurzen Shorts verbargen genug von ihrem Hintern, dass noch etwas der Fantasie überlassen blieb, aber nicht genug, dass man denken würde, sie versuchte, etwas zu verbergen.

Wyatt befeuchtete sich die Lippen und lehnte den Besen gegen die Wand.

Hope kam hinter ihrer Mutter in die Bar gelaufen und schlang den Arm um Wyatts Mitte, bevor er auch nur Hallo sagen konnte. Ihre kleinen Arme fühlten sich seltsam tröstlich an. »Mommy hat erzählt, du bist verletzt.«

Er kniete sich hin, um ihr direkt ins Gesicht sehen zu können. »Mir geht's gut.«

Hopes kleines Lächeln verschwand, und sie streckte eine Hand aus, um die Wunde über seinem Auge zu berühren. Wyatt hielt die Luft an, hoffte, sie würde vorsichtig sein, sodass er nicht zusammenzucken würde.

Er hätte sich keine Sorgen machen müssen.

»Das sieht schlimm aus.«

Er warf Melanie einen Blick zu, die den Austausch beobachtete. »Deine Mutter hat sich gut um mich gekümmert.«

Hope lehnte sich näher, senkte die Stimme. »Hat sie das brennende Zeug benutzt?«

Wyatt schnitt eine Grimasse und nickte.

»Wir sollten ihr das besser wegnehmen, oder?«

Bei Hopes ernsthafter Miene konnte Wyatt sich nur mit Mühe ein Lächeln verkneifen. Er biss sich auf die Lippe und sagte: »Ich glaube, das brennende Zeug hilft dabei, Schnitte und so sauber zu machen.«

Hope schob die Unterlippe vor. »Aber es tut weh.«

»Ja. Das stimmt allerdings.«

Ein Argument hing irgendwo zwischen Hopes Gehirn und ihrem Mund, aber sie sagte nichts, sondern drückte nur ihre Lippen auf Wyatts Stirn.

»Ich mach's besser.«

Der kleine Treffer mitten in sein Herz kam unerwartet.

Er tätschelte ihr den Kopf, während er aufstand, und ließ einen Arm um ihre Schultern liegen, während sie beide zu Melanie traten.

»Ich dachte, ihr könnt vielleicht was zu essen vertragen.«

»Essen ist nie verkehrt, Mel.« Luke war der Erste, der bei ihr war. »Mein Magen fühlt sich endlich so an, als könnte er wieder etwas zu sich nehmen.«

»Wenn man an letzte Nacht denkt, wundert mich das.«

Luke wischte sich die Hände an der Jeans ab und zog einen heilen Stuhl an einen der Tische.

Melanie hatte mehrere Sandwiches, Kartoffelsalat und einen Behälter mit geschnittenen Sommerfrüchten mitgebracht. Wenn er über den wenig ansprechenden Inhalt seines Kühlschranks nachdachte, war Wyatt glücklich, sich den Magen mit etwas zu füllen, was andere Leute als Lunch betrachteten. Er machte sich eine mentale Notiz, auf dem Rückweg von Eugene etwas einzukaufen.

»Und wie fühlst du dich heute Morgen?«, wollte Melanie wissen, während sich die anderen um den Tisch versammelten, um das Essen zu verteilen.

»Als wenn ich bei einer Kneipenschlägerei gewesen wäre.«

»Warst du das vorher schon mal?«, erkundigte sie sich.

Er zuckte die Achseln, wusste, dass es für Frauen eine Grenze gab, wenn es ums Prügeln ging. »Ich hab schon ein oder zwei Schläge abgewehrt. Ein paar in der Highschool, meistens wegen eines Mädchens.«

»Hmpf.« Sie warf ihm einen Blick von der Seite zu, bevor sie hinter die Bar ging.

»Nicht schlecht, Mel«, erklärte Luke von der anderen Seite des Zimmers aus.

»Du solltest dir lieber ein besseres Kompliment ausdenken, wenn du je wieder umsonst Essen von mir haben möchtest«, erwiderte sie.

»Ihr Frauen seid einfach nie zufrieden.« Luke gestikulierte mit seinem Sandwich, während er sprach.

»Sagt der Mann, der sehr hungrig bleiben wird, wenn er nicht bald anfängt, Süßholz zu raspeln«, neckte Melanie ihn.

Luke begann zu summen und leckte sich die Lippen. »Oh, Mel-Bel. Das ist das beste verdammte Sandwich des ganzen Sommers. Das Rezept musst du unbedingt meiner Mom geben.«

Melanie verdrehte die Augen, während sie mit mehreren mit Eis gefüllten Bechern um die Bar herumkam. »Deine Komplimente sind furchtbar.«

Luke zwinkerte ihr zu und biss die Hälfte des Sandwiches auf einmal ab.

»Ich mag deine Sandwiches, Mommy.« Hope war dabei, die Kanten von ihrem zu entfernen und daran zu nagen.

»Danke, Süße.«

Wyatt wollte sich gerade ebenfalls bedanken, als Hope weitersprach: »Aber Tante Zoes Cookies sind viel besser als deine.«

Als Zoes Name erwähnt wurde, drehten sich einige Köpfe Luke zu. Er wischte sich ein paar Krümel von seinem Shirt, während er mit vollem Mund redete: »Da hat sie recht, Mel-Bel.«

»Ja, ja, ich weiß. Wie gut, dass Zucker schlecht für einen ist, oder ich würde mehr backen, und dann müsstet ihr den ganzen Mist essen.«

»Es ist völlig unnötig, schlechten Zucker zu essen, wenn es doch guten Zucker gibt«, sagte Josie, und Matt pflichtete ihr bei.

Wyatt hatte seinen Spaß an dem freundlichen Wortgefecht, doch schließlich stockte die Unterhaltung. Er stellte sich neben Melanie, legte ihr eine Hand seitlich an den Hals und gab ihr einfach so einen Kuss auf die Lippen. »Das war köstlich.«

Ihre Wangen röteten sich, als er wegtrat. »Es war nur ein Sandwich.«

Dann, um sie zu ärgern, fügte er leise hinzu: »Ich hab nicht vom Essen gesprochen.«

Ihr blieb der Mund offen stehen.

Wyatt schwenkte seine Getränkedose durch die Luft und ging weg. »Ich hab meine Liste. Wenn euch irgendetwas einfällt, was wir noch brauchen, ruft mich an, oder schickt eine SMS. Ich bin in ein paar Stunden zurück.«

Er fühlte, wie Melanies Blick ihm folgte, bis er zur Tür hinaus war.

»Mommy. Onkel Wyatt hat dich gerade geküsst!«

»Er ist nicht dein Onkel, Süße.«

»Iiih!«

Das Lächeln, das schon um seine Lippen spielte, seit er die Frau getroffen hatte, verließ ihn den ganzen Weg bis Eugene nicht.

Kapitel vierzehn

Die Fahrt vom R&B zu Miss Ginas Pension dauerte ungefähr zehn Minuten. Die ständigen Fragen und Bemerkungen von ihrer Tochter sorgten dafür, dass es nicht langweilig wurde.

»Warum hat Wyatt dich geküsst?« Die erste Frage wälzte Melanie eine gute Minute lang im Kopf, bevor sie antwortete.

»Ich glaube, er mag mich.«

»Mag er dich einfach nur gern, oder hat er dich echt richtig gern? Wie ein fester Freund?«

»Fester Freund« schien ein bisschen zu viel, da sie einander ja gerade erst kennenlernten, aber um ihrer Tochter willen war es vermutlich am besten, wenn sie es so einfach wie möglich hielt.

»Ja, irgendwie schon wie ein fester Freund.«

»Also hast du einen festen Freund.« Das war keine Frage.

»Ich ... Ja ... Ich glaube, so kann man das ausdrücken.« Sie würde das vielleicht Wyatt erklären müssen, bevor die siebenjährige Inquisitorin ihn zur Rede stellte.

»Meine Freundin Kimmie hat erzählt, dass aus festen Freunden manchmal Daddys werden. Wird Wyatt mein Daddy?«

»Ach, Süße, lass uns noch nicht so weit vorausgreifen. Wyatt und ich kennen einander ja kaum. Bis man sich darüber im Klaren ist, ob man ein Dad sein möchte, das dauert.«

»Hm.« Hope starrte aus dem Fenster, ihre Finger klopften nachdenklich auf den Rand der Tür. »Ich glaube, Onkel Wyatt könnte ein guter Dad sein.«

Melanie fragte sich, ob Wyatt auch nur die geringste Ahnung hatte, was sein einfacher Kuss in Gang gesetzt hatte.

Sie bog in die Einfahrt der Pension ein und bemerkte einen Mietwagen, der nicht dagestanden hatte, als sie losgefahren war. *Nathan?*

Melanie spürte, wie ihr Puls sich beschleunigte, und hoffte, dass das Auto nicht seines war. Sie suchte fieberhaft nach einer Ausrede, um Hope davon abzuhalten, ihr nach drinnen zu folgen. »Süße, bitte bring die Reste für mich in die Küche.«

Hope zuckte die Achseln und stieg aus dem Wagen.

Als Hope sich neben sie stellte, führte Melanie genauer aus, was sie meinte. »Hintenrum, Süße.«

»Aber ich kann doch auch vorne durchgehen.«

»Der Obstbehälter tropft. Ich möchte keine Flecken auf dem Fußboden.« Das war gelogen, aber Hope schluckte den Vorwand und verschwand um die Hausecke.

Melanie ballte die Hände zu Fäusten und öffnete sie wieder, bevor sie das Haus betrat.

Und erleichtert aufatmete. »Mr Lewis.«

Der Mann, der an dem Abend, als Zane sich so aufgeführt hatte, schon einmal hier übernachtet hatte, stand mit Miss Gina an der Rezeption.

»Hallo.« Mr Lewis war etwa zehn Jahre älter als Melanie und arbeitete seit Kurzem für eine Firma, deren Geschäfte ihn auch nach River Bend führten.

Melanies Erleichterung, dass Nathan nichts mit dem Mietauto zu tun hatte, sorgte dafür, dass sie weiter lächelte, während sie zum Tresen kam.

»Das war aber eine flotte Reise«, bemerkte sie.

»Ich hab nächste Woche noch eine.«

Miss Gina reichte ihm den Schlüssel zu seinem Zimmer.

»Ich muss mir vielleicht doch Bonuskarten anschaffen oder so.«

»Mein Boss übernimmt das«, erwiderte Mr Lewis. »Er beschwert sich nicht über die Kosten.«

»Dann sollten wir Ihnen unter Umständen den doppelten Preis berechnen«, schlug Miss Gina vor.

Mr Lewis lachte und klopfte auf die Theke, bevor er sich nach seiner Reisetasche bückte.

»Soll ich Ihnen Ihr Zimmer zeigen?«, fragte Melanie.

»Nein, ich weiß noch, wo es ist.«

Das Geräusch von trappelnden Füßen erklang auf dem Flur, begleitet von Hopes fröhlicher Stimme. »Oh, hallo, Mr Lewis.«

»Hallo, meine Hübsche.« Mr Lewis legte ihr eine Hand auf die Schulter und ließ sie dort liegen. »Du rennst doch nicht etwa durchs Haus, oder?«

Hope schloss den Mund und schaute zwischen den Erwachsenen hin und her. »Äh …«

»Natürlich tust du das nicht«, sagte er.

Hope brachte alle drei zum Lachen, als sie breit grinste und dabei all ihre Zähne zeigte, ehe sie langsam zur Vordertür hinausging.

»Das Treffen für unsere Gäste ist um fünf, Mr Lewis.«

»Ich werde da sein.«

»Netter Mann«, sagte Melanie, nachdem er die Treppe hochgestiegen war.

Miss Gina zuckte nur wortlos die Achseln.

»Etwa nicht?«

»Doch, schon, denke ich. Aber Wyatt passt besser zu dir.«

Melanie verdrehte die Augen. »So habe ich das doch gar nicht gemeint.«

»Gut. Also, wie sieht es bei Josie aus?«

»Absolutes Chaos. Luke sagt, er und Wyatt werden die ganze Nacht damit beschäftigt sein, alles neu zu streichen.«

»Wie kommt es, dass man nach einer Prügelei neu streichen muss?«

Melanie schüttelte den Kopf. »Muss man nicht. Aber eine Wand zu spachteln ohne Komplettprogramm ist nicht Wyatts Stil – wenigstens, wenn man Luke Glauben schenkt.«

Miss Gina blickte sich an der Rezeption um. »Vielleicht müssen wir hier auch mal eine Prügelei anfangen.«

Mel schob Miss Gina beiseite und ging um sie herum. »Du bist unverbesserlich.«

»Klingt nach einer Menge Arbeit für nur zwei Männer.«

»Das ist es auch. Ich hab mich gefragt, ob es dir etwas ausmachen würde, heute Nacht auf Hope aufzupassen, damit ich helfen kann.«

»Natürlich nicht, Liebes. Hope ist so ein nettes Kind und gar nicht schwierig. Und wenn das Streichen eine Übernachtung nach sich zieht, ist das auch okay.«

Mel blieb zum zweiten Mal an diesem Tag der Mund offen stehen. »Miss Gina!«

»Ich sag's ja nur.«

»Du legst es nahe.«

Sie redeten weiter, als sie die Küche betraten. »Du bist noch so jung, Liebes. Du solltest mit jemand in die Kiste steigen, solange du noch einen findest.«

Melanie lachte. »Hast du eigentlich eine Ahnung, wie lange es her ist, dass ich irgendwas mit irgendwem getan habe?«

Miss Gina holte ihre Speziallimonade aus dem Kühlschrank und nahm zwei Gläser von dem Handtuch neben der Spüle, wo sie zum Abtrocknen standen. »Das ist eine verdammte Schande. Als ich in deinem Alter war, ist keine Woche vergangen, in der ich nicht Sex hatte.«

»Das waren auch die Sechziger.«

Miss Gina hielt inne und blickte sehnsüchtig aus dem Küchenfenster. »Allerdings. Das waren die besten Jahre überhaupt.«

Melanie nahm ihre Limonade in Empfang und lehnte sich gegen den Küchentresen. »Warum gibt es eigentlich keinen Mr Gina?«

Miss Gina erschauderte sichtlich. »Gütiger Gott, nein. Mich an jemanden binden? Das war noch nie was für mich.«

»Ich bin sicher, es hat jemanden gegeben. Jemanden, bei dem du mit dem Gedanken gespielt hast …«

Ein ganzer Reigen von Gefühlen spiegelte sich auf Miss Ginas Gesicht, als würde sie die Filmrolle ihres Lebens zurückspulen und alles noch mal ansehen. »Nein. Nicht wirklich. Als ich jünger war, in deinem Alter, gab es Männer zuhauf. Das Letzte, was ich tun wollte, war, mich auf nur einen festzulegen.«

»Und was ist mit später?«

»Später war, als ich in den Dreißigern war. Da waren ein paar Männer, die durch die Stadt kamen, nachdem ich die Pension aufgemacht hatte, aber sie gehörten nicht zu denen, die bleiben, und ich wollte sie nicht bitten, sich zu ändern. Ich verstehe Freigeister.«

»Und doch hast du die Pension schon viele Jahrzehnte und verlässt praktisch nie die Stadt.«

»Das heißt ja nicht, dass ich das nie gewollt hätte.«

Das war die Sackgasse, in der sich auch Melanie befand. »Warum hast du es dann nicht einfach getan? Warum hast du dir nicht jemanden gesucht, der in der Pension aushilft, damit du deinen freien Geist ausleben kannst?«

199

Miss Gina schenkte ihr ein teuflisches Grinsen. »Das ist eine ausgezeichnete Idee. Vielleicht sollte ich meine Taschen packen und für den Rest des Sommers nach Europa verschwinden.«

Melanie verschluckte sich an ihrem Drink, begann zu husten, bis ihr die Tränen in den Augen brannten. »W-warte mal …« Sie blickte sich in der Küche um, als würde sie sich hier nicht auskennen. »Ich meinte nicht … Ach, ich weiß nicht.«

Miss Gina ersetzte die teuflische Miene durch einen Ausdruck völliger Unschuld und schmunzelte. »Entspann dich, Süße. Du bist noch nicht ganz so weit, dass du das hier allein übernehmen kannst. Aber im Herbst sollte sich alles geregelt haben.«

Bei dem Stolz in Miss Ginas Stimme wurde Melanie ganz warm ums Herz. Die Tatsache, dass die Frau, der sie sich näher fühlte als ihrer eigenen Mutter, ihr weit genug vertraute, um ihr ihr Baby zu überlassen, damit sie es führte, tat ihr besser als ein Gehaltsscheck.

»Vielleicht im Herbst«, hörte Melanie sich antworten.

* * *

»Es ist Farbe!« Falls Melanie irgendwelche romantischen Vorstellungen in Bezug darauf, wie die Nacht verlaufen würde, gehegt hatte, so waren sie nach einer Stunde unter Wyatts Anleitung verflogen. Wobei »Anleitung« das falsche Wort war angesichts dessen, wie er alle herumkommandierte.

Alle, das waren Jo, Luke, Mel und Josie.

»Es ist wirklich schwierig, beim Anstreichen etwas zu ruinieren«, fügte Luke Melanies Worten hinzu.

»Das kannst du Josie dann morgen früh erklären, wenn alles trocken ist und die Hälfte der Fläche den Eindruck erweckt, als hätten Fünfjährige es an die Wand geklatscht.« Wyatt stand mit einem Farbroller in der einen Hand da und zeigte mit der anderen auf den Anstrich, der zugegebenermaßen nicht perfekt aussah.

»Ich glaube, letztes Mal haben das tatsächlich Fünfjährige gemacht.« Josie hob ein Bier an die Lippen, das für alle, die bei der nächtlichen Streichparty mithalfen, frei war.

»Das mag sein, aber dieses Mal sind keine Kinder am Werk.« Wyatt machte sich entschlossen mit seiner Rolle an der Wand zu schaffen. »Achtet darauf, jeden Zentimeter zu erwischen. Und Jo«, fügte er hinzu und gestikulierte mit der freien Hand. »Wenn du den Rand nicht abkleben willst, sei vorsichtiger, und nimm nur wenig Farbe.«

Jo salutierte mit ihrem nassen Pinsel, womit sie Lachen von den anderen im Zimmer erntete.

Josie schaltete die digitale Jukebox an, sodass sie bei der Arbeit musikalische Untermalung hatten.

»Ich könnte schwören, als wir vorhin reingekommen sind, war diese Bar noch nicht so groß«, erklärte Luke keine zehn Minuten später.

»Mach einfach weiter«, erwiderte Wyatt knapp.

Jo beugte sich näher zu Melanie. »Beim Streichen ist er ein echter Kontrollfreak.«

»Das habe ich gehört!«, erklärte Wyatt über die Musik hinweg.

Melanie lachte. »Weißt du, woran mich das hier erinnert?«

Farbe tropfte von Jos Pinsel und landete auf ihrem Shirt. »Nein, woran?«

Melanie streckte die Hand aus und versuchte etwas von Jos Geklecker zu entfernen. »Warum ich keine Verschönerungsprojekte in meinem Zuhause mache.«

»Amen«, sagte Luke.

»Es ist einfach Farbe.« Wyatt war schneller als alle anderen zusammen. Er war eindeutig auf einer Mission und auf seine Arbeit konzentriert.

Luke befüllte seine Farbrolle und trat ein paar Schritte zurück, um das obere Drittel der Wand zu erreichen. »Sagt der Mann, dessen eigenes Haus aus lauter unbeendeten Projekten besteht.«

Melanie hörte auf, die Farbe auf Jos Kleidung zu verreiben, und richtete ihre Aufmerksamkeit auf Wyatt. »Was war das?«

»Nichts.«

Luke lachte.

»Nein, warte mal. Wovon redet Luke da?«

»Es ist nichts.« Allerdings bedachte Wyatt Luke mit finsteren Blicken.

»Wyatt hat ein Problem damit, seine eigenen Bauprojekte innerhalb eines vernünftigen Zeitrahmens abzuschließen«, erklärte Jo ihr.

»Aber das ist doch dein Job.«

»Ich habe viel zu tun. Und da es niemand anderen betrifft als mich, kann ich mir ja Zeit lassen.«

»Es geht doch nichts über Bananenkartons, Holzkisten und Plastikfolie, um einem ein behagliches Heim zu schaffen.«

»Leck mich, Luke.« Offenkundig behagte es Wyatt nicht, wenn seine Unzulänglichkeit herausposaunt wurde.

»Grr«, neckte ihn Luke.

»Du lebst das Klischee, was, Wyatt?«, fragte Josie.

»Jedes Klischee enthält ein gewisses Maß an Wahrheit, sonst wäre es ja gar kein Klischee geworden.«

»Kontrollfreak und Philosoph. Du bist ein Mann mit vielen Talenten.« Jo hielt inne und trank von ihrem Bier.

»Wollen wir jetzt reden oder den Mist fertig machen?«

»Hier ist aber jemand empfindlich«, bemerkte Luke.

»Streich einfach weiter.«

Die Zeiger der Uhr standen auf zwei, bevor sie den letzten Pinsel sinken ließen und ihre Arbeit begutachteten.

»Wow.«

»Das ist super.« Josie zeigte ein Riesengrinsen.

»Ich kann nicht glauben, wie riesig sich das jetzt anfühlt«, erklärte Luke.

»Das letzte Mal, dass der Laden frische Farbe gesehen hat, war, bevor das Rauchen hier drin verboten wurde. Ich vermute, ich hätte das schon eher machen sollen.« Der neue Anstrich in einem hellen Beige ließ alles viel freundlicher wirken.

»Es ist eine Bar, Josie. Darauf hat niemand geachtet.«

»Das werden wir sehen, wenn die Leute morgen Abend herkommen.« Josie drehte sich einmal um sich selbst und betrachtete den Raum. »Der Boden könnte auch mal einen neuen Belag vertragen.«

Wyatt stöhnte.

»Wenn du nicht willst, kann ich jemand anders finden.«

»Sei still.« Wyatt holte tief Luft und schaute Melanie in die Augen. »Verstehst du jetzt, warum mein Haus einfach nicht fertig wird?«

»Ich mach Schluss. Komm, Jo, du kannst mich heimfahren«, schlug Luke vor.

»Erst müssen die Pinsel noch gereinigt werden«, sagte Wyatt.

»Übernimm du das bitte. Mein Kopf bringt mich schier um.«

»Und ich muss morgen früh arbeiten«, erklärte Jo.

Melanie hielt sich zurück, während die anderen sich anschickten zu gehen. »Ich werde dir helfen.«

»Draußen ist ein Wasseranschluss«, teilte Josie ihnen mit. »Ich mach euch Licht an.«

Nachdem Jo und Luke weggefahren waren, blieb Josie drinnen und brachte alles in Ordnung.

Ein paar Käfer schwirrten um sie herum, während sie begannen, die Farbe aus den Pinseln zu waschen. »Gibt es die nicht auch als Einmalartikel?«

»Das sind die ganz Billigen. Mit denen arbeite ich nicht gern.«

»Perfektionist.«

»Ich bin auf keinen Fall auch nur annähernd perfekt«, widersprach er.

Das Farbe-Wasser-Gemisch lief über ihre Hände auf den Boden, spritzte dabei auf ihre bloßen Beine. Alte Shorts zum Streichen anzuziehen war wirklich eine großartige Idee gewesen, wenn man bedachte, wie viel Farbe auf ihrer Haut gelandet war.

»Ein nicht perfektes Haus, das habe ich schon gehört.«

Er grummelte vor sich hin.

»Warum stört es dich so sehr, dass Luke über dein Haus redet?«

Er rieb den Pinsel kräftiger. »Das weiß ich nicht.«

Sie kniete sich dichter über den Boden, um das Spritzen zu reduzieren. »Doch, das weißt du. Raus damit.«

»Du bist herrisch.«

»Das sagt der Kontrollfreak.«

»Hmpf.«

»Also warum?«

Wyatt schwieg eine Minute. »Zuzulassen, dass eine Frau meine Schwächen entdeckt, ist nicht die beste Methode, um sie zu beeindrucken.«

Die behagliche Wärme, die Wyatt stets in ihr zu erzeugen vermochte, kehrte zurück.

»Eine Frau?«

Er blickte sie an. »Du.«

Das wusste sie, aber sie genoss das Unbehagen, das es ihm bereitete, es auszusprechen. Er war immer so selbstsicher gewesen, seit sie einander kennengelernt hatten. Da war es angenehm, zu wissen, dass ihn ihre Gegenwart auch nicht unbeeindruckt ließ.

»Du denkst, ich wäre weniger interessiert, wenn ich erführe, dass dein Haus nicht ›Trautes Heim, Glück allein‹ ist?«

Er zuckte die Achseln.

»O mein Gott, das glaubst du wirklich.«

Er schwieg weiter.

»Wyatt?«

»Ja, ich …« Er fuhr sich mit dem Handrücken über das Gesicht, ehe er seinen Blick auf sie richtete.

Melanie stand langsam auf und rieb mit dem Daumen über den Farbklecks auf seiner Stirn. »Ich bin doch schon beeindruckt. Dein Haus wird daran nichts ändern.«

Er nahm ihre Hand und presste sie gegen seine Wange, bevor er ihr einen Kuss auf die Handfläche hauchte.

Sie schmolz dahin. Sein sanftes Lächeln und die leichte Unsicherheit gaben ihr ein Gefühl von Macht und verstärkten ihr Verlangen nach ihm nur noch. Sie ließ den Pinsel fallen und küsste ihn auf den Mund.

Sie hörte auch seinen Pinsel mit einem Klappern auf dem Boden landen und spürte seine Hände um ihre Taille, als er sie enger an sich zog.

Er vertrieb die Kälte der Nacht und vertiefte den Kuss. Langsam strich er mit seiner Zunge über ihre Lippen, und sie öffnete sie ihm. Er schmeckte nach Hopfen und Gerste, und es fühlte sich an, als würde sie nach Hause kommen.

Als sie die Augen schloss und er ihren Kopf nach hinten bog, wusste sie, diese Nacht würde befriedigend enden, nicht frustrierend. Sie fuhr ihm mit einer Hand über die Hüfte und presste sich so eng an ihn, wie sie nur konnte.

Wyatt stöhnte und löste sich von ihr. »Du bringst mich um.«

Sie lachte leise und hob das Knie, um ihm damit über das Bein zu reiben. »Du hast deinen Pinsel fallen lassen.«

»Zum Teufel mit dem Pinsel.«

Seine Lippen fanden ihre erneut in einem heißen, ungeduldigen Kuss. Er fasste ihr Bein und zog es sich um die Mitte, während er sie gegen die Rückwand von Josies Bar presste. Seine Hüften drängten sich gegen ihre, die Hitze und die Reibung verzehrten sie innerlich.

Erst schien es, als wollte er sich von ihr lösen, doch dann änderte er seine Meinung und kehrte mit einer Intensität zurück, von der ihr der Atem stockte. Er hielt sie weiter gegen die Wand gedrückt, seine Hände auf ihrem Po, und schien es zufrieden, sie zu küssen, bis sie um Sauerstoff flehte. Nur dass ihr Körper mehr wollte als Sauerstoff, ja, sie selbst wollte mehr.

Jetzt war sie an der Reihe, sich von ihm zu lösen. »Bring mich in dein trautes Heim, Wyatt.«

Er zögerte, seine Lippen schwebten über ihren, sein Atem kam schnell und unregelmäßig. »Was ist mit der Pension?«

Sie schüttelte den Kopf. »Nur ein Gast. Miss Gina hat gesagt …« Sie führte es nicht weiter aus. »Das ist in Ordnung.«

Er küsste sie wieder, saugte ihre Lippen zwischen seine Zähne und biss zärtlich zu. »Bist du sicher?«

»Willst du, dass ich bettle?«

Seine Augen weiteten sich, sein Grinsen wurde breiter, ehe er sie losließ und ihre Hand nahm. Er zog sie hinter sich her zu seinem Pick-up, machte aber noch einen Abstecher zur Hintertür der Bar und steckte den Kopf hinein.

»Wir kommen morgen früh wieder, Josie«, rief er.

Ihr Lachen folgte ihnen, während sie wegfuhren.

Kapitel fünfzehn

Wyatts Haus war auf der der Bar entgegengesetzten Seite der Stadt. Das einstöckige Ranchhaus stand auf einem großen Grundstück, wie es bei den meisten Häusern in der Gegend der Fall war. Als Kind war sie hier ständig auf dem Heimweg vorbeigekommen. Sie hatten auf einem Hügel nur ein Stück weiter gewohnt.

Bis auf ein einzelnes Verandalicht lag es dunkel vor ihnen.

Auf der Fahrt hierher hatten sie nur ein paar Worte gewechselt.

Bist du dir sicher?

Absolut sicher.

Dass er die ganze Zeit ihre Hand hielt, berührte sie tief. Die Fahrerkabine des Pick-ups war nicht wirklich klein, und es musste für ihn unbequem sein, aber er hielt sie trotzdem.

Er bog in die Einfahrt ein, hob einen Finger, als sie nach dem Türgriff fasste. »Moment.«

Sie ließ den Griff los und wartete auf ihn, bis er um den Pick-up herumgegangen war und ihr die Tür öffnete.

»Du spinnst.«

»Ein bisschen«, stimmte er ihr zu, während er ihre Hand nahm und sie an sich zog. »Aber das Haus ist nicht so schlimm, wie Luke dir weismachen wollte.«

In der Sekunde, als sie den Fuß durch die Tür setzte, dachte sie, dass Luke vollkommen recht hatte. Das karge Wohnzimmer enthielt nur ein Sofa, einen rustikalen Couchtisch und einen Fernseher.

»Möchtest du etwas zu trinken?«, erkundigte er sich, während er sie in die Küche führte. Das war offensichtlich einer der Räume, die fertig waren. Granitarbeitsplatten und moderne Küchengeräte, wohin man blickte, und alles wirkte warm und einladend. Von den gebürsteten Nickelgriffen auf den alten Ahornholzschränken bis zu dem langen, geschwungenen Wasserhahn über der Spüle. Melanie war froh darüber, dass Wyatt nicht auf einen kühlen, modernen Einrichtungsstil mit harten Kanten stand.

»Nein, ich brauche nichts«, antwortete sie ihm. Nachdem sie sich einmal um die eigene Achse gedreht hatte, wollte sie wissen, wo das Bad war.

»Ich hab zwei, aber das bei meinem Schlafzimmer ist das einzige, das man benutzen kann.«

Sie deutete den Flur entlang. »Dahinten?«

»Am Ende des Flures, die Flügeltür.«

Sie kam an ein paar geschlossenen Türen vorbei, ehe sie Wyatts großzügig bemessenes Schlafzimmer erreichte. Hier war alles mit gemütlichen Holzmöbeln eingerichtet. Das ungemachte Bett war in dunklen Farben bezogen, und eine Ausgabe von Lee Childs jüngstem Buch lag auf dem Nachttisch.

Eine Wand war unverputzt, sodass die roten Ziegel zu sehen waren. In der Mitte dieser Wand hing ein Gemälde. Die Küste von Oregon mit Felsklippen und tosender Brandung war in den gleichen gedämpften Tönen wie der übrige Raum gehalten, was perfekt zur restlichen Einrichtung passte. Zu behaupten, sie wäre beeindruckt, wäre eine Untertreibung gewesen.

Als sie ins Badezimmer trat und das Licht einschaltete, keuchte sie unwillkürlich auf.

Der Raum war verglichen mit den meisten Häusern von River Bend riesig. Vor einem großen Fenster gab es eine stylishe, frei schwebende Badewanne, die beiden Waschtische hatten Glasbecken und einen Unterbau aus Holz, von denen sie nie gedacht hätte, dass sie zusammenpassen würden, aber das taten sie.

Am beeindruckendsten war jedoch die Dusche. Sie konnte es sich nicht verkneifen und musste sich reinstellen und sie bestaunen. Ein Regenschauer-Duschkopf hing fest installiert von der Decke, und ein weiterer Duschkopf mit Schlauch war seitlich an der Wand befestigt. Die Glaswände sorgten dafür, dass alles trotz der dunklen Fliesen an der Wand leicht und hell wirkte. Es war atemberaubend … und zwar alles.

Sie betrachtete sich im Spiegel, während sie sich kurz die Hände wusch.

Was für ein Anblick. Sie war von Farbspritzern bedeckt, und um ihre Augen waren dunkle Ringe von zu vielen zu kurzen Nächten mit zu wenig Schlaf. Wie konnte Wyatt sie anschauen und nicht zurückzucken?

Entschlossen zog sie das Gummiband aus ihren Haaren und versuchte sie mit den Fingern durchzukämmen, um sie nach dem arbeitsreichen Tag ein wenig zu entwirren, machte es aber nur noch schlimmer.

Sie öffnete einen Knopf an ihrer Bluse und hob ihren Busen im BH etwas höher, ehe sie die Hände an die Seiten fallen ließ. An ihr war um zwei Uhr morgens absolut nichts auch nur annähernd sexy, entschied sie.

Zweifel daran, wie vernünftig es war, mit Wyatt zusammen zu sein, begannen in ihr aufzukeimen. Es war nicht so, dass sie den nächsten Schritt nicht machen wollte, sondern eher so, dass ihm aufgehen könnte, dass eine Frau wie sie es am Ende nicht wert war. Und dann war da plötzlich aus heiterem Himmel der verstörendste Gedanke von allen: War Wyatt schon mal mit einer Frau im Bett gewesen, die ein Kind bekommen hatte?

Sie hob ihr T-Shirt an und fuhr sich mit der Hand über ihren fast flachen Bauch. Bei dem leisen Klopfen an der Tür ließ sie es rasch wieder fallen.

»Hast du dich da drin verirrt?«

»Äh, nein.« Sie war ein Nervenbündel und ließ sich dazu verleiten, das Wasser aufzudrehen und eine Sekunde laufen zu lassen, ehe sie es wieder abstellte. Ihr Bild im Spiegel lachte sie aus, und sie schaute nicht mehr hin, ging zur Tür.

Wyatt stand draußen davor, ein selbstsicheres Grinsen auf dem Gesicht. »Ich hab schon angefangen, mir Sorgen zu machen.«

Melanie fuhr sich mit einer Hand durchs Haar, obwohl sie wusste, es war witzlos. »Das ist ein sehr schönes Badezimmer.« Normalerweise neigte sie nicht zu nervösem Gekicher, aber sie merkte, dass sich das wohl änderte. »Ich bin völlig durch den Wind.«

»Du bist wunderschön.«

Sie lehnte sich an den Türrahmen und versuchte sich zusammenzureißen. »Ich seh ungefähr so sexy aus wie eine nasse Katze.«

Wyatts Blick wanderte über sie, vom Kopf bis zu den Füßen und dann ganz langsam wieder zurück. Ein warmer Schauer durchlief sie, und sie hielt die Luft an.

Er machte einen Schritt auf sie zu und zog sie mit sich zurück ins Bad. Nachdem er sie auf die Kante der Wanne gesetzt hatte, drehte er sich zur Dusche um. Er stellte das Wasser an und dimmte das Licht zu einem romantischen Leuchten, was Melanie ein Lächeln entlockte.

Dann beugte er sich vor und zog ihr die Schuhe aus, einen nach dem anderen. Sie ließ ihn nicht aus den Augen. Wyatt rieb mit dem Daumen über ihren Spann, sobald er ihr die Socke ausgezogen hatte, und wandte sich dann dem anderen Fuß zu. Nachdem er ihre Schuhe zur Seite gestellt hatte, legte er ihr beide Hände auf die bloßen Knie und lächelte zu ihr hoch. Plötzlich fasste er sie ohne Vorwarnung an den Hüften, hob sie von der Badewanne und trug sie in die Dusche.

»Ich bin immer noch angezogen«, protestierte sie.

»Ich auch.« Aber er trat trotzdem mit ihr unter den warmen Wasserstrahl.

Sie kicherte, als er sie wieder auf die Füße stellte.

Er strich ihr das Haar aus dem Gesicht und drehte ihren Kopf, sodass das Wasser überallhin kam. Und als sie ihre Augen öffnete, starrte Wyatt sie mit einem Blick an, der ihr das Gefühl gab, wunderschön zu sein.

Melanie fuhr ihm mit den Händen über die Brust und fasste den Saum seines T-Shirts. Er bückte sich und half ihr, es ihm auszuziehen. Dabei strich sie mit den Händen über die glatten Muskeln auf seiner Brust. »Sehr schön«, murmelte sie anerkennend.

»Jetzt bist du dran«, sagte er, ehe er sich an den Knöpfen ihrer Bluse zu schaffen machte.

Das Wasser machte es schwierig, die Knöpfe durch die Knopflöcher zu bekommen, aber es gelang ihm, und er streifte sie ihr ab, als wäre das Kleidungsstück ein lästiges Ärgernis. Mit starken Händen umfing er ihre Brüste im BH, und dann ersetzten seine Lippen seinen Blick. Mit den Zähnen knabberte er zärtlich eine Spur von der einen Brust zur anderen, dann schob er ihr einen Träger über die Schulter und küsste sie dort. Sie spürte, wie ihr die Knie ein wenig weich wurden, und Wyatt stützte sie.

»So nicht«, flüsterte er.

»Ich kann nicht anders«, erwiderte sie.

Er küsste sie noch einmal auf den Mund und drehte sie um, sodass sie mit dem Rücken zu ihm stand. Er rieb sich die Hände mit Shampoo ein und massierte den Schaum in ihre Haare, dann folgte er den Schaumspuren über ihre Schultern und ihren Rücken. Er schob einen Finger unter ihren BH, ehe er den Verschluss öffnete und das Kleidungsstück oben über die Glastür warf.

Sie blickte ihn über die Schulter an und lächelte. Er nahm die Seife, rieb sich die Hände ein und fuhr ihr damit über den Rücken und über die Rippen nach vorn. Selbst unter dem warmen Wasser wurden ihre Brustspitzen unter seiner Berührung hart, und sie drängte sich ihm entgegen. Er verhielt dort nicht, stattdessen fuhr er mit seinen seifigen Fingern über jeden Zoll ihrer entblößten Haut.

Ihre Shorts erwiesen sich als schwierig, da es sich um jetzt nassen Jeansstoff handelte, und sie musste ihm mit dem Reißverschluss helfen. Dann zog er sie ihr zusammen mit ihrem Slip runter, während sie ihm immer noch den Rücken zuwandte.

Wyatt passte auf, dass sie nicht ausrutschte, während er ihr half, sie ganz auszuziehen. Beide Kleidungsstücke gesellten sich zu ihrem BH. Als er wieder da war, gingen seine Hände auf ihren Oberschenkeln auf Wanderschaft und begannen sie zu erforschen. Langsame Bewegungen, leichte Berührungen raubten ihr den Atem.

Er schmiegte sich an sie, und seine Jeans fühlten sich rau auf ihrer Haut an, während er sie auf den Nacken küsste. »Ich habe davon geträumt, dich hierzuhaben, so wie jetzt«, flüsterte er.

Melanie lehnte den Kopf zurück an seine Schulter und ließ das Wasser über sich laufen. »Ich mag deine Dusche.«

Er drehte sie um, bedeckte ihren Mund mit seinen Lippen und presste sie gegen die kühlen Fliesen. Die Hitze, sein Kuss, die kalte Wand, all das zusammen ließ sie erschauern. Sie griff nach ihm, und als ihre Hände auf seinem Hosenbund landeten, öffnete sie den Knopf und zog.

Doch der Reißverschluss bewegte sich keinen Zoll. Sie zog fester, wieder erfolglos.

Wyatt lächelte, während er sie weiter küsste, und half ihr. Sobald der Reißverschluss offen war, schob sie seine Finger weg und unterbrach den Kuss, um Luft zu holen. Statt ihn umzudrehen, lächelte sie, ließ ihre Hände zwischen seinen Hintern und die Jeans gleiten und streifte sie dann über seine Hüften nach unten.

Wie er bei ihr entfernte sie seine Unterwäsche zusammen mit der Jeans und versuchte, nicht auf seine Erektion zu starren, als sie sich hinkniete, um ihm aus den Hosenbeinen zu helfen. Sie beförderte die tropfnassen Kleider ebenfalls aus der Dusche und setzte dann die Erforschung seines Körpers fort.

Sie fand Seife, schäumte ihre Hände ein und ließ sich Zeit damit, den Schaum auf seinen angespannten Muskeln zu verteilen. Vom Knie bis zur Hüfte, über seine Brust und seine Schultern rieb sie ihn ein. Als ihre Finger über seine Pobacken glitten, atmete er scharf ein, und sie lächelte.

Er stützte sich mit den Händen zu beiden Seiten von ihr an der Wand ab, ein Versuch, Tempo rauszunehmen, wie sie wusste. Als ihre Hände bei seiner Vorderseite ankamen und seine Erektion streiften, konnte er sich nicht mehr zurückhalten.

Seine Hände waren überall, seine Lippen bedeckten ihre und ließen nicht mehr los. Mit dem warmen Wasser und dem Streicheln seiner Zunge war sie gefangen. Er hob ein Knie, kam ihr gefährlich nahe.

Melanie spürte, wie sie ausglitt, und griff nach seinen Schultern, um sich festzuhalten.

»Wir müssen schauen, dass wir hier rauskommen, bevor sich noch jemand wehtut«, erklärte sie.

Er nickte. »Und wir brauchen ein Kondom.«

Genau das hatte sie auch gedacht.

Er stellte das Wasser ab, trat aus der Dusche und kehrte mit einem riesigen Handtuch zurück, in das er sie einwickelte. Als sie versuchte, sich selbst abzutrocknen, machte er schneller, hob sie dann auf die Arme und trug sie ins Schlafzimmer.

»Ich kann selbst gehen«, protestierte sie mit einem Kichern.

»Ich hab dich.«

Er legte sie aufs Bett und entfernte das Handtuch. Nachdem er sich flüchtig einmal damit abgerieben hatte, warf er es auf den Boden und kroch zu ihr.

»Hi«, sagte er mit einem Lächeln.

Sie strich ihm mit dem Fuß über den Oberschenkel. »Hi.«

Die kalte Luft im Raum störte nicht lang. Sein Kuss machte da weiter, wo sie aufgehört hatten, nur ohne die Gefahr, auszurutschen und sich zu verletzen, und Melanie schloss die Augen, um es zu genießen. Alles.

Er glitt an ihrem Körper hinab, kniff sie zart in die Brustspitze, bevor er den leichten Schmerz mit Zunge und Lippen sogleich besänftigte. War sie schon einmal in ihrem Leben so erregt gewesen? Sie konnte sich nicht daran erinnern.

Sie spreizte die Beine, spürte seine Finger zwischen ihren Oberschenkeln, und als er sie endlich berührte, stöhnte sie auf. Winzige Sterne glitzerten vor ihren geschlossenen Augen, während sie sich an seiner Hand rieb. Jetzt war keine Schüchternheit mehr da, keine Unsicherheit, wie sie wohl aussah, weil sie ein Kind bekommen hatte … Nichts. Es gab nur sie und Wyatt und diesen unglaublichen Augenblick.

»So feucht«, sagte er, bevor er seinen Finger durch seine Zunge ersetzte.

»Gott.« Sie keuchte, schnappte nach Luft und fuhr ihm mit einer Hand durch das nasse Haar, während er sie kostete. Als sie so dicht davor war, dass sie meinte, bersten zu müssen, löste er sich von ihr, und ihr entschlüpfte ein leises Wimmern.

Dann war er wieder da, streifte sich das Kondom über und erregte sie erneut.

Ein Blick in ihre Augen und ein Lächeln waren offenbar all die Ermutigung, die er benötigte. Als er sie ausfüllte, schlang sie ihm die Beine um die Taille und kam ihm bei jedem Stoß entgegen. Als er sie küsste, schmeckte sie sich selbst auf seiner Zunge und sein Lächeln. Als sie für ihn kam, verlangsamte er seine Bewegungen, rollte sich mit ihr herum und machte weiter. Sie spannte jeden Muskel an, den sie besaß, und beobachtete sein Gesicht, bis sie den zweiten Orgasmus heranrollen spürte.

Dann waren da Sterne, und Wyatt rief ihren Namen, als auch er kam.

* * *

Nach nur ein paar Stunden Schlaf kochten sie sich Eier und tranken Kaffee. Die ganze Zeit über berührte Wyatt sie irgendwie. Während sie frühstückten, legte sie ihm ihre Füße auf den Schoß, und er aß mit nur einer Hand und massierte sie ihr sanft mit der anderen.

Es war unglaublich süß und tröstlich auf eine Art und Weise, wie Sex es nicht war. Er redete darüber, wie er sich sein Wohnzimmer vorstellte und wie es aussehen sollte, wenn es fertig war.

Er erkundigte sich, was sie in Bezug auf Design und Einrichtungsstil bevorzugte. Melanie hatte keine besonders entschiedenen Vorlieben oder Abneigungen, da sie ja noch nie selbst ein Haus oder eine Wohnung besessen hatte und sich daher auch noch nicht mit diesen Fragen auseinandergesetzt hatte. »Ich hab nicht mal ein eigenes Bad, Wyatt.«

»Das ist okay«, antwortete er grinsend. »Du kannst meins mitbenutzen.«

Irgendwann in der Nacht hatte Wyatt ihre Klamotten in den Trockner gesteckt, sodass das morgendliche Spießrutenlaufen zumindest nicht feucht stattfinden musste.

Sie setzten sich in seinen Pick-up, und wieder hielt er die ganze Zeit ihre Hand, bis sie bei der Pension ankamen. Es war nach neun, aber Melanie hatte bereits eine Nachricht an Miss Gina geschickt, um sich zu vergewissern, dass es okay war, wenn sie nicht gleich früh am Morgen da war.

Miss Gina hatte ihr einen Cartoon mit den Fußsohlen zweier Personen geschickt, die offensichtlich miteinander im Bett lagen, und der Bildunterschrift, alles wäre okay.

Wyatt brachte sie an die Tür und kniff ihr liebevoll in den Po, als sie die Stufen hochlief.

Sie schlug seine Hand weg. »Du bist furchtbar.«

Er schlang einen Arm um ihre Mitte und zog sie an sich, während sie reingingen. Alles war still, nur von der Rückseite des Hauses erklang leise Musik.

»Wir haben Muffins«, sagte Melanie.

»Für einen Muffin würde ich töten.«

Dazu verdrehte sie die Augen und verzog den Mund zu einem Lächeln, als sie Miss Gina in der Küche begrüßte.

»Na, was haben wir denn da?«

Melanie gab Miss Gina einen Kuss auf die Wange. »Guten Morgen.«

Die ältere Frau lächelte einfach nur.

Auch Wyatt gab ihr einen Kuss auf die Wange. »Guten Morgen, Miss Gina.«

Sie begann zu lachen. »Also, ihr beide solltet wirklich häufiger Sex haben.«

216

Melanie blieb der Mund offen stehen. »Miss Gina!«

»Was?« In der Miene der anderen Frau zeigte sich nicht der kleinste Anflug von Reue.

Die Wärme, die Wyatt gestern Nacht in ihr angefacht hatte, weigerte sich wegzugehen, und Melanie war dazu auch gar nicht bereit.

Sie nahm ein paar Muffins und platzierte sie auf einem Teller, den sie vor ihn stellte. Sie ging zur Kaffeekanne und hob sie fragend in seine Richtung. Als er nickte, suchte sie zwei Tassen und schenkte ihnen beiden ein. »Ich sehe, Mr Lewis' Auto ist noch da.«

»Ja, er hat gesagt, er würde gegen Mittag aufbrechen.«

Melanie fand das Milchkännchen, goss sich eine großzügige Portion daraus ein, ehe sie trank und dann darauf wartete, dass das Koffein seine Arbeit tat. »Wo ist Hope?«

Miss Gina blickte aus dem Küchenfenster. »Draußen.«

Als Melanie hinausschaute, konnte sie kein Anzeichen von ihrer Tochter entdecken. Mit der Kaffeetasse in der Hand trat sie kurz neben Wyatt, nahm einen Bissen von seinem Muffin und machte sich auf die Suche nach ihrer Tochter.

Die Fliegengittertür fiel mit dem vertrauten Klatschen zu. Die kühlere Morgenluft fühlte sich auf ihrer Haut gut an … Oder vielleicht war es auch der Sex von gestern Nacht.

Melanie lächelte, während sie von der hinteren Veranda und ums Haus ging. Die Reifenschaukel, die Wyatt an dem Ahorn angebracht hatte, war verlassen. Sie schwang leicht hin und her, als ob ihre Tochter gerade noch darauf gesessen und gespielt hätte. Der Erdhaufen, auch bekannt als Garten, war leer, kein Zeichen von Hope.

Melanie rief ihren Namen, erhielt aber keine Antwort. Als sie wieder ins Haus trat, stellte sie ihre Kaffeetasse ab und ging hoch in ihr Zimmer. Hopes Nachthemd lag auf dem Boden, eine Schublade war aufgezogen, kurz, alles sah ganz normal nach

217

ihrer Tochter aus, die es nicht erwarten konnte, den Sommertag zu beginnen.

Aber immer noch keine Hope.

Eine leise Sorge regte sich in Melanie, begann das Hochgefühl, das Wyatt ihr beschert hatte, zu verdrängen.

Als sie zurück in die Küche kam, fand sie Wyatt und Miss Gina ins Gespräch vertieft vor. »Sie ist nicht draußen.«

Miss Gina legte den Kopf schief. »Hope?«

»Ja, und sie ist auch nicht in ihrem Zimmer.«

»Das ist komisch, keine zwanzig Minuten bevor ihr reingekommen seid, war sie noch hier.«

Gemeinsam gingen sie nach draußen. »Du schaust in der Garage nach«, wies Melanie Wyatt an. »Ich gucke, ob sie beim Kletterbaum ist.«

Obwohl ihr ausdrücklich verboten worden war, auf einen Baum zu klettern, ohne dass ein Erwachsener aufpasste, war es nicht völlig ausgeschlossen.

Melanie rief Hopes Namen mehrere Male auf dem Weg zum Baum, an dem sie vor ein paar Tagen zu dritt hochgestiegen waren. Als von ihr auch dort keine Spur zu entdecken war, wuchs das leise Unbehagen zu echter Angst. Schnell eilte sie den Weg zur Pension zurück, erwartete eigentlich, Hope bei Miss Gina und Wyatt zu sehen.

Sie blieb abrupt stehen, als sie erkannte, dass die beiden sich stattdessen in unterschiedliche Richtungen entfernten und dabei Hopes Namen riefen.

Sie begann zu zittern. »Hope!« Ihre Stimme hallte durch den Wald, ihr Schrei war panisch. »Hope!«

Kapitel sechzehn

Als Jo eintraf, war Melanie in Tränen aufgelöst.

Wyatt stand neben ihr, während Jo aus dem Streifenwagen stieg und ihre Freundin umarmte.

»Ich kann sie nicht finden, Jo.«

Jo nahm Melanies Kopf in die Hände und schaute ihrer Freundin tief in die Augen. »Aber *wir* werden sie finden.«

»Sie war doch … Verdammt! Wo ist sie?« Melanies Tränen wollten einfach nicht versiegen.

»Mel! Lass es. Lass es sein! Trockne deine verdammten Tränen, und konzentrier dich. So nützt du Hope rein gar nichts.«

Jos Worte mussten zu ihr durchgedrungen sein. Melanie holte bebend Luft, atmete langsam wieder aus und fasste sich.

»Okay.«

Ein zweiter Streifenwagen kam mit Blaulicht angefahren.

Jo ging an Melanie vorbei zu Miss Gina. »Jetzt möchte ich, dass du mir alles ganz von Anfang an erzählst. Wo hast du sie zuletzt gesehen?«

Das war das dritte Mal, dass Wyatt diesen Bericht hörte. Der Drang, etwas zu tun, mit dem Reden aufzuhören und den

Wald zu durchkämmen, wurde schier überwältigend. Er hielt Melanies Hand und drückte sie fest.

»Und wer sind Sie?« Jo wandte sich an den einen Gast der Pension.

»Patrick Lewis.«

Jo starrte ihn an. »Wann haben Sie Hope das letzte Mal gesehen?«

»Sie ist durchs Zimmer gelaufen, als ich gefrühstückt habe.«

Miss Gina legte Jo eine Hand auf den Arm. »Mr Lewis hat mitbekommen, dass wir nach Hope rufen, und wollte sehen, ob er helfen kann.«

Deputy Emery stellte sich zu Jo auf die Veranda.

»Warum suchen wir nicht nach ihr?«, fragte Melanie Wyatt.

»Das werden wir gleich.« Er hauchte ihr einen Kuss auf den Scheitel.

Kies spritzte erneut auf, dieses Mal mit einer Staubwolke, die darauf hinwies, dass die Kavallerie eintraf.

Jo drehte sich um. »Was zur …«

»Ich hab Hilfe gerufen«, erklärte Wyatt.

Luke sprang von seinem Motorrad, hinter ihm waren seine Eltern in ihrem Pick-up. Josie kam auch und hatte ihren Barkeeper sowie ein paar weitere Angestellte dabei. Sam und Brenda, Rektor Mason und ein halbes Dutzend Lehrer.

Melanie konnte kaum noch atmen.

»Bleib ganz ruhig, Süße. Wir werden sie finden«, versuchte Wyatt sie zu beruhigen.

Mel konnte nur nicken und mehrmals blinzeln, um zu verhindern, dass ihr wieder die Tränen über die Wangen liefen.

Wyatt wich von Melanies Seite, als Josie kam, um sie zu umarmen. »Vermutlich hat sie sich einfach im Wald verlaufen.«

»Was ist passiert?«, wollte Luke wissen.

»Wir sind vor ungefähr einer halben Stunde heimgekommen. Miss Gina hat gesagt, dass sie Hope hinten im Garten gesehen hat, keine halbe Stunde vorher. Als wir nachgeschaut haben, war Hope fort.«

»Und es ist ausgeschlossen, dass sie nur spielt?«

Wyatt schüttelte den Kopf. »Sie bleibt immer in Sichtweite des Hauses, wenn sie draußen ist, es sei denn, jemand ist bei ihr.«

Luke schaute auf sein Handy, um zu sehen, wie spät es war. »Also ist es eine Stunde her?«

Es klang schlimmer, wenn Luke es laut aussprach. »Ja.«

Deputy Emery begab sich mit Mr Lewis und Miss Gina in die Pension, während Jo zu den anderen herübertrat. Sie warf ihren Hut auf die Ladefläche des Pick-ups.

»Euch allen danke, dass ihr gekommen seid.«

»Was können wir tun, Jo?« Sam war kein junger Mann mehr, aber er schien mehr als erpicht darauf, endlich anzufangen.

Wyatt und Luke stellten sich rechts und links neben Melanie, während Jo Anweisungen zu geben begann.

»Wir müssen uns aufteilen, bis wir mehr Leute sind. Hope hatte Jeans an, ein lila T-Shirt und einen weißen Pullover. Sie klettert gern auf Bäume. Es könnte sein, dass sie einfach zu hoch in einen Baum gestiegen ist und allein nicht mehr runterkommt.« Jo warf einen Blick zu Melanie und fügte hinzu: »Oder sie könnte auch runtergefallen sein und kann jetzt nicht mehr nach Hause gehen.«

Melanie umklammerte Wyatts Hand fester, weinte aber nicht. »Ich hab ihr gesagt, wenn sie sich mal im Wald verläuft, soll sie sich einen Baum suchen und auf Hilfe warten.«

Jo lächelte. »Das ist gut, Mel, wirklich gut. Sie ist ein kluges Mädchen. Und sie ist abenteuerlustig«, wandte sie sich an die anderen.

»Und furchtlos«, fügte Wyatt hinzu.

Jo teilte alle in Dreiergruppen ein und ging zur Rückseite ihres Streifenwagens, wo sie den Kofferraum öffnete. Sie holte

Funkgeräte heraus und stellte bei allen den gleichen Kanal ein, ehe sie sie weitergab.

Wyatt fiel auf, dass Mr Lewis Deputy Emery die Hand schüttelte, ehe er seine Kofferraumklappe schloss.

»Ich muss euch nicht extra sagen, dass es unser oberstes Ziel ist, Hope vor Sonnenuntergang zu finden.«

»Und das werden wir schaffen, Jo«, erklärte Luke.

Als sie aufbrachen, trat Wyatt zu Jo. »Sie ist noch nie so lange weggeblieben«, sagte er leise zu ihr.

»Ich weiß.«

Er schaute dem sich entfernenden Wagen von Mr Lewis nach. »Wohin fährt er?«

»Er muss seinen Flug bekommen. Ich habe seine Daten aufgenommen, Wyatt.«

»Das hier ist Mist.«

»Ja. Pass auf, dass Mel nicht den Verstand verliert. Ich bleib hier und durchsuche das Haus.«

Wyatt warf einen Blick auf das dreistöckige Gebäude. »Glaubst du, sie könnte irgendwo da drin sein?«

Jos Worte waren kaum zu verstehen. »Ich hoffe nicht.«

»Himmel.« Die Erinnerung an einen bekannten Kriminalfall drängte sich ihm in den Kopf, und der war für das vermisste Kind nicht günstig ausgegangen.

Melanie kam zu ihnen. »Lasst uns loslaufen.«

Wyatt ließ sich von ihr wegführen.

»Ich komme sofort nach«, erklärte Jo.

* * *

Fünf Minuten fühlten sich wie dreißig an.

Und zehn wie eine Stunde.

Und jede Stunde wie ein ganzes Leben.

Während sie versuchte, die Tränen zurückzuhalten, war die Angst wie ein Tsunami in ihrem Kopf. Hope war jetzt schon länger als drei Stunden verschwunden. Alle zehn Minuten rief Melanie in der Pension an und stellte die gleiche Frage: »Irgendwas Neues?«

Deputy Emery war mit Miss Gina am Haus geblieben und koordinierte von da aus die Suche mit den Freiwilligen. Im Moment war River Bend praktisch komplett abgeriegelt, und alle suchten in Gruppen von fünf und zehn in den Wäldern rund um die Pension nach Hope.

»Hope!«

Der Name ihrer Tochter wurde immer wieder gerufen.

Trotzdem nichts.

»Melanie, bist du da?«

Jos Stimme ließ sie mit rasendem Herzen nach dem Funkgerät tasten. Sie drückte den Knopf und blieb stehen, während sie sprach. »Habt ihr sie gefunden?«

»Nein. Aber du musst zurück zum Haus.«

Sie versuchte sich von der Enttäuschung nicht niederdrücken zu lassen. »Nein. Ich bleibe hier draußen, bis wir sie finden.«

»Mel. Ich habe Verstärkung gerufen. Die Hundestaffel ist da. Du musst hier ein paar Sachen machen, dann kannst du wieder raus.«

Wyatt sah sie dastehen und kam zu ihr. »Haben sie sie gefunden?«

Melanie schüttelte den Kopf, wandte sich wieder ans Funkgerät. »Ich bin auf dem Weg.« Sie drehte sich um und begann zu laufen.

Wyatt hielt mit ihr Schritt. »Was ist los?«

»Jo hat Suchhunde kommen lassen.«

Schweiß rann ihr zwischen den Schulterblättern hinab, als sie die Rückseite der Pension erreichte, und sie war völlig außer

Atem. Das Bellen der Hunde ließ sie weiterlaufen, bis sie um die Hausecke bog und vor dem Eingang stehen blieb.

Überall waren Autos. Zwei weitere Streifenwagen, beide aus benachbarten Städten, befanden sich auch darunter. Die schiere Menge führte ihr drastisch vor Augen, wie schlimm alles war.

Miss Gina sah sie als Erste und rief ins Haus hinein nach Jo.

»Wie hältst du dich?«, fragte sie.

Melanie war sich nicht sicher, ob sie sprechen konnte.

Miss Gina senkte den Kopf. »Ich hätte besser auf sie aufpassen müssen.«

Melanie fasste sie an der Schulter. »Nein, das ist nicht deine Schuld.«

»Wenn ich nur …«

»Es ist nicht *deine* Schuld«, unterbrach Melanie ihre mütterliche Freundin scharf.

Sie drängte sich an Miss Gina vorbei, bemerkte aus dem Augenwinkel, dass Wyatt gleich hinter ihr war.

Es ist meine *Schuld*.

»Mel?«

Jo stand mit zwei weiteren uniformierten Beamten zusammen, die Mel nicht kannte.

»Das ging aber schnell.« Jo verschwendete wenig Zeit daran, die Hundeführer vorzustellen.

»Was wir brauchen, ist etwas, das Hope gehört und ihren Geruch hat.«

»Wie ein Pulli?«

»Nur einer, der selten gewaschen wird. Stofftiere, eine Lieblingsdecke … So was wäre besser.«

Melanie lief nach oben und zum Bett, fand ein Kuscheltier und suchte in einer Schublade nach einer verschlissenen Babydecke, mit der Hope oft schlief, die sie morgens aber immer wegräumte. Jemand hatte sie, als sie noch in Bakersfield lebten, deswegen aufgezogen, und jetzt versteckte Hope sie immer und wollte nicht darüber sprechen.

Melanie barg ihr Gesicht in dem Stoff und atmete tief ein. Es roch nach ihrer Tochter. Sie schüttelte den Kopf und lief wieder nach unten zu Jo, der sie die Sachen in die Hand drückte.

Jo drehte sich um und gab sie dem Mann neben sich.

»Perfekt.«

Beide Hundeführer mussten um die vierzig sein, der eine ein bisschen dicker als der andere. Beide hatten ein freundliches Lächeln und Gesichter, die nichts verrieten. »Wir werden sie finden, Mrs Bartlett.«

»Miss. Ich bin nicht verheiratet.«

Der Beamte rechts von ihr – seinen Namen hatte sie leider schon wieder vergessen – nickte und ging aus dem Zimmer.

Wyatt kam herein, eine Flasche mit Wasser in der Hand. »Hier.«

Sie schüttelte den Kopf.

»Melanie.« Er hielt sie ihr weiter hin.

»Also gut.« Sie nahm die Flasche und leerte sie in einem Zug zur Hälfte, ehe sie sie wieder zuschraubte.

»Ich sollte mit ihnen gehen«, sagte Melanie zu Jo.

»Du solltest dich eine Minute ausruhen und durchschnaufen.«

Melanie ignorierte ihre Freundin und wandte sich zur Tür. Sie würde nicht rasten noch ruhen, bis sie Hope wieder in ihre Arme schließen konnte.

»Mel!« Jo versuchte sie aufzuhalten.

Melanie hob nur die Hand mit dem ausgestreckten Mittelfinger und ging hinaus.

Wyatt folgte ihr.

»Willst du mir nicht auch sagen, dass ich mich ausruhen soll?«, wollte sie wissen.

»Nope.«

225

Sie warf ihm einen Blick von der Seite zu. »Gut.«

»Officer Maaco?«, rief Wyatt dem Mann zu, der Hopes Decke einem Deutschen Schäferhund vor die Schnauze hielt.

Maaco schaute sie beide verständnisvoll an. »Bella ist eine von den besten Hunden, Miss Bartlett. Da Ihre Tochter hier ja wohnt, wird sie vermutlich erst mal ein bisschen die Gegend erkunden, aber dann wird sie die frischeste Geruchsspur von Hope finden.«

»Okay.« *Nein, nicht okay ... Nichts hiervon ist okay.* Die Verzweiflung des Tages begann sich auf Melanies Schultern zu senken, während Bella an den Stellen schnüffelte, wo Hope gewöhnlich spielte. Es sah so aus, als versuchte die Hündin, ihren Schwanz zu jagen, denn sie drehte sich dabei im Kreis.

Melanie ballte die Hände zu festen Fäusten und versuchte, geduldig zu warten.

Doch dann liefen Bella und ihr Gegenstück Fisher beinahe gleichzeitig los. Die Richtung, die sie einschlugen, war eine völlig andere, als Melanie erwartet hatte. Die Hunde rannten nach Norden, ließen die südlichen Wälder, in denen sie gesucht hatten, unbeachtet.

»Wo laufen sie hin?«

»Sie folgen einer Geruchsspur.«

Jetzt war es an Melanie, sich einmal im Kreis zu drehen. »Wir gehen nie in diese Richtung.«

Bella rannte weiter, und Maaco folgte ihr. »Heute hat sie das aber getan, Miss Bartlett.«

Melanie und Wyatt beeilten sich, nicht den Anschluss zu verlieren.

Maaco sprach in sein Funkgerät: »Die Hunde haben eine Spur gefunden, Nordwest.«

Jos Stimme war völlig verzerrt. »Verdammt. Okay ... Wir schicken die Verstärkung in eure Richtung.«

»Verstanden.«

Wyatt lief weiter neben ihr, suchte mit den Augen die Umgebung ab und schwieg mit zusammengebissenen Zähnen. Sie mussten ungefähr einen knappen Kilometer von der Pension entfernt sein, als sich die Hunde aufteilten und in unterschiedliche Richtungen weiterliefen.

»Was zur …?«

»Sie machen vermutlich gleich kehrt.«

Melanie blickte Wyatt an, der sie sofort verstand. »Ich gehe mit ihm«, sagte er und deutete mit dem Kinn in Richtung des zweiten Suchhundes.

Sie biss sich auf die Lippe, nickte und folgte selbst Bella.

Eine Viertelstunde später kam ein Funkspruch.

»Wir haben was.«

Maaco blieb mitten im Schritt stehen, und Melanie umklammerte ihr Funkgerät. »Was?«

»Ihren Pulli. Wir haben Hopes Pulli gefunden.«

»Und sie auch?« Es entstand eine Pause. Vor Schmerz krampfte sich ihr Herz zusammen. »Ist sie da?«

Wyatts Stimme antwortete. »Nein, Baby, ist sie nicht. Wir suchen noch.«

Kapitel siebzehn

Es war noch eine Stunde bis zur Dämmerung. Die Presse war aufgetaucht, nachdem die Vermisstenmeldung bekannt gegeben worden war, und laut Jo war Nathan von Hopes Verschwinden benachrichtigt worden.

Melanie war in ihrem ganzen Leben noch nie so hoffnungslos zumute gewesen.

Die Suche konzentrierte sich auf die Gegend, in der Hopes Pulli gefunden worden war. Menschen, die sie seit Jahren nicht mehr gesehen hatte, kamen zu ihr, sprachen ihr Mut zu und begaben sich dann auf ihre Posten, um sich an der Suche zu beteiligen. Selbst Zane erschien mit Zoes Mom, um zu helfen. Zanya blieb in der Pension und bereitete alles für die Freiwilligen vor, die in regelmäßigen Abständen zurückkehrten, um etwas zu essen und zu trinken.

Das FBI war auf dem Weg, weshalb Melanie zwar das Gefühl hatte, durchzudrehen, gleichzeitig aber Hoffnung schöpfte. Sosehr sie Jo auch liebte und ihr vertraute, hatte sie doch bis jetzt noch nicht viel mit Vermisstenfällen zu tun gehabt.

Die Suchaktion war auf jeden Fall beeindruckend.

Wyatt blieb immer an ihrer Seite. Er schlug nie vor, dass sie langsamer machen oder aufhören sollte. Er reichte ihr Wasser, drückte ihr unterwegs etwas zu essen in die Hand, blieb jedoch nie zurück.

Als klar wurde, dass Hope sich nicht in der Nähe des Pullis befand, machte Melanie in der Richtung weiter, in der sie mit Bella gesucht hatten, bevor sie zusammengerufen worden waren. Die Trupps rückten enger zusammen, um jeden noch so kleinen Hinweis auf Hopes Verbleib zu entdecken.

Es war Melanie nie in den Sinn gekommen, dass sie einen Teil von ihr finden könnten. Selbst einen Pulli. Jetzt raubte ihr die Möglichkeit, dass sie etwas anderes entdecken könnten als ihre unversehrte Tochter, fast den Verstand.

Ihr war kalt, und sie zitterte unter dem übergroßen Mantel, den Wyatt ihr irgendwann an diesem kühlen Tag um die Schultern gelegt hatte. Jeder Muskel in ihrem Körper schmerzte, und ihr Kopf fühlte sich an, als würde er gleich platzen.

Melanie tat, was jede Mutter getan hätte … Sie machte weiter.

Die Sonne bewegte sich gleichmäßig weiter Richtung Horizont, egal, wie sehr Melanie sich wünschte, sie würde am Himmel bleiben.

»Hier waren wir etwa, als sie den Pulli entdeckt haben.«

Maaco stimmte mit einem Nicken zu.

Der Hundeführer kniete sich zum hundertsten Mal an diesem Tag neben Bella und gab ihr Anweisungen, während er Hopes Babydecke hielt.

»Komm schon, Bella«, hörte Melanie Wyatt neben sich flüstern.

Ein halbes Dutzend Freiwillige stand bei ihnen, alle auf den Hund fokussiert.

Bella lief zweimal im Kreis, bevor sie sich nach Westen entfernte.

»Sind wir da nicht schon beim ersten Mal gewesen?«, fragte Melanie.

Wyatt war offenbar der Einzige, der ihr zuhörte. »Vielleicht ist Hope umgedreht.«

Unterdessen war auch Jo bei ihnen, die es nicht mehr aushielt, zurückzubleiben und alles zu koordinieren. »Verteilt euch«, wies sie alle an. »So, wie vorhin besprochen. Alles, egal, wie unscheinbar.«

Es kam gemurmelte Zustimmung, und alle bildeten eine Reihe, immer sechs bis acht Meter voneinander entfernt, Bella hinterher in die gleiche Richtung unterwegs.

Erst als es steiler bergab ging, wurden sie langsamer.

Melanie wusste, dass der Abhang an einer Klippe endete, was der Grund war, warum Hope hier auf keinen Fall entlanggehen durfte. Am Fuß der Klippe befand sich eine Schlucht, aber es war viel zu gefährlich, hier herumzuklettern. Hope, die sich stets an die Regeln hielt, wäre niemals von sich aus hergekommen.

Und das machte Melanie nur noch mehr Angst.

Während die anderen zurückblieben, folgte sie Bella, Maaco und Jo den Hügel hinunter. Wyatt hielt ihre Hand, damit sie nicht stürzte. Auf einmal war Bella weg, und Melanie geriet in Panik.

Als der Hund anfing zu bellen, wurde Maaco schneller, und Melanie eilte ihm nach. Irgendwann schüttelte sie Wyatts Hand ab und krabbelte auf allen vieren, um nicht zu fallen.

Maaco erreichte Bella, die hinter einem Felsen verschwunden war, der seitlich aus dem Abhang hervorragte. Bei dem hektischen Bellen des Suchhundes beschleunigte sich Melanies Puls.

Sie wurde schneller, fühlte, wie ihr ein scharfer Stein in die Hand schnitt, als sie den Boden unter den Füßen verlor und sich an der Seite des Hügels festhalten musste, um nicht abzustürzen.

»O Gott!«, rief Maaco über das Bellen hinweg.

Melanie erstarrte.

»Sie ist hier!«

Jeder Nerv in Melanies Körper stand unter Spannung, wartete auf seine nächsten Worte.

»Sie lebt.«

Tränen stiegen ihr in die Augen, aber sie kümmerte sich nicht darum, während sie Maacos Stimme folgte. Gerade als sie Bella erblickte, schaute Maaco hoch und winkte mit beiden Armen. »Stopp. Stopp!«

Sie konnte sie nicht sehen. Konnte ihre Tochter hinter dem Felsen nicht erkennen.

»Es ist hier nicht sicher.«

»Hope?«, rief Melanie hinüber.

»Sie ist bewusstlos. Aber sie atmet ruhig und gleichmäßig. Ich vermute, sie hat sich den Kopf angestoßen. Und vielleicht den Arm gebrochen.«

Jo kam an Melanies und Wyatts Seite geeilt, hörte Maacos letzte Worte.

»Ich muss zu ihr.« Trotz Maacos Warnung machte sich Melanie auf den Weg nach unten.

Wyatt packte sie am Arm. »Sei jetzt nicht unvernünftig. Wir haben sie gefunden, sie ist in Sicherheit.«

Melanie blickte dorthin, wo ihre Tochter lag, und wusste, er hatte recht.

Jo sprach in ihr Funkgerät: »Wir haben sie gefunden. Ich wiederhole: Wir haben sie gefunden. Wir brauchen einen Arzt. Kopftrauma. Ich will einen Hubschrauber.«

»Bisschen spät am Tag für einen Helikopter, Sheriff.«

Melanie fing Jos Blick auf.

»Ist mir egal. Kümmern Sie sich darum.«

Es fühlte sich wie eine kleine Ewigkeit an, ihrer Tochter so nah zu sein und sie doch nicht erreichen zu können.

Das Rettungsteam war binnen Minuten mit Leinen und einem Seilzug bei ihnen. Alle anderen stiegen auf ein höher gelegenes Plateau, während Hope in einem Transportkorb verstaut und nach oben geholt wurde.

Sobald sie dort angekommen war, eilte Melanie an ihre Seite. »Oh, Süße. Was ist nur mit dir geschehen?«

Hope war immer noch bewusstlos und hatte einen bösen Bluterguss an der Stirn, der in allen Farben des Regenbogens schillerte.

Melanie beugte sich vor, fühlte den Atem ihrer Tochter an ihrer Wange und küsste sie. »Wach auf, Baby.«

»Wir müssen sie von hier wegbringen, Miss Bartlett«, sagte einer der Sanitäter.

Melanie griff nach der Seite des Transportkorbs und ließ ihn nicht mehr los. Sie würde nie wieder loslassen.

Ein Hubschrauber wartete in Bereitschaft mitten auf Miss Ginas Rasen.

Melanie war sich vage der ganzen Leute bewusst, die alles von den Seiten aus beobachteten, während jemand sie in den Helikopter schob und ihr einen Gurt umlegte.

Die Rotorblätter begannen sich zu drehen, und der Lärm übertönte alles andere.

Sanitäter arbeiteten hastig neben ihrer Tochter.

Melanie fühlte einen Blick auf sich und wandte den Kopf, bemerkte Wyatt, der sie anschaute.

Er winkte ihr, während der Hubschrauber abhob.

* * *

Seine Finger umklammerten mit weißen Knöcheln das Lenkrad.

Er kontrollierte es. Das Bedürfnis. Die Sucht. Schließlich war er Profi. Leute bezahlten ihn, damit er sich um ihre Probleme kümmerte.

Vielleicht hätte er die Sache nicht so weit treiben sollen, aber er hatte sich selbst beweisen müssen, dass er die Kontrolle hatte.

Ein tiefer, beruhigender Atemzug half ihm, das Lenkrad loszulassen und sich mit den Händen über seine Oberschenkel zu streichen.

Er hatte alles unter Kontrolle.

* * *

Die Polizeieskorte zum Krankenhaus in Eugene reduzierte die Fahrzeit von normalerweise zwei Stunden auf fünfundsiebzig Minuten.

Er hatte Melanie eine Nachricht geschickt, in der Hoffnung, ein Update zu erhalten, aber sie antwortete nicht.

Der Stress, Schmerz und, ja, selbst die Schuld des Tages hätten eigentlich dafür sorgen müssen, dass er sich als kleines Häufchen Elend auf dem Boden seines Pick-ups zusammenrollen wollte, aber stattdessen fuhr er hinter Jos blinkendem Blaulicht her, während sie auf den Parkplatz der Notaufnahme abbog.

»Ich gehe hintenrum rein«, rief Jo, die schon aus dem Wagen und auf dem Weg war. »Ich melde mich, sobald ich kann.«

Sie verschwand durch die Glastüren der Notaufnahme.

Wyatt strich sich mit der Hand durchs Haar und hastete durch die geschäftige Lobby. Es war nach zehn, überall waren Kinder, Menschen schliefen auf den unbequemen Stühlen, die Beine hochgezogen, den Kopf auf die Schulter oder an die Wand gelehnt. Es roch nach Krankheit und Desinfektionsmittel.

Zehn Minuten vergingen, bevor Jo den Kopf durch eine Tür steckte, von der er annahm, dass sie ins Herz der Notaufnahme führte, und ihn hereinwinkte.

»Wie geht es ihr?«

»Responsiv, laut Mel. Gebrochener Arm. Der Scan ihres Kopfes hat eine kleine Blutung auf Höhe des Ohres gezeigt, weshalb sie vermutlich bewusstlos war.«

»Das hört sich nicht gut an.«

Jo schüttelte den Kopf. »Sie hatte Glück, dass wir sie jetzt gefunden haben. Ihre Temperatur war bereits gesunken, und das wäre nicht gut ausgegangen.«

»Was hat sie da draußen gemacht, Jo?«

Jo biss die Zähne aufeinander. »Ich weiß es nicht. Ganz ehrlich, mir gefällt das nicht. Irgendwas hieran fühlt sich komplett falsch an.«

Eine Schwester mit einem Arm voller Infusionsbeutel eilte an ihnen vorbei.

Wyatt trat ihr aus dem Weg und sah sich um. »Wo sind sie?«

Jo nickte in eine Richtung und lief los. »Mel geht es furchtbar.«

»Ich weiß.«

Jo hielt ihn am Arm zurück. »Nein, sie fühlt sich schuldig, weil sie letzte Nacht nicht da gewesen ist.«

Ja, das konnte er verstehen. Selbst wenn es irrational war, ging es ihm genauso. »Ich weiß«, wiederholte er.

Die Glastüren der Notaufnahme öffneten sich, und Wyatt fühlte sich, als hätte ihm jemand einen Hieb unter die Gürtellinie verpasst.

Hope war ein winziges eingewickeltes Bündel Mensch, mit Kabeln und Schläuchen, die überall über ihren kleinen Körper liefen. Melanie saß an ihrer Seite, ihre Hand hielt Hopes, ihr Kopf war auf die Seite des Bettes gelegt.

»Hey, Darlin'«, flüsterte er.

Melanie hob den Blick ihrer roten, tränengefüllten Augen zu seinem.

Er wartete auf eine Einladung, war sich nicht sicher, ob sie kommen würde.

Als sie ihm ihre freie Hand entgegenstreckte, trat er in den Raum, kniete sich neben sie und schlang die Arme um sie.

Und sie weinte.

Sanfte, stille Tränen, bis er fühlte, wie sie zitterte bei dem Versuch, das zurückzuhalten, was sie tief in ihrer Seele quälte.

Das Geräusch von Schritten ließ Wyatt zur Tür blicken, und er sah Jo reinkommen.

»Es ist okay. Jetzt ist sie in Sicherheit.«

Melanie schniefte, versuchte, sich zu beherrschen. »Ich hab noch nie solche Angst gehabt.«

»Ich weiß, Süße. Ich weiß.« Und das stimmte. Er lehnte sich zurück, strich ihr mit den Daumen die Tränen weg und versuchte zu lächeln.

»Ich hätte gestern nach Hause fahren sollen. Wenn ich die Nacht nicht …«

»Darlin', hör auf. Du kannst dir nicht die Schuld daran geben.«

»Aber …«

Der Schmerz in ihren Augen sprach Bände. Und ihm ging es nicht besser. »Sch.« Er legte ihr den Daumen auf die Lippen und schenkte ihr ein Lächeln voller Verständnis und Unterstützung.

Melanie versuchte, es zu erwidern, bevor sie ihren Blick wieder zu ihrer Tochter wandte.

»Was haben die Ärzte gesagt?«, erkundigte er sich, während er einen zweiten Stuhl an Hopes Bett zog.

»Sie haben einen Kinderneurologen gerufen. Aber er ist noch nicht da.«

»Jo hat etwas von einer Blutung erzählt.«

Melanie nickte, sprach leise weiter: »Ja, aber sie haben gesagt, dass es nicht auf irgendwas drückt, was gut ist. Als Hope nach unserer Ankunft kurz zu sich gekommen ist, hat sie wirr geredet. Der Arzt hat gemeint, das wäre nicht ungewöhnlich bei dieser Verletzung und der langen Zeit, die sie bewusstlos gewesen ist.«

Hope zuckte im Schlaf, wurde aber nicht wach.

»Glauben sie, dass sie die ganze Zeit ohne Bewusstsein gewesen ist?«

»Das können sie nicht sagen. Wir werden das erst erfahren, wenn sie aufwacht und klar reden kann. Selbst dann muss sie sich erst mal erinnern, und es könnte einige Zeit dauern, bis das passiert.«

Wyatt legte seine Hand über die von Melanie, die wiederum Hopes hielt.

Die Stille wurde von einer Schwester unterbrochen, die in den Raum kam. Ihr Lächeln und ihre freundlichen Augen hatten etwas Tröstliches.

Sie legte einige Dinge auf einen Rolltisch und wandte sich an sie: »Der Orthopäde ist da, um ihr den Arm zu richten und zu schienen.«

»Wird ihr das wehtun?«, fragte Melanie.

Die Schwester kniff die Augen zusammen und seufzte. »Ein bisschen. Der Arzt wird ihr ein Schmerzmittel spritzen, und mit ein bisschen Glück spürt sie danach nicht mehr viel.«

»Okay.« Melanie stand auf, als ein Mann in den Raum trat. »Mrs Bartlett?«

Melanie korrigierte den Mann, wie sie es schon den ganzen Tag getan hatte, wie Wyatt aufgefallen war. »Miss.«

Er lächelte. »Ich bin Dr. Johnson.«

Der Arzt sah zwischen ihnen hin und her, während er erklärte, was er tun würde.

Während er sprach, schaltete er einen Leuchtkasten an, den man benutzte, um Röntgenbilder zu betrachten, und steckte etwas darauf, von dem Wyatt annahm, dass es Aufnahmen von Hopes Arm waren. Die Bruchstelle in ihrem Unterarm war deutlich erkennbar, Elle und Speiche waren betroffen.

Das musste wehtun.

»Wenn ich die Knochen gerichtet habe, ist es nur eine Frage der Zeit, bis sie wieder zusammenwachsen. In sechs Wochen werden wir ihr den Gips abnehmen. Ich sehe keine Probleme voraus.«

Eine weitere Schwester kam in den Raum, und sie fingen an, das Bett hochzustellen. Wyatt trat zurück und schaute zu.

Hope bewegte sich auf dem Bett.

»Hope, Süße. Mommy ist hier.«

Hope stöhnte und blinzelte ein paarmal. Für Wyatt war es das Schönste, was er den ganzen Tag gesehen hatte.

»Miss Gina wird böse auf mich sein.« Das waren die ersten Worte, die aus Hopes Mund kamen.

Melanie legte ihr sanft eine Hand auf die Stirn, während die Krankenhausangestellten mehrere Boxen öffneten, von denen Wyatt annahm, dass sie das Schienmaterial für Hopes Arm enthielten.

»Miss Gina ist nicht böse«, beruhigte Melanie ihre Tochter.

»Mommy?« Die Frage und der Tonfall von Hope ließen Wyatt innehalten.

»Das ist richtig, Süße. Ich bin hier.«

»Irgendwas stimmt nicht.« Hope sah an Melanie vorbei zu den Leuten, die im Zimmer waren.

»Du bist im Krankenhaus, Süße. Du bist gestürzt.«

»Mommy. Miss Gina wird so böse sein.« Hope versuchte, sich auf dem Bett zu bewegen, und schrie auf.

»Bleib ganz ruhig liegen, Baby.«

Hope öffnete wieder die Augen und starrte Melanie an, als würde sie sie zum ersten Mal sehen. »Mommy, bist du das?«

Melanie traten erneut Tränen in die Augen. »Warum fragt sie mich das?«, wandte sie sich an den Arzt.

»Wiederholte Fragen sind normal nach einer Kopfverletzung. Meistens vergeht das schnell wieder.«

Wyatt legte Melanie eine Hand auf die Schulter, und sie ergriff sie mit einer von ihren. »Meistens?«

»Sie ist schon viel klarer als vorhin, als sie hier angekommen ist. Ich weiß, dass es schwer ist, aber beantworten Sie einfach nur ihre Fragen, und bleiben Sie ruhig.«

»Mommy, wo bin ich?« Hope starrte weiter im Raum herum, bis ihr Blick endlich auf seinen traf. »Onkel Wyatt?«

»Hallo, Prinzessin.«

Hope schenkte ihm ein verzerrtes Lächeln. »Miss Gina ist böse.«

»Wir werden jetzt anfangen, Miss Bartlett. Wollen Sie hierbleiben, während wir das tun?«

»Ich gehe nirgendwohin.« Melanie setzte sich auf die Bettkante, als wollte sie etwas beweisen.

Die Schwester warf Wyatt einen Blick zu. »Wir brauchen etwas mehr Platz. Würde es Ihnen etwas ausmachen, draußen zu warten?«

Wyatt wandte sich an Melanie. »Kommst du klar?«

»Ja.«

Nein. Tat sie nicht. Aber sie gab sich Mühe.

Wyatt küsste sie auf den Scheitel und ging zur Tür. Jo stand direkt draußen, den Blick aufs Handy gerichtet. »Nein, nicht«, hörte er sie protestieren. »Sagen Sie ihnen, sie sollen warten, bis ich zurückkomme. Da sind ein paar Sachen, die sie überprüfen sollen, bevor wir diesen Fall abschließen.«

Das Geräusch von einem Vorhang, der vorgezogen wurde, drang zusammen mit den Stimmen aus Hopes Zimmer in den Korridor und lenkte ihn von der Unterhaltung ab, die Jo gerade führte.

Sie hörten, wie Hope wimmerte und weinte und Melanie ihre Tochter tröstete und ihr sagte, dass alles bald besser sein würde.

»Eine Nacht. Sie sind extra hergekommen. Verstecken Sie ihre Autoschlüssel. Sorgen Sie einfach dafür, dass sie bleiben.«

»Au, au. Au.«

»Machen Sie es einfach, Emery.« Jo legte auf und steckte ihr Handy in die vordere Hemdtasche ihrer Uniform.

»Was war das denn?«, erkundigte sich Wyatt.

Jo stieß frustriert den Atem aus. »Nichts. Nichts. Wie geht es ihr?«

»Sie richten ihr gerade den Arm.«

Sie standen da, ein Ohr immer in Richtung Glastür, in der geschäftigen Notaufnahme um sie herum herrschte die normale Hektik.

Hope schrie wieder auf, bevor der Arzt sagte, dass das Schlimmste jetzt vorbei sei.

Von da an hörten Jo und Wyatt zu und warteten.

»Siehst du, Hope? Jetzt ist es schon viel besser, oder?«

Wyatt lehnte sich gegen die Wand und fühlte, wie ihn die Erschöpfung des Tages einholte. »Ich könnte eine Woche lang schlafen«, sagte er leise.

»Das geht uns allen so«, erwiderte Jo.

Eine der Schwestern kam aus dem Raum und teilte ihnen mit, dass sie wieder reindürften.

Wyatt zog den Vorhang beiseite und sah den grell lilafarbenen Gips, der Hopes Arm in einem perfekten L hielt. Sie hatte geweint, und Melanie flüsterte ihr etwas ins Ohr, während die Angestellten den Raum aufräumten.

»Ich werde sie jetzt noch einmal zum Röntgen schicken, um sicherzugehen, dass alles genau so aussieht, wie es soll, und dann schaue ich morgen bei der Visite wieder bei ihr vorbei.«

»Danke.« Melanie schüttelte dem Mann die Hand.

»Mommy?«

»Ja, Baby?«

»Das Hündchen?«

Melanie schloss die Augen und schüttelte den Kopf. »Hier ist kein Hündchen, Süße.«

»Ihm wird etwas passieren, wenn wir ihn nicht finden.«

Jo beugte sich näher zu Wyatt. »Wovon spricht sie?«

»Sie stellt viele Fragen, aber nicht alle von ihnen ergeben Sinn.«

»Miss Gina wird so böse sein.«

Als Hope anfing, zu wiederholen, was er schon ein paarmal gehört hatte, ahnte Wyatt, dass es sogar eine noch längere Nacht werden würde, als der Tag schon gewesen war.

»Miss Gina ist glücklich, dass es dir gut geht, Süße.«

»Nein!« Hopes Stimme wurde lauter. »Miss Gina wird böse sein, wenn wir das Hündchen nicht finden!«

Wyatt bemerkte, wie Jo neben ihm erstarrte.

Sie machte einen Schritt auf das Bett zu. »Hope, Süße?«

»Tante Jo. Kannst du es finden?«

Melanie seufzte wieder. »Hope, hier ist kein …«

Jo legte Mel eine Hand auf die Schulter und schüttelte den Kopf. »Wo ist das Hündchen, Hope? Hast du's gesehen?«

Hope schloss die Augen, als ob sie hinter ihren Lidern nach Antworten suchte. »Nein. Ich habe es gehört. Und Miss Gina wird nicht böse sein, wenn wir es nur finden.«

Da fingen plötzlich einige Sachen an, Sinn zu ergeben. Hope, die sich so weit vom Haus entfernt hatte auf der Suche nach einem Hündchen … bis an den Steilhang.

Hope fing an, die Augen zu schließen. »Wir müssen das Hündchen finden.«

»Wir werden nach ihm schauen, Süße.«

Das schien sie zu beruhigen.

Gerade als sie dachten, dass Hope mit Sprechen fertig wäre, ließen ihre nächsten Worte die Temperatur im Raum um zwanzig Grad fallen.

»Vielleicht hat Mr Lewis das Hündchen gefunden. Er ist gut darin, Tiere zu finden.«

KAPITEL ACHTZEHN

»Wer ist Mr Lewis?«

Melanie glaubte nicht, dass das Blut noch schneller durch ihre Adern rauschen könnte. Sie drehte sich um, um herauszufinden, von wem die Frage kam, und musste feststellen, dass sich alles doch noch leicht verdoppeln konnte, nur durch die Anwesenheit eines Mannes.

»Nathan.«

Jo trat direkt vor ihn, versperrte ihm die Sicht.

»Ich habe Ihnen gesagt, Sie sollen mich anrufen, wenn Sie aus dem Flugzeug steigen«, erinnerte sie ihn knapp.

Nathan legte Jo eine Hand auf den Arm und versuchte sie beiseitezuschieben. »Ich bin hier, um meine Tochter zu sehen.«

Melanie zuckte zusammen, und ihr Blick flog zurück zu Hope.

Hope schaute sich im Raum um, als wenn sie ihn zum ersten Mal sähe. »Mommy, wo bin ich?«

»Gehen Sie mir aus dem Weg.« Nathans Stimme hörte sich fast brutal an, als er sich an Jo vorbeidrückte. »Großer Gott, was ist mit ihr passiert?«

»Könntest du bitte leiser sprechen, Nathan?«, versuchte Melanie ihn zu beruhigen.

»Sag mir nicht, ich solle leiser sprechen. Verstehst du das darunter, unsere Tochter zu beschützen?«

Melanie zuckte wieder zusammen.

»Mommy, wer ist das?«

»Ich bin dein Daddy, Hope. Und von jetzt an werde *ich* dich beschützen.«

»Hey!« Jo schob sich zwischen das Bett und Nathan.

»Bitte, Nathan. Nicht jetzt!«

Hope fing an zu weinen. »Mommy … Wo bin ich?«

»Entweder müssen Sie mich jetzt verhaften, oder Sie gehen mir aus dem Weg!«, blaffte Nathan Jo an.

»Führen Sie mich nicht in Versuchung.«

»Mommy. Warum schreit der Mann Tante Jo an?«

»Wissen Sie, Nathan, jetzt ist vermutlich nicht der beste Zeitpunkt, um die Patientin aufzuregen.« Wyatts Worte sorgten dafür, dass Nathan ihn über das Bett hinweg ansah.

»Für wen zur Hölle halten Sie sich, dass Sie mir vorschreiben können, was ich tun soll?«

Melanie hatte das Gefühl, als ob die Luft brannte, als eine Schwester in den Raum kam. »Ich weiß nicht, was hier gerade vor sich geht, aber es hört genau jetzt auf!« Sie drängte sich an Jo, Nathan und Wyatt vorbei und trat zu dem Monitor über dem Bett. »Alle raus!«

»Mommy!«

»Außer Mom. Alle anderen: Klären Sie Ihre Probleme draußen.«

»Auf geht's«, sagte Jo, legte Nathan eine Hand auf den Arm und schob ihn in Richtung Tür.

Er schüttelte sie ab. »Sie ist auch meine Tochter.«

Der Monitor fing an zu piepen.

Die Schwester stemmte beide Hände in die Hüften. »Raus!«

»Ich habe Rechte.« Nathan senkte die Stimme und funkelte die Schwester wütend an.

»Und wir haben Regeln. Raus!«

Melanie fühlte, wie Hope ihr die Hand drückte, während Nathan alle außer seiner Tochter ansah, bevor er aus dem Raum stürmte.

»Wir sind direkt vor der Tür.« Wyatt küsste Melanie auf den Scheitel und lächelte Hope zu.

Die Schwester schloss die Tür, nachdem sie rausgegangen waren, und zog die Vorhänge um das Bett zu. Sie drückte ein paar Knöpfe auf dem Monitor und überprüfte Hopes Infusion. »Wie geht es dir, Süße?«

»Wer bist du?« Hopes Tränen versiegten bereits.

»Ich bin Clarisse, eine von den Schwestern. Du bist im Krankenhaus.«

Hope sah zu ihrem Arm. »Ich habe mir den Arm gebrochen.«

»Ja, das hast du. Erinnerst du dich, dass du gefallen bist?«

Hope schüttelte den Kopf.

»Das ist in Ordnung.«

Die Krankenschwester wandte sich an Melanie. »Sie sollte sich möglichst nicht aufregen. Das Bett auf der Intensivstation wird in einer Stunde fertig sein, bis dahin werde ich die Besucher fernhalten.«

Melanie sah zum Monitor hinüber. »Was ist passiert?«

»Ihr Puls ist hochgegangen. Dann habe ich die lauten Stimmen gehört. Sie hat genug Stress gehabt.«

»Ich bin müde«, sagte Hope und schloss die Augen.

»Schlaf einfach, Süße. Ich bin genau hier.«

Melanie nickte in Richtung Tür und entfernte sich mit der Schwester vom Bett. Flüsternd erklärte sie die Situation.

»Hope kennt ihren Vater nicht. Er ist gerade erst wieder aufgetaucht und scheint entschlossen, Ärger zu machen.«

Die Schwester runzelte die Stirn. »Ich werde das Risikomanagement verständigen und den Chef des Pflegepersonals.

Vielleicht können sie mit dem Vater reden und ihm begreiflich machen, dass er hier im Moment bei der Situation nicht hilft.«

»Danke.«

Sie ging aus dem Raum, und als Melanie sich wieder umdrehte, war Hope schon eingeschlafen.

* * *

In dem Moment, in dem sie die Lobbytüren hinter sich gelassen hatten, wandte sich Jo an Nathan.

»Wie dumm war das denn? Hope hat eine Kopfverletzung, Sie Idiot. Das Letzte, was sie braucht, ist, dass ihr Samenspender kommt, um die Dinge in ihrem Kopf noch weiter durcheinanderzubringen.«

»Sie ist mein Kind. Ich habe Rechte.«

»Sie haben gar nichts. Sie haben Ihre Rechte aufgegeben, als Sie gegangen sind.«

Wyatt wollte den Mann nicht anschreien, er wollte ihm einfach eine reinhauen. Sich vielleicht die linke Hand aufschlagen, damit sie zu seiner rechten passte.

»Sie haben keine Ahnung, wovon Sie sprechen.«

»Ich weiß genau, wovon ich spreche. Und wenn Sie so einen Mist noch einmal versuchen, werde ich Ihnen so schnell Handschellen anlegen, dass Ihr arrogantes Grinsen direkt in die Hölle fährt, wo Sie auch hingehören.«

Nathan trat viel näher an Jo heran, als es Wyatt gefiel.

»Versuchen Sie's doch. Widerrechtliche Verhaftung, widerrechtlicher Freiheitsentzug.«

»Behinderung der Justiz, Bedrohung einer Polizistin, Einmischung in Polizeiangelegenheiten.«

»Okay, genug.« Wie zur Hölle war Wyatt auf einmal die Stimme der Vernunft geworden? »Sosehr ich Ihnen auch für das, was Sie sich da drin geleistet haben, in den Hintern treten möchte, ist das wirklich das Letzte, was Melanie braucht.«

Nathan winkte Wyatt mit beiden Händen zu sich. »Dann mal los. Schlagen Sie ruhig zuerst zu.«

Wyatt ballte die Fäuste und biss die Zähne zusammen. Es wäre so befriedigend, Blut auf Nathans Dreiteiler zu sehen. Er hörte die Stimme seines Vaters in seinem Kopf: »Nicht der erste Schlag zählt, Sohn. Sondern der letzte.«

Er zwang sich, die Fäuste zu öffnen, und wandte sich wieder Jo zu. Ohne Nathan den Rücken zuzudrehen, sagte er zu ihr: »Ich glaube, Mr Lewis muss ein paar Fragen beantworten.«

»Verdammt.« Sie wedelte mit einer Hand in Nathans Richtung. »Wir sind noch nicht fertig.«

»Noch lange nicht.«

Jo rannte zu ihrem Streifenwagen und ließ die beiden zurück.

Wyatt warf Nathan einen letzten langen Blick zu, drehte sich auf dem Absatz um und ging zu seinem Pick-up.

Seine Mutter nahm beim zweiten Klingeln ab. »Sieh mal an, wenn das nicht unser lange verloren geglaubter Sohn ist, der sich meldet, auch wenn es schon fast elf ist.«

Er hatte gar nicht über die Uhrzeit nachgedacht, als er die Nummer gewählt hatte. »Ja, tut mir leid. Ich sollte häufiger anrufen.«

»Und häufiger zu Besuch kommen.« Seine Mutter war während Wyatts Jugend eine mustergültige Hausfrau gewesen und war das immer noch, stand jetzt jedoch mindestens einem Dutzend wohltätiger Vereine vor, damit sie etwas anderes war als nur die Ehefrau von William Gibson, auch bekannt als Anwalt einiger der berühmtesten Leute im Land, der Mann, den man anrief, wenn man genau wusste, dass man schuldig war, aber genug Geld hatte, um sich den Weg aus dem Gefängnis freizukaufen.

245

Wyatt war das genaue Gegenteil seines Vaters, aber anders als bei den meisten Kindern, mit denen er aufgewachsen war, die alle dazu gezwungen worden waren, in das Familienunternehmen einzusteigen, große Firmen oder Startups im Silicon Valley, hatte William Wyatt immer dazu ermutigt, seinen eigenen Weg zu gehen.

Er erinnerte sich an einen Roadtrip, als er noch ein Kind gewesen war, die Küste von Nordkalifornien hoch, durch Oregon und bis nach Washington. Sie hatten in einer Stadt ganz ähnlich wie River Bend angehalten, und er und sein Vater hatten versucht, in einem Fluss zu angeln. Sie hatten nichts gefangen, vermutlich weil sie sich so viel unterhalten hatten. William hatte zugegeben, dass er, wenn er alles noch einmal machen könnte, sein Leben gegen ein einfacheres eintauschen würde. Vielleicht in einer Kleinstadt im Nichts, wo die Leute einfach nett zueinander waren. Wo ein Anwalt mehr mit Grundstücksgrenzen und Flächennutzungsplänen zu tun hatte als mit Gewaltverbrechen und den Leuten, die sie begingen.

Wyatt wusste ganz tief im Inneren, das war der Grund, warum er das Leben gewählt hatte, das er jetzt führte.

Und seine Eltern hatten ihn immer dazu ermutigt, genau das zu tun.

»Ich muss mir wirklich dringend mal die Zeit nehmen«, gab er zu.

»Es freut mich, zu hören, dass du das sagst. Dein Vater hat gerade neulich das Gleiche geäußert.«

»Ja, äh … Wegen Dad. Ist er da?«

»Natürlich.« Sie hielt inne. »Ist alles in Ordnung? Du hörst dich irgendwie komisch an.«

»Ich hatte einen langen, *langen* Tag, und ich muss mit Dad reden.«

»Okay, ich hole ihn.« Er wusste, seine Mutter hatte erkannt, dass es ein Problem gab.

Er hörte, wie sie die Hand über den Hörer legte und mit seinem Vater sprach, verstand aber nicht, was sie sagte.

»Was ist los, Wyatt?« William sparte sich das »Hallo« und »Wie geht's?«.

»Hast du heute schon die Nachrichten gesehen?«

»Ich war den ganzen Tag bei Gericht. Warum? Steckst du in Schwierigkeiten?«

»Nein, Dad. Komm schon.« Wyatt atmete tief ein. »Ich habe diese Frau kennengelernt ...« Die nächsten zehn Minuten lang erzählte Wyatt seinem Vater kurz von Melanie und Hope und den letzten vierundzwanzig Stunden.

Und er erzählte ihm von Nathan. »Er ist ein Wiesel, Dad. Seine Tochter ist ihm scheißegal.«

William lachte leise. »Die meisten Anwälte sind Wiesel, Wyatt.«

»Ja, das hast du mir schon früher gesagt. Aber dieser Typ ... Er wird Ärger machen. Ich fühle das. Die Sache ist, ich weiß nicht, warum. Es ist ja nicht so, dass Mel Geld von ihm haben wollte.«

»Hast du mal darüber nachgedacht, dass er sich tatsächlich wegen des Kindes umentschieden haben könnte?«

»Er hat in der Notaufnahme für Chaos gesorgt, Hope gestresst und eine Szene gemacht. Hört sich das nach einem Typen an, dem die Gesundheit seines Kindes am Herzen liegt?«

»Nein. Hört sich wie ein Mann an, der versucht, vor Zeugen eine Szene zu machen.«

Wyatt hasste es, dass er das auch gedacht hatte.

»Du hast immer gesagt, die Hälfte deines Jobs sei, Privatdetektiv zu sein. Kannst du mal für mich über ihn recherchieren?«

»Klar mache ich das. Was kannst du mir noch über ihn sagen?«

Er teilte seinem Vater mit, was er wusste, was nicht besonders viel war. »Ich kenne ein paar Leute, die vermutlich noch ein bisschen mehr beisteuern können. Ich werde dir die Details, die ich in Erfahrung bringen kann, morgen früh zumailen.«

»Hört sich gut an.«

»Danke, Dad.«

»Oh, und, Wyatt?«

»Ja?«

»Diese Melanie … Ist sie jemand, den deine Mutter und ich mal kennenlernen könnten?«

Wyatt las zwischen den Zeilen und lächelte.

»Ja. Das ist sehr gut möglich.«

* * *

»Mommy?«

Melanie war in dem Stuhl, der neben Hopes Bett stand, eingeschlafen und wachte erschreckt auf, als sie Hope rufen hörte.

»Ich bin hier, Baby.« Sie wischte sich den Schlaf aus den Augen und eilte an die Seite ihrer Tochter.

»Ich habe Hunger.«

Drei Worte.

Drei perfekte Worte.

Es war vier Uhr morgens, aber das war einem kleinen Mädchen egal, das das letzte Mal am Morgen des Vortages etwas gegessen hatte.

»Ich ruf jemanden und schau mal, ob wir dir etwas besorgen können.«

Hope sah sich im Zimmer um. »Ich bin im Krankenhaus?«

»Ja, Baby.«

»Und ich bin gefallen und hab mir den Arm gebrochen.«

»Genau.« Die Tatsache, dass Hope ihr das sagte, statt zu fragen, war eine große Verbesserung. »Ich bin sofort zurück.«

»Okay.«

Die Intensivstation hatte die Form eines U, wobei die Räume um ein zentral gelegenes Schwesternzimmer angeordnet waren, in dem sich ein halbes Dutzend Mitglieder des Pflegepersonals aufhielten. Sie fand Philipp, den Pfleger, der heute Nacht für ihre Tochter zuständig war, und sagte ihm, dass Hope nach Essen gefragt hatte.

Der junge Mann legte die Akte, in die er geschrieben hatte, zur Seite und stand auf. »Dann reden wir doch mal mit ihr.«

Er ging zurück in den Raum und sah, dass Hope wach war. »Hallo, Hope. Erinnerst du dich an mich?«

Sie kniff die Augen zusammen und lächelte. »Philipp.«

»Genau.«

Melanie traten Tränen in die Augen. Der Arzt hatte ihr gesagt, dass Hopes Erinnerungslücken nur vorübergehend sein würden, aber sie hatte nicht wirklich daran glauben können.

Bis jetzt.

»Alles in Ordnung, Mommy?«

»Mir geht's gut, Süße.« Sie wischte sich die Augen und wandte sich ab. »Ich muss mal kurz auf die Toilette. Kommst du ein paar Minuten ohne mich zurecht?«

»Na klar.«

Melanie sah Philipp an. »Ich bin sofort zurück.«

»Lassen Sie sich Zeit«, erwiderte Philipp mit einem Lächeln.

Ja, klar, als wenn sie das tun würde. Sie brauchte nur ein paar Minuten, um sich wieder zu fassen.

Als Melanie durch die Doppeltüren der Intensivstation kam, entdeckte sie verschiedene bekannte Gestalten in unterschiedlichen Positionen auf den Sofas und gepolsterten Stühlen.

Miss Gina bemerkte sie zuerst und nahm sich die Decke vom Schoß.

Dann öffnete Wyatt die Augen und erwiderte ihren Blick. Sie brauchte eine Sekunde, bis sie ein Lächeln zustande brachte. Sowohl Miss Gina als auch Wyatt atmeten erleichtert auf.

»Sie ist aufgewacht und nicht mehr verwirrt.«

»Oh, Süße.« Miss Gina kam zu ihr und zog sie in eine Umarmung.

Wyatt strich sich mit beiden Händen durchs Haar, bevor er aufstand und sie ebenfalls umarmte.

Luke wachte als Nächster auf und legte Zoe eine Hand auf die Schulter.

Wann ist die denn gekommen?

Zoe zuckte zusammen, sah Melanie und erhob sich hastig von der Couch. Es gab keine Worte, nur Zoe, die ihre beiden Hände nahm und Melanie anschaute. Dann umarmten sie sich fest.

»Du hättest doch nicht kommen müssen.«

Zoe klopfte ihr auf den Rücken. »Sei still.«

Die eine Person, die nicht da war, war Jo.

»Wo ist …«

»In River Bend, zusammen mit dem FBI. Sie ermitteln«, erklärte Zoe. »Hat Hope mehr über Mr Lewis gesagt?«

»Nichts. Ich habe sie aber auch nicht gefragt.« Das Letzte, was sie gewollt hatte, war, sie zu sehr aufzuregen, als sie die Augen geöffnet hatte. »Sie hat auch Nathan nicht erwähnt.« Ein weiterer Blick in die Runde bewies ihr, dass Nathan nicht im Warteraum war. Aber vielleicht fühlte er sich auch nicht willkommen, wenn sich so viele von ihren Freunden hier niederließen. »Ist er …«

»Er ist seit dem Zwischenfall in der Notaufnahme nicht mehr aufgetaucht«, erklärte Wyatt.

Diese Neuigkeiten erleichterten sie. »Ich sollte wieder reingehen«, erklärte Melanie und zeigte mit dem Daumen auf die Tür. »Ihr braucht wirklich nicht hierzubleiben. Der Pfleger sagt, dass sie für eine Intensiv-Patientin stabil ist.«

»Das hört sich nicht richtig an«, sagte Luke.

»Ich weiß. Das Kopftrauma ist der Grund, warum sie hier ist. Falls irgendetwas schiefläuft.« Glücklicherweise sah es nicht so aus, als würde das passieren. »Wirklich. Ich bin mir sicher, hier zu schlafen ist nicht besonders gemütlich. Ich ruf euch an, falls ich irgendetwas brauche.«

Gina ließ ihren Blick über Melanie wandern. »Wie vielleicht mal Wechselklamotten?«

Sie hatte immer noch die Shorts an, in denen sie vor zwei Tagen gestrichen hatte. Die einzige Ergänzung zu der Kleidung von dem Abend, die sie noch bei sich hatte, war ein Mantel, den Wyatt ihr während der Suche über die Schultern gelegt hatte.

»Wie ist es mit etwas zu essen? Wann hast du das letzte Mal etwas zu dir genommen?«, mahnte Zoe.

Melanie sah zur Decke hoch, als wenn sie dort die Antwort finden könnte. Dann beschloss sie, das Thema zu wechseln. »Ich bin mir sicher, das Krankenhaus hat eine Cafeteria, die bald öffnet.«

»Aber wirst du Hope lange genug allein lassen, um dir von da was zu holen?«, fragte Miss Gina.

»Mir geht's gut. Wirklich.«

Zoe schaute jeden an, bevor sie sich wieder Melanie zuwandte. »Uns auch. Du kümmerst dich um Hope, wir kümmern uns um dich.«

Wäre die Situation andersherum, würde sie es genauso machen.

Sie umarmte alle, blieb ein wenig länger bei Wyatt und flüsterte ihm ins Ohr: »Danke, dass du hier bist.«

»Jederzeit«, flüsterte er zurück.

Kapitel neunzehn

Irgendwann kurz vor Morgengrauen verließen Zoe und Miss Gina das Krankenhaus, um Kleidung zum Wechseln für Melanie und Hopes Lieblingsstofftier zu holen.

Wyatt war im Umgang mit Kindern noch ungeübt, aber es war nicht schwer, sich zu überlegen, was einem kleinen Mädchen gefallen könnte. In der Geschenkboutique des Krankenhauses fand er einen lila Teddybären mit rosa Schleife und fügte einen silbernen Gasballon hinzu, auf dem »Gute Besserung« stand.

Weil es auf der Intensivstation strengere Regeln für Besuch gab, kampierten er und Luke die erste Hälfte des Tages über in der Lobby. Gegen Mittag kehrten Zoe, Miss Gina und Jo mit einem Korb voll Essen zurück.

Jo schien geduscht zu haben, aber die Schatten unter ihren Augen verrieten, dass sie letzte Nacht nicht viel geschlafen hatte, wenn überhaupt. Sie trug ihre Uniform und hatte die Stirn gerunzelt. Neben ihr war eine Frau in einer dunkelblauen Stoffhose und einer frisch gebügelten weißen Bluse. Sie hatte kurzes dunkles Haar und lächelte freundlich.

»Das hier ist Agent Burton«, stellte Jo sie ihm und Luke vor. »Sie muss Hope ein paar Fragen stellen.«

Das hatte er kommen sehen, irgendwie.

»Ist sie ansprechbar?«

»Den ganzen Morgen schon wacht sie immer mal kurz auf, schläft dann aber wieder ein«, antwortete Wyatt.

Jo sah nicht glücklich aus. »Besser, wir bringen es gleich hinter uns«, sagte sie, bevor sie nach dem Telefon griff, mit dem man das Schwesternzimmer auf der Intensivstation erreichte. Eine kurze Unterhaltung folgte, nach der die beiden eingelassen wurden.

Wyatt fragte nicht lang. Er nahm sich einfach sein Teddybärgeschenk und ging mit.

Auf der Intensivstation herrschte viel mehr Geschäftigkeit als während der Nacht. Jetzt waren auch Ärzte in weißen Kitteln und eine Handvoll radiologische Assistenten und Atemtherapeuten anwesend.

Jo blieb am Schwesternzimmer stehen, während Wyatt schnurstracks in Hopes Zimmer abbog.

Sie saß im Bett, ihr gebrochener Arm ruhte auf einem Kissen, während sie versuchte, etwas zu essen, das aussah wie Suppe. Ein Rolltisch mit dem Teller war ans Bett gezogen worden.

»Hey, Prinzessin.«

Hope blickte auf und lächelte ihn strahlend an. Sie übersprang »Hi« und »Hallo« und kam direkt zur Sache. »Ist das für mich?«

Melanie seufzte leidgeprüft, schaute auf und sah ihn an.

Er kam ins Zimmer und reichte Hope das Stofftier, zauste ihr mit zwei Fingern das Haar. »Du siehst besser aus.«

»Mein Arm tut weh, mein Kopf und mein Po!«

Wyatt lachte, während er um das Bett herumging und Melanie mit einem Kuss auf den Scheitel begrüßte. Er beugte sich vor, sodass nur sie seine Worte hören konnte. »Jo ist mit einer FBI-Agentin hier, die Hope ein paar Fragen stellen will.«

Melanie schnappte nach Luft, und das Lächeln auf ihrem Gesicht wirkte auf einmal gequält.

»Schaffst du das?«

Sie nickte.

Er war nicht überzeugt.

Ein paar Sekunden später betraten Jo und Agent Burton das Zimmer. Hope begrüßte sie mit einem begeisterten »Tante Jo!«.

»Es tut so gut, zu sehen, dass du wach bist und etwas isst«, sagte Jo und gab Hope einen Kuss auf die Wange.

»Sie haben mich gezwungen, zum Frühstück Brühe zu trinken.« Hope machte ein angeekeltes Gesicht.

»Inzwischen darf sie weiche Sachen essen«, berichtete Melanie. »Wenn es Zeit fürs Dinner ist, wird sie vermutlich schon einen Hamburger verlangen.«

Jo zog Stühle für sich und Agent Burton heran. »Hope, das ist meine Freundin Ms Burton. Sie und ich arbeiten zusammen, und wir müssen möglichst genau herausfinden, was passiert ist, als du gestern geschlafen hast.«

Hope betrachtete die vier Erwachsenen. »Stecke ich in Schwierigkeiten?«

»Nein, Baby.« Melanie tätschelte ihr das Bein. »Natürlich nicht.«

»Okay.«

Rachel Burton begann mit einem einfachen Lächeln. »Hope, Süße, erinnerst du dich daran, was gestern passiert ist?«

»Ich bin gefallen und hab mir den Arm gebrochen. Mommy sagt, ich hätte mir auch den Kopf angeschlagen.«

»Genau. Was ist denn gewesen, bevor du gefallen bist? Du warst wirklich ziemlich weit von der Pension entfernt. Erinnerst du dich, warum du von zu Hause weggelaufen bist?«

Hope biss sich auf die Lippe und blickte sie der Reihe nach an.

Melanie strich ihrer Tochter noch einmal durch die Decke über das Bein. »Süße, du bekommst keine Schwierigkeiten. Erzähl uns einfach die Wahrheit.«

»Okay. Ich hab draußen gespielt, im Garten hinter dem Haus, wo Miss Gina mich sehen konnte. Dann hab ich einen Hund bellen gehört. Es klang, als käme es aus dem Vorgarten, also bin ich nachschauen gegangen. Aber ich hab keinen Hund finden können.«

Wyatt behielt eine Hand auf Melanies Schulter, und sie legte ihre darüber.

»Was ist dann passiert?«, erkundigte sich Jo.

»Ähm, ich bin gerade zurückgegangen, als ich es wieder gehört habe. Dann habe ich Mr Lewis bei den Bäumen gesehen, drüben auf der anderen Seite der Straße.«

Melanie griff nach Wyatts Hand. Sie wussten beide sofort, wie furchtbar falsch das gleich werden würde. Mr Lewis war aus seinem Zimmer gekommen, das hatten sie wenigstens gedacht, als Melanie begonnen hatte, Hopes Namen zu rufen. Und er hatte ihnen erzählt, er hätte sie seit dem Frühstück nicht mehr gesehen.

»Hat Mr Lewis irgendwas zu dir gesagt?«

»Er hat so gemacht.« Sie vollführte eine winkende Armbewegung. »Ich bin über die Straße gelaufen. Mr Lewis hat gesagt, er hätte ein Hündchen ohne seine Mama in den Wald laufen sehen.« Ein gequälter Ausdruck trat in Hopes Augen. »Ich habe ihm gesagt, ich darf die Pension nicht verlassen. Er hat gesagt, es wäre okay und dass Miss Gina nicht böse sein würde, weil ich bei ihm wäre.« Hope starrte Melanie an.

»Ist schon in Ordnung, Baby. Niemand ist böse auf dich.«

Jo atmete langsam aus. »Was ist dann passiert?«

»Mr Lewis und ich sind in den Wald gelaufen, zwischen den Bäumen hindurch. Er hat erzählt, dass er gesehen hat, wie das Hündchen den Berg runtergerannt ist. Es war wirklich steil, und ich hatte Angst.«

»Das glaub ich dir sofort«, sagte Agent Burton leise. »Bist du den Berg runtergegangen?«

Hope schüttelte den Kopf. »Ich … ich wollte nicht runter. Mr Lewis hat gesagt, ich sollte das Hündchen suchen und meine Mommy würde es mich behalten lassen.«

»Ist Mr Lewis den Berg runtergestiegen?«

»Nein, er hat gesagt, er wäre zu groß.«

Wyatt spürte, dass Melanie zu zittern begann. Es juckte ihn in den Füßen, loszugehen, Mr Lewis ausfindig zu machen und ihm eine gehörige Tracht Prügel zu verabreichen. Stattdessen bemühte er sich, eine ausdruckslose Miene beizubehalten und zuzuhören, während Agent Burton und Jo Fragen stellten.

»Also bist du den Hügel runter?«

Hope schüttelte schneller den Kopf. »Nein, bin ich nicht. Ich glaube, ich bin ausgerutscht oder so. Ich kann mich nicht daran erinnern, abgestürzt zu sein.«

»Hast du das Hündchen gesehen?«

»Nein. Aber Mr Lewis hat das getan«, erklärte Hope ihnen.

»Erinnerst du dich sonst noch an etwas, Hope? Vielleicht etwas an Mr Lewis, das dir irgendwie besonders aufgefallen ist?«

Hope saß mehrere Sekunden schweigend da, dann riss sie die Augen auf. »Er hatte ein Tattoo auf dem Arm.«

Jo beugte sich vor. »Und das ist dir komisch vorgekommen?«

»Na ja, Mr Lewis ist immer so nett, aber das Bild auf seinem Arm war wie eine schreckliche Halloweenzeichnung.«

»Mel, ist dir das Tattoo aufgefallen?«

»Nein. Er hatte immer ein Oberhemd an, wenn ich ihn gesehen habe.«

Agent Burton hielt Hope ihre beiden Arme hin. »Kannst du bei mir zeigen, wo Mr Lewis sein Tattoo hatte?«

Hope deutete auf den linken Arm der Agentin, direkt unter ihrem Ellbogen. Wyatt versuchte sich zu entsinnen, ob er den Mann mit kurzen Ärmeln gesehen hatte. Aber wie Mel konnte er sich nur an einen Anzug erinnern.

»War sie auf seinem linken Arm?«

Hope zuckte die Achseln. »Daran erinnere ich mich nicht.«

»Was meinst du mit ›schreckliche Halloweenzeichnung‹?«

»Dunkel und verschnörkelt. Irgendwie wie das Bild, das der Arzt da drüben an dem Ding aufgehängt hat.« Hope deutete auf den Leuchtkasten an der Wand des Zimmers.

»Wie beim Röntgen?«

Hope nickte.

»Ein Röntgenbild von deinem Arm?«, wollte Jo wissen.

Hope deutete auf ihren Kopf. »Ein Röntgenbild von hier.«

Jo blickte zu Agent Burton. »Ein Totenschädel.«

»Genau«, bestätigte Hope. »Solche habe ich schon mal gesehen. Die sind böse und hässlich.«

Jo tätschelte Hope das Bein. »Du hast uns wirklich sehr geholfen, Kleines. Ich werde jetzt noch ein paar Minuten draußen mit deiner Mutter reden.«

»Okay.«

Melanie behielt die Fassung, bis sie zu viert die Intensivstation durch die Flügeltür verlassen hatten. Dann ging es nicht mehr.

»Er hat meinem Baby wehgetan!« Sie drehte sich zu Jo um, packte ihre Freundin bei den Schultern und schüttelte sie. »Er hat das getan!«

Der River-Bend-Trupp sprang wie ein Mann auf und kam zu Mel herüber, wobei alle gleichzeitig redeten.

»Was ist passiert?«

»Das hier dreht sich um Mr Lewis, nicht wahr?«, fragte Miss Gina.

»Okay, okay … Erst mal alle hinsetzen«, versuchte Agent Burton im Raum für Ruhe zu sorgen.

»Der Mann hat meine Tochter in den Wald gelockt und sie dann dort zum Sterben liegen gelassen. Ich werde ihn umbringen, das schwöre ich …«

»Mel, stopp, bitte. Reiß dich zusammen, okay?«

Luke trat neben Wyatt. »Stimmt das?«

»Hope hat gesagt, er hätte ihr erzählt, er habe ein Hündchen in den Wald laufen sehen, und dann sind sie es zusammen suchen gegangen.«

»Der Mistkerl!«, stieß Miss Gina aus. »Wenn ich den in die Finger bekomme …«

»Stell dich hinten an«, erwiderte Zoe.

»Leute, genug mit den Morddrohungen. Himmel, ich bin Polizistin, und Burton hier neben mir ist beim FBI.«

Agent Burton schüttelte leicht den Kopf. »Die Emotionen kochen hoch. Aber Jo hat recht. Wenn der ›Mistkerl‹ am Ende irgendwo tot auftaucht, möchte ich nicht in den Zeugenstand gerufen werden. Behalten Sie das für sich. Ich gehe jetzt und spreche alles mit meinem Partner durch.« Sie blickte reihum in die Gesichter. »Dann werde ich Sie alle einzeln befragen müssen, nachsehen, ob wir irgendwelche Informationen über unseren Mr Lewis herausbekommen.«

»Seine Adresse und die Daten seiner Kreditkarte habe ich in der Pension«, erklärte Miss Gina.

Agent Burton seufzte. »Das wird alles falsch sein. Genauso wie sein Name.«

»Aber ich hab mir doch seinen Ausweis zeigen lassen«, wandte Miss Gina ein.

»Wann haben Sie das letzte Mal einen gefälschten Ausweis gesehen?«, erkundigte sich Jo.

»In den Sechzigern.«

Jo tätschelte ihr den Arm.

Wyatt fiel auf, dass Melanie ganz still geworden war.

»Alles in Ordnung mit dir?« Er legte ihr einen Arm um die Schultern.

Sie schüttelte den Kopf. »Glaubst du, er hat sie gestoßen?«

»Das weiß ich nicht.«

»Der Arzt sagt, es kann sein, dass Hope sich nie mehr an den Sturz selbst wird erinnern können. Du hast sie ja gesehen, sie weiß, dass sie den Abhang nicht freiwillig runtergestiegen ist. Warum sollte er meiner Kleinen wehtun wollen?«

Alle anderen verstummten und konzentrierten sich auf Melanie.

»Warum sollte ein erwachsener Mann überhaupt ein Kind umbringen wollen?« Ihr stiegen wieder Tränen in die Augen. »Hope würde keiner Fliege etwas zuleide tun.«

»Das werden wir herausfinden, Mel.«

Als sie erneut zu zittern begann, trat Zoe vor und schlang ihre Arme um sie. Wyatt machte einen Schritt zur Seite, ließ sie aber nicht aus den Augen.

»Komm schon, Mel. Du hast Jo gehört, verlier jetzt nicht die Nerven. Wir werden den Mistkerl finden.«

»Er hat meiner Kleinen wehgetan, Zoe.«

»Ich weiß. Aber schau, lass uns die Damentoilette suchen, damit du dich etwas frisch machen kannst. Spritz dir ein bisschen kaltes Wasser ins Gesicht, damit du Hope nicht erschreckst, wenn du zu ihr zurückkehrst.«

Wyatt beobachtete, wie Zoe ihre Tasche nahm und mit Melanie wegging.

»Warum sollte er sie einen Abhang runterschubsen?«, fragte Luke in dem Moment, in dem Mel verschwunden war.

»Das weiß der Himmel. Vielleicht ist er ein Soziopath? Oder pädophil?«

»O nein, verdammt!«, fluchte Miss Gina.

Jo hob beide Hände. »Halt. Hope erweckt nicht im Geringsten den Eindruck, als sei irgendetwas in der Art passiert.«

»Er könnte auch ein Täter sein, der das Verbrechen vermeiden möchte. Das wissen wir zum jetzigen Zeitpunkt noch nicht«, gab Agent Burton zu bedenken.

»Bring das Kind um, damit du ihm nichts antun kannst? Verdammt, das ist echt krank.« Luke wandte sich ab und begann auf und ab zu laufen.

Wyatt hatte über die Jahre Geschichten von seinem Vater gehört, darüber, wie gestört und bösartig Menschen sein konnten. Obwohl die Wut in ihm kochte, weil Hope das passiert war, überraschte ihn nichts von den Schlussfolgerungen, die Jo und Agent Burton zogen.

»Im Moment ist das alles Spekulation. Erst wenn wir Mr Lewis gefasst haben, werden wir unsere Antworten bekommen.«

»Ich bin mir sicher, er ist längst fort.«

Agent Burton lächelte unschön. »Wir werden ihn finden. Jeder Täter hinterlässt eine Spur. Und es ist unser Job, sie zu finden.«

»Er hat einen Zeugen zurückgelassen«, bemerkte Wyatt.

Die anderen schwiegen betroffen.

* * *

Alle waren sehr nachdenklich, nachdem Hope erzählt hatte, was vor ihrem »Sturz« den Abhang hinab vorgefallen war. Jo hatte Melanie ein Notizbuch gegeben, bevor sie mit Agent Burton, Miss Gina und Luke nach River Bend zurückgefahren war. Jedes Mal wenn Melanie irgendeine Besonderheit zu dem Mistkerl einfiel, der ihre Tochter verletzt hatte, schrieb sie es auf.

Zoe hatte eine Dusche, die sonst nur dem Personal vorbehalten war, ausfindig gemacht, die Melanie benutzen konnte, und nach drei Tagen in denselben Klamotten hatte sie endlich wieder etwas Sauberes an. Sie wusste, irgendwann würde sie zusammenbrechen. Aber während der Nachmittag verging und es Abend wurde, versorgte sie eine Ladung Adrenalin mit ausreichend Energie.

Eine unvermeidliche Ladung Adrenalin.

Dr. Bellingham kam bei seiner Abendvisite vorbei. Der Kinderneurologe war zwischen fünfzig und sechzig Jahre alt, hatte ausgeprägte Geheimratsecken und einen kleinen Bauch.

»Gute Neuigkeiten«, sagte er lächelnd, als er zu dem Leuchtkasten ging und ihn einschaltete.

Hope war wach, aber erschöpft nach einem Tag voller Tests und Besucher.

Zoe und Wyatt hatten sich mit Keksen für das Personal Zutritt zu Hopes Zimmer erschlichen, sodass Melanie Freunde dahatte, die sie ablenkten, als sie am Bett ihrer Tochter saß.

»Wie es aussieht, weist Hopes zweiter CAT-Scan Verbesserungen auf.«

Melanie stand neben dem Arzt, während er eine Reihe von Aufnahmen nebeneinanderhängte. »Das hier ist von letzter Nacht und das von heute.« Er fuhr mit einem Stift über die Punkte auf dem Bild, die, wie die Ärzte Mel erklärt hatten, die Blutungen in Hopes Gehirn waren. »Es ist nicht viel, aber es geht in die richtige Richtung.« Er zeigte ihr noch ein paar andere Stellen, die sie beobachteten, aber er rechnete mit keinen größeren Problemen und einer vollständigen Genesung.

Als er mit der Durchsprache der Aufnahmen fertig war, ging er lächelnd zu Hope. »Das sind gute Neuigkeiten, Kleine. Es sieht ganz so aus, als hättest du einen ziemlich harten Schädel.«

Sie hob ihren lilafarbenen Gips. »Aber mein Arm ist weich.«

Er lachte.

Melanie beobachtete, wie er Hopes Augen prüfte, ihre Reflexe und ein paar andere Dinge, deren Zweck ihr nicht klar war. Er stellte Hope ein paar zufällige Fragen, die sie begeistert beantwortete. Hope erzählte ihm, sie hätte immer noch Kopfschmerzen und dass ihr Arm »pulsierte«.

»Ich werde morgen noch mal nach dir sehen, Hope.«

»Okay.«

»Ms Bartlett.« Er blickte Melanie an. »Unterhalten wir uns draußen.«

»Ich bin gleich wieder zurück, Baby.«

»Sollen wir mitkommen?«, erkundigte sich Zoe.

Melanie schüttelte den Kopf. »Das ist nicht nötig.«

Dr. Bellingham ging mit ihr zu einem Besprechungszimmer, wo zwei weitere Personen auf sie warteten, ein Mann und eine Frau, die beide Geschäftskleidung trugen, keine Sachen wie die Ärzte oder das Pflegepersonal hier im Krankenhaus.

»Was ist los?«

»Das sind Ms Gomez, die Leiterin unserer Risikomanagementabteilung, und Mr Coban, einer unserer Anwälte.«

»Risikomanagement und Anwälte?«

»Miss Bartlett, Hopes Vater sorgt für einen ganz schönen Wirbel, weil ihm der Zutritt zum Zimmer seiner Tochter verwehrt wird«, teilte Ms Gomez ihr mit. »Die Szene, die er gestern Abend gemacht hat, und der Bericht vom Pflegepersonal in der Intensivstation haben uns die nötige Munition gegeben, um ihn fürs Erste fernzuhalten.«

»Hope kennt ihren Vater doch gar nicht.«

»Das wissen wir.« Mr Coban lehnte sich vor. »Als der Zustand Ihrer Tochter noch nicht so stabil war, konnten wir einfach darauf verweisen, dass seine Anwesenheit für ihre Genesung hinderlich wäre.«

Melanie hatte das entscheidende Wort gehört. »Konnten.«

»Richtig.« Dr. Bellingham saß in dem Stuhl neben ihrem und legte ihr eine Hand auf den Unterarm. »Ich kann Hope heute Nacht noch auf der Intensivstation behalten, aber morgen muss ich sie auf die Kinderstation verlegen. Die Chancen stehen gut, dass sie nicht lange dortbleiben muss, bevor ich sie nach Hause entlassen kann. Während ich mir sicher bin, dass ihren Vater zu treffen für sie eine Art Schock sein wird, ist es meine ärztliche Meinung, dass es zu diesem Zeitpunkt keine negativen Auswirkungen auf ihre weitere Gesundung haben wird.«

Melanie schloss die Augen.

»Ohne ein Kontaktverbot gibt es nicht viel, was wir tun können, um einen Vater davon abzuhalten, sein Kind in unserem Krankenhaus zu besuchen«, erklärte Ms Gomez.

»Ich habe mit Mr Stones Anwalt gesprochen, und er und sein Mandant haben eingewilligt, zu warten, bis Hope die Intensivstation verlassen kann, bevor sie ihrer Forderung Nachdruck verleihen.«

Also hatte Nathan einen Anwalt engagiert, um einen Fuß in die Tür zu bekommen.

»Und es gibt nichts, was ich tun kann, um ihn aufzuhalten?«

»Wenn er eine Szene macht oder eine Bedrohung darstellt, haben wir das Recht, ihn zum Gehen zu zwingen.«

Als Nathan in River Bend aufgetaucht war, hatte sie gewusst, dass sie ihn nicht zum letzten Mal gesehen hatte.

»Wenn es in irgendeiner Weise hilft: Ich an Ihrer Stelle würde jemanden vom Jugendamt herbitten, wenn Hopes Vater morgen kommt.«

»Das ist keine schlechte Idee«, flüsterte Melanie.

Mr Coban und Ms Gomez standen auf und wandten sich zur Tür. »Danke für Ihre Kooperation.«

Sie machten sich nicht die Mühe, ihr die Hand zu geben, bevor sie den Raum verließen.

Dr. Bellingham blieb bei ihr. »Da ist noch etwas, das ich Ihnen mitteilen wollte, ohne dass Hope es hört.«

»Oh?«

»Eine der Sachen, die wir häufig bei Kopfverletzungen beobachten, ist, dass in der Folge eine Wesensänderung auftritt.

Ich habe extreme Fälle gesehen, bei denen Patienten anscheinend grundlos gewalttätig werden, Wutanfälle bekommen oder plötzlich niedergeschlagen oder depressiv sind. Familien berichten von Verhalten, das vor dem Kopftrauma so nicht aufgetreten ist.«

Melanie hörte auf, über Nathan nachzudenken, und konzentrierte sich wieder auf ihre Tochter. »Es scheint ihr gut zu gehen. Dasselbe süße Mädchen, das ich gestern hatte. Müder als normal, aber dasselbe Mädchen.«

»Das kann auch so bleiben. Ich möchte nur nicht, dass Sie sich erschrecken, wenn sie etwas tut oder sagt, das so gar nicht zu ihr zu passen scheint. Versuchen Sie, geduldig zu sein, und lassen Sie mich wissen, was Sie bemerken. Es gibt einige gute Seiten im Internet, über die man sich über mögliche Folgen eines Kopftraumas informieren kann. Ich lasse Ihnen von den Krankenschwestern eine Liste ausdrucken.«

»Danke.«

Er tätschelte ihr die Schulter und ließ sie allein im Besprechungszimmer zurück.

Als Wyatt ein paar Minuten später hereinkam, zog er sie in die Arme und hielt sie, während sie ihm von Nathan erzählte. Am Ende sagte sie das, was ihr am meisten Angst machte. »Er hat einen Anwalt.«

»Um sich Zutritt zum Krankenhaus zu verschaffen?«

»Was, wenn es nicht nur das ist? Was, wenn er mehr will? Das Sorgerecht? Das, was er in der Notaufnahme gesagt hat … Ich kann mir keinen Anwalt leisten, Wyatt. Seine Familie hat Beziehungen.«

»Was für Beziehungen?«

»Er ist Nathan Stone der Dritte. Sowohl sein Vater als auch sein Großvater sind Anwälte. Ich erinnere mich noch, dass er ganz am Anfang mal gesagt hat, dass sein Vater für den Posten des Gouverneurs kandidieren möchte. Nathan hat sich darüber beklagt, dass er als Kind jede Menge schicke Partys besuchen musste.«

»Ach so, solche Beziehungen.« Wyatts Miene war verständnisvoll.

»Was soll ich nur tun?«

Wyatt nahm ihr Gesicht zwischen seine Hände und küsste sie kurz. »Du wirst jetzt zu Hope zurückgehen. Du wirst essen, was auch immer Zoe dir vorsetzt. Und dann liest du Hope eine Gutenachtgeschichte vor, ehe du es dir für die nächsten Stunden auf dem grässlichen Klappsessel, so gut es geht, bequem machst und etwas schläfst.«

»Aber …«

Er legte ihr den Daumen über die Lippen. »Melanie, du machst das jetzt schon ziemlich lange allein. Aber du hast hier viele Freunde, die nicht zulassen werden, dass der Vater einfach so aufkreuzt und dir dein Kind wegnimmt. Du konzentrierst dich jetzt auf Hope und überlässt es mir, zu sehen, was ich wegen Nathan Stone dem Dritten«, er sprach den Namen arrogant näselnd aus, »unternehmen kann.«

KAPITEL ZWANZIG

Sobald Hope in ein Einzelzimmer in der normalen Kinderstation verlegt worden war, verwandelte sich der Raum in eine Explosion von Farben und Düften, ein fröhliches Durcheinander aus Ballons und Blumen, Stofftieren und Süßigkeiten. Einige Geschenke wurden persönlich von Freunden und Besuchern abgegeben, andere brachte der Florist vor Ort. Hope war nie auf Spielekonsolen fixiert gewesen und immer mit dem zufrieden gewesen, was sie auf Melanies Smartphone fand. Aber als Wyatt ihr eines dieser teuren portablen Geräte mitbrachte, die Melanie sich nicht leisten konnte, leuchtete Hopes Gesicht auf, und sie war restlos entzückt.

Wyatt hatte sich von ihr mit einem Arm drücken lassen und ihr gesagt, das sei ein Ausgleich dafür, dass sie nun eine Weile lang nicht auf Bäume klettern konnte.

Nathan hatte sich einverstanden erklärt, seinen Besuch aufzuschieben, bis jemand vom Jugendamt anwesend sein konnte. Das sollte heute nach dem Mittagessen passieren.

Melanie verfolgte, wie die Zeiger der Wanduhr langsam über das Zifferblatt wanderten, bis sich das Gespräch nicht länger aufschieben ließ. Wyatt schaute immer wieder auf die Uhr, als ob auch er sich wegen des Ausgangs Sorgen machte. Es wärmte ihr das Herz, dass ihm genug daran lag, um deswegen nervös zu sein.

Obwohl sie ihre Freundinnen wirklich gernhatte, wusste Melanie es besser, als sie im Raum zu behalten, wenn Nathan kam. Zoe hatte noch ein Hühnchen mit ihm zu rupfen, und Jo war bewaffnet. Dennoch war sie froh über Wyatts Unterstützung, als alle anderen zum Essen gingen.

»Hope, Süße. Ich muss dir was sagen.« Melanie versuchte ein Lächeln aufzusetzen, um ihre Tochter nicht zu beunruhigen.

»Ja? Was?« Widerstrebend legte Hope ihr Spiel hin.

»Du wirst heute einen besonderen Besucher haben.« Melanie hatte sich in der Nacht genau zurechtgelegt, was sie sagen wollte.

»Noch einen?«

»Ja … Siehst du …« Die Worte auszusprechen war unmöglich. Sie holte tief Luft und versuchte es erneut. »Dein Vater kommt zu Besuch.«

Hope blieb der Mund offen stehen.

»Er hat gehört, dass du verletzt bist, und macht sich Sorgen.«

»Der Daddy, der uns verlassen hat?«

Melanie blickte zu Wyatt …

»Genau.«

Hope richtete ihre großen blauen Augen auf Wyatt und blinzelte mehrmals.

»Ist er denn nett?«

Die Frage fühlte sich komisch an und die Antwort noch komischer. »Wenn er das nicht ist, können wir ihm sagen, dass er wieder gehen soll.«

»Du und Onkel Wyatt bleibt aber hier, wenn er da ist, richtig?«

Melanie tätschelte ihr den Arm. »Natürlich, Süße. Ich gehe nirgendwohin.«

Hope biss sich auf die Lippe. »Okay.«

Es dauerte nicht lange, bis Melanie Nathans Stimme auf dem Flur vor dem Zimmer hörte. Sie versteifte sich.

Wyatt blickte wieder auf die Uhr an der Wand und trommelte mit den Fingern auf sein Knie.

»Miss Bartlett?«

»Ja?« Melanie stand auf und begrüßte die junge Frau, die hereinkam.

»Ich heiße Pamela, bin Sozialarbeiterin und komme vom Jugendamt.«

»Oh, hallo.«

Pamela lächelte Hope aufrichtig an. »Haben Sie Hope erzählt, wer sie heute besuchen will?«

Melanie nickte.

»Gut. Nun, Hope, bist du bereit, deinen Vater kennenzulernen?«

Hope zuckte nur die Achseln.

Pamela öffnete die Tür und winkte Nathan herein.

Er trug einen Anzug, komplett mit Schlips und glänzenden Schuhen. Neben ihm war ein weiterer Mann, etwas größer und genauso gekleidet.

Nathan würdigte Mel kaum eines Blickes, entdeckte Wyatt und lächelte höhnisch. Dann schaute er schließlich seine Tochter an. Sein Gesicht wurde weich, und einen kurzen Moment lang dachte Melanie, dass ihm vielleicht wirklich etwas an seinem kleinen Mädchen lag.

»Oh, Liebling, schau nur, was sie zugelassen hat, dass dir passiert.«

»Mr Stone«, erklang Pamelas warnende Stimme.

»Es schmerzt mich, sie in diesem Zustand zu sehen.« Da Melanie Nathan gut kannte, durchschaute sie seine Unaufrichtigkeit und hoffte, die Sozialarbeiterin konnte das auch.

»Bist du mein Vater?«, fragte Hope.

»Ja, ich bin dein Daddy.«

Hope schüttelte den Kopf. »Daddys gehen nicht einfach weg. Du bist aber gegangen.«

Nathan rang sich ein Lächeln ab. »Ich weiß, dass man dir das erzählt hat. Aber jetzt bin ich hier, und ich werde nicht wieder weggehen.«

Hope schaute ihn genauer an und kniff die Augen zusammen. »Ich habe dich schon vorher mal gesehen.«

Melanie hielt den Atem an.

»Als ich in dem Notfallraum war.« Hope blickte an Nathan vorbei zu ihr. »Du hast meine Mommy angeschrien.«

Nathan sah zu dem Mann, den er mitgebracht hatte. »Ich war aufgeregt, Schatz.«

Hope zog die Brauen zusammen. »Ich bin nicht dein Schatz.« Sie schüttelte den Kopf. »Und du hast auch Tante Jo angebrüllt.«

Die Sekunden verstrichen, während Nathan versuchte, das kleinzureden, woran sich Hope eindeutig erinnerte. »Wenn Eltern erfahren, dass ihre Kinder verletzt sind, regen sie sich auf, Hope. Es tut mir leid, wenn ich laut geworden bin.«

Melanie war davon überzeugt, dass diese abgerungene Entschuldigung Nathan fast umbrachte. Ihm tat nie etwas leid, und er entschuldigte sich auch nie.

»Warum interessiert es dich, dass ich verletzt bin? Du kennst mich ja gar nicht.« Hopes Fragen waren unglaublich überlegt und gut formuliert. Sie überraschten auch Melanie.

Und sie war eindeutig nicht die Einzige.

»Natürlich interessiert es mich, Schatz.«

Hope verengte ihre Augen zu schmalen Schlitzen.

»Hope«, verbesserte sich Nathan. »Und jetzt, da ich dich gefunden habe, werde ich mich gut um dich kümmern.«

Hope presste sich mit dem Rücken in die Matratze, und Melanie griff nach ihrer Hand.

269

»Mommy kümmert sich um mich. Mommy und Onkel Wyatt und Miss Gina.«

Nathans Stimme wurde kalt. »Ja, ich kann sehen, wie gut das klappt.«

»Das reicht, Mr Stone.«

Nathan nickte knapp und stand auf. »Ich werde morgen wiederkommen, Hope.«

Hope starrte ihn einfach nur an und machte sich nicht die Mühe, Auf Wiedersehen zu sagen, als er den Raum verließ.

»Melanie?«, wandte er sich noch an sie. »Kann ich dich kurz sprechen?«

Sie spielte mit dem Gedanken, ihm mitzuteilen, er könne sie mal, entschied dann aber, es wäre am besten, Hope von dem Hass abzuschirmen, der in ihr brodelte.

»Wyatt und ich sind gleich wieder zurück, Süße.«

Pamela blieb zurück. »Ich bin solange bei ihr.«

Melanie fasste nach Wyatts Hand, drückte sie und zog ihn mit sich aus dem Zimmer.

Sobald sie ein Stück von Hopes Tür entfernt waren und sie sie hoffentlich nicht mehr hören konnte, drehte sich Nathan um. »Du hast sie einer ganz schönen Gehirnwäsche unterzogen, Mel.«

Der Mann an Nathans Seite berührte ihn warnend an der Schulter. »Ganz ruhig, Nathan.«

»Du wirst nicht einfach wieder so verschwinden«, redete Nathan weiter. »Ich werde morgen wiederkommen und übermorgen auch und so oft, wie ich kann, bis wir das hier geregelt haben.«

»Was geregelt haben, Nathan?«

Die Fahrstuhltüren hinter ihnen öffneten sich mit einem »Ping«.

Bei ihrer Frage ballte er in der Tasche seines Jacketts eine Faust. Mit einem öligen Lächeln nahm er ihre freie Hand, die sie ihm beinahe entrissen hätte, und schob ihr einen Umschlag zwischen die Finger. »Scheidung und Sorgerecht! Betrachte die Papiere als zugestellt.«

»Was zur …?« Sie blickte auf den Umschlag und begann zu zittern. »Man muss verheiratet sein, um eine Scheidung einreichen zu können.« Sie war keine Anwältin, aber das wusste sie.

Nathan blickte zu dem Mann an seiner Seite. »Verstehst du, was ich meine? Sie streitet es einfach rundweg ab.«

Melanie schloss krampfhaft die Finger um die Papiere und machte einen Schritt auf ihn zu, fest entschlossen, sie ihm die Kehle hinunterzustopfen.

Wyatt legte ihr einen Arm um die Mitte, und eine neue Stimme mischte sich ein. »Einen Moment, junge Dame.«

Nathan drehte sich um und hielt inne.

»Was haben wir denn hier?« Der Mann musste Ende fünfzig sein, hatte sandblondes Haar, das an den Seiten von silbernen Strähnen durchzogen war. Außerdem fiel Melanie beim ersten Blick seine Größe auf, sein maßgeschneiderter, offensichtlich teurer Anzug und sein verbindliches Lächeln.

Ein Lächeln, das sie schon zuvor gesehen hatte.

Wyatt pflückte die Papiere aus Melanies Griff und reichte sie dem Fremden.

»Wer zur Hölle sind Sie?«, fragte Nathan.

Der Mann hob einen Finger in die Luft, während er das Siegel auf dem Umschlag brach und die ersten Zeilen überflog.

»Ts, ts, ganz schlechter Stil, Herr Anwalt.«

Nathan deutete mit dem Daumen in die Richtung des Fremden. »Wer ist der Kerl?«

»Viel skrupelloser geht es kaum, Dokumente zuzustellen, während man im Krankenhaus ist. Das beweist nur, wie feucht Sie noch hinter den Ohren sind.«

»O Mist.« Endlich sagte auch der Mann hinter Nathan etwas.

»William Gibson«, stellte sich der Fremde Nathan vor, fischte eine Visitenkarte aus seiner Tasche und hielt sie dem Mann neben Nathan hin. »Miss Bartletts Anwalt.«

Als Nathan versuchte, ihm die Visitenkarte abzunehmen, hob Mr Gibson sie außer Reichweite. »Und wenn ich noch so einen plumpen Versuch wie eben sehe, bringe ich Sie beide vor die Anwaltskammer.«

Nathan schnappte sich die Karte und starrte ihn wütend an.

»Komm schon, Nathan.« Nathans Anwalt schob ihn in den offenen Fahrstuhl und bedachte sie mit einem letzten finsteren Blick, bevor die Türen sich schlossen.

Pamela kam aus dem Krankenzimmer. »Ich wollte gerade schon die Sicherheitsleute rufen.«

»Es ist alles okay«, sagte Wyatt zu ihr.

Melanie war nie so froh gewesen, jemanden gehen zu sehen, wie jetzt eben den Vater ihrer Tochter.

Sobald er verschwunden war, ließ Wyatt sie los, nahm Mr Gibsons Hand mit festem Griff und umarmte ihn dann. »Danke, dass du gekommen bist, Dad.«

Es dauerte ein paar Sekunden, bis alles klar wurde.

»Gibson … Gibson … Das ist dein Vater?«

Wyatt schenkte ihr ein breites Lächeln, und als sein Vater es ihm nachtat, war die Ähnlichkeit verblüffend. Beide sahen gut aus, beide waren groß und beide charmant … Wow.

»Sie müssen Melanie sein.«

Sie wusste nicht, was sie sagen sollte. »Ja.«

»Ich hab eine Menge über Sie gehört.«

»Ach, wirklich?«

Er zwinkerte ihr zu, wie es sein Sohn so oft tat, und sein Blick richtete sich auf etwas hinter Mel.

»Und du bist bestimmt Hope.«

Melanie drehte sich um und entdeckte ihre Tochter, die auf der Schwelle ihres Zimmers stand. Das Krankenhaushemd reichte ihr bis über die Knie, und ihre Füße steckten in Hausschuhen.

»Hope, Süße, was machst du denn außerhalb deines Bettes?« Melanie eilte zu ihr und kniete sich hin, sodass sie mit ihrer Tochter auf einer Höhe war.

»Ich musste aufs Klo.«

Melanie fasste sie an der Hand. »Du solltest doch um Hilfe bitten.«

Hope starrte weiter Mr Gibson an. »Bist du wirklich Onkel Wyatts Daddy?«

Mr Gibson lachte. »Das bin ich.«

»Hast du Onkel Wyatt beigebracht, wie man auf Bäume klettert und Sachen baut?«

»Auf Bäume klettern, ja. Sachen bauen …« Er wand sich in sichtlichem Unbehagen, seine Miene extra für Hope übertrieben peinlich berührt. »Mrs Gibson, Wyatts Mom, versteckt den Hammer vor mir. Es ist beschämend.«

Hope grinste breit. »So schlimm kann es doch nicht sein!«

»Doch, leider schon«, sagte Wyatt halblaut hinter seinem Vater.

Hope schüttelte Melanies Hand ab und ergriff die von Wyatts Vater. »Ich zeige dir mein Zimmer. Ich hab jede Menge Geschenke.«

Melanie verfolgte sprachlos und mit offenem Mund, wie ihre Tochter einen völlig Fremden in ihr Herz schloss und mit ihm in ihrem Krankenzimmer verschwand.

»Dein Dad ist Anwalt.«

»Jap«, antwortete Wyatt und legte ihr einen Arm um die Schultern.

»Und du hast ihn um Hilfe gebeten.«

»Jap.«

Melanie trat vor ihn und schlang ihm beide Arme um den Hals. »Danke.« Sie küsste ihn auf den Mund und seufzte.

Hinter ihr erklang Hopes fröhliche Stimme. »Ja, das machen sie dauernd.«

* * *

William Gibson, in der Welt der Juristen und Gerichte auch als »Wild Bill« bekannt, war wie ein Tornado. Anders ließ sich nicht beschreiben, wie er arbeitete. Seine ersten Fragen drehten sich um Hope und ihre Sicherheit. Nathans nur mühsam gezügelter Ärger und die Skrupellosigkeit, mit der er sich in ihr Leben drängte, verängstigten ein ohnehin schon traumatisiertes Kind. Wenigstens formulierte William es so in seiner Erwiderung, um zu erreichen, dass Nathan keinen Kontakt zu ihr bekam, bis die Sache mit dem Sorgerecht geklärt werden konnte.

Melanie wollte das absolut lachhafte Verlangen einer Scheidung überhaupt nicht anerkennen. Sie, Wyatt und William saßen kurz vor Ende der Besuchszeit in der Ecke der Krankenhaus-Cafeteria. Tante Zoe und Melanies Bruder Mark, der vor ein paar Stunden angekommen war, waren bei Hope.

»Hier steht unmissverständlich, dass er die Scheidung einreicht.«

»Wie kann er das tun, wo wir doch nie verheiratet waren?«

»Gab es keine Ausflüge über die Grenze nach Mexiko, oder mal ein paar über den Durst getrunken?« William scherzte nur teilweise.

»Nein.«

»Oder mal in Vegas gewesen in einer der Kapellen?«

»Nein, weder Vegas noch eine der Hochzeitskapellen oder sonst was.«

William drehte die Papiere vor ihr um und zeigte auf eine Stelle. »Dieses Datum, bedeutet dir das etwas?«

Den Unterlagen zufolge behauptete Nathan, dass sie ein paar Wochen nach Hopes Geburt geheiratet hatten.

»Sicher«, erwiderte sie. »Windelnwechseln, Stillen, Schreibaby und Schlafmangel. Dieses erste Jahr nach Hopes Geburt ist in meiner Erinnerung unterteilt nach den Entwicklungsschritten, die sie gemacht hat, und den paar Stunden Schlaf, die ich in der Nacht finden konnte.«

»Keine Hochzeit?«

»Ich versichere dir, die hat es nie gegeben. In den ersten paar Monaten hat Nathan zwar immer wieder drauf gedrängt, aber es fühlte sich für mich nicht richtig an, daher habe ich ihm gesagt, wir müssten mindestens ein Jahr warten. Wenn wir dieses erste Jahr schafften, würde ich einverstanden sein.«

William seufzte. »Trotzdem hat er allen erzählt, ihr wärt verheiratet.«

»Ja. Anfangs habe ich ihn immer verbessert und den Leuten gesagt, wir wären bestenfalls verlobt. Doch nach einer Weile, vor allem, als zu erkennen war, dass ich schwanger war, war es irgendwie einfacher, nicht zu widersprechen. Das bedaure ich inzwischen.«

»Deine Freunde haben also gedacht, ihr wärt verheiratet.«

»Ich war jung, William. Es war mir peinlich. Die Lüge war einfacher als die Wahrheit. Aber ich schwöre, ich habe Nathan nie geheiratet. So was vergisst man doch nicht.«

William tätschelte ihr die Hand und zwinkerte ihr zu. »Das verstehe ich. Wir werden sehen, was er morgen zu dem Antrag auf Aussetzung des Verfahrens sagt. Wenn er tatsächlich das Sorgerecht haben will, wird er nicht damit warten, zurückzuschlagen.«

»Was ich nicht verstehe, ist, warum. Warum jetzt? Was hat er zu gewinnen, indem er mir Hope wegnimmt? Er will sie doch gar nicht.«

»Da muss ich Mel recht geben, Dad. Dem Kerl ist es so ernst damit wie dem Teufel, wenn er einem drei Wünsche anbietet.«

»Er sagt die ganze Zeit Sachen wie ›Endlich habe ich dich gefunden‹ und ›Jetzt, wo ich dich endlich aufgespürt habe‹. Dabei habe ich mich nie vor ihm versteckt. Er wusste immer, wo ich war, oder hätte auch meine Freunde hier erreichen können, wenn er meine Adresse nicht gehabt hätte.«

William notierte sich ein paar Sachen auf seinem Notizblock. »Er wird versuchen zu behaupten, du hättest Hope vor ihm versteckt. Dass er dir keinen Kindesunterhalt zahlen konnte, weil er nicht wusste, wo du warst. Das zeichnet sich ganz klar ab.«

Das hatte sie sich auch schon gedacht.

»Warum? Ich frage mich die ganze Zeit, warum.«

William legte seinen Stift hin und begann, den Block in seine Aktentasche zu stecken. »Das weiß ich nicht. Aber ich hab jetzt erst mal genug, um anzufangen. Ich werde meine Leute auf die Suche nach der angeblichen Heiratsurkunde schicken. Wenn wir beweisen können, dass sie nicht echt oder sogar direkt gefälscht ist, könnten wir imstande sein, all das abzuwenden. Ich werde auch ein Team auf Nathan Stone den Dritten, den Zweiten und den Ersten ansetzen. Vielleicht stoßen wir dabei auf etwas, das das Motiv hinter diesem Vorgehen sein kann. Du musst geduldig sein.«

Sie standen alle auf, und Wyatt schüttelte seinem Vater die Hand. »Noch mal danke, Dad.«

William seufzte. »Ja, ja, schon gut.« Er schaute auf. »Wirst du mir auch noch erzählen, was für dein blaues Auge verantwortlich ist?«

Melanie fiel der inzwischen verblassende blaue Fleck über Wyatts Auge kaum noch auf.

Wyatt lachte kurz. »Eine Faust.«

William schloss die Augen. »Sohn!«

»Nicht Nathans. Das war in der Bar.«

»Oh, oh … Es wird ja immer besser.«

»Niemand wurde verhaftet«, erklärte Wyatt.

William schloss seine Aktentasche und umfasste den Griff. »Nun, das ist allerdings gut. Ich komme nicht zur Rettung, wenn Söhne in eine Kneipenschlägerei verwickelt waren.«

Sie lachten alle.

»Noch mal vielen Dank, William.« Melanie umarmte ihn rasch.

Er lächelte. »Wenn eine Schöne in Nöten ist, komme ich herbeigeeilt. Wir sprechen uns morgen.«

»Ich mag deinen Vater«, erklärte Melanie, während sie ihm nachschaute, wie er die Cafeteria verließ.

»Im Gerichtssaal ist er gnadenlos.«

»Und trotzdem hat er einen so freundlichen und umsichtigen Sohn großgezogen.«

Wyatt stieß sie mit dem Arm an. »Du kennst meine Schwester und meine Mutter noch nicht.«

Kapitel einundzwanzig

An dem Tag, an dem Hope aus dem Krankenhaus entlassen wurde, schlug Nathan zurück.

»Du musst Hope sein.«

Melanie hielt die Hand ihrer Tochter, während sie die Stufen zum Inn hinaufstieg. Hinter ihr lud Wyatt gerade einen Armvoll Genesungsgeschenke aus seinem Pick-up, die Hope in der letzten Woche bekommen hatte.

Miss Gina stand hinter der Frau, die Hope angesprochen hatte, noch bevor sie Melanie begrüßte. Sie hatte nach hinten gekämmtes braunes Haar, das im Nacken zu einem festen Knoten zusammengesteckt war, und ein spitzes Gesicht, das alles andere als freundlich wirkte. Sie musste in den Sechzigern sein und hatte jede Menge Falten, denen etwas Botox nicht geschadet hätte.

Melanie zögerte auf der obersten Stufe und blickte Miss Gina an.

Beinahe widerstrebend stellte die die finster dreinblickende Frau vor. »Das ist Ms Pensky von der Kinderschutzbehörde.«

Zur Hölle mit dir, Nathan!

»Ich bin hier, um die Wohnverhältnisse für Ihre Tochter zu beurteilen, Mrs Stone.«

Melanie verzog das Gesicht, lächelte dann aber angespannt. »Ich ziehe Ms Bartlett vor.« Lang und breit klarzustellen, dass sie keine Mrs war, sondern nach wie vor Miss, war nutzlos, solange Nathan weiter überall verbreitete, sie wäre seine Frau.

Ms Pensky versuchte sie niederzustarren, bevor sie ihren Blick schließlich wieder auf Hope richtete. Das aufgesetzte Lächeln bewirkte jedoch nur, dass Hope sich hinter Melanie zu verstecken versuchte und ihre Hand fester umfasste. Warum die Kinderschutzbehörde eine Frau einstellte, die wie die Hexe aus »Der Zauberer von Oz« aussah, bevor sie grün geschminkt wurde, überstieg Mels Verständnis.

»Ich würde dich gerne ein paar Sachen fragen, Hope.«

Melanie wurde es leid, freundlich zu bleiben. »Können wir nicht erst reingehen?«

Ms Pensky trat beiseite und ließ sie vorbei.

Wyatt kam hinter ihr zum Haus, warf einen Blick auf die Fremde. »Wer ist das?«, flüsterte er Melanie ins Ohr, als er neben ihr war.

»Kinderschutzbehörde. Zur Hölle mit Nathan«, teilte sie ihm so leise mit, dass nur er es hören konnte.

»Halt sie hin. Ich rufe meinen Vater an.«

Trotz ihrer wachsenden Wut auf Nathan bewirkte Wyatts wie selbstverständlich gewährte Unterstützung, dass sie sich fragte, wie sie jemals ohne ihn zurechtgekommen war.

Wyatt stellte einen Blumenstrauß auf den Tisch in der Diele und eine Tasche auf den Boden, bevor er wieder nach draußen ging.

Melanie ignorierte Ms Pensky, während sie ihrer Tochter behutsam aus dem Sweatshirt half. »Sie sieht böse aus«, flüsterte Hope ihr ins Ohr.

Wo du recht hast, hast du recht, Süße.

»Ich denke, das werden wir herausfinden, was?«

»Muss ich mit ihr reden?«

Gute Frage … Melanie wusste nicht genau, welche Rechte sie hatten. Aber die Chancen standen gut, dass »Wild Bill« Gibson Bescheid wusste und sie es daher bald erfahren würde.

»Im Wohnzimmer hätten wir es alle sicher bequemer«, unterbrach Ms Pensky ihre geflüsterte Unterhaltung.

Immer freundlich bleiben, immer freundlich bleiben …

Ihr inneres Mantra funktionierte nicht. »Die Fahrt von Eugene hierher war lang, Ms Pensky. Hope muss auf die Toilette.«

Die Frau wirkte nicht überzeugt.

»Mommy, ich …«

»Ich weiß, Süße, ich helf dir rasch.« Melanie ließ Hope nicht ausreden, nahm sie an der Hand und ging mit ihr zum Gäste-WC.

»Aber ich muss doch gar nicht.«

Melanie blickte hinter sich und sah, dass Ms Pensky sie beobachtete.

»Lass dir schön Zeit. Damit ich mit der böse aussehenden Frau reden kann.«

Hope spähte um sie herum, verschwand dann in dem schmalen Raum und schloss die Tür.

Melanie atmete tief ein und straffte die Schultern. *Immer freundlich bleiben …*

Ms Pensky wartete auf der Türschwelle zum Wohnzimmer, Miss Gina stand stirnrunzelnd neben ihr. »Ich habe eigentlich gar nicht viele Fragen, Ms Bartlett.«

»Ja, na ja, es war eine lange Woche, und meiner Tochter noch mehr zuzumuten ist zu viel verlangt.«

»Als Staatsangestellte bin ich verpflichtet, jeder Meldung nachzugehen.«

»Und wer hat verlangt, dass Sie meine Tochter befragen?«

Ms Pensky starrte sie wieder missbilligend an. »Diese Information darf ich nicht an Sie weitergeben.«

»Ja, das glaube ich gern.«

Ms Pensky hob ihre Nase in die Luft und schnupperte. »Wer raucht hier?«

Miss Gina lehnte sich vor. »Ich gelegentlich. Draußen, weit weg von Hope.«

Die Miene der Oz-Frau änderte sich nicht.

Bei dem Geräusch einer Toilettenspülung blickten alle zu der Tür des WCs, durch die kurz darauf Hope kam.

»So, meine Damen?« Ms Pensky breitete die Arme aus, als Zeichen, dass sich alle setzen sollten.

Hope kletterte gerade Melanie auf den Schoß, als Wyatt rasch den Raum betrat.

Mit einem Grinsen ging er zu der Oz-Frau und stellte sich vor sie. »Hallo, Miss …?«

Ihr schmales Lächeln blieb fest auf ihren Lippen. »Pensky.«

Wyatt hielt ihr die Hand hin, die Handfläche nach oben. »Können Sie mir die Papiere zeigen?«

»Wie bitte?«

»Die gerichtliche Anordnung?« Wyatt wartete, lieferte sich mit der Frau ein Blickduell, das sie schließlich abbrach.

»Ich habe keine. Das hier ist ein vorbereitender Termin.«

Wyatt ließ seine Hand sinken. »Wie Sie sehen können, droht Hope momentan keine unmittelbare Gefahr. Ohne richterliche Anordnung ist niemand von uns verpflichtet, Ihre Fragen zu beantworten.«

Ms Penskys Kiefermuskeln arbeiteten. Ganz offenkundig missfiel es ihr sehr, nicht zum Zuge zu kommen.

»Das Kind hat einen gebrochenen Arm und Schrammen überall im Gesicht.«

»Die von einem Sturz stammen, was durch die polizeiliche Dokumentation und die öffentliche Berichterstattung hinreichend belegt ist.« Wyatts Lächeln verschwand. »Und jetzt, wenn es Ihnen nichts ausmacht …« Nun war er an der Reihe, die Arme auszubreiten und damit anzudeuten, dass sie sich verabschieden sollte.

Miss Gina schnaubte, als sie an der Frau vorbeiging und ihr die Eingangstür aufhielt.

Ms Pensky warf ihm über die Schulter einen erzürnten Blick zu. »Ich komme wieder.«

»Ja, bitte, gerne.«

Nachdem sie fort war, ließ Melanie die Schultern sinken.

»Also muss ich nicht mit ihr reden?«, fragte Hope.

»Nicht heute.«

»Gut.« Sie kletterte von Melanies Schoß und ging zur Tür.

»Wohin willst du?«

Hope zuckte die Achseln. »Jetzt muss ich aufs Klo.«

Wyatt und Miss Gina kamen gleich darauf zurück.

»Was für einen Mist hat er nun vor?«, stellte Melanie die Frage, die sie alle beschäftigte.

Wyatt zog sie in seine Arme und hielt sie. »Was auch immer er kann.«

»Sie wird wiederkommen, oder?«

»Ja, vermutlich schon.«

Melanie lehnte ihren Kopf gegen Wyatts Schulter und schloss die Augen.

* * *

Melanie gönnte sich gemeinsam mit Hope nach einer wohlverdienten Dusche und einer warmen Mahlzeit ein Nickerchen. Miss Gina recherchierte online, was für die Kinderschutzbehörde ein Grund war, das Zuhause eines Kindes für unsicher zu erklären, und Wyatt war auf der rückwärtigen Veranda und telefonierte mit Luke.

»Wer ist diese Frau mit dem spitzen Gesicht, die in der Stadt rumläuft und sich nach dir und Mel erkundigt?«

Wyatt erklärte ihm kurz die Lage. »Wo ist sie hingegangen?«

»Zu Sam. Dann habe ich gehört, dass sie im R&B war und tausend Fragen gestellt hat.«

»Dieser Exfreund von Melanie ist echt ein Arschloch«, erklärte Wyatt.

»Nach all den Geschichten, die wir gehört haben, versteht keiner von uns, was sie je in ihm gesehen hat. Bist du sicher, dass er es war, der die Kinderschutzbehörde benachrichtigt hat?«

»Gibt es irgendwelche anderen Verdächtigen?«

»Nein, vermutlich hast du recht.«

»Hast du noch was von Jo über Mr Lewis gehört?«

»Ich habe Jo seit zwei Tagen nicht mehr gesehen. Zoe hat mir gesagt, dass sie sich mit Vorwürfen überhäuft, weil sie Mr Lewis hat gehen lassen.«

»Das konnte sie doch nicht ahnen. Niemand von uns hat irgendetwas vermutet.« Innerlich fraß es Wyatt auf, dass er den Mann angelächelt und ihm die Hand geschüttelt hatte, als er seine Sorge um Hopes Wohlergehen zum Ausdruck gebracht hatte.

»Wie geht es denn unserer kleinen Patientin?«

Wyatt merkte, wie seine Lippen sich zu einem Lächeln verzogen. »Sie nimmt das echt sportlich. Dafür zu sorgen, dass sie sich nicht überfordert, könnte allerdings schwierig werden.«

»Es ist ja schon mal schwer, auf Bäume zu klettern, wenn man einen gebrochenen Arm hat«, warf Luke mit einem Lachen ein.

»Das bedeutet aber nicht, dass sie's nicht versuchen wird.«

»Nun, sie bekommt morgen Nachmittag einen echten Heldenempfang. Zoe bereitet ein großes Barbecue vor. Das ist ihre Art, all den Freiwilligen zu danken, die geholfen haben.«

Es waren tatsächlich viele gewesen und eine enorme Unterstützung. »Weißt du, Luke, wir leben wirklich in einer großartigen Stadt.«

»Ja, allerdings. Nun, Kumpel, falls du irgendwas brauchst, ich bin jederzeit telefonisch zu erreichen.«

»Danke.«

Er hatte gerade aufgelegt, als das Handy wieder klingelte.

»Hey, Wyatt.«

Das war Josie.

»Was ist los?«

»Ich frag mich gerade, wer diese zugeknöpfte alte Hexe ist, die sich nach dir und Mel erkundigt.«

River Bend brauchte wirklich eine Zeitung, dann könnte er das einfach auf die Titelseite drucken lassen und sich die Anrufe ersparen.

* * *

Jo platzte fast der Kopf, und ihr Nacken war so steif, dass es sie anstrengte, in den Rückspiegel zu gucken. Aber Schlaf war was für Weicheier, und Jo gab nicht nach.

Das FBI hatte die Ermittlungen an sich gerissen, aber das hieß nicht, dass sie nicht selbst nach einem Weg suchen konnte, den kriminellen Scheißkerl dingfest zu machen, der ein Kind in den Wald lockte und dann einen felsigen Abhang runterstieß. Weil sie zu dem Fall eine persönliche Beziehung hatte, achtete Agent Burton darauf, sie über die Fortschritte auf dem Laufenden zu halten.

Nicht dass es viele gäbe.

Ein Phantombildzeichner hatte aufgrund der Beschreibung aller, die Mr Lewis gesehen hatten, ein Bild angefertigt, das überall im Fernsehen und in der Zeitung gezeigt worden war, aber leider ohne dass daraufhin irgendwelche hilfreichen Hinweise eingegangen wären.

»Es ist leicht, das Aussehen zu verändern«, hatte ihr Agent Burton mitgeteilt. Dann hatte sie Jo gezeigt, wie einfach der sogenannte Mr Lewis sich in einen kahlköpfigen Schläger mit falschen Tattoos im Gesicht und auf dem Hals verwandeln konnte, die alle Leute so ablenken würden, dass niemand seine Augenfarbe auffallen würde. Mr Lewis könnte auch eine Perücke aufgesetzt haben, nachdem er River Bend verlassen hatte, ein paar Shorts angezogen und in einen Party-Bus nach Vegas gestiegen sein. Die Möglichkeiten waren endlos.

Jo und die Leute vom FBI gingen viele Stunden lang Aufnahmen von den Sicherheitskameras am Flughafen in Eugene durch, ebenfalls ohne Ergebnis. Der Mann hatte sich entweder als Frau verkleidet, was angesichts der Körperscanner und des Abtastens durch das Personal auch nicht so leicht gewesen wäre, oder war überhaupt nicht am Flughafen gewesen.

Die Mietwagenfirma hatte die gleichen Informationen von ihm erhalten wie Miss Gina für das Zimmer, das er gemietet hatte. Das Auto war an der Mietwagenstation am Flughafen abgegeben worden, und zu dem Zeitpunkt, als es ausfindig gemacht worden war, war es bereits an einen anderen Kunden weitervermietet worden.

Sein Zimmer im Inn war von der Spurensuche penibel unter die Lupe genommen worden. Dabei hatte sich gezeigt, dass viele Oberflächen abgewischt worden waren, bevor Mr Lewis gegangen war. Weil er sich die Zeit dafür genommen hatte, waren Agent Burton und Jo davon überzeugt, dass er aktenkundig war. Sie waren sich einig, dass Mr Lewis über die Hintertreppe von der Küche aus unbeobachtet in sein Zimmer gekommen war und die Feuertreppe benutzt hatte, als er seine Sorge wegen Hopes Verschwinden vorgetäuscht hatte.

Sie hatten ungewöhnlich viel Erde auf der Treppe hinten gefunden, was ihre Annahme bestätigte, ebenso wie Fußspuren, die zu denen in seinem Zimmer passten. Jetzt brauchten sie nur noch einen Treffer bei den Fingerabdrücken, die sie überall abgenommen hatten, um den echten Namen des Mannes rauszufinden.

Aber bislang war der einzig verwertbare Fingerabdruck einer von Zane. Und der stammte aus der Küche, wo er an dem Abend, an dem Zoe ihre Abschiedsparty gefeiert hatte, ein und aus gegangen war.

Jo blätterte sich gerade durch ein Fahndungsfoto nach dem anderen, als man ihr sagte, sie hätte einen Besucher, der sie gerne sprechen wolle. Anstatt ihn in ihr Büro einzuladen, verließ sie ihren Schreibtisch und kam nach vorne in die Polizeistation.

Die diensthabende Beamtin übernahm nur die nötigste Vorstellung. »Sheriff, das ist Ms Pensky.«

Jos erster Gedanke war: *Tut die Frisur nicht weh?* Dem verkniffenen Gesichtsausdruck nach zu schließen, war das vermutlich wirklich der Fall.

»Wie kann ich Ihnen behilflich sein, Ms Pensky?«

Die Frau klopfte mit einer Visitenkarte, die sie in der Hand hielt, auf den Tisch und reichte sie dann rüber. »Ich bin von der Kinderschutzbehörde und untersuche einen Fall, von dem ich glaube, dass er Ihnen bekannt ist.«

Jo blickte flüchtig auf die Karte und setzte eine unbeteiligte Miene auf. So gerne sie der Frau auch sagen wollte, sie solle verschwinden, glaubte sie nicht, dass das Mel und Hope nützen würde. »Vielleicht sollten wir in meinem Büro sprechen.«

Ms Pensky folgte ihr nach drinnen und setzte sich ganz vorne auf die Kante ihres Stuhls.

»Ich denke nicht, dass dies lange dauern wird«, teilte sie Jo mit. Sie starrte sie eine Weile lang an, bevor sie fortfuhr. »Ich untersuche das Kindeswohl und die Wohnverhältnisse von Hope Bartlett.«

Wenn es etwas gab, das Jo an der Polizeiakademie und von ihrem Vater gelernt hatte, dann war es die Kunst des Schweigens, wenn man in Wahrheit Informationen wollte. »Oh?«

»Bei uns ist eine Meldung eingegangen, dass bei ihren gegenwärtigen Lebensumständen ihre körperliche Unversehrtheit in Gefahr ist.«

O Nathan, wenn ich dich in die Finger kriege.

»Das ist absurd.«

Ms Pensky zeigte ein falsches Lächeln. »Wie können Sie das sagen? Suchen Sie nicht gerade nach einem Gast, der kürzlich in der Pension übernachtet hat, in der Hope wohnt?«

»Allerdings. Das FBI auch.«

»Ist der Mann nicht in die Pension gegangen, hat um ein Zimmer gebeten und unter dem gleichen Dach geschlafen wie Hope Bartlett, aber niemand weiß, wer er ist?«

Jo merkte, dass sie aufs Glatteis geführt werden sollte. Es war an der Zeit, sich hinter den Vorschriften zu verstecken.

»Die Einzelheiten der Untersuchung sind nicht für die Öffentlichkeit bestimmt.«

Ms Pensky starrte sie wortlos an.

Jo tat es ihr gleich.

»Sind Sie nicht persönlich mit Melanie Bartlett befreundet?«

»Das bin ich.«

»Hat Hope je bei Ihnen zu Hause übernachtet, Sheriff?«

»Warum fragen Sie das?«

Ms Pensky ließ ihren Blick über Jo wandern. »Lassen Sie Ihre Waffen auf der Wache, wenn Sie nach Hause gehen, Sheriff?«

Jos Zähne begannen wehzutun, so sehr musste sie sie zusammenbeißen. »Sie verschwenden Ihre Zeit, Ms Pensky.« Sie stand auf und deutete an, dass Ms Pensky das auch tun sollte.

»Eine Sache noch, Sheriff. Haben Sie neulich auf eine Meldung wegen einer Schlägerei im R&B reagiert?«

Jo atmete langsam ein, antwortete mit einem Zischen, von dem sie sich wünschte, sie hätte es verhindern können. »Ja.«

»Und haben Sie nicht Wyatt Gibson auf die Wache bringen müssen, Ms Bartletts gegenwärtigen Liebhaber? Den Mann, mit dem sie in der Nacht, bevor Hope verschwunden ist, zusammen war?«

»Mr Gibson ist nicht angezeigt worden.«

»Aber er war an einer Schlägerei beteiligt, oder etwa nicht? Was auf einen Hang zu Gewalttätigkeit schließen lässt. Das ist etwas, woran die Kinderschutzbehörde sehr interessiert ist, da er in engem Kontakt mit dem armen Mädchen steht.«

»Wyatt Gibson ist ein allseits beliebter und hoch angesehener sowie gesetzestreuer Bürger von River Bend, Ms Pensky. Sie werden niemanden in dieser Stadt finden, der mir da widersprechen würde.«

Ms Pensky erhob sich mit einem höhnischen Lächeln. »Ich glaube, Sie stehen der Mutter des Opfers ein bisschen zu nahe, um objektiv sein zu können, Sheriff.«

»Es ist eine kleine Stadt, Ms Pensky. Ich kenne die meisten Bewohner schon mein ganzes Leben lang. Daher kann man mit Fug und Recht behaupten, dass ich ihnen allen mehr oder weniger nahestehe. Das hindert mich aber nicht daran, meinen Job zu machen.«

»Ich bin sicher, da haben Sie recht.« Die Frau verströmte Unaufrichtigkeit aus jeder Pore.

Jo folgte ihr nach draußen.

Die Beamtin auf der Wache lächelte, ließ es aber sofort sein, als sie Jos gequälte Miene bemerkte.

Sie waren schon an der Tür angekommen, als Ms Pensky ihren letzten Schuss abfeuerte. »Oh, Sheriff, eine Sache noch.«

»Was kann das nur sein?«

»Läuft nicht der Verdächtige, der die arme Hope Bartlett ins Krankenhaus gebracht hat, immer noch frei herum?«

»Wir haben ihn noch nicht festgenommen.«

»Man hat mir gesagt, dass Hope bewusstlos am Fuße eines felsigen Abhangs lag, offensichtlich zum Sterben zurückgelassen, glaube ich, wie es viele der Freiwilligen, die dabei waren, als sie gefunden wurde, beschrieben haben.«

Jo merkte, dass sie Daumen und Zeigefinger ihrer rechten Hand rieb. »Worauf wollen Sie hinaus?«

»Wie sicher ist die einzige überlebende Zeugin eines Verbrechens?«

»Jede Vorsichtsmaßnahme, die nur möglich ist, wird getroffen, um sicherzustellen, dass Hope nichts passiert. Niemand wünscht sich das mehr als die Bewohner dieser Stadt, ihre Familie und ihre Freunde.«

»Gut, gut. Meine einzige Sorge gilt Hopes Wohlergehen.«

Sosehr Jo die Frau auch loswerden wollte, hielt sie sie doch mit einer eigenen Frage noch einmal auf.

»Oh, Ms Pensky?«

Die Frau wirkte überrascht, als Jo sie zurückrief.

»Ja?«

»Wie gut kennen Sie Nathan Stone?«

Ms Pensky hob ihr Kinn, lächelte nicht, schaute sie nur an. »Wen?«

Hab ich dich. Die Frau konnte vielleicht Fragen stellen, aber Lügen war nicht gerade ihre Stärke.

»Einen schönen Tag noch, Ms Pensky.«

»Ihnen ebenfalls, Sheriff.«

Kapitel zweiundzwanzig

Die Straße zwischen Sam's Diner und Millers Kfz-Reparaturen wurde für den Verkehr gesperrt. Miss Ginas Speziallimonade-Bridge-Club fing um zehn an, die Tische aufzustellen. Aus den Gärten waren Grills nach vorne gebracht worden und standen auf der Straße vor dem einzigen Supermarkt der Stadt. Unerlässlich bei jeder Festivität in einer Kleinstadt war die amerikanische Flagge, von denen etliche von der freiwilligen Feuerwehr hervorgeholt worden waren und die jetzt von jeder Straßenlaterne der Stadt wehten.

»Ich wusste gar nicht, dass du eine Jeans besitzt, Dad«, neckte Wyatt seinen Vater, während sie Beutel mit Eis aus dem Supermarkt holten, um die Eimer zu füllen, die um den Getränkewagen herumstanden.

»Hast du einen Anzug?«

Wyatt dachte an den Schlips, der die PVC-Rohre in seinem Pick-up zusammenhielt. »Definiere ›Anzug‹.«

Sein Vater lachte, während er das Eis in einen der Eimer schüttete und zurückging, um mehr zu holen.

»Also all das für ein kleines Mädchen.«

»Ja«, sagte Wyatt mit einem Seufzen. »Großartig, oder?«

Sein Vater klopfte ihm auf den Rücken. »Du hast hier etwas ganz Besonderes gefunden.«

»Ich liebe es. Das tue ich wirklich.«

»Ich kann verstehen, warum.«

Sam kam aus dem Laden, als Wyatt und sein Vater hineingingen, um weiteres Eis zu holen.

»Hallo, Sam. Hast du schon meinen Vater kennengelernt?«

Sam streckte ihm die Hand entgegen. »Nein, aber ich habe schon viel von Ihnen gehört.«

Nachdem sie etwas höflichen Small Talk gemacht hatten, warf Sam einen verärgerten Blick zu seinem Diner.

»Was ist los? Du siehst nicht besonders glücklich aus.«

»Zoe veranstaltet da drinnen einen Riesenzirkus. Sie braucht frisches Basilikum, und das habe ich nicht.«

»Haben sie hier auch keins?«

Sam schüttelte den Kopf. »Ich habe gestern Abend alles aufgekauft, aber sie braucht mehr.«

Wyatt kratzte sich am Kopf. »Frag mal bei Mrs Miller nach, sie hat einen Kräutergarten. Und wenn das nicht funktioniert, ruf Mrs Kate an.«

Sams Augen leuchteten auf. »Ihr Sohn ist brillant«, teilte er William mit, bevor er über die Straße rannte.

»Alles für ein kleines Mädchen«, hörte Wyatt seinen Vater erneut murmeln.

»Als sie verschwunden ist, ist sie irgendwie das kleine Mädchen von allen geworden. Dieser Tag hätte auch ganz anders ausgehen können.« Ein Schauer überlief Wyatt, wenn er daran dachte, was gewesen wäre, wenn sie Hope nicht rechtzeitig gefunden hätten. »Diese Feier ist für die ganze Stadt. Als Anerkennung dafür, dass alle aufeinander aufpassen. Das hat man in der Großstadt nicht.«

»Auch nicht in jeder Kleinstadt.«

»Du lebst am falschen Ort.«

»Hier ist nicht gerade viel Bedarf für einen Staranwalt.«

Wyatt musste lachen. »Diese Woche schon.«

Sein Vater stimmte mit einem Nicken zu. Als sein Lächeln breiter wurde und sein Blick zu etwas hinter seinem Sohn wanderte, drehte sich Wyatt um.

Melanie lief in der Mitte der Straße, Hope an der Hand. Die beiden hatten das gleiche Lächeln und das gleiche Haar, das bei beiden von einer Spange zurückgehalten wurde.

Wyatt wurde warm ums Herz.

Die Frau hatte sich in sein Leben geschlichen und dort einen Platz für sich beansprucht, von dem er gar nicht gewusst hatte, dass es ihn gab.

»Wenn das nicht der Ehrengast dieser ganzen Veranstaltung ist«, bemerkte William, als sie sich näherten.

Hope streckte ihm die Arme entgegen, und William hob sie hoch, als wäre sie vier.

Die Bewegung machte Melanie sprachlos, und auch Wyatt starrte.

Hope küsste seinen Vater auf die Wange und kicherte. »Hast du die Ballons gesehen?«

»Nein, wo sind die?«

»Drüben bei Onkel Luke.« Hope deutete mit dem Arm, den sie seinem Vater um die Schulter geschlungen hatte.

»Willst du es mir zeigen?«

»Okay.« Hope sprang herunter und zog William an der Hand hinter sich her.

Der zwinkerte Melanie zu. »Wir kommen wieder.«

Melanie blieb der Mund offen stehen, als ihre Tochter sich mit Wyatts Vater auf den Weg machte.

»Was ist denn da los?«

Sie schüttelte den Kopf. »Ich weiß es nicht. Sie ist wohl verliebt. Ich habe das noch nie erlebt.«

292

Wyatt betrachtete Melanies Profil. Er konnte immer noch die Erschöpfung in ihren Augen erkennen, aber sie sah aus, als wenn sie wenigstens ein paar Stunden Schlaf bekommen hätte.

Sie musste gespürt haben, dass er sie anschaute. Als sie sich in seine Richtung drehte, grinste sie und strich sich mit der Hand übers Haar.

Er lächelte.

»Hey.«

»Hey.« Er trat näher zu ihr und drückte seinen Körper gegen ihren. »Hast du ein bisschen geschlafen?«, erkundigte er sich leise.

»Ein wenig.«

»Kann ich irgendwas tun?«

Sie blickte über ihre Schulter zu ihrer Tochter. »Nichts, was du nicht ohnehin schon machen würdest.«

Als sie sich ihm wieder zuwandte, beugte er sich vor und küsste sie. Wie jedes Mal reagierte sein Körper mit einem Verlangen nach mehr, aber jetzt und hier war weder die Zeit noch der Ort dafür.

Sie presste sich enger an ihn, und er stöhnte auf.

Melanie löste sich von ihm und lächelte. »Glücklich, mich zu sehen?«, fragte sie mit einem wissenden Grinsen.

»Ich vermisse dich«, sagte er.

Sie schlug die Augen nieder. »Jetzt ist nicht der richtige Zeitpunkt.«

Er legte ihr einen Finger unters Kinn und zwang sie, ihn anzusehen. »Dich einfach nur zu halten reicht schon. Für den Moment«, fügte er hinzu.

Er legte ihr einen Arm um die Schultern und ging mit ihr in die entgegengesetzte Richtung von Hope und seinem Vater.

Als Melanie einen Blick zurückwarf, blieb er stehen. »Bei meinem Dad ist sie sicher.«

»Ich weiß. Es ist einfach nur …«

»Es ist schwierig.«

»Es ist unmöglich. Ich mach mir selbst im Schlaf Sorgen.«

Wyatt ging weiter und ließ sie reden.

»Ich wache mitten in der Nacht auf, weil ich geträumt habe, dass wir sie nicht gefunden haben. Ich sehe sie kalt und tot am Fuß des Abhangs.«

Er zog sie näher.

»Ich sehe, wie Mr Lewis zurückkommt und ins Hotel eincheckt und wir alle nicht wissen, was er vorhat.«

»Ich glaube nicht, dass er zurückkommt«, beruhigte Wyatt sie.

Sie schmiegte sich an ihn. »Ich mach mir einfach weiter Sorgen. Da sind immer noch Nathan und diese verbiesterte Oz-Frau.«

Wyatt blieb mitten auf der Straße stehen und lachte. »Oz-Frau?«

»Ja, sah Pensky nicht genau aus wie die Hexe aus ›Der Zauberer von Oz‹?«

Jetzt, da sie es erwähnte …

»Ich sehe, wie sie mir Hope wegnimmt und Nathan lacht.«

»Oh, Darlin'. Tu dir das nicht an.«

Sie schüttelte den Kopf. »Tu ich nicht. Es sind meine Träume. Ich fühle mich so hilflos. Als wenn ich überhaupt nichts unter Kontrolle hätte. Als wenn irgendjemand einfach jeden Moment zuschlagen und mir alles wegnehmen könnte.«

»Weißt du, was du brauchst?«

Sie lachte. »Dass Nathan von einer Brücke springt oder nach Alaska zieht, wo er Hope nicht bekommen kann?«

»Alles gute Ideen. Nein, woran du dich erinnern musst, ist die Macht, die du hast.« Sie liefen jetzt wieder zurück, auf der anderen Seite der Straße. »Du musst die Kontrolle übernehmen und etwas anderes tun, als nur zu reagieren.«

Sie lachte, hörte sich nicht überzeugt an. »Was zum Beispiel?«

»Ich weiß nicht. Vielleicht Nathan auf Unterhalt verklagen. Die Medien benutzen, die mit dir reden wollen, seit das alles passiert ist, um gegen die Oz-Frau und alle wie sie zu kämpfen. Übernimm die Kontrolle. Damit lässt sich womöglich nicht alles stoppen, was Nathan tut, aber du wirst dich dann besser fühlen.«

Sie blieb stehen. »Das kann ich tun.« Es war keine Frage.

»Das kannst du.«

»Aufhören, ein Opfer zu sein«, erklärte sie. Das Lächeln auf ihrem Gesicht sagte alles. »Du bist brillant.«

Er lachte auf. »Das zweite Mal heute, dass ich das höre.«

»Und so bescheiden.«

Er freute sich über ihren Kuss, war traurig, als sie ihn abbrach und in Sam's Diner verschwand.

Mitten auf der Hauptstraße von River Bend wurde Wyatt klar, wie heftig es ihn erwischt hatte.

Und dann lächelte er.

* * *

Melanie saß neben Wyatts Vater, biss in eins der besten gegrillten Rippchen, die sie je gegessen hatte, und fühlte sich, als wenn das Essen Benzin für ein Auto wäre, das seit zwanzig Jahren mit leerem Tank in der Auffahrt gestanden hatte.

Sie hatte in der letzten Woche genug gegessen, um zu überleben, aber nicht genug, dass ihr Gehirn korrekt arbeitete. Doch dank Wyatts aufmunternden Worten und der Freude, zu sehen, wie die Stadt zusammenkam, um ihr Kind zu feiern, war sie bereit für einen Kampf.

»Ich bin wütend, William. Der Mann hat sich geweigert, auch nur einen Cent zu unserem Lebensunterhalt beizutragen, und immer behauptet, dass er mit dem Geld, das seine Eltern ihm fürs College gegeben haben, gerade so durchkommt. Als ich vorgeschlagen habe, dass er wie ich arbeiten geht, konnte er sich nicht die Mühe machen, etwas von der Zeit zu opfern, die er für sein Sozialleben vorgesehen hatte. Wir hatten ein Kind. Ein Sozialleben ist dann nicht mehr so wichtig.«

William legte seinen Maiskolben hin, um zu antworten. »Das stimmt wohl.«

»Jetzt ist er wieder da, und warum? Und selbst wenn wir nie erfahren, was hinter alldem steckt, warum denkt er, dass er das Zeug zum Vater hat? Und weißt du …«, sie zeigte mit dem Ende des Rippchens auf William, »diese Sozialarbeiterin muss irgendwie von ihm beeinflusst sein. Hope wurde von einer respektierten, geistig gesunden, verantwortungsbewussten Erwachsenen beaufsichtigt, als sie …« Der Gedanke an Hope am Fuß des Abhangs ließ sie innehalten. »Sie war nicht vernachlässigt. *Ist* nicht vernachlässigt.«

»Hope ist ein höfliches, wohlerzogenes kleines Mädchen. Es ist ganz klar, dass du einen guten Job bei ihr machst«, erwiderte William.

»Das ist sie, oder?« Sie sahen beide zur Straße. Hope spielte mit einer Handvoll anderer Kinder in ihrem Alter. Alles welche, die sie spätestens kennengelernt hätte, wenn sie im Herbst mit der Schule anfing. Sie lachte und lächelte, trotz des gebrochenen Arms und der Ereignisse der Woche.

»Ich kann ihr vielleicht nicht das Spielzeug und all den anderen Mist kaufen, den viele Kinder haben. Aber sie bekommt, was sie braucht. Ich habe selbst auf viel verzichtet, um das möglich zu machen.« Melanie hob eine Hand in die Luft. »Ich will mich nicht extra herausstellen. Ich tue einfach nur, was alle anderen Eltern da draußen auch tun. Außer Nathan. Er hat nie auf irgendetwas verzichtet. Also, ja.« Sie hielt inne, legte das Rippchen auf ihren Teller. »Ich bin sauer, dass er überhaupt hier aufgetaucht ist. Es ist ja nicht so, dass er mir irgendwie Geld gegeben oder vielleicht sogar die Krankenversicherung bezahlt hätte.«

Der Gedanke an die Rechnungen, die noch auf sie zukamen, hatte sie noch gar nicht richtig erreicht. Die Sozialarbeiterin vom Krankenhaus hatte ihr einen Kontakt gegeben, mit dessen Hilfe sie finanzielle Unterstützung beantragen konnte, um die Schulden möglichst gering zu halten. Tatsache war, sie hatte nicht einmal Geld für das Benzin gehabt, als sie noch ein Auto besessen hatte, und eine Krankenversicherung war nicht gerade eine Top-Priorität, wenn man in die Notfallambulanz gehen konnte. Ja, es war blöd, aber sie hatte nun einmal nicht viele Optionen.

Diesmal war es William, der mit seinem Essen auf sie zeigte. »Weißt du, was das Gute an Wut ist?«

»Nein, was?« Sie biss in ein weiteres Rippchen.

»Sie ist der perfekte Motivator. Gerade nicht glücklich mit dem Präsidenten? Es motiviert dich, hinzugehen und nächstes Mal zu wählen. Benzinpreise zu hoch? Kauf ein Elektroauto, umarme einen Baum, besorg dir Solarzellen. Genug von Mobbing? Lerne zu kämpfen, übernimm die Kontrolle, und lass nicht zu, dass du ein Opfer bist.«

Melanie blickte dem Mann in die Augen und erkannte seinen Sohn. »Hat Wyatt dir gesagt, dass du mir das erzählen sollst?«

William sah sie schockiert an. »Erinnere dich bitte daran, wer hier wen aufgezogen hat, Darlin'.«

Sie kicherte. »Er nennt mich auch so.«

»Nennt dich wie?«

»Darlin'. Ich denk dann immer, er wäre in Texas aufgewachsen und nicht in Kalifornien.«

William warf einen Blick zu dem wolkenlosen Himmel. »Schuldig. Geboren und aufgewachsen außerhalb von Houston. Ich bilde mir gerne ein, er hat das von mir.«

Sie musste lachen und suchte den Sohn in der Menge. Sie entdeckte ihn auf der anderen Straßenseite, wo er neben Luke und einem Mann stand, der ihr bekannt vorkam, auch wenn sie nicht wusste, woher.

Wyatt winkte ihr zu, und sie lächelte zurück, wedelte mit ihrem Rippchen.

Nun, mit dem, was davon übrig war.

Sie blickte zurück zu William, dann abrupt wieder zu Wyatt und verengte die Augen. »Ist das … Alan Crane?«

William blickte sich um, entdeckte seinen Sohn und zuckte die Achseln. »Sieht so aus.«

Melanie legte den Kopf zur Seite. »Du wusstest, dass er kommt?«

William hatte seinen Maiskolben aufgegessen und wischte sich den Mund mit einer rot-weiß karierten Serviette ab, bevor er sie auf den Tisch legte. »Es könnte sein, dass meine Leute seine Leute kontaktiert haben.«

»Meine Tochter wird nicht vermisst.« Und Alan Crane war die Stimme von vermissten Kindern. Nachdem seine kleine Tochter vor vielen Jahren ermordet worden war, drehte sich Alans Leben jetzt darum, vermisste Kinder zu finden und die Täter aufzuspüren, die ihnen etwas angetan hatten. Er war mit seiner Sendung »American Fugitive« das Gesicht der Vergessenen in den Medien.

»Aber Mr Lewis«, gab William zu bedenken.

Sie starrte Wyatts Vater ohne jeden Humor an. »Ich dachte, Wyatt hat dich gebeten, wegen Nathan zu helfen.«

Er legte seine Hand über ihre. »Nein. Er hat mich gebeten, *dir* zu helfen. Und Melanie … Mein Sohn hatte mich nicht mehr um etwas gebeten, seit er ans College gegangen ist. Selbst da …«

Sie spürte Tränen in den Augen, versuchte aber, sie zurückzuhalten. »Eines Tages werde ich dir das zurückzahlen.«

Hope wählte genau diesen Moment, um auf den Stuhl zu klettern, der neben ihrem stand. Sie machte sich über das Essen her und lächelte, bevor sie wieder verschwand.

»Das hast du schon.«

Zoe tauchte hinter ihr auf und ließ sich auf den freien Platz sinken. »Nun, Test bestanden?«, fragte sie William.

»Genau wie zu Hause.« Er wedelte mit einem Rippchen, bevor er hineinbiss.

Melanie fragte ihre Freundin mit einer hochgezogenen Augenbraue: »Du wusstest, dass er aus Texas ist?«

»O bitte. In der Minute, in der dieser Mann den Mund aufgemacht hat, wusste ich, woher Wyatt all dieses Gehabe und den Charme hat.«

»Ich hab vielleicht nicht mehr denselben Akzent wie früher, aber ich müsste vermutlich meine texanische Geburtsurkunde abgeben, wenn ich mein Gehabe ablegen würde.«

Sie lachten beide bei dem übertriebenen texanischen Tonfall, um den William sich bemühte.

»Auf jeden Fall ergibt der Name Wild Bill jetzt mehr Sinn«, sagte Melanie.

»Wann fliegst du wieder zurück?«, erkundigte sich William bei Zoe.

Sie seufzte. »Morgen früh.«

Melanie legte den Kopf bei ihrer Freundin auf die Schulter. »Es bedeutet mir wirklich viel, dass du gekommen bist.«

Zoe umarmte sie mit einem Arm. »Immer, jederzeit.«

Bevor Melanie sie wieder losließ, sagte sie: »Und erzähl Luke von deinen Plänen. Der Typ dreht ein bisschen durch, wenn du wegfährst.«

Mit einem tiefen Seufzer erwiderte sie: »Er wusste auch beim letzten Mal, dass ich abreise.«

»Zwei Worte. Bar. Schlägerei.«

»Okay!« Zoe drückte sich aus dem Stuhl hoch und blickte suchend durch die Menge. Als sie Luke entdeckte, lief sie über die Straße.

»Deine Freundin ist eine tolle Köchin.«

»Ja. Und du hast nur ihr Barbecue probiert. Sie macht Dinge, die ich nicht mal aussprechen kann.«

»Und lebt in Dallas?«

»Ja. Sie hat River Bend verlassen, kurz nachdem wir alle mit der Highschool fertig waren.« Wenn sie wieder heimflog, würde Melanie sie sehr vermissen. Zoe hier in der Stadt zu sehen sorgte dafür, dass es sich noch mehr wie zu Hause anfühlte.

»Ich muss herausfinden, wo sie arbeitet, wenn ich mal wieder in der Gegend bin. Würde mir nichts ausmachen, mehr von ihr zu probieren.«

Melanie stand auf und griff sich ihren Teller. »Du wirst nicht enttäuscht sein. Kann ich dir noch was mitbringen, wo ich schon stehe?«

»Nein, nein. Mir geht's gut. Warum amüsierst du dich nicht ein bisschen?«

So ein aufmerksamer Mann. »Wyatt hat Glück, einen Vater wie dich zu haben«, sagte sie.

William lächelte und legte den Kopf zur Seite. »Wo sind deine Eltern, Darlin'?«

Der Gedanke war ihr ein halbes Dutzend Mal durch den Kopf geschossen, als ihr klar geworden war, dass Hope okay war. »Meine Mutter hat angerufen. Ihr Freund hat sie auf eine Kreuzfahrt mitgenommen.«

Melanie war zu verlegen, um William zu erzählen, dass ihre Mutter nicht angeboten hatte, im nächsten Hafen auszusteigen, um zu ihr zu kommen. Als sie angerufen und gehört hatte, dass es Hope gut ging, hatte sie vorgeschlagen, dass Melanie sich melden sollte, falls sich die Dinge ändern würden. »Mein Vater hat es erst gestern Abend von meinem Bruder Mark erfahren.«

»Und kommt er zu Besuch?«

Sie schwieg einen Augenblick. »Nicht jede Familie ist hilfreich, William.«

Sie hörte Zoes Lachen von der anderen Seite der Straße, drehte sich um und sah, dass sie mit Wyatt, Luke und Alan Crane sprach.

»Dann ist es gut, dass du so viele nette enge Freunde hast.«

»Ja. Das ist wirklich sehr gut.«

KAPITEL DREIUNDZWANZIG

Sie hatten den ganzen Tag gefilmt.

Crane und die Crew waren vor Sonnenaufgang mit zwei riesigen Lkws und einem Team von fünfundzwanzig Leuten zur Pension gekommen. Sie machten Aufnahmen davon, wie sich der Morgennebel vom Boden hob, und sie filmten den Sonnenaufgang von dem Aussichtspunkt, an dem Hope gestanden hatte, als Miss Gina sie das letzte Mal gesehen hatte.

Einige Schauspieler, die Miss Gina, Melanie und Hope ähnelten, waren mitgekommen, genau wie ein Mann, der denselben Körpertyp hatte wie Mr Lewis und wie er aussah.

Der falsche Mr Lewis ließ sich von der falschen Miss Gina etwa zwei Stunden lang in die Pension einchecken, bevor alles stimmte. Melanie stand an der Seite und schaute zu, wie ihr Double Hopes Double ermahnte, nicht durch die Pension zu rennen. Sie brauchten vier Takes, bevor sie es richtig hinbekamen, und jeder von ihnen war wie ein kleiner Messerstich in ihr Herz.

Im Esszimmer hatte Mr Crane alles für die Interviews mit den echten Personen eingerichtet.

Miss Gina zuzusehen, die unter den Händen der Frau von der Maske zappelte, war fast komisch. Schließlich setzte sie sich hin, um sich vor der Kamera an so viele Details wie möglich von Mr Lewis zu erinnern.

Mr Crane war ein guter Interviewer, der die Fragen mit echtem Interesse an den Antworten stellte. Er bat sie nicht, irgendetwas zu wiederholen, außer wie sie sich fühlte.

»Was ist Ihnen durch den Kopf gegangen, als Ihnen klar wurde, dass ein Gast Ihrer Pension für Hopes Verschwinden verantwortlich war?«

»Ich würde mich lieber nicht selbst im nationalen Fernsehen belasten«, antwortete sie ernst.

Mr Crane lachte … ein volles Lachen tief aus seiner Brust.

»Es ist an der Zeit, diesen Mistkerl von der Straße zu bekommen«, sagte er, während er seine Hand über Miss Ginas legte.

Jemand rief »Cut«, und alle bewegten sich außer Miss Gina und Mr Crane.

Melanie hörte nicht, was sie danach sprachen, da sich der Lärmpegel im Raum um fünfzig Prozent erhöhte. Aber was immer es war, es endete in einer Umarmung, die andauerte, bevor Miss Gina sich umdrehte und den Raum verließ.

Wyatt kam durch dieselbe Tür herein, durch die Miss Gina gerade hinausgegangen war, erspähte Melanie und trat zu ihr. »Wie geht es Hope?«

»Sie ist ein bisschen anhänglich, aber ich glaube, ihr gefällt die ganze Aufregung um sie. Mit dem Barbecue und dem hier war sie jetzt doch einige Zeit der Mittelpunkt der Aufmerksamkeit.«

»Es wird ganz schön langweilig werden, wenn das alles hinter uns liegt«, stellte Wyatt fest.

»Langweilig hört sich im Moment richtig super an.« Sie konnte immer noch nicht schlafen, ohne sich stundenlang hin und her zu wälzen. Es hatte nur zwei Tage gedauert, bis Hope sie aus ihrem Zimmer geworfen hatte. Und da Miss Gina es ablehnte, Gäste in der Pension aufzunehmen, bis sie sich eine

Möglichkeit überlegt hatten, auszuschließen, dass das, was mit Hope geschehen war, wieder passierte, war das Inn mit Ausnahme von Mr Crane und seinem Assistenten leer. Selbst William wohnte bei Wyatt.

»Sind Sie fertig, Miss Bartlett?«

Jetzt war sie an der Reihe, einen Clip aufzunehmen – ein, zwei Minuten lang –, der in der Sendung gezeigt werden würde. Sie dachte nicht an die vielen Leute, die sich das anschauen würden, sie dachte an den Mann, der festgenommen werden musste.

»Du siehst hübsch aus«, sagte Wyatt und riss sie aus ihren Gedanken.

Sie lächelte, und er strich ihr eine Haarsträhne aus dem Gesicht.

Er war ihr kaum von der Seite gewichen. Irgendwie standen sie und Hope für ihn an erster Stelle, und dabei kannten sie einander doch erst so kurz. Sie warnte sich selbst, machte sich Sorgen, dass er vielleicht nur aus einem Gefühl der Verpflichtung heraus handelte, weil sie zusammengekommen waren, während sich der ganze Wahnsinn um sie herum entfaltete. Aber eine Stimme in ihrem Kopf rief sie zur Ordnung. Nathan hatte sich ihr gegenüber selbst an seinen besten Tagen nie benommen, wie Wyatt es tat. Hatte sie nie über sich selbst gestellt.

Und viel wichtiger: Sie hatte nie für Nathan empfunden, was sie für Wyatt empfand.

Sie schüttelte den Kopf, um die Gedanken loszuwerden, und lehnte sich gegen Wyatt, bevor er sie losließ.

Er zwinkerte ihr zu und schob sie sanft in Richtung des Stuhls und der wartenden Crew.

Zuerst war es etwas einschüchternd, unter den Scheinwerfern zu sitzen. Die Frau von der Maske kam und widmete sich Melanies Gesicht. Die ganze Zeit redete sie über absolut nichts. Das Wetter, den Staat Oregon. Die Farbe an den Wänden.

Irgendwann saß Melanie Mr Crane gegenüber, während die Crew um sie herum arbeitete, das Licht einstellte und ein kleines Mikrofon an ihrem Oberteil befestigte. Plötzlich zog einer der Mitarbeiter ihr das Shirt hoch, um die Kabel zu befestigen. Melanie ignorierte den unangenehmen Moment und versuchte zu lächeln, als er fertig war.

Nach einigen Augenblicken winkte Mr Crane die Maskenbildnerin beiseite und fing an zu reden.

»Wie ich Ihnen schon zuvor erklärt habe, Melanie, möchte ich, dass Sie so natürlich wie möglich antworten. Tun Sie einfach so, als wären die Kameras gar nicht da.«

Drei waren auf sie gerichtet, und eine auf ihn. »Das ist ein bisschen schwierig.«

»Ich weiß. Aber probieren Sie es. Sehen Sie mich einfach an. Ignorieren Sie die Kamera hinter meinem Kopf.«

»Ich werde es versuchen.«

Jemand zupfte an seinem Haar. »Sie sind in River Bend aufgewachsen.«

Es war nicht wirklich eine Frage. Und sie wusste, dass er das schon wusste. Aber sie fing trotzdem an zu reden, um sich zu beruhigen.

»Stimmt. Nur wenige Meilen von hier.«

»Haben Sie viel Zeit bei Miss Gina verbracht?«

Melanie lächelte. »Sie war wie die Tante, die keine von uns Mädchen hatte. Die coole Tante. Die Art, mit der man wirklich über alles reden konnte und garantiert keinen Ärger bekam.«

Jemand stellte ein Glas Wasser vor sie und ging wieder, während Mr Crane Konversation machte.

»Eine Erwachsene, an die man sich wenden konnte …«

Wieder war es im Grunde keine Frage, aber Melanie sprach einfach weiter.

»Genau. Ich hatte als Jugendliche eigentlich keine großen Probleme. Aber wenn man Ärger mit dem Freund hatte oder das teenagertypische ›Jeder hasst mich‹-Syndrom zuschlug, konnte man zu ihr gehen und Rat bekommen.«

Mr Crane nahm sein Glas Wasser entgegen und stellte es ab. »Man kann also sagen, dass Sie sich hier immer sicher gefühlt haben.«

»O Gott, ja. Das war der erste Ort, an den ich gedacht habe, als ich beschloss, zurückzukommen.«

»Warum sind Sie überhaupt weggegangen?«

»Der ganz typische Grund: College.«

»Und warum sind Sie nach River Bend zurückgekehrt?«

Die Kameras traten in den Hintergrund, während Mr Crane seine Fragen stellte. »Es hat mit einem Versprechen angefangen. Eines, das ich mir und meinen besten Freundinnen im Abschlussjahr gegeben habe. Wir haben uns fest vorgenommen, alle zu unserem zehnjährigen Klassentreffen zurückzukommen, egal, was gerade in unseren Leben passiert. Am Anfang war ich mir nicht sicher, ob ich das wirklich wollte. Mein Leben ist nicht so verlaufen, wie ich mir das vorgestellt hatte.«

»Wie denn?«

Im ganzen Raum war es jetzt still, während die Leute anfingen, ihrer Unterhaltung zuzuhören.

»Mit dem College hat es nicht geklappt. Ich hatte kein Geld. Und ich habe einen Mann kennengelernt.« Bei dem Gedanken an Nathan runzelte sie unwillkürlich die Stirn.

»Und Sie haben Ihre Tochter bekommen.«

Sie lächelte. »Hope war ein großes Geschenk. Die Sache mit dem Mann war dann schnell vorbei, aber ich hatte Hope.«

»Es muss schwer gewesen sein. Als alleinerziehende Mutter. Ohne College-Abschluss.«

»Und mit einer totalen Schrottkarre als Auto«, fügte sie hinzu. »Das sollte man nicht vergessen.«

Mr Crane lächelte.

»Also kommen Sie zurück nach River Bend, in einer Schrottkarre und mit Ihrer Tochter …«

»Nur mit Hope. Die Schrottkarre hat unterwegs den Geist aufgegeben.«

Sein Lächeln wurde zu einem kleinen Lachen. »Also kein Auto, Ihr wundervolles Kind … und Miss Ginas Frühstückspension.«

»Und meine Freunde. Freunde, von denen ich zwar wusste, dass sie da waren, aber ich hatte vergessen, wie viel sie mir bedeuten. Wahre Freunde, die Art, die alles stehen und liegen lässt, um einem zu Hilfe zu eilen, wenn das nötig ist. Wissen Sie, was ich meine?«

Mr Crane sah für einen Augenblick traurig aus. Oder vielleicht war es eine Erinnerung, die man an seinem Gesicht ablesen konnte. »Sie sind nach Hause gekommen.«

Melanie blickte sich im Esszimmer um. »Ja.«

»Damit Ihre Tochter ein besseres Leben hat.«

Sie nickte. »Wo wir zuvor gelebt haben, konnte ich Hope nicht zur Schule gehen lassen. Die Verbrechensrate in River Bend ist nichts im Vergleich dazu. Jede Stadt hat ihre Probleme, aber in dieser Kleinstadt ist es die große Neuigkeit, wenn ein Haus mit Toilettenpapier eingewickelt wird.«

Mr Crane lachte erneut.

»Sie denken, ich mache Witze.«

»Nein, ich denke, Sie sagen die Wahrheit.« Er brachte seine Erheiterung unter Kontrolle und fuhr fort. »Wann haben Sie Patrick Lewis zum ersten Mal getroffen?«

Ihr Lächeln verschwand sofort. »Vor zwei Wochen. Er ist geschäftlich hier durchgekommen. Jedenfalls hat er uns das erzählt.«

»Zu dem Zeitpunkt haben Sie schon in der Pension gearbeitet, richtig?«

»Ja. Hope und ich teilen uns ein Zimmer, wenn die Pension voll ist, oder ich nehme eins ihr gegenüber, wenn es nicht so ist.«

»Also war Patrick Lewis ein Gast. Ist Ihnen irgendwas an ihm komisch vorgekommen?«

Sie biss sich auf die Lippe, versuchte, sich an etwas zu erinnern. Irgendetwas. »Nein. Es bringt mich fast um, dass mir nichts an ihm aufgefallen ist.«

»Also nur ein Geschäftsmann auf der Durchreise.«

»Genau. Sein Zimmer war sauber aufgeräumt. Fast, als wenn er es gar nicht benutzt hätte. Er hat seinen Kaffee schwarz getrunken.« Ein Detail, an das sie sich gerade erst erinnerte. Ein weiteres schien aufzutauchen, während sie darüber nachdachte. »Eigelb. Er mochte kein Eigelb. Wollte sein Rührei nur aus dem Weiß. Das hatte ich ganz vergessen.«

»Also ein ordentlicher Mann, der seinen Kaffee schwarz getrunken und nur das Eiweiß gegessen hat.«

»Ja, dann hat er sein Zeug zusammengepackt und gesagt, er würde vermutlich auf dem Rückweg wieder vorbeikommen.«

»Es gibt hier nicht viele Übernachtungsmöglichkeiten.«

Melanie schüttelte den Kopf. »Nördlich der Stadt ist da noch was, aber mehr eine Art Motel.«

»Sprechen wir über den Besuch, vor dem Zwischenfall mit Ihrer Tochter.«

»Er war auf der Durchreise. Irgendwie hatte ich das Gefühl, dass er mir bekannt vorkam. Er hat sogar Hope daran erinnert, nicht im Haus zu rennen. Nicht auf seltsame Art, nur ein Erwachsener, der sich wie ein Erwachsener benimmt.«

»Nichts Ungewöhnliches?«

»Nein. Nichts.«

»Das hat sich alles geändert, als Sie eines Morgens nach Hause gekommen sind, nachdem Sie Ihr Kind in Miss Ginas

308

Obhut gelassen hatten, und feststellten, dass Ihre Tochter vermisst wurde.«

Sie schwieg einen Moment. Im Zimmer war es ganz still.

»In dem Moment, in dem mir klar wurde, dass Hope nicht einfach draußen spielte, starb alles in mir.«

»Also fanden Sie es nicht merkwürdig, als Patrick Lewis die Pension verlassen hat?«

Melanie schüttelte den Kopf. »Ich habe überhaupt nicht darüber nachgedacht. Er war einfach ein Gast. Er ist rausgelaufen, als er mich Hopes Namen rufen gehört hat. Wenigstens ist es das, was Jo mir gesagt hat.«

»Jo ist der Sheriff hier?«

»Richtig.«

»Aber Patrick Lewis war nicht einfach nur ein Gast in der Pension, richtig?«

Melanie schüttelte den Kopf. »Nein. Er hat meine Tochter in den Wald gelockt, indem er ihr gesagt hat, dass sie ihm helfen muss, einen jungen Hund zu retten.« Sie hielt inne und starrte Mr Crane an. »Ein Hündchen.«

Mr Crane lehnte sich vor und legte eine Hand auf ihre. »Und was ist dann passiert, Melanie?«

»Wir haben stundenlang gesucht. Jo ... ich meine, Sheriff Ward hat die Hundestaffel gerufen, und sie haben Hope gefunden. Wir haben sie auf der anderen Seite der Klippe entdeckt. Ein halber Meter weiter, und sie wäre ...«

»Dennoch hat Patrick Lewis jede Beteiligung an Hopes Verschwinden abgestritten.«

»Er hat gesagt, dass er sie an dem Morgen beim Frühstück gesehen hätte, und das war es.«

»Er hat gelogen.«

Melanie blickte Mr Crane direkt an. »Er hat meine Tochter am Fuß des Abhangs zum Sterben zurückgelassen.

Ihre Körpertemperatur war schon so niedrig, dass sie die Nacht nicht überstanden hätte.«

»Es gab kein Hündchen, oder?«

»Es gab nicht mal einen Patrick Lewis. Der Mann hat einen falschen Namen benutzt, uns einen falschen Ausweis gezeigt, eine falsche Kreditkarte. Ich weiß nicht genau, was für eine Art von kranker Person er ist, aber das ist nicht einfach aus Zufall passiert. Er hat uns bewusst getäuscht.«

»Warum?«

»Das weiß ich nicht.«

»Noch eine Sache, Melanie. Was würden Sie Patrick Lewis sagen, wenn Sie die Möglichkeit hätten?«

Ihre Nasenlöcher weiteten sich, und an ihren Schläfen fühlte sie ihren Puls rasen. Das Bild von ihm, als er Hope über die Straße gerufen hatte, erschien vor ihrem geistigen Auge. »Ich habe gedacht, dass nur Mörder zu Mord fähig wären. Dass nur Helden fähig wären, durchs Feuer zu gehen. Dann bin ich Mutter geworden. Ich würde in ein brennendes Haus laufen, um mein Kind zu retten. Barfuß über gebrochenes Glas gehen, um meinem Kind einen einzigen Schnitt zu ersparen.« Melanie verengte die Augen. »Ich glaube nicht, dass ich Mr Lewis viel zu sagen hätte.«

Mr Crane machte eine Pause, und jemand rief: »Cut.«

* * *

»Mein Honorar hat sich gerade verdreifacht.«

»Entspannen Sie sich. Ich habe alles unter Kontrolle.«

Die Stimme am anderen Ende der Leitung versuchte, lässig zu klingen. Aber er war schon viel mehr Jahre im Geschäft als der Mann, der ihn bezahlte, und er durchschaute es.

Er lachte langsam und mechanisch, auf eine Art, die einen Heiligen einschüchtern würde. »Kontrolle? Sie haben keine Ahnung, was Kontrolle ist.«

»Sie sollten sie nicht den Abhang hinunterwerfen.«

»Sie haben mir nicht gesagt, wer sie ist.«

»Ich habe Sie dafür bezahlt, einzuchecken und wieder auszuchecken.«

Lügner! Der Mann kannte seine Vorstrafen, wusste von seiner Vorliebe für die Gesellschaft kleiner Mädchen. Der Trick dabei, ein cleverer Krimineller zu sein, war Intelligenz. Der Mann, der ihn bezahlte, besaß vielleicht Geld, aber er hatte die Intelligenz eines Exsträflings im Ghetto. »Haben Sie je Schach gespielt?«

»Warum zur Hölle fragen Sie mich das?«

»Schach. Sie wissen schon – König, Königin, all diese ganzen lästigen Bauern?«

»Ich kenne das verdammte Spiel. Was ist damit?«

Er hielt inne, dachte an den Moment, wo seine Hand Hopes Schulter berührt hatte. Dachte an den Moment, in dem er seinem Bedürfnis nicht nachgegeben hatte. »Ihr Bauer hat Sie ins Schach gestellt. Dass sie den verdammten Hügel runtergefallen ist, hat Sie ins Schach gestellt. Mein Honorar verdreifacht sich täglich, bis ich es bekomme.«

»Ich brauche Zeit zum Nachdenken.«

»Sie sollten darüber nachdenken, das schnell zu tun.«

»Sie können mich mal.«

Er war unbeeindruckt. »Nein, vielen Dank. Ich bevorzuge … Nun, Sie wissen, was ich bevorzuge.«

»Sie sind krank.«

»Aber dabei, zu genesen. Ich beginne zu glauben, dass mich mit jemandem anzulegen, der mir gewachsen ist, eine ehrbarere Beschäftigung ist. Verdreifacht, Kumpel. Sie haben meine Kontonummer.«

»Sie dreckiger Mist…«

Er gab dem Mann nicht die Gelegenheit, auszusprechen, bevor er auflegte.

* * *

Jo rief sie an dem Tag, nachdem »American Fugitive« ausgestrahlt worden war, alle zusammen. Sie trafen sich in der Pension, damit niemand Fremdes bei Hope bleiben musste. Melanie hatte es Hope mit ihrem Fernseher und einer Cartoon-DVD in ihrem Zimmer gemütlich gemacht.

»Das Telefon klingelt unterbrochen.« Auch wenn während der Ausstrahlung darauf hingewiesen worden war, dass die Leute beim FBI anrufen sollten, wandten sich viele von ihnen doch direkt nach River Bend, und Jo wurde überschwemmt mit Tipps, aber auch mit Drohungen. »Man hat mir gesagt, dass ich so was erwarten könnte, aber es ist komplett außer Kontrolle.«

»Irgendwas, dem es sich lohnt, nachzugehen?« Melanie dachte immer noch, dass sie innerhalb weniger Tage, nachdem die Show ausgestrahlt worden war, etwas finden würden.

»Es gibt keinen einzigen Hinweis, dem wir nicht nachgehen würden.« Jo hatte den Mistkerl einmal zu häufig entwischen lassen. Das würde ihr nicht noch einmal passieren.

»Also warum hast du uns alle zusammengerufen?«, erkundigte sich Luke.

Luke und sein Vater, Wyatt, Melanie und Miss Gina saßen alle angespannt im Wohnzimmer. »Ich werde mit Agent Burton beschäftigt sein, solange diese Suche andauert. Emery fährt Streife.«

»Irgendwann wirst du schlafen müssen, Jo«, bemerkte Melanie.

»Ich kann schlafen, wenn ich tot bin.« Jo lehnte sich vor und legte die Ellenbogen auf die Knie. »Ich hab euch zusammengerufen, weil ich eure Hilfe brauche.«

»Welche Art von Hilfe?«

Jo starrte Melanie für einen Augenblick an und legte dann den Kopf zur Seite. Ein harter Knoten formte sich in Melanies Magen. »Es wird mir nicht gefallen, oder?«

Jo schüttelte kurz den Kopf. »Eine Handvoll Drohungen, Mel.«

Wyatt neben ihr verspannte sich.

»Ich vermute, sie sind alle nur Mist – das glaube ich wirklich –, aber wir müssen sie ernst nehmen.«

»Welche Art von Drohungen?«, fragte Miss Gina.

Jo presste die Lippen zusammen, und als sie sie wieder öffnete, wusste Melanie, dass sie nicht die ganze Wahrheit sagte.

»Jemand hat angerufen, behauptet, er wäre Mr Lewis und werde zurückkehren, um die Sache in Ordnung zu bringen.«

»In Ordnung zu bringen?«, fragte Mr Miller.

»Zu Ende zu bringen …«, korrigierte sich Jo. »Eine Frau hat angerufen und behauptet, Mr Lewis wäre ihr Sohn und niemand von uns wüsste, was wirklich passiert wäre. Dass sie ihren Sohn nicht noch einmal ins Gefängnis gehen lassen würde.«

»Hört sich wie eine Aussage an, nicht wie eine Drohung.« Wyatt griff hinüber und hielt Melanies Hand, während er sprach.

»Was sie als Nächstes gesagt hat, war definitiv eine Drohung.«

Melanie atmete langsam aus. »Und was war das, Jo?«

Sie schüttelte den Kopf, rutschte noch weiter auf die Stuhlkante. »Egal. Du musst einfach nur wissen, dass es einige solcher Anrufe gab, und ich will, dass du Vorsichtsmaßnahmen ergreifst.«

»Und da kommen wir ins Spiel?«, fragte Luke.

»Ja. Ich brauche ein Extrapaar Hände hier in der Pension. Nicht dass ich denke, dass Melanie und Miss Gina nicht allein zurechtkämen, aber Hilfe, falls etwas passiert, ist besser.«

Melanie war nicht so verrückt, zu denken *Ich bin eine Frau, ich komme ohne Mann zurecht*. Sie verstand, dass das, was Jo vorschlug, Sinn ergab. »Als Abschreckung, wenn schon nichts anderes«, sagte sie leise.

»Genau. Ich habe gehofft, dass ihr zu dritt einen Zeitplan ausarbeiten könntet.«

»Ich kann meine Aufträge für eine Weile auf Eis legen«, sagte Wyatt.

Melanie drückte ihm die Hand. »Irgendwann wirst du wieder arbeiten müssen.«

»Sie hat recht, Kumpel. Ich kann meine Arbeit hierher mitbringen, solange Miss Gina ein bisschen Öl im Kies nicht stört.«

Miss Gina zeigte mit dem Finger auf Luke. »Solange du es wieder sauber machst.«

»Ist vielleicht keine schlechte Idee, den Abschleppwagen in der Auffahrt zu parken. Dann denken die Leute, die Pension ist voll«, fügte Mr Miller hinzu.

»Perfekt. Noch eine weitere Sache. Ich möchte, dass du und Hope jemanden mitnehmt, wenn ihr in die Stadt fahrt.«

»Du machst dir wirklich Sorgen«, stellte Mel fest.

»Nein, ich will nur sichergehen.«

»Also Wyatt und ich werden uns tagsüber ablösen. Dad, du kannst den Laden am Laufen halten, und wenn ich will, dass du mir Teile bringst …«

»Dann bring ich dir Teile.« Mr Miller blinzelte ihm zu.

»Und ich ziehe in eins der Zimmer hier ein«, schloss Wyatt den Plan ab.

Melanie lächelte ihn an, und Jo grinste.

»Was auch immer für euch funktioniert«, sagte sie.

»Für mich funktioniert das«, erwiderte Miss Gina. »Wann kommen die Kameras, Wyatt?«

»Ich erwarte sie jeden Tag.«

»Was für Kameras?«, wollte Jo wissen.

»Überwachungskameras und ein Sicherheitssystem.« Die Idee stammte von Miss Gina, und niemand hatte widersprochen. Das ganze Haus würde verkabelt werden müssen, aber Wyatt hatte gesagt, er könnte das tun.

»Perfekt.« Dann wandte Jo sich an Wyatt. »Wie ist der aktuelle Stand in Sachen Hope?«

»Die Sozialarbeiterin war nicht willens, den sofortigen Sorgerechtsentzug anzuordnen. Sie wusste, dass die Gründe nicht durchgehen würden. Aber sie hat den Fall noch nicht geschlossen. Mein Vater hat sich mit Nathans Anwalt getroffen, und er kommt dieses Wochenende zurück, um zu besprechen, was als Nächstes in Angriff genommen werden muss.«

Melanie konnte nicht glauben, dass es tatsächlich ein Nächstes gab.

»Haben wir irgendeine Ahnung, was wir erwarten können?«, erkundigte sich Jo.

»Es kann gut sein, dass ich, eher früher als später, in L. A. vor Gericht erscheinen muss. Mithilfe seiner Verbindungen und der ganzen Presse drängt Nathan darauf, dass Hope nach Kalifornien zurückkehrt. Er behauptet, ich hätte den Staat ohne sein Wissen verlassen. Als wenn es ihm irgendwie wichtig gewesen wäre, wo wir sind.«

Als William angerufen hatte, um ihr zu erzählen, dass Nathan jeden Trick und Kniff anwandte, um eine Anhörung vor einem Richter zu erzwingen, und sich weigerte, sich außergerichtlich zu treffen und auf irgendwelche Absprachen einzulassen, wusste Melanie, dass er etwas Niederträchtiges im Schilde führte. Eine Sache, die William gesagt hatte, war, dass sie Hope nicht ohne eine gerichtliche Anordnung zurück nach Kalifornien bringen würden. Genau jetzt war Wyatts Vater in Südkalifornien und spielte endlose Runden Golf mit Freunden und Kollegen von Nathans Vater. Wenn er sich den Nachmittag freinahm, verbrachte er seine Zeit mit »gutem altmodischen Klinkenputzen« bei einigen der Mandanten der Stones.

Melanie war sich nicht sicher, wie das dabei helfen sollte, das alleinige Sorgerecht für ihre Tochter zu behalten, aber Bill Gibson hatte den Ruf, seine Fälle zu gewinnen, also stellte sie keine Fragen.

Das Funkgerät an Jos Schulter knisterte, und alle sahen hin. »Sheriff?«

Jo nahm das Gerät in die Hand und drückte eine Taste. »Ich bin hier.«

»Josie hat gerade angerufen und gebeten, dass Sie bei ihr vorbeifahren.«

Jo sah sich rasch um. Nein, niemand von denen, die ihr wichtig waren, war heute in eine Barschlägerei verwickelt.

»Gibt es eine Ruhestörung?«

»Nein. Sie hat nur gefragt, ob Sie schnell vorbeikommen könnten, und vielleicht dafür sorgen, dass auch keine anfängt.«

Jo stemmte sich vom Sofa hoch, und ihr schwerer Gürtel klirrte, als sie aufstand. »Bin schon unterwegs.«

Luke stand ebenfalls auf. »Brauchst du Rückendeckung?«

Sie tätschelte ihm die Schulter. »Deine Blutergüsse sind gerade erst verschwunden. Ich denke, ich komme zurecht.«

»Du weißt, wo du uns findest«, bot Wyatt an.

Sie zeigte mit zwei Fingern in Melanies Richtung. »Habt einfach ein Auge auf Mel, damit ich Mr Lewis suchen kann.«

»Wird gemacht.«

Kapitel vierundzwanzig

Jo machte sich nicht die Mühe, nach einem Parkplatz am R&B zu suchen, sondern stellte den Polizeiwagen einfach hinter ein paar Motorrädern ab. Teure Harleys und einige BMWs sowie mindestens eine Ducati vervollständigten die Sammlung. Sie war sich ziemlich sicher, dass das die Ärzte und Juristen waren, die gegen Ende des Sommers immer bei Josie durchkamen. Sie gaben nur ganz selten Anlass zur Sorge, aber es war auch schon vorgekommen, dass die, die täglich Motorrad fuhren, sich mit denen anlegten, die das nur am Wochenende taten.

Mit dem Hut auf dem Kopf, die Arme locker an den Seiten, betrat sie die geschäftige Bar und schaute sich um. Wie erwartet stand eine größere Zahl Mittvierziger um die Billardtische und trank Bier. Es waren alles Männer mit kurzem Haar, von denen ein paar Rebellen einen Dreitagebart hatten. Die meisten mochten das Jucken nicht und sparten es sich. Sie trugen schwarzes Leder, aber es war nicht abgenutzt und hatte keine verkratzten Ellbogen und keinen Schmutz entlang des Kragens. Ärzte und Anwälte, kein Zweifel.

Ein paar Ortsansässige hockten an der Theke, mehrere Gruppen jüngerer Leute um die zwanzig hatten sich um die Jukebox versammelt. Sie nahm sich vor, bei ihnen vorbeizuschauen, bevor sie wieder fuhr, um sich zu vergewissern, dass einer von ihnen nüchtern war und hinters Steuer konnte.

Es war laut, aber es lag keine Spannung in der Luft. Jo begann sich zu fragen, warum Josie angerufen hatte.

»Hey, Sheriff?«

Sie drehte sich um und entdeckte Zane. Seine Augen waren heute ein bisschen glasig, aber er hatte ein weiches Lächeln auf dem Gesicht. Die Tatsache, dass er sie »Sheriff« nannte, freute sie. Sein Respekt für ihr Amt tendierte grundsätzlich gegen null, und das schon von Anfang an.

»Hi, Zane.«

»Es ist in letzter Zeit ein bisschen verrückt gewesen, was?«

»Das ist die Untertreibung des Jahres. Wie geht's Zanya?«

Er trat unbehaglich von einem Fuß auf den anderen. »Dauert nicht mehr lang, dann werde ich Onkel. Und keine Sorge, ich bin zu Fuß hier.«

»Das freut mich zu hören, Zane. Halt mich auf dem Laufenden, wie deine Schwester die Geburt übersteht.«

»Mach ich.« Er lächelte schüchtern und wandte sich zu seiner Gruppe Freunde zurück.

Jo war sich nicht sicher, wann diese Veränderung eingetreten war, aber sie gefiel ihr. Sie erreichte die Bar und fing den Blick der Barkeeperin auf. »Josie?«, fragte sie.

Die Frau deutete mit dem Daumen zum anderen Ende des Tresens, wo Josie stand und die Stirn runzelte.

Jo ging zu ihr. »Was ist los?«

Josie nickte in Richtung eines der Tische in der Ecke.

Jo benötigte eine Sekunde, um zu erkennen, wen sie da sah. »Was zur Hölle hat der hier noch verloren?«

»Er schaut die ganze Zeit aus dem Fenster, als warte er auf jemanden.«

»Was trinkt er?«

»Jack Daniel's.«

»Wie viele?«

»Einen. Schon das hätte ich nicht zugelassen, aber meine Kellnerin wusste nicht, wer das ist.«

Jo tätschelte Josie die Schulter, bevor sie sich durch die Menge einen Weg zu dem Mann bahnte, der am Fenster saß. Das letzte Mal, als sie ihn gesehen hatte, war er kooperativ genug gewesen, dass sie Luke und Wyatt nicht hatte einbuchten müssen. Sie zog den Stuhl ihm gegenüber heraus, und das Scharren der Stuhlbeine auf dem Holzboden war so laut, dass die Gäste an den Tischen um sie herum aufschauten.

Sein Blick zuckte vom Fenster zu ihr.

»Scheiße. Ein bisschen Vorwarnung wäre nett gewesen, Officer.«

»Sheriff.«

Er machte sich nicht die Mühe, sich zu korrigieren.

»Ich dachte, ich hätte Ihnen gesagt, Sie sollten sich von River Bend fernhalten, besonders aber von diesem Lokal, wenn Sie noch mal durchkommen.«

Er nahm seinen Whiskey, der im Moment mehr wie geschmolzenes Eis aussah, und schaute eine Sekunde lang auf eine Stelle hinter ihr.

»Sie wird Sie nicht wieder bedienen«, unterrichtete ihn Jo.

Er leerte sein Glas und stellte es mit einem Knall zurück auf den Tisch. Nach einer kleinen Pause bemerkte er: »Ich habe das in den Nachrichten gesehen.«

Jo erstarrte. »Was genau? Die Übertragungswagen der Nachrichtensender sind überall in der Stadt.«

Er schaute wieder zurück aus dem Fenster. »Ein paar. Ich bin froh, dass Sie das kleine Mädchen gefunden haben.«

Jo ging im Geiste durch, was sie wusste. Der Mann hieß Buddy … An den Nachnamen konnte sie sich nicht mehr genau erinnern, nur dass er irgendwie merkwürdig war. Seine

Freunde nannten ihn Big. Aus nachvollziehbaren Gründen. Anders als die Anwälte und Ärzte in der Bar hatte dieser Mann einen Bart, den er offenbar schon sein ganzes Leben lang hatte wachsen lassen. Er war zwar gepflegt, aber man konnte die gelben Zigarettenflecken sehen, die man nur mit mehr als ein paar Schachteln bekam.

Oben war sein Schädel komplett kahl und glänzte. Sein Vorstrafenregister wies Körperverletzung, bewaffneten Raubüberfall und ein paar Festnahmen wegen Drogenbesitzes auf. Er war entweder dabei, sich in der Gefängnishierarchie nach oben zu arbeiten, oder dabei, zu entscheiden, dass es doch besser wäre, außerhalb des Stacheldrahtzaunes zu leben.

»Das sind wir alle.«

Er schwenkte den Rest des Eises in seinem Glas. »Die Leute sollten die Finger von Kindern lassen, Mann. Das ist einfach scheiße.«

Oh, Gaunerehre. »Zu schade, dass sich nicht alle daran halten, Buddy.«

Es schien ihn zu überraschen, dass sie ihn mit seinem Vornamen ansprach.

Jo tat, was sie immer tat, und wartete darauf, dass er redete. Es lag glasklar auf der Hand, dass er was zu sagen hatte, denn er war nicht gegangen.

Und Jo wollte das hören.

»Ich hab selbst ein Kind.«

»Ach?«

»Sie ist zwölf. Ihre Mutter will nicht, dass ich sie sehe. Und ich kann auch nicht behaupten, dass ich ihr einen Vorwurf daraus mache.«

Jo spürte, wie sie sich entspannte. »Haftstrafen sind einem Kind schwer zu erklären.«

Buddy nickte und blickte in sein Glas mit dem geschmolzenen Eiswürfel.

»Ich hab die Nachrichten gesehen, den Namen der Stadt gehört. Ist doch echt verrückt, ich bin nie zuvor hier gewesen. Wie stehen die Chancen, zweimal in einer Woche davon zu hören?«

Etwas zu viel Zufall, wenigstens in Jos Welt.

Er blickte aus dem Fenster der Bar. »Ich ... äh, ich hab den Typen gesehen.«

Die feinen Härchen auf Jos Unterarmen richteten sich auf. »Welchen Typen?«

»Den mit den braunen Haaren, der wie ein Surfer aussieht ... Den wir in die Mangel genommen haben.«

Jo spürte, wie ihr die Luft aus den Lungen wich. Sie wollte Mr Lewis' Namen so verzweifelt hören, dass sie hätte schreien können. »Sie meinen Wyatt.«

Buddy zuckte die Achseln. »Ist er der Vater des kleinen Mädchens?«

»Nein. Warum fragen Sie?«

»Ich hab die Mutter in den Nachrichten gesehen. Sie hat sich an ihn geklammert.« Er saugte den Rest des geschmolzenen Eises in seinen Mund und zerbiss die Stücke, die noch übrig waren.

Es passte nicht zu ihr, jemandem etwas zu verraten, den sie nicht kannte, aber hinter dieser Unterhaltung steckte mehr, daher folgte Jo ihrem Instinkt und erzählte dem Mann, was alle in River Bend bereits wussten. »Wyatt ist ihr Freund.«

Buddy begann gegen den Rand seines Glases zu klopfen. Seine bislang freundliche Miene verhärtete sich leicht.

»Ich mag es nicht, wenn Leute Kindern was antun«, sagte er noch einmal.

»Das mag niemand.«

»Ich meine ... Ein erwachsener Mann, der kann Feinde haben. Hat irgendwann mal jemandem was getan. Aber ein Kind ... Scheiße, das ist einfach nicht richtig.«

Manchmal war es wirklich schwierig, Geduld zu bewahren.

»Ein paar Stunden mehr, und sie wäre tot gewesen, wenigstens hat das der Typ im Fernsehen bei ›American Fugitive‹ behauptet. Stimmt das?«

Jo nickte langsam.

»Und Sie suchen immer noch nach dem Typen, der sie da runtergestoßen hat?«

»Wir werden ihn finden.«

»Gut. Der Bastard gehört auf den Stuhl.«

Darin waren sie sich beide einig.

»Denken Sie, er arbeitet allein?«

Wieder bekam sie in der warmen Bar eine Gänsehaut. »Warum fragen Sie das?«

Er zuckte die Achseln, schaute wieder aus dem Fenster.

»Buddy?«

»Ja?«

»Auf wen warten Sie?«

»Niemanden.«

Sie saßen eine geschlagene Minute schweigend da, bevor Jo sich erhob. »Also, Buddy, ich muss zu dem kleinen Mädchen zurück.« Da Kinder sein wunder Punkt waren, setzte sie da an. »Jemand da draußen möchte sie tot sehen, und bis wir ihn finden, braucht sie allen Schutz, den sie bekommen kann.«

Sie drehte sich um und machte einen Schritt, bevor er etwas sagte. »Ich wurde bezahlt.«

»Bezahlt?«, fragte sie über ihre Schulter.

»Der Freund der Mutter. Wir wurden dafür bezahlt, ihn in die Mangel zu nehmen.«

Was zur …? Sie behielt eine stoische Miene bei, während sie sich umdrehte. »Bezahlt, um mit Wyatt eine Schlägerei anzufangen … Von wem?«

»Das weiß ich nicht. Ty hat das ausgemacht, D-Man gesehen und wusste, dass er uns hilft. Das war leicht verdientes Geld.«

Ty war einer der anderen Typen, die in der Nacht der Schlägerei hier gewesen waren.

»Jemand hat Sie und Ty dafür bezahlt, mit Wyatt Gibson eine Prügelei anzufangen, aber Sie wissen weder, wer, noch, warum?«

Er schüttelte den Kopf. »Das hat mich nicht wirklich interessiert. Ein paar Boxhiebe, dafür sorgen, dass die Polizei gerufen wird. Keine Anzeige erstatten. Genau wie Ty es gesagt hat, und dann sind wir alle abgezogen.«

Jos Gedanken überschlugen sich. Wer, zur Hölle, würde diesen Typen bezahlen, um eine Schlägerei mit Wyatt anzuzetteln?

»Dann habe ich ihn in den Nachrichten gesehen und das Mädchen auch. Und dachte: Warte, jemand will diesem Typen eins auswischen und benutzt dafür das Kind? Was für ein kranker Mistkerl macht so eine Scheiße?«

Ja, ganz genau das dachte sie auch.

»Die vom FBI sind wirklich gut darin, Spuren zurückzuverfolgen. Ist nur eine Frage der Zeit, bis sie rausfinden, dass ich hier war und mich absichtlich mit dem Typen geprügelt habe.«

»Also sind Sie wieder hergefahren, um dafür zu sorgen, dass Sie nicht wegen mehr Ärger kriegen als einer Kneipenschlägerei.«

Buddy strich sich mit einer Hand über seinen Bart. »Ja. Vermutlich trete ich mir selbst in den Hintern, wenn ich vom Molly runterkomme, aber ja.«

Gut zu wissen, welche Drogen er nahm.

»Wissen Sie, wer Sie bezahlt hat?«

»Nein, aber Ty vielleicht. Allerdings habe ich ihn seit jener Nacht nicht gesehen.« Er blickte wieder aus dem Fenster.

»Ist er es, auf den Sie warten?«

Er zuckte die Achseln.

Sie war sich nicht sicher, wie die Punkte zusammenhingen, aber das würde sie herausfinden. »Sie wissen, dass Sie mit mir aufs Revier kommen und eine Aussage machen müssen.«

Es schien ihm nicht zu gefallen, dass ihm das bevorstand.

»Ich arbeite mit den Leuten vom FBI zusammen, um Hopes Angreifer zu finden. Ich will ihn hinter Schloss und Riegel, bevor er zurückkommen kann, um das zu vollenden, was er angefangen hat, oder ein anderes unschuldiges Mädchen verletzt.«

Er stand langsam auf und folgte ihr nach draußen. Die Leute in der Bar machten ihnen Platz. Jo bemerkte, dass Zane den Mann aus schmalen Augen betrachtete.

Draußen wies sie ihn mit fester Stimme an, hinten bei ihr einzusteigen. Buddy war lang genug dabei, um zu begreifen, was das hieß. Dankenswerterweise widersprach er nicht und schlug ihr vor, dass sie das Taschenmesser, das er in seinem Stiefel stecken hatte, an sich nahm.

Sie hatte ihn rasch abgetastet und öffnete ihm dann die Fondtür, ohne ihm Handschellen anzulegen. Das Gitter, das sie voneinander trennte, reichte ihr aus.

Drei Stunden später, nachdem Agent Burton aus Eugene wieder zurück war, hatten sie erfahren, dass Buddy und Ty drei Abende lang im R&B kampiert und darauf gewartet hatten, dass Wyatt erschien. Sie hatten die Anweisung gehabt, Wyatt in eine Schlägerei zu verwickeln, dann sollte jeder von ihnen tausend Dollar bekommen.

Laut Buddy hatte sich Ty wegen einer möglichen Gefängnisstrafe keine großen Sorgen gemacht, solange er tausend Dollar dafür bekam. Buddy hingegen hatte das wegen seiner Vorstrafen nicht auf die leichte Schulter genommen. Am Ende aber hatte das Geld den Ausschlag gegeben. Ein Moment, räumte er ein, auf den er nicht stolz war.

Die Frage, die Buddy während des Verhörs immer wieder stellte, war die gleiche, die Jo beschäftigte. Hatte Mr Lewis Ty dazu angestiftet, sich mit Wyatt zu prügeln? Wie auch immer, ein Kind war mit reingezogen worden, und das war eine Grenze, die Buddy nicht überschritt. Er musste die Worte »Lass Kinder außen vor« mindestens ein Dutzend Mal gesagt haben.

Das letzte Mal, als sie den Typen gesehen hatte, war er knallhart und gereizt gewesen. Vermutlich eine Folge der Drogen, die er genommen hatte, aber irgendetwas veränderte die Kriminalität in River Bend. Angesichts von Zanes ungewohnt respektvoller Behandlung und Buddys plötzlichem Auftauchen und seinen Enthüllungen fühlte sich Jo, als wäre sie Bürgermeister Giuliani, der in New York mit eisernem Besen kehrte. Noch wichtiger, sie fühlte sich, als wären sie bei ihrem Fall an einem Wendepunkt angekommen.

»Du kannst es fast schon schmecken, was?«, fragte Agent Burton.

Jo schloss die Augen und hob eine Hand. »Es ist genau da.« Sie machte mit dem Zeigefinger einen kleinen unsichtbaren Punkt in die Luft. »Ganz genau da.«

»Wir müssen Ty finden.«

Jo war völlig ihrer Meinung. Sie hatten eine Fahndung nach dem Mann angestoßen, um ihn zu befragen. Buddy schien überzeugt, dass Ty keine weiteren entscheidenden Informationen weitergeben konnte. Denn er besaß nicht die Beziehungen, über die Buddy verfügte, allerdings war er vor Kurzem erwischt worden, auch wenn es keine Folgen gehabt hätte, wenigstens den betrunkenen Geschichten nach, die sie einander erzählt hatten.

Der Schluss lag nahe, dass Ty wie Buddy auch die Berichterstattung über den Mordanschlag und dabei Wyatt gesehen hatte. Dann war es durchaus möglich, dass er in Panik die Flucht ergriffen hatte. »Oder«, gab Agent Burton zu bedenken,

»unser Mr Lewis oder derjenige, der ihn angeheuert hat, will keine losen Enden zurücklassen.«

Das war es nicht, was Jo hatte hören wollen. Sie holte ihr persönliches Handy hervor und sandte Melanie eine Textnachricht.

Sind Luke oder Wyatt da?

Es dauerte einen Moment, bis die blinkenden Pünktchen erschienen, die bedeuteten, dass Mel eine Antwort tippte.

Luke ist gerade aufgebrochen, aber Wyatt ist mit einem Koffer hier.

Jo seufzte. Sie wusste, Miss Gina hatte eine Schrotflinte. Es gab nicht allzu viele Leute in der Stadt, die es anders hielten. Aber die Chancen, dass Mel sie benutzen würde, tendierten gegen null. *Okay.*

Danke, für all das, was du unternimmst, Jo. Hab dich wirklich lieb.
Hab dich auch lieb.

Jo steckte ihr Handy wieder ein.

»Wo wohnt Buddy?«, erkundigte sich Agent Burton, nachdem Deputy Emery den Mann zurück zum R&B gefahren hatte, damit er sein Motorrad holen konnte.

»Im Hotel vor der Stadt. Ich hab beim Besitzer nachgefragt. Er ist schon seit ein paar Tagen dort.«

Sie hatten ihn gebeten, in der Nähe zu bleiben und für weitere Befragungen zur Verfügung zu stehen. Hoffentlich würde er, nachdem die Wirkung der Drogen nachgelassen hatte, keine neuen nehmen, die am Ende bewirkten, dass er doch Angst bekam und floh. Doch das würde nur die Zeit zeigen.

Agent Burton rieb sich die Stelle zwischen ihren Augen. »Es ist eine lange Fahrt zurück nach Eugene. Ich sollte mich wirklich auf den Weg machen.«

»Du weißt schon, dass ich leere Gästezimmer in meinem Haus habe, Burton. Du kannst da gerne pennen.«

Die andere Frau zögerte einen Moment, dann antwortete sie: »Ja, okay. Das mache ich. Spart Zeit.«

Jo schnappte sich ihre Schlüssel. »Folge mir unauffällig.«

* * *

Melanie und Miss Gina wuschen ab und räumten die Küche auf, als Melanie Jos Nachricht erhielt.

Wyatt war oben und packte seine Reisetasche aus, hatte genug dabei, um die nächsten Tage zu überstehen. Er nahm das Zimmer gleich neben der Treppe, damit er es hören konnte, wenn jemand kam oder ging.

Melanie dachte darüber nach, wie sehr ihr Leben auf den Kopf gestellt worden war und dass ihre Freundinnen einfach dadurch, dass sie sie kannten, ebenfalls in alles hineingezogen wurden.

Sie reichte Miss Gina eine nasse Kuchenform und steckte die Hände ins Spülwasser, um eine weitere zu reinigen. »Es tut mir leid«, sagte sie ohne Einleitung.

Miss Gina trocknete weiter ab, während sie sprach. »Wovon, zur Hölle, redest du?«

»Von allem. Du stellst mich ein, und schau dir an, was passiert ist. Ich hab das Inn praktisch geschlossen, dich damit von deiner Einnahmequelle abgeschnitten …«

»Stopp. Sei einfach still. Das ist alles nicht deine Schuld.«

»Das hindert mich aber nicht daran, mich schuldig zu fühlen, weil alle um mich herum mit hineingezogen werden.«

Miss Gina schlug die Schranktür heftig zu, nachdem sie die Schüssel weggeräumt hatte. »Und was nützen dir diese Schuldgefühle? Lösen sie irgendein Problem? Lassen sie dich nachts besser schlafen?«

»Nein.«

»Dann lass los. Ich möchte, dass du und Hope hier seid. Ich möchte es nicht anders haben.« Miss Gina schüttelte ihre Verärgerung ab und legte Melanie eine Hand auf die Schulter. »Ich wollte nie Kinder, weil ich immer schon der Ansicht war, dass ich längst welche habe. Du bist wie eine Tochter für mich. Vergiss das nie.«

Das Herz schlug Melanie bis zum Hals, und sie umarmte Miss Gina trotz ihrer eigenen seifennassen Hände. »Bedeutet das, dass Hope dich ›Grandma‹ nennen kann?«

»Auf keinen Fall! Ich bin noch viel zu jung, um Großmutter zu sein.«

Kapitel fünfundzwanzig

Melanie schaltete die Lichter aus und überprüfte auf dem Weg durch das Erdgeschoss zweimal die Schlösser an den Türen und die Fenster, um sich zu vergewissern, dass alles abgesperrt war. Als sie oben an der Treppe ankam, sah sie, dass Wyatts Tür einen Spaltbreit offen stand, und hörte, dass Stimmen herausdrangen.

Als Hope zu kichern begann, blieb Melanie stehen.

»Du kannst nicht Schneewittchen sein«, erklärte Wyatt ihrer Tochter gerade.

»Warum nicht?«, fragte sie.

»Zunächst einmal hast du die falsche Haarfarbe.«

Hope kicherte wieder.

»Außerdem würde deine Mutter dich niemals mit sieben kleinen Männern unter einem Dach wohnen lassen.«

»Du hast aber nicht viel Fantasie«, erwiderte Hope. »Die sieben Zwerge sind alle die Freunde meiner Mutter. Tante Jo ist Doc, sie gibt gern Befehle und entscheidet alles. Luke ist Happy. Genau genommen ist Mr Miller auch Happy. Tante Zoe ...« Hope senkte ihre Stimme. »Grumpy. Sie schreit, wenn sie kocht.«

Wyatt lachte. »Wer ist die böse Königin?«

Eine längere Pause entstand. Melanie spähte durch den Türspalt und sah Hope neben Wyatt auf seinem Bett liegen, die Köpfe über ein Buch gebeugt. »Der Typ, der behauptet, dass er mein Vater ist.«

Wyatt starrte Hope an. Er öffnete mehrmals hintereinander den Mund, als wollte er etwas erwidern, allerdings kam nichts heraus. Schließlich fragte er: »Wieso sagst du das?«

Hope zuckte die Achseln und blätterte um. »Ich bin nur ein Kind, aber ich hab Ohren. Ich weiß, dass er mich von hier wegholen will.«

Die Traurigkeit in ihrer Stimme schnitt Melanie ins Herz, während sie dastand und lauschte.

»Vielleicht möchte er dich einfach nur kennenlernen.«

»Dann soll er zum Abendessen vorbeikommen oder so, wie normale Leute.«

Ihre Tochter war wirklich klug.

Wyatt verwuschelte Hope das Haar und deutete dann auf das Buch. »Und wer ist der Jäger?«

Hope versuchte zu verbergen, dass sie gähnen musste. »Das ist dein Dad.«

Melanie schloss die Augen und dachte über die Rollenbesetzung ihrer Tochter nach.

»Was ist mit dem Prinzen? Der, der Schneewittchen am Ende rettet.«

»Es gibt keinen Prinzen.« Hope klang sehr überzeugt.

»Kein Prinz?«

»Nein. An der Stelle liegen die Geschichten alle falsch. Prinzen retten niemanden. Es ist immer der Ritter, der am Ende alle rettet. Und das tut er nicht mit Küssen.« Hope machte ein Gesicht, als wäre Küssen in etwa so unangenehm, wie Dreck zu essen. »Der Ritter kommt angaloppiert und hält Schneewittchen davon ab, von dem Apfel zu essen, und er stößt die Königin von den Klippen, bevor sie das mit Schneewittchen tun kann.«

Melanie merkte, dass sie mit angehaltenem Atem zuhörte. Das wurde ja sehr schnell sehr düster.

»Wenn mein Ritter dort gewesen wäre, er hätte Mr Lewis davon abgehalten, mich zu schubsen.«

Melanie musste ein Geräusch gemacht haben. Wyatts Augen richteten sich auf sie, nachdem Hopes Worte zu ihm durchgedrungen waren. Sie hatte bisher nie laut ausgesprochen, dass Mr Lewis sie gestoßen hatte.

»Wie hat Mr Lewis dich denn geschubst, Süße?«

Sie blätterte um, völlig unbeeindruckt von der Frage. »Mit den Händen auf meinem Po.« Sie seufzte. »Vielleicht ist auch Mr Lewis die böse Königin.«

Hope schlug das Buch zu, klemmte es sich unter ihren gesunden Arm und gab Wyatt einen Kuss auf die Wange. »Danke, dass du mir vorgelesen hast.«

»Du hast doch das meiste selbst gelesen.«

Hope lächelte, während sie vom Bett glitt. »Gute Nacht.«

»Nacht, Süße.«

Melanie machte einen Schritt zurück, bevor Hope die Tür erreichte. »Gehst du ins Bett?«, erkundigte sie sich bei ihrer Tochter.

»Ich bin müde. Onkel Wyatt hat mir bereits eine Geschichte vorgelesen.«

Melanie lächelte Wyatt durch den Spalt in der Tür zu, ehe sie ihre Tochter in ihr Zimmer brachte.

»Hast du dir auch die Zähne geputzt?«, fragte Melanie, während sie das Bett aufschlug.

»Das hab ich vergessen.«

Melanie bedeutete ihrer Tochter, ins Badezimmer zu gehen, und machte sich dann daran, ein bisschen aufzuräumen. Das Buch kam auf das Regal zu den anderen, während im Badezimmer das Wasser lief. Sie wusste, dass Patrick Lewis – oder wie auch immer der Typ hieß – ihre Tochter gestoßen hatte. Die Ärzte hatten gesagt, es sei gut möglich, dass sie sich eines Tages daran erinnerte – oder auch nicht. Irgendwie wäre es Melanie lieber gewesen, für Hope würde der Moment, in dem ihr Vertrauen verraten worden war, immer verschwommen bleiben.

Sosehr sie sich auch wünschen mochte, ihre Tochter von allem Bösen in der Welt fernzuhalten, lag es auf der Hand, dass sie das nicht tun konnte.

Der Wasserhahn wurde zugedreht, und Hope ging an ihr vorbei und schlüpfte ins Bett.

Melanie setzte ein Lächeln auf, nach dem ihr eigentlich gar nicht zumute war, und deckte ihre Tochter zu.

»Ich bin froh, dass Onkel Wyatt hier ist.«

»Ich auch.«

Hope schlang ihren Arm um ein Kissen. »Mommy?«

»Ja, Süße?«

»Wenn die Königin wiederkommt, werde ich sie gleich als Erstes den Berg runterschubsen.«

Was sollte sie darauf antworten? »Ich glaube, da wirst du dich hinten anstellen müssen. Da sind eine Menge Zwerge, die sie für dich schubsen möchten.«

Melanie küsste ihre Tochter und verließ das Zimmer, achtete darauf, dass die Tür einen Spaltbreit aufblieb.

Wyatt wartete draußen auf dem Flur. »Du hast alles gehört, richtig?«

Sie nickte in Richtung der Treppe, um die Unterhaltung außerhalb von Hopes Hörweite fortzuführen.

Sobald sie von der Treppe ins Wohnzimmer gegangen waren und Wyatt das Licht angeschaltet hatte, schmiegte sich Melanie in seine Arme.

»Sie wird sich erholen und ist bald wieder ganz die Alte«, flüsterte er in ihr Haar.

»Ihre Märchen sind voller dunkler Wolken. Ich hasse es, dass er ihr das angetan hat.«

»Nichts hiervon ist richtig.«

Das Gewicht von Wyatts Armen um sie herum erdete sie. »Wir sollten Jo anrufen und ihr erzählen, was Hope gesagt hat.«

»Wir wussten doch alle schon, dass der Mann sie gestoßen hat.«

Sie stöhnte, und Wyatt lehnte sich zurück, um sie anzusehen.

»Wir sprechen morgen früh mit Jo. Ich würde sie nur ungern wecken, falls sie ausnahmsweise gerade mal schläft.«

Melanie gab ihm mit einem Nicken recht.

Wyatt fuhr mit seinen Fingerspitzen seitlich über ihr Gesicht. »Hope ist nicht die Einzige mit dunklen Wolken in ihren Märchen.«

»Ich glaube nicht an Märchen.«

»Ach, wirklich?«

Sie schüttelte den Kopf. »Magische Küsse und Prinzen, die zu meiner Rettung eilen? Das passiert nicht wirklich.«

In Wyatts Augen stand ein Funkeln. »Und was ist mit dem Ritter?«

Sie hielt inne. »Du meinst den Mann, der alles stehen und liegen lässt, um der Prinzessin zu Hilfe zu kommen?«

»Ja, genau den. Glaubst du an den?«

Er angelte nach Komplimenten.

Melanie musste lachen. »Nein, den gibt's auch nicht.«

Wyatt gab sich schockiert, legte sich eine Hand aufs Herz.

»Oh, du meinst dich?« Sie grinste.

Wyatt griff um sie herum und kniff sie in den Hintern.

Sie quietschte und wich seiner Hand aus.

»Na warte, das werde ich dir heimzahlen.«

Sie floh um die Couch herum und brachte mehrere Schritte Abstand zwischen ihn und sich. »Dafür musst du mich erst erwischen.«

Er ging in die Hocke und tat so, als könne er mit einem Satz über die Couch springen, dann täuschte er an und kam um das Sitzmöbel herumgerannt. Sie ertappte sich beim Kreischen und schlug sich eine Hand vor den Mund, um das Geräusch zu dämpfen.

»Bist du kitzlig, Mel?«

Sie musste über ein Kabel hüpfen, um die Stehlampe nicht umzuwerfen.

»Das verrate ich nicht.« Sie schob einen hochlehnigen Stuhl zwischen sie und benutzte ihn als Schutzschild, damit er sie nicht zu fassen bekam. Nur hatte sie sich leider buchstäblich in eine Ecke manövriert. Ablenkung war das Einzige, was ihr jetzt noch die Flucht ermöglichen konnte.

»Na, wo willst du denn jetzt noch hin?«

»Ich habe Superkräfte«, ließ sie ihn wissen.

»Ach?«

Sie hörte auf, so zu tun, als wollte sie weglaufen, und legte stattdessen beide Hände auf den obersten Knopf ihrer Bluse.

Wyatts Augen waren sogleich auf ihre Brust gerichtet, und er hielt inne.

Nachdem sie einen Knopf geöffnet hatte, fuhr sie sich mit dem Zeigefinger über den Brustansatz. Dann stürzte sie hinter dem Stuhl hervor nach rechts. Aber schon nach drei Schritten schlangen sich Wyatts Arme von hinten um sie, und seine Finger tanzten über sie, entlockten ihr ein Kichern.

»Du bist kitzlig.«

»Nein, bin ich n…« Er fand eine Stelle unter ihrem Arm, und sie knickte vor Lachen in der Mitte ein.

Sie versuchte sich aus seinem Griff zu befreien, aber er ließ sie nicht los. Allerdings brach er die Kitzelattacke ab und hob sie hoch. Als er sie wieder absetzte, war unter ihrem Rücken das Sofa und er auf ihr. Er drückte ihr beide Arme über den Kopf und hielt sie dort mit einer Hand fest.

Und dann ging das Kitzeln weiter.

»Himmel, Wyatt ... Ich warne dich.«

Er hörte nicht auf. »Was willst du denn tun?«

Sie versuchte ihn abzuwerfen. Aber er wich keinen Zentimeter.

»Ich weiß nicht, aber ich werde das noch rausbekommen.«

Wyatt seufzte und hörte auf.

Melanie lächelte. Es fühlte sich so gut an, zu lachen und die Sorgen zu vergessen, selbst wenn es nur für ein paar Minuten war.

»Du hast ein wunderschönes Lächeln«, flüsterte er.

»Und das sagt der Mann mit den Grübchen.«

Er ließ sie aufblitzen, und Melanie spürte, wie alle Spannung aus ihr wich. Als Wyatt ihre Hände losließ, hob sie eine an sein Gesicht und zog ihn näher zu sich.

Sein Geschmack wurde ihr allmählich vertraut, und ihr fehlte das Gefühl seiner Nähe, wenn er nicht bei ihr war. Das Verlangen nach ihm in diesen ruhigen Augenblicken, die es viel zu selten gab, war etwas, ohne das Melanie, wie sie feststellte, nur schwer leben konnte.

Wyatt ließ sein volles Gewicht auf sie sinken, während er den Kuss vertiefte. Seine Zunge rieb sich an ihrer, bis er die Stelle fand, die er genauer erkunden wollte. Er hatte keine Eile und wärmte ihren Körper von innen heraus.

Melanie zog ein Bein unter ihm hervor und schlang es um ihn. Das heftige Knutschen auf dem Sofa, während sie beide völlig angezogen waren, war etwas, was sie seit zehn Jahren nicht mehr erlebt hatte. Obwohl sie Wyatts Erektion spüren konnte, unternahm er keine Anstalten, sich seiner Kleider zu entledigen. Er küsste sie atemlos, dann wandte er sich ihrem Ohr zu und neckte sie mit Zähnen und Zunge.

Sie besaß jedoch nicht die gleiche Zurückhaltung und erkundete den Raum zwischen seinem Shirt und seinen Jeans.

Mit den Fingernägeln fuhr sie ihm über den Rücken, und das Aufbäumen ihrer Hüften verstärkte den Kontakt.

Melanie unterbrach den Kuss. »Ich will dich in mir.«

Anstatt irgendetwas darauf zu erwidern, drängte er sich ihr entgegen, bedeckte ihre Lippen wieder mit seinen und ließ sie nicht zu Atem kommen.

Der stetige Druck an ihrer empfindlichsten Stelle, die Bewegung seiner Hüften – es reichte aus. Ihr Herz klopfte schneller, der Winkel seiner Hüften änderte sich, er berührte sie fester. Es war nicht perfekt, aber es war dicht genug dran, um den nahenden Orgasmus zu ahnen.

»Was tust du …«

»Sch«, brachte er sie zum Schweigen, rieb sich immer noch voll angezogen an ihr, und sie kam.

Sie zitterte, und ihr Kopf war wie leer gefegt.

Wyatt ließ sie los, zog sie auf die Füße. »Komm«, sagte er an ihrem Haar. »Ich bin noch nicht fertig.«

»Das war verrückt«, gelang es ihr zu sagen, sobald sie in seinem Zimmer waren und die Tür hinter ihnen geschlossen.

»Und es hat Spaß gemacht«, fügte er hinzu, während er sich das Hemd abstreifte.

Sie lehnte sich mit dem Rücken gegen die Tür und schaute zu, wie er sich auszog. Ihm schien seine Nacktheit absolut nichts auszumachen.

Sobald er sich des Restes seiner Kleidung entledigt hatte, stand er hoch aufgerichtet da, ein freches Grinsen im Gesicht. »Worauf wartest du, Frau?«

Gute Frage.

* * *

Wyatt nutzte die Zeit, in der er im Inn war, um das Projekt zu skizzieren, das Miss Gina vorschwebte. Was als Ausweichquartier für sie begonnen hatte, sah inzwischen mehr und mehr wie ein Gästehaus aus, das auf Melanies und Hopes Bedürfnisse zugeschnitten war.

Als er Miss Gina dazu befragte, zuckte sie nur die Schultern und fügte noch etwas hinzu, was das Gebäude unbedingt besitzen sollte. Zwei Badezimmer und vielleicht auch noch eine Küche.

»Du schlägst vor, dass ich ein zweites Haus baue.«

»Das kannst du doch, oder?«

Er hob seine Hände in einer ausholenden Geste. »Du hast doch schon ein großes Haus.«

Sie winkte ab und ging hinein.

Wyatt widmete sich wieder dem Projekt, war froh über die Ablenkung.

Melanie befand sich in der Küche, entschlossen, ein paar Gerichte mithilfe der Mikrowelle hinzubekommen, hatte sie ihm gesagt. Die Tatsache, dass sie dabei mit Zoe telefonierte, entlockte ihm ein Lachen.

Hope hatte im Garten hinter dem Haus eine gute Stunde lang Trübsal geblasen, sich beschwert, ihr sei langweilig und außerdem jucke es unter ihrem Gips. Es half auch nicht, dass es über fünfundzwanzig Grad warm war und eine Luftfeuchtigkeit herrschte, wie sie eigentlich nur im Süden üblich war.

Er meinte, das Geräusch von Reifen auf dem Kies vorn gehört zu haben, was bestätigt wurde, als Melanie den Kopf zur Hintertür herausstreckte. »Ich glaube, das ist dein Vater«, teilte sie ihm mit.

»Ich bin gleich da.«

Er ließ seinen Notizblock auf dem Tisch draußen liegen, trat sich die Schuhe ab und ging durch das Foyer, gerade als Hope die Treppe runtergestürzt kam.

»Vorsichtig. Du willst dir doch nicht noch den anderen Arm brechen.«

Aber sie lachte nur, ehe sie durch die Haustür lief.

Melanies Blick war leicht besorgt.

Hope kreischte, lachte und kreischte dann wieder.

Als Wyatt nachsah, was der Grund war, erstarrte er.

»Für mich?«, schrie Hope und sprang die Eingangsstufen hinunter.

»Also für mich ist er nicht.« William öffnete die hintere Tür seines Mietwagens, und ein vierbeiniges Energiebündel sprang Hope tollpatschig entgegen, bemühte sich, sie mit seiner rosa Zunge zu lecken.

Hope versuchte der Hundespucke auszuweichen, indem sie den Kopf abwandte, aber das funktionierte nicht.

»Das hat er nicht getan«, bemerkte Melanie halblaut.

»Sieht ganz so aus, als hätte er es.«

»Kann ich ihn behalten, Mommy? Kann ich?«

Die Fliegengittertür öffnete sich, und Miss Ginas Stimme ertönte: »Na, schau sich einer das an.«

Hope kicherte und ließ sich auf ihren Po plumpsen, was dem blonden Labradorwelpen die Angriffsfläche bot, die er benötigte, um endlich jeden Zentimeter von ihr zu erreichen.

»William!« Melanie sagte den Namen warnend.

»Er ist niedlich, nicht wahr?«, fragte er grinsend und zeigte dabei die gleichen Grübchen, die Wyatt jeden Tag im Spiegel sah, und Melanie seufzte.

»Ich muss dich vielleicht umbringen.«

Doch Wyatt wusste, dass zuzuschauen, wie sich die Schatten aus Hopes Augen verzogen, wann immer der junge Hund bellte, sie leckte oder mit seinen übergroßen Pfoten auf sie zugerannt kam, nichts war, was Mel ändern wollte.

Miss Gina setzte sich auf die oberste Stufe der Veranda. »Wie soll er denn heißen, Hope?«

Der Hund bemerkte, dass sich Miss Gina in einer für ihn günstigen Höhe befand, und stürmte zu ihr.

Die Frau ließ sich von dem ungestümen Welpen ein bisschen lecken und streichelte ihn, bevor er entschied, dass Hope die bessere Spielkameradin war.

Wyatt legte Melanie einen Arm um die Schultern.

»Ich werde deinen Vater umbringen.«

»Nein, wirst du nicht.«

»Okay, dann denke ich eben darüber nach, deinen Vater umzubringen.«

Er lachte.

»Ich weiß den perfekten Namen für ihn«, verkündete Hope.

»Welchen denn, Darlin'?«, fragte William, der sich mit den Ellbogen auf dem Dach seines Mietwagens abstützte, während er ihnen beim Herumtollen zuschaute.

»Sir Knight, mein Ritter.« Sie blickte dem Welpen in die Augen. »Gefällt dir der Name?«

Der junge Hund bestätigte das mit einem Bellen.

Kapitel sechsundzwanzig

»Das Schlimme an Gerichtsprozessen sind die langen Phasen des Wartens, in denen nichts passiert. Als Anwälte versuchen wir, so viele Details wie möglich vorab in privaten Gesprächen zu klären, bevor wir irgendwas einem Richter vorlegen.«

»Und hast du schon irgendetwas klären können?«, fragte Melanie über ihren Kaffee hinweg.

»Final klären? Nein. In Erfahrung bringen, ja. Ich denke, ich habe herausgefunden, was hinter Nathans plötzlichem Wunsch steht, das Sorgerecht für Hope zu bekommen.«

Wyatt, der ihm gegenübersaß, zog die Brauen hoch. »Dann spann uns nicht auf die Folter.«

»Wie ihr wisst, ist Nathan in seiner Familie nach seinem Vater und seinem Großvater der dritte Anwalt. Aber anders als die beiden Älteren genießt er nicht viel Ansehen. Er hat drei Anläufe gebraucht, bis er die Zulassungsprüfung bei der Anwaltskammer bestanden hat. Als er es schließlich geschafft hatte, dachte er wohl, er würde unverzüglich mit seinem Vater in der Kanzlei zusammenarbeiten. Aber das ist nicht passiert.« William nahm einen Schluck von seinem Kaffee und sprach dann weiter. »Wenigstens nicht vollumfänglich.«

»Was macht ein Anwalt denn, wenn er nicht in einer Kanzlei Mandanten berät und sie vor Gericht vertritt?«, wollte Melanie wissen. Sie konnte sich gut vorstellen, was für ein Schlag es für Nathans Ego gewesen sein musste, die Prüfung bestanden zu haben, aber nicht gleich zu arbeiten. Andererseits hatte er von Anfang an keine wirklich große Begeisterung für die Arbeit eines Anwalts verraten.

»Er ist seit fast einem Jahr einem neuen Juniorpartner in der Firma als Assistent zugeteilt. Nach dem, was man so hört, wird er langsam ungeduldig und ist wütend darüber, nicht mehr tun zu dürfen.«

»Das klingt genau nach Nathan.«

»Wie hat das alles mit Melanie und Hope zu tun?«, erkundigte sich Wyatt.

»Auf verschiedenen Ebenen. Es gibt eine Frau. Miss Gregory, die zufällig die Tochter von einem der Partner der Kanzlei Stone ist. Ich glaube, Nathan versucht, seine Position in der Firma aus verschiedenen Richtungen zu sichern.«

Melanie hob ihre Hände. »Okay, wie passt das zu allem anderen?«

»Nathan braucht eine Scheidung.«

Melanie rieb sich die Schläfen. »Wir sind nicht verheiratet!«

William griff unter den Tisch, wo er seine Aktentasche abgestellt hatte, und zog eine Mappe hervor. »Genau genommen …«

»O Gott, was hat er getan?«

William holte ein Blatt Papier hervor, auf dem das Wort »Heiratsurkunde« prangte, und drehte es zu ihr, sodass sie es lesen konnte.

Ihr Name stand da und Nathans auch.

»Das habe ich nie unterschrieben.«

»Ich habe mir die Unterschrift genau angeschaut, und sie sieht wie deine aus.«

Sie betrachtete ihren Namenszug eingehend. Der wirkte wirklich echt, kein Zweifel. »Ich schwöre dir, ich habe nie eingewilligt, Nathan zu heiraten. Ich habe nie ›Ja, ich will‹ gesagt, weder vor einem Richter noch vor einem Priester oder Rabbi oder sonst wem.«

William klopfte mit dem Finger auf das Blatt. »Das ist eine Urkunde. Zwei Leute haben darauf unterschrieben, das Gericht hat es anerkannt und in die standesamtlichen Register eingetragen. Alles andere ist nur schmückendes Beiwerk. Tut mir leid, dass ich das so sagen muss. Und das hier ist das, was Nathan loswerden muss.«

»Dann bekommt er gerade vom Schicksal die Retourkutsche. Er weiß verdammt gut, dass wir nie geheiratet haben. Wenn er das Ding gefälscht oder irgendwie meine Unterschrift darunter erschlichen hat, als ich nicht aufgepasst habe, dann ist das nach hinten losgegangen.«

»Wie auch immer … Er braucht eine Scheidung, um Miss Gregory heiraten zu können.«

Sie beugte sich vor. »Okay. Einmal angenommen, wir sind wirklich verheiratet … Warum dann nicht einfach die Scheidung einreichen? Und er kann doch Hope außen vor lassen.«

»Das geht nicht.«

Sie betrachtete ihn aus schmalen Augen. »Warum nicht?«

»Miss Gregory stammt aus einer streng katholischen Familie, und als die erfahren hat, dass Nathan ein Kind hat – und auch noch eines, um das er sich bisher nicht wirklich gekümmert hat –, wurde die Verlobung aufgeschoben, bis er das in Ordnung gebracht hat.«

Wyatt wandte sich an seinen Vater. »Warum sollte Nathan die Heiratsurkunde fälschen?« Dabei klopfte er mit dem Zeigefinger auf das Dokument.

Bedauerlicherweise kannte Melanie die Antwort darauf. »Ich habe Nathans Eltern einmal getroffen. Ich glaube, sie haben mich als Bedrohung dafür betrachtet, dass er sein Jurastudium abschließt. Sie wussten nicht, dass die einzig wahre Bedrohung dafür Nathan selbst war. Er hat mir mal erzählt, dass seine Eltern glaubten, er könne nicht auf ein Ziel hinarbeiten und sich einer Sache wirklich widmen. Als wir rausfanden, dass ich schwanger war, hat er allen erzählt, wir wären verheiratet. Dass er sesshaft würde. Eine Menge davon war nur zum Schein für seine Eltern.«

»Hast du nicht gesagt, du hättest ein Jahr lang mit ihm zusammengelebt?«

»Ein knappes. Nachdem Hope auf die Welt gekommen war, war er mehr weg als zu Hause bei uns. Schließlich ist er ganz ausgezogen, und ich musste mir eine andere Wohnung suchen, weil ich mir die alte allein nicht leisten konnte.«

»Hast du danach je mit Nathans Eltern gesprochen?«, wollte William wissen.

»Nein. Ich habe nicht die Notwendigkeit gesehen, mit ihnen Kontakt aufzunehmen. Sie waren ja schließlich nicht meine Schwiegereltern. Und an Hope waren sie anscheinend nicht mehr interessiert als …« Sie hatte eigentlich sagen wollen: »als meine eigenen Eltern«, verzichtete aber darauf. »Sie scheinen sich nicht für sie zu interessieren.«

»Es sieht jedenfalls so aus, als hätte Nathan sich rettungslos in seine Lügen verstrickt und würde jetzt versuchen, sich daraus zu befreien und gleichzeitig Respekt zu erlangen. Wenn er beweisen kann, dass du ihm Hope entzogen hast, dass er versucht hat, dich zu unterstützen, du das aber abgelehnt hast …«

»Nichts davon ist passiert.«

»Deine Aussage gegen seine. Der Richter muss sich mit allem befassen, was ihm vorgelegt wird. Die Scheidung ist das Leichteste. Es ist Hope, die ihm den entscheidenden Vorteil verschafft. Und wenn er beweisen kann, dass du als Mutter ungeeignet bist, dann hat er einen Ansatzpunkt.«

»Aber das bin ich nicht!«

»Natürlich nicht, Liebes. Das wissen wir doch alle. Jetzt lass mich erklären, was der Richter hören wird, wenn alles vor ihm ausgebreitet wird.«

Sie wartete, wusste, es würde nicht angenehm werden.

»Er wird mit der Heirat anfangen, von der du standhaft behauptest, sie habe nie stattgefunden. Vor Gericht wird dir dann das hier präsentiert werden«, er tippte auf das Papier und fuhr fort, »und von dir der Beweis verlangt werden, dass es gefälscht ist.«

»Seine Aussage gegen meine«, murmelte Melanie.

»Ganz genau.« Er nickte. »Dann wird er sagen, du hättest ihn verlassen oder wärst einfach mit Sack und Pack ausgezogen, während er nicht in der Stadt war, oder was auch immer er sich ausgedacht hat, was vor Gericht gut aussieht.«

»Alles gelogen.«

»Bist du weggezogen?«, fragte William.

»Nun, ja, wie gesagt. Ich konnte mir die alte Wohnung ohne seine finanzielle Unterstützung nicht mehr leisten.«

»Das ist nichts, was ihm schaden kann. Nichts, was ich nicht zu seinen Gunsten drehen könnte, wenn ich sein Anwalt wäre«, erklärte er. »Also bist du weggezogen, er hat weiter studiert, vielleicht zeigt er auch ein bisschen Reue, dass er nicht mehr unternommen hat, um dich und seine Tochter zu finden. Oder vielleicht hat er noch irgendein Ass im Ärmel, um besser dazustehen. Dann verlässt du den Bundesstaat mit seiner Tochter, ohne ihn zu unterrichten.«

Sie hatte Angst vor dem, was William als Nächstes sagen würde. »Ich hab nicht mein eigenes Kind entführt.«

»Ich bezweifle, dass er das so darstellen würde. Aber es ist passiert. Nathan findet dich in River Bend, entscheidet, du erziehst seine Tochter nicht richtig. Du hast ein Zuhause für Hope, aber unter den gegenwärtigen Umständen hat sich gezeigt, dass es unsicher ist. Du hast einen Freund.« William stieß Wyatt mit gerunzelter Stirn an. »Dein Freund hat eine Schwäche für Kneipenschlägereien.«

»Da gibt es keine Anzeige, Dad.«

»Richtig, weil der Sheriff der Stadt eine alte Freundin von Melanie ist. Und in Kleinstädten kümmert man sich eben umeinander. Es gibt genug Zeugen für die Prügelei. Und wie sicher ist Hope in einem Haus mit einem Mann, der in einer Kneipe trinkt und sich in Prügeleien verwickeln lässt?«

»Dad, so ist es doch gar nicht gewesen.«

»Das weiß ich. Aber vor Gericht wird jede Einzelheit über diese Auseinandersetzung von verschiedenen Leuten vorgetragen werden. Die Aufgabe von Nathans Anwalt besteht darin, Melanie so schlecht wie möglich aussehen zu lassen und sie als ungeeignete Mutter hinzustellen. Es sind schon Fälle mit weniger gewonnen worden.«

Melanie fuhr sich mit einer Hand durchs Haar. »Wie kann ich mich dagegen zur Wehr setzen?«

William tippte auf die Heiratsurkunde. »Wir setzen hier an. Wenn wir beweisen können, dass das gefälscht ist, dass Nathan schon dabei lügt, wird der Rest ganz einfach.«

»Und wie stellen wir das an?«

Williams lächelnde Lippen wurden zu einer schmalen Linie, und Mel erschauerte.

»Du willst, dass ich mit ihm rede.«

»Geständnisse bekommt man am ehesten durch die, die die Wahrheit kennen.«

»Aufzeichnungen, die ohne Zustimmung des anderen gemacht werden, sind vor Gericht nicht zulässig«, wandte Wyatt ein.

»Es freut mich, dass du so gut aufgepasst hast. Du hast recht. Aber sobald die Jury etwas von einem Geständnis gehört hat und hinterher angewiesen wird, es zu vergessen – wie gut stehen die Chancen, dass sie's tun? Extrem schlecht. Das ist der Grund, warum Anwälte ab und zu mal etwas durchrutschen lassen.«

Der letzte Mensch auf der Welt, mit dem sie reden wollte, war Nathan. »Also, wann soll dieses kleine Treffen stattfinden?«

»Je eher, desto besser.«

Sie hatte schon befürchtet, dass er genau das sagen würde.

* * *

Wolken zogen auf, und die Vorhersage behauptete, es würde regnen und in den nächsten Tagen auch erst mal nicht wieder aufhören. Das Wetter passte genau zu Wyatts Laune.

Hope, Miss Gina und Melanie spielten mit Sir Knight auf dem Rasen, während er und sein Vater sich unterhielten.

»Hatte Jo schon irgendwelches Glück bei ihren Ermittlungen?«

»In letzter Zeit redet sie nicht viel darüber. Die FBI-Leute haben ein paar Spuren, denen sie nachgehen.«

»Irgendetwas, das du mir erzählen kannst?«, erkundigte sich sein Vater.

»Es gibt Erkenntnisse zu den Tätowierungen auf Lewis' Arm. Ein Engländer aristokratischer Abstammung, der in jungen Jahren eine Gefängnisstrafe verbüßt hat, seitdem aber nicht wieder hinter Gittern gelandet ist.« Wyatt war nicht davon überzeugt, dass er der Mann war, nach dem sie suchten.

»Hatte Lewis denn einen Akzent?«

»Nein, nicht dass es mir aufgefallen wäre. Aber er kam irgendwie arrogant rüber. Und Mel sagt, seine Tischmanieren hätten sehr vornehm gewirkt.«

»Du meinst, er hatte welche?«, erkundigte sich sein Vater mit einem Grinsen.

»Ja.«

»Und was aus der bunten Palette der Möglichkeiten hat er sich zuschulden kommen lassen?«

Seltsam, wie es seinem Vater immer gelang, eine Straftat klingen zu lassen, als ginge es um eine Entscheidung im Süßwarenladen.

Wyatt schloss kurz die Augen. »Am Anfang stand der Vorwurf, dass er sich an seiner Nichte vergangen hat. Ein weiterer Vorfall wurde aktenkundig, aber letzten Endes nicht zur Anzeige gebracht.«

»Verdammt.« William blickte wieder zu ihm hoch. »Du denkst doch nicht etwa …«

»Nein. Hope erinnert sich in allen Einzelheiten daran, wie er sie den Abhang runtergestoßen hat, aber sonst hat sie nichts erwähnt.« Als ob zu versuchen, sie umzubringen, nicht genug wäre.

Sein Vater starrte Melanie ein paar Minuten lang an, bevor er seinen Sohn fragte: »Warum bist du hier?«

»Drohungen gegen Melanie und Hope«, erklärte Wyatt. »Luke springt ein, wenn ich mal wegmuss. Den Mädchen fällt allmählich die Decke auf den Kopf. Ich wünschte, sie würden den Kerl endlich schnappen.«

Sein Vater wirkte nicht wirklich begeistert von der Aussicht. »Das Problem ist das, was danach kommt. Anzeige, Gerichtsverhandlung … Es wird für eine Weile noch nicht vorbei sein. Und mit allem anderen, was sonst noch los ist …«

»Sosehr sie es auch hassen wird, hinter dem Tier sauber zu machen, der Welpe war eine echt gute Idee.«

»Das war ich nicht allein.«

»Ach?«

William deutete mit dem Kinn über den Rasen. »Miss Gina hat einen jungen Hund als Spielkameraden für ein trauriges kleines Mädchen vorgeschlagen.«

Genau da kicherte Hope.

»Ich würde sagen, Sir Knight ist ideal.«

»Labradore sind dafür bekannt, ihren Besitzer in ihr Herz zu schließen und ihm nicht von der Seite zu weichen. Je mehr Zeit Hope mit ihm verbringt, desto eher bleibt er bei ihr. Es lässt sich jetzt noch nicht sagen, ob er ein guter Wachhund sein wird, aber man wird immer wissen, wo sie ist.«

Wyatt lächelte. »Ich mag, wie du denkst, Dad.«

»Sie ist wirklich tapfer, weißt du?«

»Hope ist ein kluges Mädchen.«

»Ich meinte nicht Hope«, stellte sein Vater klar.

Wyatt beobachtete, wie seine Mädchen über den Rasen liefen und Tauziehen mit dem Welpen spielten, der mit seinen übergroßen Pfoten noch sehr ungelenk wirkte. Seine Mädchen … Seit wann schaute er sie an und dachte so von ihnen?

»Du wirst diesen Fall gewinnen, richtig?«

»Tue ich das nicht immer?«

Wyatt blickte ihn an, dann wieder zurück auf den Rasen. »Das weiß ich nicht. Tust du es?«

»Ich werde gewinnen. Und selbst wenn sie ein Scheidungsverfahren durchlaufen muss, sollte all das hier bis zu den Feiertagen geklärt sein.«

»Das ist ein Scherz.«

»Ich übe Druck aus, kann aber nichts garantieren. Die Chancen stehen gut, dass Nathan auch an einem schnellen Verfahren gelegen ist. Ich vermute, er wird die Sache mit dem Sorgerecht gar nicht bis zum Ende durchziehen. Es ist die Scheidung, die er will, und dass es so aussieht, als wäre er kein absoluter Mistkerl.«

»Er ist ein Mistkerl.«

»Ja, das habe ich gleich bei unserem ersten Zusammentreffen gemerkt.«

Im Haus klingelte das Telefon, und Melanie lief zur Hintertür. »Wegen des Hundes sprechen wir uns nachher noch«, warnte sie William im Vorbeigehen auf dem Weg zum Telefon, lächelte aber dabei.

Wyatt hörte, wie sie sich freundlich meldete, dann aber schwieg. »Ja, habe ich.«

Sofort war er ganz Ohr und drehte sich um, um sie durch die Tür zu beobachten. »Ich möchte mit dir reden, Nathan.«

Sie hatte in seinem Büro die Bitte um Rückruf hinterlassen, kurz nachdem Wyatts Vater eingetroffen war. Offenbar hatte ihn die Nachricht trotz des Wochenendes erreicht.

»Du weißt, dass ich das im Moment nicht tun kann. Hope braucht mich hier.«

Wyatt sah, wie sie das Telefon umklammerte und dabei auf und ab lief. »Ich möchte mich nicht streiten. Wir müssen reden. Das Ganze muss nicht hässlich werden.« Sie schüttelte den Kopf. »Ohne unsere Anwälte. Ohne Polizei … Nein, wird er nicht.«

Wyatt versuchte zu erraten, was der Mistkerl auf der anderen Seite der Leitung sagte, es gelang ihm aber nur teilweise.

»Okay.«

Als sie aufgelegt hatte, lehnte sie sich gegen die Arbeitsfläche und atmete tief durch.

Wyatt trat durch die Tür und stellte sich vor sie. »Alles in Ordnung mit dir?«

»Das war Nathan.«

»Das hatte ich schon vermutet.«

»Er hat sich einverstanden erklärt, sich mit mir zu treffen.«

»Das ist gut.«

»Aber nicht in der Stadt, da fühlt er sich nicht wohl.«

Das gefiel Wyatt überhaupt nicht.

»Ohne Anwälte, ohne Jo.«

Er kniff die Augen zu schmalen Schlitzen zusammen.

»Du musst bei Hope bleiben«, teilte ihm Melanie mit.

»Ja, genau, das werde ich ganz bestimmt *nicht* machen.«

Ihre Blicke trafen sich. »Du musst. Er wird sich nicht mit mir treffen, wenn du dabei bist.«

»Ich bleibe im Auto.«

»Ich brauche dich hier. Luke kann mich fahren oder Mr Miller.«

Wyatt schüttelte den Kopf. »Ich werde dich nicht ohne mich gehen lassen, Darlin'.«

»Entschuldige bitte? Du wirst mich nicht *lassen?*«

Vielleicht war das nicht so glücklich formuliert gewesen, aber verdammt, er würde das nicht zulassen.

»Sei bitte vernünftig. Der Typ ist eine Bedrohung.«

»Mr Lewis ist eine Bedrohung. Nathan ist einfach nur ein Idiot. Ich gehe ohne dich, und basta. Wenn du nicht bei Hope bleiben willst, suche ich jemand anderen, der das tut.«

Er fuhr sich mit beiden Händen durchs Haar und spürte, wie sein Puls raste. »Wann kommt er?«

Melanie stemmte sich beide Hände in die Hüften. »Das sage ich dir nicht.«

»Melanie!«

»Du musst mir versprechen, dass du wegbleibst. Wenn er dich sieht, denkt er, ich hätte gelogen, und wird hinterfragen, ob ich überhaupt wirklich mit ihm reden will.«

»Ja, okay. Also, wann kommt er?«

»Ich werde mit Nathan schon fertig.«

Daran zweifelte er.

»Was? Du meinst, ich könnte das nicht?«

»Ich habe überhaupt nichts gesagt.«

Sie drehte sich um und ging zur hinteren Treppe.

»Wir sind noch nicht fertig, Melanie.«

»Doch, sind wir.«

Sie stürmte die Stufen hoch, und Wyatts Vater bemerkte: »Also, das ist aber wirklich gut gelaufen.«

* * *

»Das gefällt mir nicht«, erklärte Jo und wiederholte damit Wyatts Sorgen.

»Siehst du?« Wyatt winkte in Jos Richtung, während er seine Anstrengungen verdreifachte, zu erreichen, dass alle vorschlugen, dass er Melanie zu dem Treffen mit Nathan begleitete.

»Wir müssen mit ihm reden«, verkündete William. »Ich weiß, du möchtest an ihrer Seite sein, aber wenn der Typ dichtmacht, ist niemandem geholfen.«

»Ich passe gut auf sie auf. Ihr wird nichts geschehen«, versicherte Luke.

»Warum du und nicht ich?« Es fiel Wyatt schwer, nicht beleidigt zu klingen. »Jo, sag doch auch mal was.«

Jo wechselte ein paar Blicke mit den anderen im Raum. »Da hast du mich falsch verstanden, Wyatt. Ich mag die Tatsache nicht, dass er verlangt, dass ich nicht dabei bin.«

»Du bist Polizistin. Das ergibt doch Sinn«, wandte er ein.

»Und du schläfst mit ihr, das macht auch Sinn«, sprach Luke das Offensichtliche aus.

»Bitte, Leute, ich bin genau hier. Das ist alles lächerlich. Ich werde mich mit Nathan treffen. Luke fährt mich hin und wartet im Auto. Ich werde mich mit dem Zeug von Jo verkabeln lassen. Das Schlimmste, was passieren kann, ist, dass er nichts über die Heiratsurkunde sagt, was ihn belastet. Wenn alle da sind, schöpft er am Ende Verdacht. Er wird wissen, dass etwas im Busch ist, wenn überall bekannte Gesichter sind.«

Es fühlte sich nicht richtig an, und Wyatt gefiel es nicht.

»Es wird alles gut gehen, Wyatt. Mir passiert schon nichts. Ich kann immer um Hilfe rufen, wenn ich mich bedroht fühlen sollte. Wir sind ja schließlich an einem öffentlichen Platz.«

»Agent Burton muss Montag wieder in Eugene sein. Vielleicht kann ich sie dazu bewegen, sich in der Nähe aufzuhalten.«

»Sie ist immer noch hier?«, erkundigte sich Melanie.

»Ja, da ist die Spur zu Ty, der sie nachgehen will.«

»Wer ist Ty?«, fragte William.

»Erinnert ihr euch noch an die beiden Typen, mit denen ihr im R&B aneinandergeraten seid?«

Luke und Wyatt wechselten Blicke. »Irgendwie schwer zu vergessen. Waren das nicht mehr als zwei?«

»Ja, aber einer von denen hat sich gemeldet, als er gehört hat, was mit Hope passiert ist. Es sieht ganz so aus, als wäre die Schlägerei kein Zufall gewesen.«

»Was?«, fragte Luke.

»Buddy, der hierher zurückgekommen ist, fand, es sei ein etwas großer Zufall, dass er und sein Freund Ty dafür bezahlt wurden, euch in eine Prügelei zu verwickeln. Und dann hat er in den Nachrichten über Hope dich neben Mel gesehen. Er hat was gegen Leute, die Kindern wehtun.«

»Warum sollte jemand Geld dafür zahlen, dass ich in eine Schlägerei verwickelt werde?« Es fiel Wyatt wirklich schwer, das zu begreifen.

»Das ist es, woran wir arbeiten. Momentan lautet die wahrscheinlichste Vermutung, dass Mr Lewis alles ausgekundschaftet hat und sicherstellen wollte, dass du nicht in der Nähe warst. Aber den zweiten Mann zu finden ist entscheidend, da Buddy nicht direkt mit demjenigen zu tun hatte, der sie dafür bezahlt hat.«

Melanie stand auf. »Verstehst du jetzt, warum ich dich hier brauche?«, fragte sie ihn. »Ich muss einfach wissen, dass Hope in Sicherheit ist, Wyatt. Und dir vertraut sie mehr als allen anderen.«

»Glaubst du, du kannst deine Freundin vom FBI dazu bewegen, dass sie Mel folgt?«, erkundigte sich Wyatt.

»Ich wüsste nicht, warum nicht. Sie wohnt noch den Rest der Woche über bei mir.«

»Großartig.« Melanie stieß sich von der Couch ab. »Zeig mir, wie das mit dem Verkabeln funktioniert, Jo, und dann lass uns aufbrechen. Ich will das alles hinter mir haben.«

»Lass mich erst Agent Burton anrufen, damit sie schon mal vorausfährt und bereits vor Ort ist, bevor Nathan auftaucht.« Jo verließ das Zimmer.

»Sorg dafür, dass ihr nichts passiert, Luke.«

»Ey, sie ist wie eine Schwester für mich, Mann. Ich werde gut auf sie aufpassen.«

»Das solltest du besser.« Er hasste es, auf der Reservebank sitzen zu müssen.

»Hölle, den hat es aber wirklich schlimm erwischt«, bemerkte Luke in Richtung William.

»Aber so was von.«

»Ihr könnt mich beide mal«, erwiderte Wyatt, bevor er Melanie folgte.

Er erwischte sie im Schlafzimmer, während sie sich umzog. Er machte sich nicht die Mühe, anzuklopfen, und bot auch nicht an, wieder zu gehen, als er sah, was sie gerade tat. »Es wird mir nichts passieren«, sagte sie über die Schulter zu ihm.

»Du bist nie für mehr als ein paar Stunden außerhalb meiner Sichtweite gewesen, seit all das hier begonnen hat.«

Sie warf ihr T-Shirt aufs Bett und nahm sich eine Bluse. »Was glaubst du, wie ich mich fühle? Eigentlich lasse ich Hope nicht einfach bei jemand anderem. Und ich könnte das auch nicht tun, wenn ich nicht davon überzeugt wäre, dass sie gut beschützt wird.«

»Jo könnte hierbleiben.«

»Ja, aber weißt du, was?« Sie hörte auf, sich mit der Bluse rumzuschlagen, und legte ihm beide Arme auf die Schultern. »Du bist es, nach dem Hope fragt. Du bist es, bei dem sie sich sicher fühlt.«

Er lehnte seine Stirn gegen ihre. »Ich hasse das.«

»Wenn ich Nathan dazu bekomme, etwas zu sagen, irgendetwas, das beweist, dass ich diese verdammte Urkunde nie unterzeichnet habe, dann müssen wir uns weniger lang damit rumärgern. Ich würde mich gerne auf eine Sache konzentrieren: Lewis zu finden und ihn für lange, lange Zeit hinter Gitter zu bringen.«

»Okay. Aber wenn du nicht bis …«

»Bist du fertig, Mel-Bel?« Jo kam ins Zimmer. »Ups. Sorry.«

»Kein Problem. Wir haben nur noch kurz gesprochen.« Melanie gab ihm einen raschen Kuss auf die Lippen und löste sich dann von ihm.

Jo trat zu ihr und begann, die Kabel auf Mels Haut zu kleben. Sobald alles sicher befestigt und das Aufnahmegerät geschickt in ihrem BH verborgen war, zog Melanie sich die Bluse wieder über und knöpfte sie zu. »Das Empfangsteil wird bei Luke im Auto sein, wo das ganze Gespräch auch gespeichert wird.«

»Kann er alles mit anhören?«

»Ja. Und vergiss nicht: Wenn du irgendwie ein ungutes Gefühl hast oder dich mit der Unterhaltung nicht wohlfühlst, sag Nathan einfach, du hättest Kopfschmerzen, und geh. Und wenn du an dem Punkt nicht zum Auto kommst, wird Luke dich holen.«

»Klingt einfach.«

»Ist es auch. Agent Burton wird immer in der Nähe sein, aber vermutlich siehst du sie nicht. Mach dir deswegen keine Sorgen.«

»Okay. So, und jetzt müssen alle so normal wie möglich tun, sonst kriegt Hope etwas mit«, erklärte Melanie.

»Wir sehen uns dann draußen. Ich kümmere mich darum, dass Luke weiß, was Sache ist.«

Damit verschwand Jo, ließ Wyatt und Melanie allein.

Seine Handflächen begannen zu jucken, und seine Gedanken waren voller Sorgen.

»Küss mich«, verlangte sie.

Das ließ er sich nicht zweimal sagen. Aber er zog den Kuss nicht in die Länge, zeigte ihr nur, wie wichtig sie ihm war. »Sei vorsichtig. Geh kein Risiko ein.«

»Wyatt. Ich bin nicht auf dem Weg, um mit einem Drogenbaron zu sprechen. Es ist nur Nathan – ein Mistkerl, aber kein Verbrecher.«

Trotzdem fühlte er sich nicht besser.

Er küsste sie noch einmal. »Sei vorsichtig.«

»Keine Sorge. Das bin ich.«

*　*　*

Sie war wirklich nervös. Sie fuhren von River Bend aus nach Norden, nach Waterville. Der einzige Ort, der sich als Treffpunkt eignete, war das dortige Burgerlokal, in dem gleichzeitig eine Pizzeria untergebracht war. Es war öffentlich und oft laut, aber es war nicht in River Bend, und man musste nicht den ganzen Weg nach Eugene fahren, was Melanie ablehnte, da sie dann zu weit von Hope weg wäre.

Luke musste das Gebäude einmal umrunden, bevor er einen Parkplatz fand, an dem er das Funksignal von Mels Sender klar empfangen konnte.

»Er wird mich garantiert bemerken«, erklärte Luke.

»Ich habe ihm gesagt, dass du mich herbringst, aber im Auto bleibst. Er schien das zu verstehen und hat keinen Einspruch erhoben.«

»Gut.«

Sie sah Nathan ein Stück weiter aus seinem Mietwagen steigen und ins Lokal gehen. »Dann mal los.«

»Ich bin gleich hier.«

Sie zwinkerte ihm zu und stieg aus dem Pick-up.

Nathan trug zur Abwechslung mal nicht den gewohnten Anzug, sondern Stoffhose und Pullover. Er sah sie näher kommen und schaute sich um. »Diesmal ohne Verstärkung?«

Sie deutete zu dem Pick-up. »Nur Luke.«

Luke hob eine Hand, winkte und lächelte kalt.

Nathan scharrte unruhig mit den Füßen, ehe er ihr voraus zu einem Tisch ging. Es war kurz nach zwei, und der Laden war nicht überfüllt, aber laut.

Sie fanden einen kleinen Tisch am Fenster und nahmen Platz.

»Danke, dass du dich mit mir triffst.«

»Mein Anwalt hat mir davon abgeraten«, erklärte er.

»Meiner mir auch«, schwindelte sie.

»Warum bin ich hier, Melanie?«

»Ich möchte wissen, warum. Warum tust du das alles?«

Er blickte sich um. Um sie herum saßen Teenager und junge Leute bis etwa Mitte zwanzig. Keine Polizei, keine Anwälte.

»Ich möchte meine Tochter kennenlernen.«

Wenn das so war, warum fragte er dann nicht nach ihr?

»Warum ausgerechnet jetzt?«

»Meine Verhältnisse sind jetzt günstiger.«

Genau das, was er bei seinem ersten Auftauchen in der Stadt gesagt hatte.

»Okay.«

Er richtete seine Augen auf sie. »Okay was?«

»Ich denke auch, dass du Hope besser kennenlernen solltest. Vielleicht gleich zum Abendessen?«

Er wirkte schockiert.

»Ist das dein Ernst?«

»Im Moment hat sie eine Heidenangst, dass du sie mir wegnimmst. Aber ich möchte nicht, dass sie vor ihrem eigenen Vater Angst hat.«

»Ich glaube nicht, dass mein Anwalt das gutheißen wird.«

Und schon sucht er wieder Ausflüchte. Sie konnte nicht behaupten, dass sie überrascht war.

»Es muss ja nicht gleich heute Abend sein.«

Er nickte wie eine dieser Wackelpuppen. »Vermutlich ist es besser, wenn wir es langfristiger planen.«

»Richtig, um Hopes willen.«

Er kniff seine Augen misstrauisch zusammen. »Woher dieser plötzliche Gesinnungswandel?«

Melanie versuchte, sich nichts anmerken zu lassen. »Ich weiß, dass ich nicht gewinnen werde.«

»Warum?«

»Du bist klüger als ich.« Schon als sie noch zusammen gewesen waren, hatte er immer vor ihr damit angegeben, wie viel intelligenter er wäre als sie. Ein Teil seines Egos, den sie damals nicht noch genährt hatte.

»Das hast du früher aber nicht so gesehen.«

»Nun, also … Jetzt tue ich es. Dir ist es gelungen, eine Heiratsurkunde zu produzieren, obwohl wir beide wissen, dass die Hochzeit nie stattgefunden hat.«

Er grinste, sagte aber nichts.

Ein Grinsen wurde aber nicht aufgezeichnet.

»Was ich wirklich nicht verstehe, ist das Warum. Warum so was fälschen?«

Er beugte sich vor und senkte seine Stimme. »Ich hab dir doch gesagt, dass ich heiraten wollte.«

»Und ich habe vorgeschlagen, noch etwas zu warten.«

»Nun, ich bin aber ein Mann der Tat, nicht der Worte.«

»Aber ich habe das Papier doch gar nicht unterzeichnet.«

Er warf sich in die Brust. »Doch.«

»Wann denn?« *Komm schon, Nathan … Lass dich dazu hinreißen, dich damit zu brüsten.*

»Als du nach ihrer Geburt die ganzen Papiere zu Hopes Namen unterschrieben hast.«

Melanie hatte einen dieser Momente, in denen einem plötzlich ein Licht aufgeht und alles Sinn ergibt. Die Geburt war schwierig gewesen, und die Ärzte hatten ihr Schmerzmittel gegeben. Sie erinnerte sich vage daran, Sachen unterschrieben zu haben, wie das alle frischgebackenen Eltern tun. Sie hatten über Hopes Nachnamen gestritten, aber Nathan hatte nachgegeben, nachdem sie ihre Unterschrift geleistet hatte – so, als bedeutete es ihm im Grunde genommen nichts.

»Du hast mir die Papiere untergejubelt. Jetzt verstehe ich alles.«

»Dann lass uns jetzt über die Scheidung reden und darüber, wie wir sie so schnell wie möglich über die Bühne bringen«, erwiderte Nathan.

»Wenn man bedenkt, dass ich überhaupt nicht wusste, dass ich verheiratet bin, halte ich das für eine ausgezeichnete Idee.«

»Dann kooperierst du?«

Nein, aber das musste er ja jetzt noch nicht wissen. »Sicher. Ich hab nie damit gerechnet, dass ich Hope immer für mich allein behalte. Bist du denn wirklich bereit, Vater zu sein?«

Er zögerte. Der Mann konnte es noch nicht mal aussprechen. »Na-natürlich. Hope braucht einen Vater.«

Es war an der Zeit, das hier zu Ende zu bringen – sie hatte schließlich, was sie wollte. »Du meinst auch, wir sollten ihr etwas Zeit lassen, oder? Schließlich hat es jüngst einiges an Aufregung in ihrem Leben gegeben.«

»Das halte ich für vernünftig. Niemand kann abstreiten, dass sie eine Menge durchgemacht hat.«

Und er würde wie ein liebevoller Vater aussehen, wenn er an diesem Punkt nicht zu viel Druck ausübte. Alles, was er in Wahrheit wollte, waren ohnehin die Scheidung und ein gutes Verhältnis zu seiner Familie. Nach der Ausstrahlung von

»American Fugitive« war ihm vermutlich klar geworden, dass die Sympathien auch vor Gericht höchstwahrscheinlich eher bei ihr liegen würden. Er war ja nicht wirklich dumm.

Ein Idiot, aber nicht dumm.

»Sie haben übrigens eine Spur.«

»Was?«

Sie legte sich den großen Henkel ihrer Tasche über die Schulter, wusste natürlich genau, dass er in etwa so sehr daran interessiert war, den Angreifer ihrer Tochter zu fassen, wie er eine Pizza in einem Burgerladen kaufen wollte.

»Ja, offenbar war die Schlägerei, in die Luke und Wyatt in der Bar verwickelt worden sind, kein Zufall.«

Nathan saß ganz still da.

»Du weißt Bescheid über die Schlägerei. Die Sozialarbeiterin, die du mir auf den Hals gehetzt hast, hat es dir doch bestimmt erzählt.«

»Ja, ich habe davon gehört. Was meinst du damit, dass es kein Zufall war?«

Gut, er stellte sich nicht dumm. Sie hasste es, wenn er das tat.

»Einer der Typen, die dabei waren, ist zur Polizei gegangen, nachdem er die Berichterstattung im Fernsehen gesehen hatte.«

Nathans Gesicht wurde blass.

»Welcher?«

»Wie, ›welcher‹?«

Sie konnte zuschauen, wie sein schreckensbleiches Gesicht rot wurde. Etwas, das er noch nie hatte kontrollieren können, wenn er sich ärgerte. Sie hatte ihn stets damit aufgezogen, dass er ein furchtbarer Anwalt werden würde, wenn es seinen Eltern gelang, ihn davon zu überzeugen, das Jurastudium zu Ende zu führen, weil er ein so schlechtes Pokerface hatte. »Welcher Typ hat sich bei der Polizei gemeldet?«

»Buddy. Jo hat gesagt, er heißt Buddy.«

Nathan ließ die Schultern sinken, und sein Lächeln erschien wieder. »Also suchen sie immer noch nach Ty.« Das war keine Frage.

»Ja, sie glauben, sie haben eine Spur ...« Ihre Handflächen begannen zu jucken. »Moment mal, woher kennst du seinen Namen?«

Nathan nahm das Handy aus seiner Tasche und tat so, als überprüfe er, wie spät es war. »Wessen Namen?«

»Ty.«

Er zögerte, schaute nach unten. »Das hast du doch gerade gesagt.«

»Nein. Nein, habe ich nicht.«

»Doch, gerade eben. Du hast gesagt, Buddy und Ty haben die Berichterstattung gesehen ...«

»Nein, Nathan. Ich habe ihre beiden Namen nicht genannt.«

Und plötzlich ergab seine ganze Körpersprache Sinn. Erschrecken, Überraschung, Unbehagen ... das genaue Gegenteil eines Pokerface.

»Warum hast du das getan?«

»Ich hab niemanden losgeschickt, um mit deinem Freund irgendwas anzuzetteln.«

Es war an der Zeit, sich Hilfe zu holen. »Himmel, du machst mir Kopfschmerzen. War das nur, um Wyatt anzuschwärzen? Mich als schlechte Mutter hinzustellen?«

Er griff über den Tisch und packte sie am Arm. »Ich habe überhaupt nichts getan.«

Sie riss sich los. »Wird das auch Ty sagen, wenn er vernommen wird?«

Wieder verlor sein Gesicht alle Farbe.

Er griff erneut nach ihr, aber dieses Mal legte sich eine Hand auf seine, hielt ihn zurück.

»Nicht anfassen.« Luke blickte ihn drohend an.

Nathan befreite sich und starrte zurück. »Ihr seid ja beide völlig übergeschnappt.« Er deutete auf Melanie. »Wir sehen uns vor Gericht.«

»Darauf freue ich mich schon.«

Gemeinsam verfolgten sie, wie er aus dem Lokal und zu seinem Auto stürmte.

»Ist das alles aufgezeichnet?«

Luke lächelte. »Jedes Wort.«

Kapitel siebenundzwanzig

Sie waren schon über eine Stunde weg, und der Regen prasselte gegen die Wände des Inns wie das unnachgiebige Hämmern eines erbosten Nachbarn am Sonntagmorgen.

Wyatt stürzte zum Telefon, als es klingelte. »Ja?«

»Ich bin's.« Melanies Stimme zu hören war einfach herrlich.

»Hey, Darlin'. Wie ist es gelaufen?«

»Ich hab auf jeden Fall bekommen, was ich wollte.«

»Hat er dir verraten, wie er das mit der Heiratsurkunde gedreht hat?«

»Ja, aber ich glaube nicht, dass wir das brauchen.«

»Ehrlich? Warum nicht?«

»Hol mal deinen Vater dazu, auf die andere Leitung.«

Wyatt ging ins Foyer zum Telefon und reichte seinem Vater das Empfangsteil.

»Was hast du herausgefunden?«, fragte William, sobald sie beide mithörten.

»Ich glaube, Nathan hat die Typen angeheuert, die mit Wyatt die Schlägerei angefangen haben.«

»Bist du dir sicher?«, erkundigte sich Wyatt.

»Luke ist zu demselben Schluss gekommen, und er hat noch nicht mal Nathans Gesicht gesehen, als er versucht hat, zu verbergen, was gerade in ihm vorgeht. Das Entscheidende ist, dass er die Namen der beiden Männer kannte. Selbst Luke wusste die nicht, und er war dabei. Als ich Nathan gesagt habe, dass Ty zur Fahndung ausgeschrieben ist, ist er ...«

»Ist er grob geworden!«, hörte Wyatt Luke, wohl vom Fahrersitz des Pick-ups, rufen.

»Was hat er gemacht?«

»Er hat mich am Arm gepackt. Keine Sorge, er hat mir nicht wehgetan. Aber ja, er war stinksauer. Dann ist Luke reingekommen, und Nathan ist weggestürmt.«

»Und du hast das alles aufgezeichnet?«, erkundigte sich William.

»Jedes Wort.«

»Wir müssen Jo anrufen.«

»Ist bereits geschehen«, unterrichtete Melanie ihn.

»Und bist du auf dem Weg nach Hause?«

»Ja, ich biege gerade auf die Hauptstraße ab. Es regnet wie verrückt. Ich wollte nicht, dass du dich unnötig sorgst.«

Wyatt legte sich eine Hand auf die Brust. »Ich werde mir Sorgen machen, bis du wieder hier bist. Aber lasst euch Zeit, ich möchte nicht, dass noch ein Unfall passiert.«

Es war nicht leicht, aufzulegen, aber er tat es. Es dauerte ein paar Minuten, bis zu ihm durchdrang, was das bedeutete, was Melanie gesagt hatte.

»Ganz schön heftig, um seiner Ex eins auszuwischen.« Einen Moment lang dachte Wyatt, sein Vater zollte Nathan Anerkennung. »Man fragt sich unwillkürlich, wie weit der Typ gehen würde.«

»Ein paar Schläger anzuheuern, damit sie sich mit mir prügeln, geht wirklich zu weit, oder?«

Wyatt schaute zu, wie sein Vater auf und ab lief. »Ja, aber es ist ja schließlich nicht so, als lebtet du und Melanie zusammen. Ein Puzzleteilchen nützt dem Fall insgesamt, aber du allein, mit der Kneipenschlägerei und so, das würde vor einem Richter nicht dafür ausreichen, dass Hope ihrer Mutter weggenommen wird.«

»Er musste alles so drehen, dass sie in möglichst schlechtem Licht erschien«, vermutete Wyatt. »Denn schließlich ist er letztendlich einfach nur ein erbärmlicher Vater, der seine Freundin und sein Kind im Stich gelassen hat. Er möchte aber wie der geeignetere Elternteil dastehen, und welchen besseren Weg gibt es, das zu erreichen, als alles so aussehen zu lassen, als würde sich seine Exfreundin mit Kriminellen umgeben?«

Wyatts Vater hielt inne, schaute sich im Raum um. »Aber wie weit würde er gehen? Heuer einen Schläger an oder zwei – warum nicht gleich drei?«

»Möchtest du etwa andeuten, dass Nathan auch hinter Mr Lewis steckt?«

»Ich möchte andeuten, dass alles möglich ist. Du warst hier, als Lewis das erste Mal aufgetaucht ist. War das vor Nathans Ankunft in River Bend oder danach?«

»Danach.«

»Nun, ich wäre wirklich daran interessiert, zu hören, was Nathan Stone dazu zu sagen hat, wenn ihn das FBI zu einer Befragung vorlädt.«

»Da bist du nicht alleine.«

* * *

»Sie müssen verschwinden«, brüllte Nathan in sein Handy, während er etwas zu schnell die Kurve nahm.

»Wie kommen Sie darauf, ich hätte das nicht bereits getan?«

Warum konnte der Mann nicht einfach das tun, wofür er bezahlt worden war? Warum musste er unbedingt improvisieren? »Sie gehen immer noch an dieses Handy.«

»Aber nur, weil ich jedes Mal, wenn ich sehe, dass Sie anrufen, einen neuen Zahltag auf mich zukommen spüre. Die ersten beiden Male haben Sie das so großzügig getan, warum also nicht auch ein drittes Mal?«

»Ich habe nicht noch mehr Geld flüssig. Nehmen Sie das, was ich Ihnen gegeben habe, und verlassen Sie das Land. Wenn sie Sie nicht finden können, haben sie nichts gegen mich in der Hand.«

Die Scheibenwischer bewegten sich rasend schnell, die Straße schlängelte sich in unübersichtlichen Kurven in Richtung Eugene, wohin er zurückfuhr.

»Da wäre ich nicht so sicher. Ihre hübsche kleine Ex war verkabelt. Wissen Sie das?«

Nathan machte eine Vollbremsung. »Was?«

»Hey, vorsichtig, Kumpel, Sie wollen doch auf dieser gefährlichen Strecke keinen Unfall bauen.«

Scheiße, Scheiße … Nathan drehte sich auf seinem Sitz um, blickte durch die Heckscheibe hinter sich und entdeckte ein Auto, das ihm folgte. Der Nebel und der Regen machten es praktisch unmöglich, Genaueres zu erkennen.

»Was zum Teufel?«, sagte er ins Telefon. »Was haben Sie überhaupt in diesem Bundesstaat verloren? Alle suchen nach Ihnen.«

»Nein, Kumpel … Alle suchen nach Mr Lewis.«

Und Ruther alias Patrick Lewis war ein Mann mit vielen Verkleidungen, was der Grund dafür war, dass Nathan ihn überhaupt erst angeheuert hatte. Seine Familie besaß Geld, hatte ihn aber vor Jahren verstoßen, und Ruther hatte ein kleines Problem. Ein Problem, das Nathan benutzen konnte, um sich den Respekt seiner Familie zu verdienen. Also hatte er den Mann als Spion in die Pension geschickt, um rauszufinden, was man gegen Melanie verwenden könnte.

Ja, er wusste von der perversen Vorliebe des Mannes für kleine Mädchen, was er unbedingt vor Gericht anführen wollte, um den Richter davon zu überzeugen, dass Nathan Hope aus Mels Obhut entfernen musste. Doch dann hatte der Spinner beschlossen, seine Tochter umzubringen. Irgendwo schmerzte ihn das, aber viel mehr sorgte er sich, dass alles auf ihn zurückfallen könnte. Dass Ruther aussagen könnte, er sei angeheuert worden, um Hope aus der Gleichung zu nehmen oder irgendetwas ähnlich Verstörendes.

»Warum verfolgen Sie mich?«

»Um sicherzustellen, dass Sie heil in Eugene ankommen. Und um zu verhindern, dass die FBI-Agentin sich höchstpersönlich an Ihre Stoßstange hängt.«

Das Auto stand einfach da, und der Qualm aus dem Auspuff war das einzig sichtbare Zeichen, dass sich jemand darin befand. »Was für eine Agentin?«

»Sie haben wirklich keine Ahnung, wie tief Sie in der Scheiße stecken, oder?«

Nathan zitterte, konnte es nicht verhindern. »Hören Sie auf, mir zu folgen.«

Er legte auf und drückte das Gaspedal durch.

Ruther setzte sich dicht hinter ihn, sodass Nathans Blutdruck stieg und sein Puls sich beschleunigte. Als sein Handy klingelte, zuckte er zusammen.

Er ging ran, ohne auf die Nummer zu schauen. »Ja?«

»Nathan?« Es war eine Frauenstimme.

»Ja?«

Ruther betätigte die Lichthupe, und Nathan beschleunigte weiter.

»Sheriff Ward hier. Wir würden Ihnen gerne ein paar Fragen stellen und bitten Sie, aufs Revier zu kommen.«

»Einen Scheiß werde ich.«

»Wir können das auch auf die harte Tour machen, Nathan.«

Er nahm den Blick von der Straße, als er das Gespräch beendete und das Handy auf den Sitz neben sich warf. Als er wieder aufschaute, spürte er, wie das Heck seines Autos ausbrach und das Lenkrad nach links gerissen wurde. Und dann war da nichts mehr, nur Luft, kein Netz, um ihn aufzufangen, als er mit seinem Auto über die Klippen stürzte.

* * *

»Er hat aufgelegt.« Jo drückte auf die Taste und lächelte Agent Burton an.

»Keine große Überraschung.«

»Bis morgen Nachmittag werde ich einen Haftbefehl und eine richterliche Anordnung beschafft haben.«

Burton war durch die Stadt zurückgefahren, nachdem sie die Begegnung zwischen Melanie und Nathan von der anderen Straßenseite aus beobachtet hatte. Als sie sah, wie Nathan mit quietschenden Reifen vom Parkplatz raste, war sie zu ihrem Auto gerannt, um ihm zu folgen, doch einer ihrer Reifen war platt gewesen – durchstochen. Zu dem Zeitpunkt, als sie ihn ausgetauscht hatte, war Nathan längst fort gewesen, und Jo hatte sie bereits angerufen.

»Ich werde vorausfahren und heute Abend noch nach Eugene zurückkehren, um alles so schnell wie möglich voranzubringen. Wir wollen schließlich nicht noch weitere Verzögerungen.«

»Ich möchte nicht, dass Nathan ungeschoren davonkommt. Am Ende fliegt er noch heute Nacht nach Mexiko, wenn er wirklich Mr Lewis angeheuert hat, damit der seine eigene Tochter umbringt.« Bei dem Gedanken wurde Jo übel.

Burton verließ das Revier mit dem Versprechen, am nächsten Tag anzurufen.

Eine Stunde später wurde die Polizei verständigt, dass ein Auto von der Straße abgekommen sei. Sie benötigte dreißig Minuten, um den Unfallort zu erreichen. Als sie dort eintraf, erkannte Jo, dass sie die Letzte gewesen war, die mit Nathan vor seinem Tod gesprochen hatte.

Agent Burton erhielt noch nicht mal die Chance, im Hotel einzuchecken, bevor Jo sie zurückrief. Die Stelle auf der Straße, an der Nathans Auto abgekommen war, lag in einer Kurve, was es für die Rettungsmannschaften gefährlich machte, seinen Leichnam und das Auto zu bergen.

»Denkst du, er ist absichtlich runtergefahren?« Burton stand auf dem schlammigen Bankett und blickte auf das Autowrack.

Jo schaute nach unten. »Ich glaube eigentlich, dass er zu feige war, um seinem Leben selbst ein Ende zu setzen. Er war jemand, der andere Leute angeheuert hat, damit sie die Drecksarbeit für ihn erledigen.«

Burton ging über die Straße, einen Regenschirm über dem Kopf. »Keine Schleuderspuren.«

»Vielleicht Aquaplaning.«

»Der Schotter am Bankett ist kaum durcheinander. Wenn er versucht hätte zu bremsen, würden wir es dort erkennen«, stellte Burton fest.

»Keine offensichtlichen Anzeichen, dass er anzuhalten versucht hat.«

»Das deutet alles auf Selbstmord.«

»Wenn der Mann die Gegend kennen würde, würde ich zustimmen. Aber außer er wusste, dass es hier so steil runtergeht … Es gibt auf der ganzen Strecke bis zum Highway keine andere Stelle, an der die Straße sich so verengt.«

»Wenn er es nicht absichtlich getan hat und es keine Spuren auf der Straße gibt, die nahelegen, dass er irgendetwas ausgewichen ist, einem Hindernis oder so, was dann? Bremsversagen?«

Jo drehte sich um, um die Umgebung zu mustern. »Wenn dir die Bremsen versagen, würdest du nicht dein Glück am anderen Straßenrand versuchen?« Auf der rechten Seite war ein gut fünf Meter breiter Streifen Platz. »Ich würde mein Heil an einer Wand suchen. Schließlich gibt es ja Airbags.«

»Was bleibt dann übrig? Mord?«, erkundigte sich Burton. »Bedauerlicherweise leben alle Hauptverdächtigen in River Bend.«

Jo nickte. »Und alle sind bei Miss Gina, wofür es Zeugen gibt. Damit bleibt nur …«

»Ein Komplize?«

»Jemand, der alles beseitigt, was ihn belasten kann.«

»Ja, jemand, der keine Skrupel hat.«

Jo gefiel nicht, wohin das alles führte. Konnte der tätowierte Mr Lewis wieder aufgetaucht sein? »Wie häufig kehren Angreifer an den Tatort zurück?«

»Komm schon, Jo, du bist doch nicht auf den Kopf gefallen. Du bist so nervös, weil du die Opfer alle kennst.«

Wasser tropfte von dem Umhang, den Jo über ihre Uniform gezogen hatte – diesmal ohne Regenschutz auf dem Hut.

»Ich sage, Nathan hat keinen Selbstmord begangen. Er ist ein Schisser, ich meine, er *war* ein Schisser. Er hatte nicht den Mumm, selbst eine Prügelei anzufangen, daher hat er dafür jemanden angeheuert. Und genauso jemanden, der auf dieser Straße hin- und hergefahren ist.« Jo deutete auf den Asphalt. »Man muss nur ein paarmal hier gewesen sein, bis man weiß, dass an dieser Stelle die Klippe und die Kurve sind. Der Typ gibt sich als Vertreter aus und wohnt im Inn. Wir wissen, das alles war eine Lüge. Es steht fest, Mr Lewis hat ein Auto gemietet und dafür den gleichen Ausweis benutzt wie bei Miss Gina. Dann ist er wieder verschwunden. Der Mann hatte nicht mal ein Ziel auf der anderen Seite. Er ist einfach durchgefahren, um was zu tun? Ich glaube keine Minute, dass er zufällig auf Miss Ginas Pension gestoßen ist, du etwa?«

Agent Burton schüttelte den Kopf.

»Und wer ist Mr Lewis? Wir haben bei dem Tattoo einen Treffer. Und der hat Verbindungen, die zu Nathan führen könnten. Ich glaube, du warst es, die vorgeschlagen hat, dass der Strohmann in Wahrheit ein Kinderschänder sein könnte, der versucht, sein Verbrechen nicht zu begehen. Hatte nicht der einzig mögliche Kandidat eine einflussreiche aristokratische Familie?«

Agent Burton nickte. »Ja, viel Geld.«

Jo wischte sich den Regen vom Gesicht. »Wenn unser toter Mistkerl hier Mr Lewis wirklich angeheuert hat und wusste, welche Vorgeschichte er hatte, dann hätte er behaupten können, seiner Tochter drohe Gefahr von allen möglichen üblen Gesellen, die im Inn ein und aus gehen.«

Es war Burton, die als Nächste sprach. »Also heuert Nathan Ty und Buddy an. Ich vermute stark, wir finden einen oder beide Namen von ihnen auf einer Liste von Mandanten, die Nathan früher mal vertreten hat. Er lässt Mr Lewis mehrmals ganz zufällig in River Bend aufkreuzen. Vielleicht ist Mr Lewis ja auch nur angeheuert worden, um als seine Augen im Bed & Breakfast zu dienen und nach möglichen Schwachstellen zu suchen. Nur dass Mr Lewis gar nicht ist, wer er zu sein vorgibt. Er wischt in seinem Zimmer alle Oberflächen ab.«

Burton lief auf und ab, unter ihren blauen Pumps mit den halbhohen Absätzen spritzte das Wasser der Pfütze auf. »Er sieht eine günstige Gelegenheit. Vielleicht will er Hope etwas antun, oder vielleicht möchte er auch nur den Typen hier erpressen.«

Sie drehten sich beide zu der Plane um, unter der Nathan lag.

»Und wenn es da nichts mehr zu holen gibt und Nathan plötzlich Panik schiebt, wen wird er wohl als Erstes opfern?«

»Lewis.«

Jo deutete mit zwei Fingern in Burtons Richtung. »Nachdem Nathan tot ist, bleibt nur noch eine Person übrig, die den Mann identifizieren kann.«

»Hope.«

Jo drehte sich mitten auf der Straße um und rannte zu ihrem Wagen. Burton sprang auf den Beifahrersitz und ließ den Regenschirm auf die Erde fallen.

»Er ist ein geduldiger Mann, die Chancen, dass er heute irgendetwas unternimmt, sind gering.«

Jo schaltete das Blaulicht und die Sirenen ein. »Ich geh kein Risiko ein.«

* * *

Melanie sprang beim ersten Pochen an der Tür aus dem Bett.

Sie tastete mit beiden Händen neben sich nach dem Lichtschalter, betätigte ihn ein paarmal, bevor ihr wieder einfiel, dass der Strom schon vor Stunden ausgefallen war. Sie hörte es draußen noch immer so heftig regnen wie vorhin, sodass wenig Chancen bestanden, dass das bald behoben wäre. Angesichts der Ereignisse des Tages, des Regens, des Stromausfalls und des Familienzuwachses war Melanie nicht bereit, sich weit von Hope zu entfernen.

Sie bemerkte Schritte auf dem Flur und Wyatts Stimme: »Ich glaube, es ist Jo. Ihr Streifenwagen steht mit eingeschaltetem Blaulicht in der Einfahrt.«

Er achtete darauf, nicht zu laut zu sprechen, um Hope nicht aufzuwecken. Oder, noch wichtiger, die winzige vierbeinige Bellmaschine, die vor ein paar Stunden endlich Ruhe gegeben hatte. Und richtig, als Jo noch einmal an die Haustür klopfte, begann Sir Knight in dem Zimmer zu bellen.

Melanie warf sich einen Bademantel über und schaute rasch nach dem Rechten.

Auf dem Bett saß Sir Knight. Im Zimmer roch es schon leicht nach Welpe.

»Was ist los, Mommy?«

»Ich weiß nicht, Süße. Tante Jo ist hier. Schlaf weiter.«

Sir Knight bellte.

»Und du auch.«

Hope legte ihren heilen Arm auf den Hund und beruhigte ihn.

Im Flur begegnete Melanie Miss Gina, die eine Taschenlampe in der Hand hatte. »Was soll der ganze Lärm?«

Gemeinsam gingen sie die vordere Treppe hinab und fanden Jo und Agent Burton vor, beide völlig durchweicht, die mit Wyatt sprachen. Als Melanie und Miss Gina zu ihnen stießen, schwiegen sie.

»Was ist los?«, fragte Melanie.

Jo blickte nach oben. »Ist alles okay mit Hope?«

»Sie versucht zu schlafen, während ein junger Hund über sie krabbelt.«

Jos Haltung entspannte sich.

»Wir sollten uns setzen.«

Das war nie ein gutes Zeichen. »Jo? Verzichte bitte auf das Theater, und sag einfach, was los ist.«

»Es ist Nathan, Mel. Wir … äh, wir haben sein Auto gefunden. Er ist von der Straße abgekommen.«

Melanie wusste, dass sie bestenfalls halb wach war, aber die nächsten Worte aus Jos Mund weckten sie auf.

»Er ist tot, Mel.«

Sie schlug sich eine Hand vor den Mund. »O Gott.« Ihr Magen hob sich, und in ihrem Kopf begann sich alles zu drehen. »Ich muss mich setzen.«

Wyatt war neben ihr, legte den Arm um sie, während sie alle ins Wohnzimmer gingen.

Miss Gina eilte geschäftig umher und zündete ein paar altmodische Öllampen an.

Tot? Melanie spürte, wie sie zu zittern begann. Schuldgefühle, weil sie sich gewünscht hatte, er würde einfach über eine Klippe stürzen und verschwinden, regten sich, gefolgt von dem Gedanken, dass er für immer fort war. Ihre Augen begannen zu brennen. Sosehr sie ihn auch verabscheut, ja, gehasst hatte, den Tod hatte sie ihm nicht gewünscht.

»Seid ihr sicher, dass er es war?«

Jo verzog das Gesicht. »Ich habe ihn selbst gesehen.«

Eine gewisse Taubheit rollte über sie hinweg, die Erkenntnis, dass ihre Tochter nun ohne ihren Vater aufwachsen musste.

»Es wird eine längere Untersuchung geben«, schaltete sich Agent Burton ein. »Wir müssen Selbstmord ausschließen.«

Melanie schüttelte ihren schmerzenden Kopf. »Dafür hätte er gar nicht den Mumm.«

»Habe ich ja gesagt«, wandte sich Jo an die Agentin.

»Also war es ein Unfall?«, fragte Miss Gina.

Als Jo und Agent Burton nicht rasch genug antworteten, starrten die anderen drei sie an.

»Wenn kein Unfall, dann …«

Der Regen draußen wurde wieder heftiger, sorgte in dem stillen Raum für ein beständiges Rauschen im Hintergrund.

»Wir müssen auch einen Mord ausschließen.«

Jo und Agent Burton benötigten ein paar Minuten, um ihre Theorie darzulegen, und warum sie es so eilig gehabt hatten, noch in dieser Nacht zum Inn zu kommen, um sich zu vergewissern, dass alles in Ordnung war.

»Wenn das stimmt, was du sagst, glaubst du, dass Lewis sich in der Nähe aufhält.«

»Davon müssen wir ausgehen.«

Der Raum wurde jäh in grelles Licht getaucht, als es draußen blitzte, und ein paar Sekunden später erbebte das Haus unter dem Donner.

Sir Knight begann oben in Hopes Zimmer aufgebracht zu kläffen.

* * *

Ruther beobachtete, wie der Sheriff und die FBI-Beamtin das Haus betraten.

Das Schloss an der Hintertür zu knacken wäre auch für Anfänger im Einbruchsgeschäft kein Problem. Alte Häuser wie dieses gab es zuhauf in der Gegend, wo er aufgewachsen war, sodass er mühelos ins Innere gelangen konnte. Es half auch, dass er als Gast schon geübt hatte, das Schloss zu öffnen, um sich später ohne Probleme Zutritt verschaffen zu können.

Die Hintertreppe ins obere Stockwerk erstreckte sich einladend vor ihm. Stimmen aus dem Wohnzimmer verrieten ihm, dass genau die Personen, die er vorzufinden erwartet hatte, da waren. Als er den Namen vernahm, den er verwendet hatte, hielt er inne und lauschte. Er hörte »Lewis« und »Mord«. Seine Hände juckten. Sich Stones zu entledigen hatte sein Blut erhitzt.

Das Bild eines Blondschopfs mit perfekter Haut und unschuldigen Augen ließ seine Sicht verschwimmen und ihn die erste Stufe hochsteigen. Die nächsten nahm er langsamer, obwohl das Unwetter draußen das Knarren hier drinnen übertönte. Je näher er dem Zimmer kam, desto lebendiger fühlte er sich.

Vor ihrer Zimmertür holte er tief Luft. Als es blitzte, öffnete er sie rasch, während das Haus unter dem Donner erbebte. Doch als er den Hund bemerkte, verblasste sein Lächeln.

* * *

Als das Bellen einfach nicht aufhörte, erhob sich Wyatt, um nach dem Rechten zu sehen. »Ich bin gleich wieder da.«

Melanie lächelte, obwohl ihr gar nicht danach zumute war, während er aus dem Zimmer ging. »Ich kann nicht glauben, dass er tot ist. Ich bin … Ach, ich weiß nicht, was ich bin.«

Miss Gina tätschelte ihr das Knie. »Er hat dir einmal viel bedeutet. Es ist okay, wenn du jetzt traurig bist.«

Melanie blickte in das vom Lampenschein erhellte Gesicht ihrer Freundin. »Hope. Was soll ich ihr nur sagen?«

»Verdammt!« Wyatts Stimme von oben ließ alle aufspringen. »Jo!«

Sir Knight bellte sich die Seele aus dem Leib.

»Hope ist nicht hier.«

Melanie bemerkte kaum, dass Agent Burton eine Waffe zückte, so schnell war sie auf den Beinen und auf dem Weg zum Zimmer ihrer Tochter. Sie drängte sich an Jo vorbei, um hineinzuschauen. Das Fenster war geschlossen, der Hund lief im Kreis, bevor er zwischen ihren Beinen zur Tür hinausrannte.

Keine Panik, keine Panik. »Hope?«

»Sie war gerade noch da.«

Sir Knight bellte wie verrückt in Richtung der Hintertreppe, die zur Küche und zur rückwärtigen Tür führte. Sie hörten einen dumpfen Aufprall und hasteten zu der Lärmquelle. Als sie den Strahl der Taschenlampe auf die schmalen Stufen richteten, entdeckten sie Hope.

Ihren Anblick, wie sie dastand, während ihr junger Hund die Treppe hoch- und runterlief, immer wieder nach dem Saum ihres Nachthemds schnappte, würde Melanie ihr Lebtag nicht vergessen.

»Mommy?«, fragte Hope mit heller Stimme.

»Sheriff?«, rief Agent Burton vom unteren Ende.

Melanie erreichte ihre Tochter und kniete sich neben sie. »Was tust du hier draußen, Süße?«

Hope warf sich ihr förmlich in die Arme, und da erst hörte Melanie das Stöhnen eines Mannes vom Fuß der Treppe. Jo zwängte sich an ihnen vorbei und half Agent Burton nicht unbedingt sanft, dem Mann Handschellen anzulegen.

»Verdammter Köter«, hörten sie ihn immer wieder fluchen.

Melanie hob ihre Tochter hoch und trug sie in ihr eigenes Zimmer. Dort setzte sie sie aufs Bett, und der Hund kam mit, sprang hoch und rollte sich auf ihrem Schoß zusammen. Nachdem sie alle Kerzen im Zimmer angezündet hatte, betrachtete sie Hope genauer.

Sie zitterte wie Espenlaub und umklammerte den jungen Hund, als hinge ihr Leben davon ab. »Sir Knight hat mich gerettet, Mommy. Er hat die böse Königin gebissen, und ich habe sie ganz fest geschubst.«

Melanie zog ihre Tochter an sich und wiegte sie, bis sie zu zittern aufhörte.

Epilog

Wyatt brauchte eine Woche, bis er mit seinen Sachen wieder zurück in sein Haus gezogen war. Selbst dann ließ er die Bartlett-Mädels nicht lange aus den Augen. Es half, dass er gerade das Fundament für das neue Gästehaus goss und tagsüber die meiste Zeit ohnehin auf dem Grundstück sein musste.

Lewis war in Gewahrsam und wehrte sich mit allen Mitteln gegen eine Auslieferung. Seine Verbrechen in Großbritannien waren schwerer als die der letzten Monate in Oregon. Als sie die letzten Enden des Falls festzurrten, fanden sie auch die Geldspur von Nathan zu Lewis. Und Ty hatte keine Probleme, Nathan zu belasten, sogar noch bevor er herausfand, dass der Mann tot war.

Melanie ging nicht zu Nathans Beerdigung. Wyatt konnte sehen, dass sie mit dieser Entscheidung haderte, bis es vorbei war. Dann schien sie mit dem Mann und ihrer gemeinsamen Vergangenheit abschließen zu können.

Es war Hope, die alle schockierte. Zwei Tage nachdem Lewis versucht hatte, sie aus ihrem Zimmer zu verschleppen, warf sie all ihre Märchenbücher in den Müll. Noch überraschender war, dass niemand von ihnen sie fragte, warum sie das getan hatte.

Sie verstanden es alle perfekt.

Der Sommer ging langsam in den Herbst über, als Wyatt Miss Gina endlich die Frage stellte, die alle interessierte. »Also, wann machen Sie die Pension wieder auf?«

Sie zeigte über den Rasen. »Wann hast du das Haus fertig?«

»Gibt es da einen Zusammenhang?«

Miss Gina zuckte die Achseln und verschwand nach drinnen.

An einem besonders windigen Nachmittag schickte Wyatt die kleine Bauarbeitertruppe, die er für das Projekt eingestellt hatte, früher ins Wochenende.

Sir Knight bellte irgendwo im Rohbau, was Wyatt verriet, dass Hope in der Nähe war. Und so fand er sie, wie sie zwischen den Pfosten herumkletterte, den Hund bellend um ihre Füße.

»Was machst du da, junge Dame?«

»Klettern.«

»Das kann ich sehen.« Er pflückte sie von der Wand runter und stellte sie auf die Füße. »Dein Arm ist gerade erst aus dem Gips raus. Erinnerst du dich, dass der Arzt gesagt hat, du darfst bis Halloween nicht auf Bäume klettern?«

»Na ja, der Arzt ist nicht hier, und ich fühle mich prima.«

Sie fing sofort wieder an zu klettern, und er fasste sie um die Taille und setzte sie wieder auf den Boden. »Es reicht.«

Sie reckte trotzig das Kinn. »Du kannst mir nicht vorschreiben, was ich machen darf. Du bist nur der Freund von meiner Mom. Du bist nicht mein Vater.«

Ihre Worte trafen ihn, aber er benutzte sie trotzdem. »Eines Tages werde ich dein Vater sein, und dann wirst du diese Worte bereuen, Prinzessin.«

Hope senkte ihr trotziges kleines Kinn und verengte die Augen. »Wirklich?«

Wenn man bedachte, dass er Melanie und Hope nicht für eine Nacht allein lassen konnte, ohne Mel bis Mitternacht Nachrichten zu schicken, und eine Entschuldigung fand, jeden

Tag vorbeizukommen ... Nun, man konnte wohl sicher sagen, dass er vorhatte, das hier durchzuziehen.

»Ja, also sorg dafür, dass ich dir nicht den Hintern versohlen muss.«

Hopes Lippen bildeten ein perfektes O. »Das würdest du nicht tun.«

»Da hast du verdammt noch mal recht.« Er schnappte sie um die Taille und fing an, sie zu kitzeln. »Ich kenne viel bessere Arten, respektlose kleine Mädchen zu bestrafen.«

Sir Knight bellte und rannte im Kreis um sie herum, während Hope kichernd versuchte, Wyatt zu entkommen. Sie gab auf, und die beiden liefen von ihm weg.

Als Wyatt sich wieder der Arbeit zuwandte, sah er Melanie dort, wo bald die Tür sein würde, an einen Pfosten gelehnt. Wie lange hatte sie dort schon gestanden?

»Hey, Darlin'.« Er trat zu ihr und küsste sie kurz. Die Tatsache, dass sie die Arme verschränkt ließ, verriet ihm, dass sie irgendwas auf dem Herzen hatte.

»Hey.«

»Was bringt dich her?«

»Brauche ich eine Entschuldigung, um meinen Freund zu besuchen?«

Er lachte auf und wandte sich ab. Oh, sie hatte definitiv seine Unterhaltung mit Hope gehört. Wie sollte er damit jetzt umgehen?

»Gibt es etwas, was du mir sagen willst?«, fragte sie, ohne sich zu bewegen.

»Nein, nicht wirklich. Hast du da an was Besonderes gedacht?«

Sie drückte sich von dem Holzpfosten weg, stemmte die Hände in die Hüften. »Irgendwas, was du mich vielleicht fragen willst?«

»Ja.« Er zeigte zu dem Schraubenzieher hinter ihr. »Kannst du mir den mal rüberreichen?«

Sie hob den Schraubenzieher auf und hielt ihn ihm hin.

Er sah das Werkzeug an und dann sie. »Ist mir was entgangen? Warum bist du wütend?«

Als sie den Schraubenzieher abrupt losließ, konnte er ihn gerade noch auffangen. »Manchmal machst du mich einfach wütend. Weißt du das?«

Sie drehte sich um, um wegzugehen, aber Wyatt griff nach ihrer Hand. »Du bist niedlich, wenn du wütend bist.«

Melanie knurrte ihn tatsächlich an.

Jeden Moment würde sie jetzt mit dem Fuß aufstampfen, wie ihre Tochter das tat. Statt darauf zu warten, beugte er sich vor und küsste sie. »Ich liebe dich, wenn du wütend bist.«

»Moment … Was?«

Er hatte die Worte noch nie laut ausgesprochen und wusste, dass sie nur langsam einsanken. »Ja, wie sich die Haut um deine Augen hier in Fältchen legt.« Er tippte auf die Stelle zwischen ihren Augenbrauen. »Wie du mich mit diesem bemüht wütenden Blick ansiehst.« Er kniff sein linkes Auge zusammen, aber nicht das rechte. »Ich liebe dich, wenn du wütend bist.«

»Wenn ich wütend bin?« Sie starrte ihn erbost an, und er musste sich zusammenreißen, um nicht zu lachen.

»Und wenn du lachst. Zum Beispiel wenn ich dich kitzle oder wenn du Fernsehen schaust und laut mitredest. Dann liebe ich dich auch.«

Endlich drang es zu ihr durch, und sie verschränkte die Arme erneut vor der Brust. »Also liebst du mich, wenn ich wütend bin und wenn ich lache?«

»Und wenn du diese Sache machst, mit deinen Armen, wie genau jetzt. Das ist ziemlich süß, das musst du zugeben.«

Sie sah an sich herunter.

»Und wenn ich mit dir Liebe mache. Das Geräusch, das du von dir gibst, wenn ich ...«

Er brachte den Satz nicht zu Ende, weil sie ihn an seinem Shirt packte und küsste.

Wyatt ging leicht in die Knie und hob sie vom Boden hoch. Sie schlang ihm die Beine um die Hüften und lachte während ihres Kusses. »Ich liebe dich, Melanie.«

»Du hast dir eine merkwürdige Zeit ausgesucht, um mir das zu sagen.«

Sie küsste ihn wieder. Als er sich dieses Mal von ihr löste, lag ein gespannter Ausdruck auf ihrem Gesicht.

»Was?«

Wieder dieser wütende Blick.

Er lachte.

»Eines Tages«, begann er, »eines Tages – der nicht heute ist – werde ich dich bitten, mich zu heiraten.«

Der wütende Ausdruck verschwand.

»Und an dem Tag wirst du Ja sagen.«

Sie biss sich auf die Unterlippe. »Werde ich das?«

»Ja, wirst du.«

»Wie kannst du dir da so sicher sein?«

»Weil du mich liebst.«

Sie kuschelte sich enger in seine Arme, während er sie mit dem Rücken gegen die halb fertige Wand drückte. »Woher weißt du, dass ich dich liebe?«

»Du redest im Schlaf.«

Der wütende Blick war zurück.

»Nun, ich könnte Nein sagen.«

Er küsste sie kurz. »Das wirst du nicht.«

»Du bist ja ziemlich selbstsicher.«

»Ja. Und ein bisschen arrogant. Aber ich weiß zufällig, dass du für einen Neuanfang nach River Bend zurückgekommen bist. Und dieser Neuanfang ist mit mir.«

Sie lächelte, legte den Kopf zur Seite und küsste ihn wieder.

Als er sie schließlich wieder auf die Füße stellte, waren ihre Wangen gerötet, und er sagte ihr, dass er das ebenfalls liebte.

Er gab ihr einen Klaps auf den Hintern, als sie sich umdrehte, um zu gehen. »Jetzt verschwinde, damit ich hier weitermachen kann.«

Melanie schlug zurück und küsste ihn schnell. Dann sagte sie an seinen Lippen, was er schon wusste. »Ich liebe dich auch.«

DANKSAGUNG

Ein Riesendank geht an Grants Pass. Hätte es die wunderbare Erfahrung nicht gegeben, im fortgeschrittenen Alter von achtzehn Jahren um zwei Uhr morgens mit dem Auto liegen zu bleiben, bevor Handys erfunden waren, wäre ich vielleicht niemals Autorin geworden.

Notiz an mich selbst: Ignoriere nie die Lichter auf dem Armaturenbrett. Sie leuchten nicht, weil Weihnachten ist.

An meine Agentin Jane Dystel für ihre Unterstützung und ihr Verständnis in diesem verrückten Jahr.

An Kelli Martin und alle bei Montlake, die für verspätete Abgaben Verständnis hatten, während ich meinen eigenen persönlichen Neuanfang in Angriff genommen habe.

Zurück zu Kari:

Als ich aufwuchs, waren Freunde häufig die einzige Familie, die ich hatte. Und du hast ganz oben auf der Liste gestanden. Ich hatte darüber nachgedacht, bis zu Jos Buch zu warten, um dir eins von ihnen zu widmen, weil du bei deiner Arbeit auch eine Waffe trägst, aber ich hatte das Gefühl, dass der Titel von diesem praktisch deinen Namen schrie. Als ich die Serie in meinem Kopf entwickelt habe, dachte ich an die drei guten Mädchen von S.I.R. – Kari, Brandy und Cathy –, und ich wusste, ich hatte eine Kleinstadtgeschichte über wahre Freundschaft zu schreiben. Egal, wo wir landen oder welche Herausforderungen uns bevorstehen, wir sind immer füreinander da. Und das ist die Definition von Familie.

Ich liebe und bewundere euch mehr, als ihr es je ahnen könnt.

Ich biete euch meine volle und uneingeschränkte Unterstützung an, während ihr selbst an euren eigenen Neuanfängen arbeitet.

Catherine

Zeitfracht Medien GmbH
Ferdinand-Jühlke-Straße 7
99095 Erfurt, Deutschland
produktsicherheit@kolibri360.de

Druck:
CPI Druckdienstleistungen GmbH
im Auftrag der
Zeitfracht Medien GmbH
Ein Unternehmen der Zeitfracht - Gruppe
Ferdinand-Jühlke-Str. 7
99095 Erfurt